BOOK
1

NINETEEN MINUTES

Copyright ⓒ 2007 by Jodi Picoult
All rights reserved, including the right to reproduce this book or portions thereof in any form whatsover.

Korean translation copyright ⓒ 2009 IRE Publishing Co.
IRE Publishing Co. published by arrangement with the original publisher, Atria Books, a Division of Simon & Schuster, Inc. through EYA(Eric Yang Agency).

이 책의 한국어판 저작권은 EYA(Eric Yang Agency)를 통한 Atria Books, a Division of Simon & Schuster, Inc. 사와의 독점계약으로 한국어 판권을 도서출판 이레가 소유합니다. 신저작권법에 의하여 한국 내에서 보호를 받는 저작물이므로 무단 전재와 복제를 금합니다.

이 도서의 국립중앙도서관 출판시도서목록(CIP)은 e-CIP 홈페이지(www.nl.go.kr/cip.php)에서 이용하실 수 있습니다. (CIP제어번호: CIP2009003942)

nineteen
minutes
19분

조디 피콜트 | 곽영미 옮김

〖이레〗

일러두기
1. 본문 중 굵은 글씨는 저자가 강조한 것입니다.
2. 옮긴이 주는 본문 중 괄호에 넣은 후 옮긴이 주임을 밝혔습니다.

 contents

BOOK 1

1부

2007년 3월 6일 · 11

17년 전 · 46

몇 시간 뒤 · 78

12년 전 · 114

다음 날 · 160

6년 전 · 238

열흘 후 · 278

1년 전 · 335

BOOK 2

한 달 후
한 달 전

2부
다섯 달 후
사건 당일 오전 6시 30분
다섯 달 후
사건 당일 오전 10시 16분
다섯 달 후
2008년 3월 6일

언제나 내가 최선을 다하고 있다고 믿어준,
더 바랄 나위가 없는 최고의 편집자이자 치열한 투사인
에밀리 베스틀러에게.
당신의 예리한 눈, 응원, 무엇보다 그 우정에 감사하며.

nineteen minutes

1부

우리가 이끌려가는 방향을 우리 자신이 바꾸지 않는다면
결국 그 길이 우리의 인생이 될 것이다.
중국 속담

당신이 이 글을 읽을 때쯤이면 나는 죽은 몸이기를.

이미 일어난 일은 되돌릴 수 없다. 큰 소리로 이미 까발린 말은 주워 담을 수 없다. 지금쯤 당신은 내 생각을 하면서 나와 이야기를 좀 더 나눴다면 이런 일이 생기지 않았을 것이라고 후회할지도 모른다. 어떤 말과 행동이 적절했을까 생각하려 애쓸 것이다. **당신을 탓하지 말라, 이것은 당신 잘못이 아니다.** 하지만 그렇게 말한다면, 사실, 그것은 거짓말이 된다. 나 혼자서 여기까지 오게 된 것이 아니라는 걸 당신도 나도 잘 알고 있다.

당신은 내 장례식에 와서 눈물을 흘릴 것이다. 이렇게 되지 말았어야 했다고 말할 것이다. 당신은 모두가 기대하는 대로 행동할 것이다. 그런데 당신은 내가 정말 그리울까?

더 중요하게는, 나는 당신이 그리울까?

우리 중 누구 한 사람이라도 그 질문에 대한 답을 진실로 듣고 싶어 할까?

2007년 3월 6일

19분이면 앞뜰의 잔디를 깎고, 머리를 염색하고, 하키 경기 삼 분의 일을 관람할 수 있다. 19분이면 스콘을 굽거나 치과에서 이를 하나 해 넣거나 다섯 식구의 빨래를 갤 수 있다.

19분은 미식 축구팀 테네스 타이탄스의 플레이오프 티켓이 매진되는 데 걸린 시간이다. 19분은 광고 방송을 뺀 시트콤 시간이다. 19분은 버몬트 주 경계에서 뉴햄프셔 주 스털링 마을까지 자동차로 달릴 때 걸리는 시간이다.

19분이면 주문한 피자가 배달되어 올 수 있다. 아이에게 동화 한 편을 들려주거나 차에 기름을 넣을 수 있다. 1마일을 걸을 수 있다. 치맛단을 꿰맬 수 있다.

19분이면 세상을 멈추게 하거나, 아니면 세상에 공격을 개시할 수 있다.

19분이면 복수를 당할 수 있다.

평소처럼 알렉스 코미어는 늦어서 뛰고 있었다. 스털링에 있는 집에서 뉴햄프셔 주 그래프턴 군 고등법원까지 차로 32분이 걸렸는데, 그마저도 오퍼드를 지날 때 규정 속도를 위반하고 달린 덕분이었다. 그녀는 주말 동안 집에서 본 서류와 구두를 손에 들고 스타킹만 신은 채 계단을 후다닥 내려갔다. 그녀는 굵은 적갈색 머리를 하나로 땋아 목 언저리에서 머리핀으로 묶었다. 집을 나서기 전이면 세상이 요구하는 사람으로 탈바꿈하는 것이다.

알렉스는 34일 전에 고등법원 판사가 되었다. 지방법원 판사로서 지난 5년간 열의를 입증해 보였으니 이번에는 더 쉽게 임명이 된 것이리라. 하지만 나이 마흔의 그녀는 여전히 뉴햄프셔 주의 최연소 판사였다. 공정한 판사로 자리를 잡으려면 여전히 싸워야 했다. 관선 변호인으로 시작한 이력 때문에 검사들은 그녀가 피고 편으로 치우친다고 짐작하기 일쑤였다. 몇 년 전 판사직에 지원했을 때 알렉스는 이 나라 법조계는 유죄가 입증되기 전까지 피고를 무죄로 본다고 진심으로 믿고 있었다. 판사가 되면 그런 믿음이 관선 변호인 때와 달리 이롭지 않을 수도 있다는 걸 전혀 예상하지 못했다.

갓 끓인 커피 냄새가 알렉스를 부엌으로 이끌었다. 딸 조지가 식탁에 앉아 김이 올라오는 머그잔 위로 등을 구부린 채 교과서를 열심히 보고 있었다. 조지는 피곤해 보였다. 푸른 눈이 충혈돼 있었고 밤색 머리는 하나로 땋아 내렸다.

"설마 밤을 새운 건 아니겠지." 알렉스가 말했다.

"난 밤 같은 것 안 새워." 조지는 고개를 들지도 않은 채 건성으로 말했다.

알렉스는 커피를 잔에 따르고서 딸의 맞은편 의자에 앉았다.

"정말이니?"

"엄만 답을 정해놓고 묻잖아. 진실을 묻는 게 아니라."

알렉스는 눈살을 찌푸렸다. "넌 커피 마시면 안 돼."

"그럼 엄만 담배 피우면 안 돼."

알렉스는 얼굴이 달아올랐다. "안 피워……."

"엄마." 조지는 한숨을 쉬었다. "엄마가 아무리 화장실 창문을 열어둬도 수건에는 냄새가 배어 있다고." 조지는 물고 늘어질 다른 비행이 있다면 대보라는 듯 엄마를 쳐다보았다.

알렉스에게 다른 비행은 없었다. 아니, 비행을 저지를 시간이 없었다. 알렉스는 조지에게도 다른 비행 따위는 없는 걸로 알고 있다고 말하고 싶었지만, 그녀 또한 세상 사람들이 조지를 보며 짐작하는 추정만 할 수 있을 뿐이었다. 예쁘고, 인기 있고, 정도를 벗어난 결과가 무엇인지 누구보다 잘 아는, 전과목 A를 받는 학생. 앞으로 대단한 일을 할 여학생. 알렉스가 바랐던 그대로 멋진 숙녀로 자라준 딸.

한때 조지는 판사 엄마를 둔 것을 아주 자랑스러워했다. 조지가 은행 출납계원들과 식품점 직원들과 비행기 승무원들에게 엄마의 직업을 떠벌리곤 하던 것을 알렉스는 기억하고 있었다. 조지는 알렉스의 사건과 판결에 대해서도 물었다. 그런데 3년 전 조지가 고등학교에 들어가면서 모든 것이 변해버렸다. 두 사람 사이 대화의 터널에는 서서히 벽돌이 쌓여갔다. 알렉스는 조지가 여느 10대들보다 더 많이 감추고 있다고는 생각하지 않았지만, 좀 다르게 생각했다. 보통의 부모가 자식의 친구들을 은유적으로 판단하는 데 반해 알렉스는 법률적으로 판단할 수 있었다.

"오늘 사건은 뭔데?" 알렉스가 물었다.

2007년 3월 6일

"단원 시험. 엄마는?"

"기소인부절차(공소가 제기된 뒤 심리에 앞서 피고인을 공판정에 출석시키고 공소사실을 고지하는 소송절차-옮긴이)가 있어." 알렉스는 곁눈질로 식탁 건너편 조지의 교과서를 거꾸로 읽어보려 하면서 대답했다. "화학?"

"촉매야." 조지는 관자놀이를 문질렀다. "반응을 촉진시키되 자신은 변하지는 않는 물질이야. 일산화탄소와 수소가 있는데 여기다 아연이랑 산화크로뮴을 첨가하면…… 어떤 물질이 될까?"

"생각해보니 엄마는 유기화학에서 C를 받았어. 아침은 먹었니?"

"커피."

"커피는 밥이 아냐."

"엄마도 바쁠 땐 그러잖아." 조지는 꼬집어 말했다.

알렉스는 5분을 지각하는 경우와, 좋은 엄마 노릇을 하지 못해 또다시 벌점을 받는 경우의 비용을 비교해보았다. **열일곱 살짜리가 아침을 스스로 챙겨 먹게 해서야 되겠는가?** 알렉스는 냉장고에서 달걀, 우유, 베이컨을 꺼내기 시작했다. "한번은 자신을 에머릴(미국 푸드 채널의 〈에머릴의 쇼〉를 진행하는 유명 요리사-옮긴이)이라고 생각하는 여자를 주립 정신병원에 강제로 응급 입원시킨 사건을 맡은 적이 있었어. 여자가 믹서에 베이컨을 넣고 부엌에서 칼을 들고는 탕! 이라고 소리치면서 남편을 쫓아다녀서 그 남편이 그렇게 한 거였어."

조지는 교과서에서 눈을 떼고 엄마를 힐끔 쳐다보았다. "정말이야?"

"오, 그럼, 이런 얘길 어떻게 지어내." 알렉스는 달걀을 깨뜨려 프라이팬에 부었다. "여자에게 믹서에 베이컨을 왜 넣었냐고 물었더니 날 쳐다보면서 요리하는 법이 서로 다른 것뿐이라고 하더라고."

조지는 자리에서 일어나 조리대에 기대 선 채 엄마가 요리하는 모습을 지켜보았다. 알렉스는 집안일에 서툴렀다. 고기 찜을 하는 법은 몰라도 스털링에서 배달료를 받지 않는 피자 가게와 중국집 전화번호를 모조리 외우고 있는 것을 자랑스러워할 정도였다.

"긴장 풀어. 이 정도는 불 내지 않고 할 수 있으니까."

알렉스는 무덤덤하게 말했다.

하지만 조지는 엄마의 손에서 프라이팬을 빼앗아 들었다. 그러고는 한 침대에 다닥다닥 붙어 자는 선원들마냥 베이컨 조각을 올렸다.

"왜 그런 옷을 입은 거야?" 조지가 물었다.

알렉스는 자신의 치마와 블라우스와 구두를 힐끗 내려다보고서 얼굴을 찡그렸다. "왜? 마거릿 대처 같아?"

"아니, 내 말은…… 왜 신경을 쓰냐고? 엄마가 법복 밑에 뭘 입고 있는지 아무도 모르는데 말이야. 잠옷 바지를 입어도, 엄마가 대학 때 입던 팔꿈치에 구멍 난 스웨터를 입어도 아무 상관 없잖아."

"사람들이 보든 말든, 나는 차려입고 싶어……. 흠, **판사답게**."

조지의 얼굴 위로 먹구름이 지나갔다. 마치 듣고 싶은 답은 그게 아니었다는 듯 조지는 요리에만 전념했다. 딸의 모습—깨물어서 반달 모양이 된 손톱들, 귀 뒤에 난 반점, 지그재그로 땋은 머리—을 응시하던 알렉스는 엄마가 데리러 올 줄 알고 해질녘이면 베이비시터 집의 창가에서 엄마를 기다리던 어린 아이의 모습을 떠올렸다. "잠옷 바람으로 출근을 한 적은 없지만, 이따금 판사실 문을 닫아놓고 바닥에서 낮잠을 잘 때는 있어." 알렉스는 고백했다.

살짝 놀라는 듯한 조지의 얼굴 위로 미소가 천천히 번졌다. 그녀는 우연찮게 손에 앉은 나비라도 되는 것처럼 엄마의 고백을 붙들고 싶었다. 너무 놀란 나머지 손해를 무릅쓰고라도 물고 늘어지고 싶은 사건 같았다. 하지만 그들 모녀 앞에는 가야 할 길과 소환될 피고들과 풀어야 하는 화학 방정식이 있었다. 조지가 베이컨을 키친타월에 올려 기름을 빼낼 때쯤 그 놀라움도 날아가 버렸다.

"**엄마**는 안 먹으면서 왜 **난** 아침을 먹어야 하는지 이해가 안 가." 조지가 투덜거렸다.

"왜냐하면 넌 아직 네 자신의 삶을 망칠 권리가 없는 나이거든." 알렉스는 조지가 프라이팬에서 뒤적이고 있는 스크램블 에그를 가리켰다. "다 먹겠다고 약속할 거지?"

조지는 뚫어질 듯 쳐다보는 엄마의 시선을 느꼈다. "약속해."

"그럼 엄만 나갈게."

알렉스는 커피가 담긴 휴대용 머그잔을 손에 쥐었다. 차고에서 차를 빼낼 때쯤에는 어느새 그날 오후에 작성해야 하는 판결에 대한 생각뿐이었다. 서기가 그녀의 소송사건 일람표에 채워놓았을 심문들, 금요일 오후와 오늘 아침 사이 책상 위에 그림자처럼 떨어졌을 명령 신청들. 그녀는 집과는 동떨어진 세계에 열중했다.

그 순간 그녀의 딸은 프라이팬의 스크램블 에그를 긁어모아 한 입도 먹지 않고 쓰레기통에 부었다.

때때로 조지는 자신의 삶이 문도 창문도 없는 방 같다고 생각했다. 스털링 고등학교 아이들 중 반 이상이 들어오고 싶어 오른 팔을 번쩍 들 법한 호화로운 방인 건 확실했지만, 그 방에는 탈출구가 없었다. 조지는 자신이 원하지 않는 사람이거나 혹은 아무도 원하지 않는 사람이었다.

조지는 샤워 분무기 쪽으로 얼굴을 쳐들었다. 뜨겁게 온도를 올려놓은 물이 채찍처럼 살갗에 타들면서 숨이 가빠졌다. 어느새 창문에는 김이 서렸다. 그녀는 천천히 열을 센 뒤에야 물줄기를 피해 거울 앞에 섰다. 온몸에서 물이 뚝뚝 떨어졌다. 얼굴이 벌겋게 부어오르고 머리카락은 굵은 밧줄처럼 어깨에 척 달라붙어 있었다. 곁눈질로 납작한 배를 유심히 쳐다보다가 배를 조금 내밀어보았다. 그녀는 맷이 자신에게서 보는 것, 코트니, 마들렌, 브래디, 헤일리와 드루도 보는 것이 무엇인지 알았다. 그것을 자신도 볼 수 있기를 바랄 뿐이었다. 문제는, 거울 속 자신을 볼 때면 조지에게는 생살 위에 덧칠된 것이 아닌 생살 아래 있는 것이 보인다는 점이었다.

조지는 자신이 어떻게 **보여야** 하고 어떻게 **행동해야** 하는지 알고 있었다. 그녀는 검정색 긴 생머리를 하고 다녔다. 아베크롬비앤피치 옷을 입었고, 록밴드 대쉬보드 컨페셔널과 데스캡포큐티를 들었다. 학교 카페테리아에 앉아 코트니의 화장품을 빌려 쓸 때면 느껴지는 다른 여학생들의 눈길을 좋아했다. 수업 첫날부터

2007년 3월 6일

선생님들이 자신의 이름을 알고 있는 것도 좋아했다. 맷과 팔짱을 끼고 복도를 걸을 때면 남자애들이 자신을 쳐다보는 것도 좋아했다.

하지만 한편에는, 만약 그들 모두에게 비밀을 털어놓으면 어떻게 될지 알고 싶어 하는 또 다른 자신이 있었다. 어떤 아침에는 침대에서 일어나 다른 누군가의 미소를 짓기가 힘들다는 것, 자신은 허공에 서 있는, 적당한 농담을 들으며 웃고 적당한 험담을 속닥거리고 적당한 남자를 매혹하는 가짜, **진짜** 되고 싶은 것은 거의 잊어버린 가짜……, 누가 속을 파고들라 치면 기억하는 게 훨씬 더 아프기 때문에 기억하고 싶어 하지 않는 가짜라는, 그 비밀 말이다.

그런 얘기를 터놓고 할 사람은 없었다. 게다가 특권을 가진 인기 집단의 일원이 될 권리를 본인 스스로 **의심**한다면 그 집단에 속할 수 없었다. 그리고 맷은, 흠, 여느 애들처럼 조지의 겉모습을 보고 반해 있었다. 동화에서는 가면이 벗겨져도 잘생긴 왕자는 무슨 일이 있어도 여자를 사랑했고, 그러면 여자는 공주로 변하곤 했다. 하지만 고등학교는 그런 식으로 움직이지 않는다. 그녀가 공주가 된 것은 맷과 사귀기 때문이었다. 그리고 기묘한 순환논리지만, 맷이 그녀와 사귀는 것은 그녀가 스털링 고등학교의 공주들 중 하나라는 사실 때문이었다.

조지는 엄마에게도 속마음을 털어놓을 수 없었다. 법원의 문을 나선 뒤라 해도 판사는 판사야, 엄마는 그렇게 말하곤 했다. 그런 이유로 알렉스 코미어는 공개석상에서는 와인을 한 잔 이상 마시는 법이 없었다. 같은 이유로 소리 지르거나 큰 소리로 말하는 법도 없었다. 해봤자 그만큼 좋을 게 없다는 걸 고려하면 시도 자체가 무의미했다. 당신은 정도를 따르면 그만이다, 그것으로 끝이다. 알렉스가 자랑스러워하는 딸 조지의 모습들 중 많은 것—성적, 외모, '적절한' 집단에 받아들여지기—이 실은 조지 자신이 간절히 원해서라기보다 완벽하지 않으면 어쩌나 하는 두려움에서 이루어진 것들이었다.

조지는 몸에 수건을 두르고 방으로 향했다. 벽장에서 청바지를 꺼낸 다음 가슴이 도드라지는 긴팔 티셔츠 두 장을 껴입었다. 그러고는 시계를 힐끗 보았다. 늦지 않으려면 서둘러야 했다.

하지만 방을 나서기 전 잠시 망설였다. 그러더니 침대에 주저앉아 침대 옆 탁자 아래 나무틀에다 압정으로 붙여놓은 지퍼백 샌드위치 가방을 찾았다. 그 안에는 수면제 앰비엔이 들어 있었다. 엄마의 불면증 처방약을 한 번에 한 알씩 슬쩍했기 때문에 엄마는 전혀 눈치 채지 못했다. 눈에 띄지 않게 열다섯 알을 모으는 데만도 여섯 달 가까이 걸렸지만, 조지는 보드카와 함께 먹으면 목적을 달성할 거라고 생각했다. 사실 그녀는 다음 주 화요일이라든가, 눈이 녹을 때라든가, 구체적인 자살 계획 같은 건 세우지 않았다. 일종의 예비책 같은 것이었다. 그녀의 진짜 모습이 드러나 아무도 곁에 있고 싶어 하지 않는다면, 그녀 또한 자신 곁에 있고 싶지 않을 게 당연할 테니까.

조지는 침대 옆 탁자 밑에 수면제를 다시 붙여놓고 아래층으로 내려갔다. 책가방을 챙기려고 부엌으로 들어가보니 화학책이 여전히 펼쳐져 있고, 그녀가 앉아 있던 자리에 줄기가 긴 빨간 장미 한 송이가 놓여 있었다.

맷이 구석진 냉장고에 등을 기댄 채 있었다. 열린 차고 문으로 들어온 모양이었다. 언제나처럼 그는 계절빛—온통 가을빛인 머리칼, 겨울 하늘처럼 파란 눈, 여름 태양처럼 환한 미소—으로 조지의 머리를 어지럽혔다. 야구 모자를 거꾸로 쓰고, 조지가 한때 슬쩍해 한 달 동안 자신의 속옷 칸에 숨겨놓고 필요할 때면 그의 냄새를 맡곤 했던 셔츠 위에 스털링 대학의 하키팀 티셔츠를 입고 있었다. "아직도 화나 있어?" 맷이 물었다.

조지는 망설였다. "화가 난 건 내가 아니었어."

냉장고에서 떨어진 맷은 조지에게 다가와 두 팔로 그녀의 허리를 감쌌다. "알겠지만 나도 어쩔 수가 없어."

그의 오른쪽 뺨에 보조개가 생겼다. 조지는 벌써부터 마음이 누그러졌다. "널 보고 싶지 않았던 게 아냐. 정말로 공부를 해야 했어."

맷은 그녀의 얼굴에서 머리카락을 걷어내고 키스를 했다. 바로 이것 때문에 지난밤 조지는 그에게 오지 말라고 했던 것이었다. 맷과 함께 있으면 몸이 증발해버리는 느낌이었다. 이따금, 그가 자신을 만질 때면 조지는 자신이 증기처럼 훅 사라져버리는 듯했다.

그는 단풍나무 시럽의 맛을, 사죄의 맛을 보았다. "이건 순전히 네 탓이야. 내가 널 그토록 사랑하지 않으면 이렇게 미치지도 않을 테니까." 맷이 말했다.

그 순간 조지는 자기 방에 숨겨둔 약을 기억할 수 없었다. 샤워하다 울었던 것도 기억할 수 없었다. 사랑받고 싶다는 것 외엔 아무것도 기억할 수 없었다. 난 운이 좋아, 조지는 속으로 말했다. 그 말이 머릿속에서 은빛 리본처럼 나부꼈다. 운이 좋아, 운이

좋아, 운이 좋아.

 스털링 경찰서의 유일한 형사인 패트릭 듀참은 라커룸의 구석진 벤치에 앉아 아침 근무조 순찰 경관들이 배가 제법 나온 신참을 놀려대는 소리를 들었다. 에디 오덴커크가 말했다. "이봐, 피셔, 애를 밴 게 자네야, 아님 자네 마누라야?"
 다른 동료들이 큰 소리로 웃자 패트릭은 그 신참이 딱하게 여겨졌다.
 "좀, 이른데, 에디. 다들 커피나 마시고 나서 시작하는 게 낫지 않겠어?" 패트릭이 말했다.
 "그럴까 했는데, 대장. 피셔가 도넛을 벌써 먹어 치운 것 같아서 말이죠. 그나저나 그건 뭡니까?" 에디가 패트릭을 보며 웃었다.
 패트릭은 에디의 시선을 따라 자신의 발을 내려다보았다. 그는 라커룸에서 순경들과 교대를 할 필요가 없는 형사였지만, 오늘 아침에는 주말 동안 엄청 먹어댄 음식의 칼로리를 날려버릴 겸 차를 타는 대신 경찰서까지 달려왔다. 토요일과 일요일은 메인주에서 요즘 그의 마음을 사로잡고 있는 다섯 살 반이 된 대녀代女 타라 프로스트와 시간을 보냈다. 아이 엄마 니나는 패트릭의 가장 오랜 친구였고, 아마도 그가 결코 극복하지 못할 단 하나의 사랑이었다. 물론 니나는 패트릭 없이도 잘 살아가고 있었지만. 주말 내내 패트릭은 타라와 함께 캔디랜드 보드게임을 하면서 수도 없이 져주었고, 목말을 무수히 태웠으며, 머리 손질을 당했다. 타라가 그의 발가락에 화사한 분홍색 매니큐어를 칠하는 것도 내버려두었는데, 그게 실수였다. 매니큐어 지우는 것을 깜박했던 것이다.

패트릭은 자신의 발을 내려다보며 발가락을 오므렸다. "아가씨들이 보면 섹시하다고 하겠군." 패트릭의 퉁명스러운 말에 라커룸의 순경 일곱 명은 엄밀히 말해 자신들보다 상관인 형사 앞에서 웃음을 애써 참으며 킬킬거렸다. 패트릭은 목이 긴 양말을 신은 다음 편한 신발에 발을 쓱 집어넣고서 넥타이는 여전히 손에 든 채 라커룸을 빠져나왔다. 하나, 둘, 셋. 그는 숫자를 세었다. 아니나 다를까, 라커룸에서 터진 웃음소리가 복도까지 흘러나왔다.

자신의 방으로 들어온 패트릭은 문을 닫고 문 뒤에 걸린 작은 거울 속 자신을 응시했다. 샤워를 한 뒤라 검은 머리카락은 아직 축축했고, 조깅을 한 덕에 얼굴은 발그레했다. 그는 넥타이 매듭을 위로 당겨 느슨하게 맨 뒤 책상에 앉았다.

주말 사이에 온 메일이 72통이었다. 보통 50통이 넘으면 주중에 여덟시 전에 퇴근하긴 글렀다는 뜻이었다. 그는 이메일을 쭉 훑으며 아무리 열심히 일해도 줄어드는 법이 없는 악마의 임무 목록을 추가해나갔다.

오늘은 과학수사연구소로 마약을 날라야 했다. 하루 중 네 시간을 잡아먹는다는 것 외엔 큰일도 아니었다. 거의 마무리를 지은 성폭행 사건은 대학교 커뮤니티 사이트에서 밝혀낸 범인의 진술서를 법무국장 방으로 보내기만 하면 된다. 노숙자가 어떤 차에서 낚아챈 핸드폰도 하나 있었다. 보석 가게 침입자 확인을 위해 연구소에서 혈액검사 결과를 받아야 했고, 증거배제 심리로 고등법원에 가야 했으며, 책상 위에는 오늘의 첫 고소장이 벌써 놓여 있었다. 신용카드를 사용해 추적의 단서를 흘려놓은 지갑

도난 사건이었다.

작은 마을의 형사이다 보니 패트릭은 언제나 엔진을 전면 가동해야 했다. 무혐의를 입증할 때까지 한 사건에만 24시간 매달릴 수 있는 지방부서의 경찰들과 달리, 패트릭은 그의 책상에 올라오는 모든 사건을 맡아야 했다. 흥미로운 사건만 선별할 수는 없었다. 부도수표 건이나, 범인에게 고작 200달러 벌금을 물리려고 그 다섯 배의 세금을 써가면서 패트릭이 일주일을 매달려야 하는 도난 사건에 신바람을 내기란 힘들었다. 사건이 크게 중요하지 않다고 생각되기 시작할 때면 그는 피해자를 직접 만나보곤 했다. 지갑을 도난당해 이성을 잃은 어머니, 퇴직금을 털려버린 영세한 보석상들, 신분 도용의 피해자가 돼 낭패를 본 대학교수 등등. 희망은 그 자신과 도움의 손길을 바라는 사람 간의 거리에 정확히 비례한다는 것을, 패트릭은 알고 있었다. 만약 패트릭이 관여하지 않는다면, 백 퍼센트 심혈을 기울이지 않는다면, 그 피해자는 영원히 피해자로 남을 것이었다. 스털링 경찰대에 소속된 뒤로 패트릭이 모든 사건을 어떻게든 해결하려고 애쓰는 것도 모두 이런 이유였다.

그럼에도.

침대에 누워 머릿속으로 자신의 삶의 가장자리를 복기할 때면 입증된 성공보다는 잠재적 실패만이 떠오르곤 했다. 파괴당한 창고 주위를 걷거나 해체된 채 숲에 버려진 도난 차량을 발견할 때, 데이트 상대에게 성폭행을 당해 흐느껴 우는 소녀에게 화장지를 건넬 때면, 패트릭은 자신이 너무 늦었다는 것을 느끼지 않을 수 없었다. 그는 형사였지만, 아무것도 **미리 간파**하지 못했다. 언제나, 이미 망가진 것이 그에게 굴러들어왔다.

 3월 들어 처음으로 따뜻한 날이었다. 머지않아 눈이 녹을 것 같고, 6월이 정말 코앞에 왔다고 믿게 되는 그런 날이었다. 학생 주차장에서 맷의 사브 보닛에 앉아 있던 조지는 학기가 시작되는 봄이라기보다 여름 날씨구나, 석 달만 있으면 정식으로 상급생이 되겠구나 하는 생각을 하고 있었다.
 그녀 옆에서 맷은 차 앞유리에 등을 기댄 채 얼굴을 해 쪽으로 향하고 있었다. "수업 빠지자. 종일 학교에 처박혀 있기엔 날씨가 너무 좋은 걸." 맷이 말했다.
 "이번에도 빠지면 벤치 신세가 될 거라면서."
 주 대항 하키 선수권 대회가 오늘 오후부터 있었고, 맷은 우익수였다. 작년에 우승을 한 스털링은 올해도 우승을 기대하고 있었다. "경기 보러 올 거지." 맷이 말했다. 그것은 질문이라기보다 명령이었다.
 "점수 딸 거지?"
 맷은 짓궂게 웃으면서 조지를 자기 위로 끌어당겼다. "언제는 못했나?" 조지는 맷의 말이 더 이상 하키를 뜻하는 게 아니란 걸 깨닫자 스카프 깃 위로 얼굴이 달아올랐다.
 갑자기 조지의 등으로 뭔가가 후두둑 떨어지는 게 느껴졌다. 두 사람이 일어나 앉아보니 미식축구 선수 브래디 프라이스가 학교 축제 여왕인 헤일리 위버와 손을 잡고 걸어오고 있었다. 헤일리가 다시 동전을 빗발치듯 던졌다. 선수에게 행운을 빌어주는 스털링 고등학교의 풍습이었다. "오늘 잘해봐, 로이스턴." 브래디가 소리쳤다.

마침 수학 선생님도 낡은 검정 가죽 서류 가방과 커피 보온병을 들고 주차장을 가로질러 걸어오고 있었다. "맥케이브 선생님, 지난주 금요일 시험 어떻게 나왔어요?" 맷이 소리쳤다.

"다행히, 넌 기댈 만한 다른 재주가 있잖아, 로이스턴." 주머니에 손을 찔러넣은 채 맥케이브 선생님이 말했다. 선생님도 동전을 던지면서 조지에게 윙크를 했다. 하늘에서 동전들이 색종이 조각처럼, 풀려난 별들처럼 그녀의 어깨 위로 떨어졌다.

그럴 것 같더라니, 혼잣말을 하며 알렉스는 핸드백 속에 다시 물건들을 집어넣었다. 핸드백을 바꿔 가져오는 바람에 고등법원 후문의 직원 출입용 열쇠를 집에 두고 온 것이었다. 버저를 수도 없이 눌렀건만, 문을 열어줄 사람이 없는 것 같았다.

"빌어먹을." 그녀는 작은 소리로 투덜거리며 악어가죽 구두가 망가지지 않도록 진창들을 빙 돌아서 걸었다. 후문 쪽에 주차했으면 이런 짓을 하지 않아도 되었건만. 서기 방을 통해 판사실로 들어갔다면, 그리고 운도 따라주었다면, 어쩌면 늦지 않고 판사석에 앉아 있었을 텐데.

일반 출입구에는 스무 명이나 줄을 서 있었다. 하지만 이 법원 저 법원을 순회해야 하는 지방법원 판사 때와 달리 이곳에서 여섯 달이나 머물기 때문인지 직원들은 알렉스를 금방 알아보았다. 직원들이 그녀에게 앞으로 오라며 손을 흔들었다. 그런데 순간 그녀의 핸드백 속에 들어 있던 열쇠들과 휴대용 머그컵과 신만이 아는 그 무엇인가가 금속 탐지기를 울리게 했다.

경보와 함께 스포트라이트가 켜졌다. 로비에 있던 모두의 눈이 누가 붙잡혔는지 보기 위해 한 곳으로 쏠렸다. 알렉스는 머리를 홱 숙이고 반지르르한 타일 바닥을 황급히 가로지르다 발을 헛디딜 뻔했다. 앞으로 넘어지는 그녀를 웬 땅딸막한 남자가 손을 뻗어 잡아주었다. "헤이, 아가씨, 구두가 맘에 드는군요." 남자가 추파를 던지며 말했다.

아무 대꾸 없이 알렉스는 남자의 손을 뿌리치고 서기의 방으로 향했다. 고등법원 판사들 중에는 아무도 이렇게 행동하지 않았다. 와그너 판사는 친절한 사람이었지만, 할로윈이 끝난 뒤의 썩은 호박 같은 얼굴이 흠이었다. 여자 동료인 게르하르트 판사는 알렉스보다 더 오래된 블라우스를 입고 다녔다. 처음 판사가 됐을 때 알렉스는 되도록 젊고, 적당히 매력적으로 보이는 것이 고정된 이미지를 벗기 위해 좋겠다고 생각했지만, 오늘 같은 아침에는 영 자신이 없었다.

가까스로 판사실에 도착한 알렉스는 핸드백을 털썩 내려놓은 뒤 법복을 갈아입고, 5분 만에 커피를 마시고, 소송사건 일람표를 재검토했다. 사건마다 파일을 따로 두지만 상습범 사건들은 고무 밴드로 함께 묶어두었고, 때때로 판사들은 포스트잇에 메모를 해서 사건 파일 안에 붙여두곤 했다. 알렉스가 파일 하나를 열어보니 얼굴 앞에 창살을 그려놓은 남자 그림이 있었다. 이번이 그 상습범의 마지막 기회이고, 다음번엔 교도소행이라는 게르하르트 판사의 신호였다.

알렉스는 법원 경위에게 준비가 됐음을 알리는 버저를 누르고 신호를 기다렸다. "모두 기립해주십시오. 알렉산더 코미어 판사님이 입장하십니다." 법정으로 걸어 들어갈 때면 알렉스는 언제나 브로드웨이 개막 공연 무대에 처음으로 발을 내딛는 것 같은 느낌이었다. 법정에 방청객이 있고, 모두의 눈이 자신에게 집중되리라는 것을 뻔히 아는데도, 숨을 쉴 수 없고 방청객이 자신을 보러 온 게 아니라고 생각하게 되는 순간이 꼭 있었다.

알렉스는 판사석으로 씩씩하게 걸어가 앉았다. 그날 아침에 잡혀 있는 심리만 해도 70건이었고, 법정은 만원이었다. 첫 번째 피고의 이름이 불리자 당사자가 시선을 돌린 채 발을 끌며 피고석으로 들이긴다.

"오라일리 씨." 알렉스가 말했다. 남자와 시선이 마주치는 순간 그녀는 로비에서 봤던 그 남자임을 알아차렸다. 자신이 누굴 희롱했는지 깨달은 그는 불편해하는 기색이 역력했다.

"조금 전에 절 도와주신 신사분이시군요, 그렇죠?"

남자는 침을 삼켰다. "네, 판사님."

"제가 판사인 걸 아셨어도 '헤이, 아가씨, 구두가 맘에 드는군요' 하고 말씀하셨겠습니까, 오라일리 씨?"

피고는 눈을 내리깔고서 정직과 도리의 무게를 재고 있었다. "아마도요, 판사님." 그는 사이를 두었다가 말했다. "정말 멋진 구두거든요."

법정이 숨죽인 채 그녀의 반응을 기다렸다. 알렉스는 활짝 웃었다. "오라일리 씨, 두말하면 잔소리겠죠."

레이시 호턴은 침대 난간에 기대어 울고 있는 환자의 얼굴 앞에 자신의 얼굴을 바짝 갖다대며 단호히 말했다. "당신은 할 수 있어요. 할 수 있고, 해낼 거예요."

열여섯 시간의 진통으로 레이시, 산모, 예비 아빠 모두 녹초가 되었다. 예비 아빠는 자신이 불필요한 존재이며 아내에게 지금 당장 필요한 사람은 자신보다 조산사라는 사실을 점점 깨달으면서 위기에 봉착해 있었다. "아빠는 재닌 뒤로 가서 좀 받쳐줘요." 레이시가 그에게 말했다. "재닌, 당신은 내 얼굴을 보면서 다시 한 번 힘을 줘요……."

여자는 이를 악물고 안간힘을 썼고, 새 생명을 탄생시키려는 노력으로 정신이 혼미해지고 있었다. 아기의 머리를 감지한 레이시는 손을 넣어 아기가 자궁을 빠져나오게 인도하고 아기 머리 위로 탯줄을 재빨리 감으면서 산모와 계속 눈을 마주치는 것을 잊지 않았다. "이제 20초만 있으면 당신의 아기가 이 행성의 신생아가 될 거예요. 보고 싶죠?"

산모는 맹렬한 힘 주기로 답했다. 의지의 절정, 결의에 찬 포효, 미끈미끈한 봇물과 함께 세상에 나온 아기가 첫 울음을 터뜨렸다. 레이시는 벌건 아기를 번쩍 들어 엄마의 품에 안겨주었다.

산모는 다시 울기 시작했다. 그 눈물에 꿰어 있는 고통만 제외한다면, 전혀 다른 선율을 가진 눈물이 아니던가? 신참 부모는 아기 위로 몸을 기울였고, 하나의 원이 만들어졌다. 레이시는 물러나 지켜보았다. 출산이 끝난 뒤에도 조산사가 할 일은 여전히 많았지만, 이 순간만큼은 이 작은 존재와 눈을 맞추고 싶었다. 부모들이 아기에게서 이모와 비슷한 턱이나 할아버지를 닮은 코를 알아차릴 때, 레이시는 그보다 3.6킬로그램의 순수함의 지혜와 평화가 깃든 응시를 보곤 했다. 신생아들은 신성함이 가득한 얼굴들, 작은 부처들을 연상시켰다. 하지만 그런 모습은 오래가지 않았다. 일주일 뒤 정기검진 때 다시 본 아기들은 여전히 자그마한데도 불구하고 어느새 보통 사람들로 변해 있었다. 레이시는 태어난 순간의 그 성스러움이 이 세상의 어디로 사라져버리는지 늘 궁금하기만 했다.

엄마가 마을 저편에서 뉴햄프셔 주 스털링의 신생아를 받고 있을 때쯤 피터 호턴은 잠에서 깨어나고 있었다. 아빠는 일하러 나가는 길에 방문을 두드렸다. 그것이 피터의 알람이었다. 아래층 식탁에는 그릇과 시리얼이 놓여 있을 것이다. 새벽 두시에 호출을 받고 나가면서도 어머니가 잊지 않고 차려둔 것이었다. 그런 것쯤 아무 일도 아니라는 듯, 아들에게 학교 잘 다녀오라는 메모도 써놓았을 것이다.

피터는 이불을 확 젖히고 일어났다. 잠옷 바지 그대로 책상으로 다가가 의자에 앉아 인터넷에 접속했다.

게시판에 올라온 글들이 흐릿했다. 그는 컴퓨터 옆에 둔 안경으로 손을 뻗쳤다. 스크롤을 계속 내리던 그는 갑자기 안경집을 키보드 위로 떨어뜨리고 말았다. 피터는 다시는 보지 않기를 바랐던 어떤 것을 보게 되었다.

피터는 손을 뻗어 Ctrl-Alt-Del 키를 쳤다. 그러나 화면이 까맣게 변했는데도, 눈을 감았는데도, 소리를 지르기 시작했는데도 여전히 그것이 선명하게 떠올랐다.

스털링 정도의 마을에서는 모두가 아는 사이였고, 어떻게든 서로서로 관계가 있었다. 어떤 점에서는 위안이 되는 사실이었다. 때로는 사랑하고 때로는 미워하는 아주 큰 대가족 같았으니까. 하지만 어떤 때는 그런 점이 조지를 괴롭혔다. 지금처럼, 카페테리아에서 나탈리 즐렌코 뒤에 줄을 서 있을 때가 그랬다. 나탈리는 초등학교 2학년 때던가, 조지더러 장난을 좀 치자고 하더니 앞뜰에서 남자애처럼 오줌을 누어보자고 했던 1급 레즈비언이다. 너희들 생각이 있는 거니, 데리러 왔던 엄마가 두 아이가 아랫도리를 벗은 채 수선화 위로 웅크리고 있는 모습을 보고 한 말이었다. 10년이나 지난 지금도, 조지는 상고머리에 늘 SLR 카메라를 들고 다니는 나탈리 즐렌코를 볼 때면 그때 일을 아직까지 생각할까 궁금했다.

조지의 맞은편에는 스털링 고등학교의 알파걸(학업, 운동, 리더십 등 모든 면에서 남성에게 뒤지지 않는 여성-옮긴이)인 코트니 이그나시오가 있었다. 그녀가 윤기 나는 금발을 실크 숄처럼 어깨 위로 늘어뜨리고 인터넷으로 산 프레드 시걸(할리우드 스타들이 가장 즐겨 찾는 의류 전문업체-옮긴이)의 골반 바지를 입고 다니자 무수한 복제품이 생겨날 정도였다. 조지의 쟁반에는 감자튀김이 수북한 반면, 코트니의 쟁반에는 물병과 바나나 한 개뿐이었다. 어느새 2교시였고, 엄마가 예언한 대로 조지는 배가 고파 죽을 지경이었다.

"야, 저 채식주의자한테 좀 비켜달라고 말해줄래?" 코트니가 나탈리에게도 다 들릴 만큼 큰 소리로 말했다.

뺨이 벌게진 나탈리는 코트니와 조지가 지나갈 수 있도록 샐러드바의 스니즈가드(음식이 오염되는 것을 방지하기 위해 식당 등에 설치된 플라스틱제 보호물-옮긴이)에 몸을 바싹 붙였다.

카페테리아에 올 때면 조지는 격식이란 없는 자연 서식지에서 다른 종들을 관찰하는 박물학자가 된 기분이 들곤 했다. 교과서에 코를 처박은 채 아무도 이해하고 싶어 하지 않는 수학 농담들에 키득거리는 괴짜들이 있었다. 그들 너머에는 학교 뒤 줄타기 코스에서 박하담배를 피우며 공책 여백에 만화를 그려대는 예술 별종들이 있었다. 양념 코너 근처에는 블랙커피를 마신 뒤 버스를 타고 마을을 세 곳이나 지나 기술고등학교까지 오후 수업을 받으러 가는 못생긴 여자애들이 있었다. 아침 아홉시만 되면 벌써부터 몽롱해지는 마약 상습범들도 있었다. 나탈리와 앤젤라 플루그처럼 아무도 받아주지 않아서 어쩔 수 없이 친구가 된 부적합자들도 있었다.

그리고 조지의 패거리가 있었다. 그들은 수가 많아서가 아니라 거물급이라는 이유로 테이블 두 개를 접수했다. 엠마, 마들렌, 헤일리, 존, 브래디, 드루. 이 패거리와 어울려 다니기 시작했을 때 조지는 모두의 이름을 혼동하곤 했다. 그들은 그 정도로 비슷했다.

남자애들은 적갈색 하키복에 모자를 거꾸로 쓴 채 고리 사이로 선명한 머리카락을 이마 앞에 불꽃처럼 내놓고 다녔다. 여자애들은 작정하고 따라한 듯 코트니의 복사판들이었다. 조지는 그들 가운데 눈에 띄지 않게 끼어 있었는데, 그녀 또한 코트니를 빼닮았기 때문이었다. 곱슬거리던 머리를 헤어드라이어로 유리처럼 미끈하게 폈다. 운동장에 아직까지 눈이 남아 있었지만, 그녀의 구두 높이는 7센티미터가 넘었다. 겉모습만 똑같아 보이면 속

마음이 어떤지 모른다는 것을 무시하기가 훨씬 쉬웠다.

"안녕." 코트니가 옆에 앉자 마들렌이 말했다.

"안녕."

"피오나 키어랜드 얘기 들었어?"

코트니의 두 눈이 반짝거렸다. 남의 말 하기는 더할 나위 없이 좋은 촉매였다. "가슴 크기가 짝짝이인 여자애 말이야?"

"아니, 그건 2학년 피오나고. 난 신입생 피오나를 말하는 거야."

"알레르기 때문에 화장지를 달고 다니는 애?" 슬그머니 자리에 끼어들며 조지가 물었다.

"아니면, 코카인을 흡입하다 재활소로 보내진 애를 맞혀봐." 헤일리가 말했다.

"얼른 불어."

"그건 얘깃거리도 안 돼. 코카인을 대주던 애가 방과 후 성경 모임의 장이었대." 엠마가 가세했다.

"오 세상에!" 코트니가 말했다.

"틀림없어."

"어이. 왜 그렇게 오래 걸린 거야?" 맷이 조지 옆자리에 슬쩍 앉았다.

조지는 그를 돌아보았다. 테이블 끝에서는 남자애들이 빨대 포장지를 둘둘 말아 뭉치면서 봄철 스키도 이제 끝났다는 얘기를 하고 있었다. "서나피 스키장에 하프파이프(스케이트보드나 스노보드에서 점프를 시작하는 데 쓰는 반원통형의 활주로-옮긴이)가 얼마나 길게 설치되어 있을 것 같냐?" 존이 뭉친 종이를 다른 테이블에 잠들어 있는 남자애를 향해 던지며 물었다.

작년에 조지와 선택과목인 수화를 함께 들었던 아이였다. 조지와 같은 2학년이었다. 앙상하고 하얀 팔다리가 대벌레처럼 벌어져 있었고 코를 골 때마다 입이 크게 벌어졌다.

"빗나갔어, 멍청이. 서나피는 폐장해도 킬링톤은 괜찮아. 거긴 8월까지 눈이 있다고." 드루가 뭉친 종이는 그 남자애의 머리에 떨어졌다.

데릭. 그 애의 이름은 데릭이었다.

맷은 조지의 감자튀김을 힐끗 보며 물었다.

"너 그거 안 먹을 거야, 응?"

"난 배고파 죽겠다고."

맷이 나무라는 듯 그녀의 옆구리를 꼬집었다. 조지는 감자튀김을 보았다. 10초 전만 해도 노릇노릇한 감자튀김은 천국의 냄새가 풍겼더랬다. 지금 눈에 보이는 건 종이 접시에 덕지덕지 배인 기름뿐이었다.

맷이 한 움큼을 먹고는 종이 뭉치로 잠자고 있던 데릭의 입을 맞춘 드루에게 나머지를 넘겼다. 켁, 퉤 소리를 내며 데릭이 화들짝 놀라 깨어났다.

"잘했어!" 드루는 존과 하이파이브를 했다.

데릭은 냅킨에 침을 뱉고 입을 싹싹 닦았다. 그러면서도 누가 보고 있지는 않나 싶어 주위를 힐끗거렸다. 조지는 기말시험을 본 뒤로는 거의 다 잊어버린, 수화 시간에 배운 어떤 손동작이 불현듯 기억났다. 주먹을 쥐고 가슴팍에서 원을 그리는 동작의 뜻은 **미안해**였다.

맷이 몸을 기울여 조지의 목에 키스를 했다. "여기서 나가자."

그는 조지를 일으켜 세우면서 친구들을 향해 말했다.

"나중에 보자."

스털링 고등학교의 체육관은 2층에 있었다. 학교를 세울 당시 사채 발행이 승인되었다면 아래층은 수영장이 되었을 테지만, 결국엔 쿵쿵거리는 운동화와 통통 튀는 농구공 소리가 끊임없이 울려 퍼지는 교실 세 개가 들어서게 되었다. 신입생들인 마이클 비치와 그의 단짝 저스틴 프리드먼은 체육 선생님이 드리블 기술을 백 번째 반복하는 동안 농구 코트 사이드라인에 앉아 있었다. 어떻게 보면 쓸데없는 연습이었다. 이 반 아이들은 이미 선수나 다름없는 노아 제임스 같은 아이들 아니면, 장난치는 건 좋아하지만 아이들이 속옷을 외투걸이에 매다는 장난질에 걸려들지 않으려고 방과 후에 줄행랑을 놓는 마이클과 저스틴 같은 애들이었기 때문이다. 아이들은 방과 후 바로 집에 가는 것을 '홈런'이라고 불렀다. 아이들은 다리를 꼬아 무릎을 세우고 앉아 코트 양끝을 바쁘게 오가는 스피어스 코치의 하얀 운동화에서 나는 찍찍 소리에 귀를 기울였다.

"다들 내가 팀의 꼴찌가 될 거래." 저스틴이 투덜거렸다.

"수업을 빠질 수 있음 얼마나 좋을까. 소방 훈련이라도." 마이클도 동조하며 말했다.

저스틴이 히죽 웃었다. "지진이라도."

"몬순."

"메뚜기떼!"

"테러 공격!"

운동화 두 짝이 그들 앞에서 멈췄다. 스피어스 코치가 팔짱을 낀 채 눈을 내리깔았다. "너희 둘은 농구가 뭐가 그리 우스운지 얘기해볼까?"

마이클이 저스틴을 힐끗 보면서 코치를 올려다보았다.

"아무것도 아닙니다."

샤워를 마친 레이시 호턴은 녹차 한 잔을 들고 집 안을 평화롭게 어슬렁거렸다. 아이들이 아직 어리고 그녀가 일과 생활에 치여 있었을 때 남편 루이스는 그녀에게 자신이 어떻게 해주면 기분이 좋아지겠느냐고 묻곤 했다. 루이스의 직업상 그 질문은 대단히 아이러니했다. 스털링 대학교 교수인 그의 전공은 행복의 경제학이었다. 실제로 존재하는 학문 분야였고, 물론 그는 전문가였다. 즐거움과 행운의 효과를 화폐 단위로 측정하는 것에 대한 세미나도 열고 논문도 써내고 CNN과 인터뷰를 한 적도 있는 그였지만, 레이시가 무엇을 즐기고 싶어 하는지에 대해서는 쩔쩔맸다. 근사한 외식? 페디큐어? 낮잠? 하지만 레이시가 원하는 것을 말하자 루이스는 이해하지 못했다. 그녀가 원하는 것은 아무도 없고, 아무 할 일도 없는 집에 혼자 있는 것이었다.

레이시는 피터의 방문을 열고 들어가 이부자리를 정리하려고 머그잔을 화장대에 내려놓았다. 정리를 좀 하라고 닦달할 때면 피터는 이렇게 말하곤 했다. 해서 뭐하게. 몇 시간 후면 또 어지러워질 텐데.

보통 그녀는 피터가 없을 때는 방에 들어오지 않았다. 그래서였는지, 처음에는 핵심적인 것이 빠진 것처럼 방 안이 이상하다고 느꼈다. 피터가 없어서 방이 좀 휑해 보인다고 생각하던 그녀는 늘 윙 소리를 내며 녹색 바탕 화면이 열려 있던 컴퓨터가 꺼져 있는 것을 그제야 깨달았다.

그녀는 시트를 당겨 침대 모서리로 쑤셔넣었다. 이불을 쫙 펴고 베개를 부풀렸다. 피터의 침실 문턱에 잠시 서서 미소를 지었다. 방은 완벽해 보였다.

조 패터슨은 치열 교정기를 끼운 남자와 키스를 하면 어떤 느낌일까 궁금했다. 가까운 미래에는 일어날 일이 거의 없다 해도 방심한 틈을 타 언제 닥칠지 모르니 미리 주의하고 있어야 한다고 생각했다. 사실은 남자, 심지어 자신처럼 치열 교정을 받지 않아도 되는 남자와 키스를 하면 어떤 느낌일까가 궁금했다. 그뿐이었다. 정직하게 말하면, 이런저런 잡생각을 하기에 따분한 수학 시간보다 더 좋은 때가 어디 있을까?

자신을 대수학의 크리스 록(할리우드의 인기 코미디 배우-옮긴이)으로 생각하는 맥케이브 선생님은 독백하듯 틀에 박힌 수업을 하고 있었다. "자, 두 아이가 점심시간에 줄을 서 있는데, 첫 번째 아이가 친구를 돌아보고 '돈이 없어! 어떡하지?' 하고 말했다. 그러자 친구는 '$2x+5$!'라고 말했다."

조는 시계를 쳐다보았다. 9시 50분이 될 때까지 분침을 또각또각 세다 자리에서 벌떡 일어나 맥케이브 선생님께 외출증을 건넸다. "아, 치열교정." 선생님은 큰 소리로 읽었다. "자, 의사가 네 입을 철사로 봉하진 않겠지, 패터슨. 그럼, 친구가 뭐라고 했더라, '$2x+5$'. 이항식이다. 알았지? 밥 먹지 마라?!"

조는 책가방을 메고 수학 교실을 나왔다. 열시에 학교 앞에서 엄마를 만나기로 되어 있었다. 주차하기가 아주 고약해서 차가 오면 바로 타야 했다. 아직 수업 중이라 복도는 휑하고 쿵쿵 울렸다. 고래 배 위를 터벅터벅 걷는 느낌이었다. 조는 교무과로 돌아가서 비서의 회람판에 이름과 외출 시간을 적은 다음, 다시 나가려고 서두르다 어떤 아이를 넘어뜨릴 뻔했다.

치열 교정기를 빼버리면 기분이 어떨까 하는 생각이 들었다. 여름과 축구 캠프가 떠오르면서 재킷의 지퍼를 내려도 될 만큼 따뜻한 날이었다. 치열 교정기를 달지 않은 남자애와 키스를 하다 너무 세게 누르면 그의 잇몸이 찢기지는 않을까? 남자에게 피를 보게 했다간 다시는 그와 사귀지 못하게 될 것 같았다. 시카고에서 얼마 전 전학 와서 영어 시간에 그녀 앞자리에 앉는 금발 남자애처럼 치아 교정기를 단 애면 어떨까? 그 애가 돌아보며 그녀의 숙제를 돌려줄 때 조금 길다 싶게 종이를 잡고는 있었지만, 그 애가 좋다거나 그런 건 아니고…… 톱니바퀴들이 걸리듯이 두 개의 치아 교정기가 들러붙어 병원 응급실로 실려 가게 된다면, 그건 또 얼마나 창피스러울까?

조는 입속의 들쭉날쭉한 금속 교정기를 혀로 쭉 훑었다. 아마도 잠깐 동안은 수녀가 될 수 있을 것 같았다.

조는 한숨을 쉬면서 지나가는 차들의 긴 행렬 속에 엄마의 녹색 익스플로러가 있는지 찾아보려고 도로를 응시했다. 바로 그때쯤, 뭔가가 폭발했다.

별 특색 없는 경찰차에 앉은 패트릭은 간선도로로 진입하려고 신호를 기다리고 있었다. 조수석에는 코카인 병이 든 종이봉투가 놓여 있었다. 고등학교에서 체포한 학생이 이미 병에 든 것을 코카인이라고 시인했지만, 패트릭은 흰 가운을 입은 연구원으로부터 자신이 이미 알고 있는 사실을 확인받기 위해 과학수사연구소까지 가는 데 반나절을 허비해야 했다. 무전기의 볼륨을 만지작거리자 때마침 바로 그 고등학교에서 폭발 사고가 나 소방대가 출동했다는 소식이 들려왔다. 보일러라도 터진 모양이군. 내부 구조물이 무너지려고 할 만큼 오래된 학교였다. 그는 스털링 고등학교의 보일러가 어디에 있었던가 기억해내려 애쓰면서 부상자 없이 사람들이 무사히 그 상황을 모면할까 생각했다.

총이 발사되었습니다…….

신호가 녹색으로 바뀌었지만, 패트릭은 움직이지 않았다. 스털링에서 총기 사건이란 좀처럼 없는 일이어서 그는 무전기에서 흘러나오는 목소리에 귀를 기울이며 설명을 기다렸다.

고등학교에서…… **스털링 고등학교**…….

발송자의 목소리는 점점 빨라지고, 점점 격앙되었다. 패트릭은 바로 유턴해 라이트를 번쩍거리며 학교를 향해 출발했다. 다른 목소리들도 잡음처럼 터져나오기 시작했다. 자신들의 입장을 말하는 경찰들, 동원 가능한 인력을 모으느라 하노버와 레바논의 상호 협력을 요청하는 당직 주임. 여러 사람의 목소리가 한데 엉겨 서로 차단을 해버리는 바람에 모든 것이 얘기되고 있지만 아무것도 들리지 않고 있었다.

시그널 1000, 시그널 1000. 발송자가 말했다.

형사로 일해오는 동안 패트릭이 이 호출을 받은 것은 딱 두 번이었다. 한 번은 메인 주에서 빈털터리가 된 한 아버지가 공무원을 인질로 잡아둔 사건 때였다. 또 한 번은 스털링에서 가짜 경보로 판명이 난 은행 강도 사건 때였다. 시그널 1000은 모든 사람이 당장 라디오를 끄고 급보에 채널을 맞추어야 한다는 뜻이었다. 시그널 1000은 그들이 처리하고 있는 것이 일상적인 경찰 업무가 아니라는 것을 뜻했다.

그것은 사느냐 죽느냐를 뜻했다.

대혼란이었다. 한 무리의 학생들이 학교 건물을 뛰쳐나오고 부상자들을 밟아 뭉개고 있었다. 어떤 남학생은 2층 창문에서 '살려주세요'라고 손수 만든 팻말을 들고 있었다. 두 여학생은 서로 부둥켜안고 울고 있었다. 핏방울이 눈 위로 떨어져 핑크빛으로 녹아들었다. 그것은 잃어버린 아이들의 이름을 소리쳐 부르며 개울로, 뒤이어 격노한 강물로 변하게 될 부모들의 핏방울이었다. 당신의 얼굴에 들이대는 텔레비전 카메라, 충분하지 않은 구급차, 충분하지 않은 경찰 병력, 그리고 당신이 알고 있던 세상이 산산조각 났을 때 어떻게 반응할지 몰라 우왕좌왕하는 대혼란이었다.

패트릭은 차를 인도 위로 걸쳐 대고서 뒷좌석에 있는 방탄조끼를 움켜잡았다. 벌써부터 아드레날린이 고동쳐 흘러 시야의 가장자리가 빙빙 돌고 오감은 더욱 예민해졌다. 그는 대혼란의 한가운데서 메가폰을 들고 서 있는 오루크 서장을 발견했다.

"아직 어떻게 대처해야 할지 모르겠네. 특수기동대가 오고 있어." 서장이 말했다.

패트릭은 특수기동대 따위엔 관심이 없었다. 그들이 당도할 즈음이면 총알이 백 발은 더 발사된 뒤일 것이다. 학생들이 죽을지도 모른다. 그는 총을 꺼냈다. "들어가겠습니다."

"젠장, 여기 있게. 그건 규정 위반이야."

"이런 판국에 무슨 염병할 규정이에요. 나중에 해고하면 되잖아요." 패트릭은 냅다 소리쳤다.

학교 계단을 급히 오르던 그는 서장의 명령을 거부하고 자신을 따라 소동에 합류하는 순찰 경관 두 명을 어렴풋이 알아보았다. 패트릭은 그들을 각각 다른 복도에 배치한 뒤 여닫이문을 밀고 들어가, 밖으로 나오려고 서로를 밀쳐대고 있는 학생들을 지나쳤다. 화재 경보 소리가 너무 큰 나머지 패트릭은 총소리를 듣기 위해 귀를 쫑긋 세워야 했다. 그리고 어느 순간 자신 옆을 지나쳐 달려가는 소년의 외투를 잡아챘다.

"누구니? 누가 총을 쏘고 있어?" 패트릭이 소리쳤다.

소년은 아무 말도 못하고 머리만 흔들더니 몸을 비틀어 달아났다. 패트릭은 그 아이가 미친 듯이 복도를 내달려 문을 열고 햇빛 속으로 뛰어드는 것을 지켜보았다.

학생들은 마치 돌에 부딪힌 강물이 갈라지듯 그의 양옆으로 흩어졌다. 연기가 부풀어 올라 눈이 따끔거렸다. 스타카토로 탕탕 터지는 총소리를 들은 패트릭은 앞뒤 재지 않고 뛰어들려는 충동을 가까스로 억눌러야 했다. "안에 몇 명이나 있니?" 그는 지나가는 여학생에게 소리쳐 물었다.

"저도...... 저도 모르겠어요......"

그녀 옆에 있던 남학생이 돌아서서 알려주어야 할지 아니면 그 지옥을 어서 빠져나가야 할지 망설이며 패트릭을 쳐다보았다.

"남자애예요……. 그 애가 모두에게 쏘고 있어요……."

그거면 충분했다. 패트릭은 강을 거슬러 오르는 연어처럼 조수를 밀치고 나아갔다. 숙제들이 바닥에 흩어져 있었다. 그의 구두 뒤꿈치 밑으로 탄피들이 굴러다녔다. 천장 타일에도 총탄 자국이 나 있었고, 미세한 회색 먼지가 바닥에 비틀어 누워 있는 망가진 몸뚱이들을 덮고 있었다. 패트릭은 이 모든 것을 무시하고 자신이 받은 훈련—범인이 숨어 있을지 모를 문은 지나친다. 수색을 하지 못한 방은 무시한다—과는 반대로 무기를 빼들고 앞으로 돌진했다. 온몸 구석구석에서 심장이 쿵쾅거렸다. 나중에 그는, 당장은 주목하지 못하고 지나친 다른 광경들을 기억해낼 것이다. 학생들이 바닥 밑 좁은 공간에 숨기 위해 떼어낸 난방관 덮개들, 말 그대로 도망을 치던 아이들이 놓고 간 신발들, 학생들이 과제를 위해 생물 교실 밖 바닥에 정육점 포장지를 깔고 그 위에 누워 자신들의 신체를 그려놓아 마치 범죄현장을 예지한 듯했던 섬뜩한 윤곽들을.

그는 쳇바퀴처럼 빙빙 도는 복도들을 내달렸다.

"어디니?" 그는 그의 유일한 네비게이션인 도망치는 학생을 만날 때마다 재빨리 묻곤 했다. 흩뿌려진 피와 바닥에 찌부러져 있는 학생들, 두 번은 보고 싶지 않은 광경들이었다. 중앙 계단을 쿵쿵 올라가 꼭대기에 이르자 문이 탕 소리를 내며 열렸다. 패트릭은 무릎을 꿇은 채 두 손을 쳐들고 있는 젊은 여선생님을 보고 빙빙 돌면서 자신의 총을 가리켰다. 백짓장 같은 그녀의 얼굴 뒤로 겁에 질려 있는 사람 열두 명이 더 있었다. 어디선가 오줌 냄새가 났다.

그는 총을 내려놓고 그녀에게 계단 쪽을 손짓해 보였다.

"가십시오."

명령을 한 뒤 그들이 가는 모습을 채 확인하지도 않고 패트릭은 그 자리를 떴다.

모퉁이를 돌던 패트릭은 피를 밟고 미끄러지다 또 한 번의 총성을 들었다. 이번에는 귓속이 울릴 만큼 소리가 컸다. 열려 있는 체육관 여닫이문으로 뛰어든 그는 대자로 뻗은 시신들, 뒤집힌 농구 수레, 구석진 벽에 쏠려 있는 공들을 쭉 훑었지만, 범인은 보이지 않았다. 순간 그는 금요일 밤마다 잔업을 하면서까지 고등학교 농구 경기를 모니터하던 기억을 더듬어 자신이 스털링 고등학교의 막다른 곳에 이른 것을 깨달았다. 그것은 범인이 여기 어딘가 숨어 있거나, 아니면 패트릭이 알아채지 못한 사이 그를 지나쳤거나…… 오히려 이 체육관에서 지금 그를 궁지에 몰아넣었을 수도 있다는 걸 뜻했다.

과연 그런지 알아보기 위해 패트릭은 입구로 다시 휙 돌아갔다. 그때 또 한 번 총성이 들렸다. 그는 체육관 밖으로 통하는 문을 향해 달려갔다. 처음 휙 둘러보았을 때는 미처 보지 못했던 문이다. 벽과 바닥에 하얀 타일을 붙인 라커룸이었다. 바닥을 힐끗 보니 그의 발밑에 피가 부채꼴로 퍼져 있었다. 그는 그쪽 모퉁이 방향으로 총을 천천히 움직였다.

두 몸뚱이가 라커룸 한쪽 끝에 미동도 없이 누워 있었다. 다른 쪽, 패트릭과 더 가까운 끝에는 가냘픈 소년이 줄지은 라커들 옆에 웅크리고 있었다. 마른 얼굴 위로 구부러진 철테 안경을 쓴 소년이었다. 그는 바들바들 떨고 있었다.

"괜찮니?" 패트릭이 속삭이듯 물었다. 큰 소리로 범인에게 자신의 위치를 흘리고 싶지 않았기 때문이었다.

그 소년은 그를 보고 눈만 깜박였다.

"어디에 있니?" 패트릭은 입을 우물거렸다.

그 순간 소년은 허벅지 아래서 권총을 꺼내 자신의 머리 위로 쳐들었다.

패트릭의 몸속에서 열기가 확 뻗쳤다.

"젠장 움직이지 마." 그는 소년을 겨냥하며 소리쳤다. "총을 내려놓지 않으면 쏘겠다." 등줄기와 이마에서 땀이 솟았다. 불가피하다면 총알을 날려버리겠다고 작정하고 겨냥한 탓인지 개머리판을 쥔 두 손에 힘이 들어가는 것을 느낄 수 있었다.

소년의 손가락이 불가사리처럼 펴지는 순간 패트릭은 방아쇠에 대고 있던 집게손가락의 힘을 뺐다. 바닥에 떨어진 권총이 타일 위로 쭈르르 미끄러졌다.

와락, 그는 달려들었다. 다른 한 경관이 소년의 무기를 회수했다. 패트릭은 경관이 자신을 따라오고 있는 줄도 몰랐다. 패트릭은 소년을 엎어트리고 무릎으로 그의 등뼈를 세게 누르며 수갑을 채웠다. "혼자야? 누가 또 있어?"

"나뿐이에요." 소년이 이를 갈며 말했다.

머리도 어질어질하고 맥박도 북소리처럼 쿵쿵거렸지만, 패트릭은 경관이 무전으로 정보를 전하는 것을 어렴풋이 들을 수 있었다.

"스털링, 한 명을 체포했다. 다른 사람이 있는지는 모르겠다."

소리 소문 없이 시작된 것처럼 끝나는 것도 그랬다. 어쨌거나 이런 식을 끝이라고 간주할 수 있는 한에서는 그랬다. 학교에 위장 폭탄이나 진짜 폭탄이 있는지는 알 수 없었다. 사상자가 얼마나 되는지도 몰랐다. 다트머스 히치콕 병원과 앨리스 펙 데이 병원이 부상자를 얼마나 수용할 수 있는지도 몰랐다. 이런 대규모 범죄현장을 어떻게 조사해야 할지도 막막했다. 표적은 제거했다지만, 이 희생을 무엇으로 대체한단 말인가? 오늘도 너무나 많은 학생들과 부모들과 시민들을 위해 자신이 또 너무 늦어버렸다는 사실에, 패트릭의 온몸이 떨리기 시작했다.

몇 발짝을 걷던 그는 무릎을 꿇고 앉았다. 사실은 다리가 후들거려 주저앉았으면서도 이것이 계산된 것인 양, 라커룸의 다른 끝에 있는 시신 둘을 확인하기 위한 것인 양 굴었다. 경관이 범인을 떠밀며 아래층에 대기하고 있는 순찰차로 데리고 나가는 것을 알아차렸지만, 그는 고개를 돌려 소년이 가는 모습을 보지 않았다. 대신 바로 자신 앞에 있는 시신에 집중했다.

하키복을 입은 소년이었다. 옆구리 밑에 피가 흥건히 고여 있었고, 총알이 이마를 관통했다. 패트릭은 손을 뻗어 옆에 떨어져 있던 '스털링 하키'라는 글자가 수놓인 야구 모자를 집어 들고는 손으로 더듬더듬 모자를 돌렸다.

그의 옆에 누워 있는 소녀는 관자놀이 밑에서부터 피가 번져 있었다. 맨발이었고, 발톱에는 화사한 분홍색 매니큐어가 칠해져 있었다. 타라가 패트릭에게 칠해준 색깔이었다. 그러자 가슴이 뻐근해졌다. 이 소녀는 그의 대녀와 그 아이의 오빠와 이 나라의 다른 무수한 아이들처럼 아침에 일어나, 자신이 이런 위험에 처하리라곤 전혀 상상하지 못한 채 학교에 왔을 것이다. 그녀는 어른들과 선생님들이 자신을 지켜줄 거라 믿었을 것이다. 9·11 사태 이후 학교들은 교사들에게 항상 신분증을 지니고 다니게 했고 낮에도 문을 잠가두었다. 적은 당신 바로 옆에 앉아 있는 사람이 아니라, 언제나 외부인일 거라고 여겼으니까.

갑자기, 소녀가 몸을 움직였다. "도와…… 주세요……."

패트릭은 소녀 옆에 무릎을 꿇었다. "여기 있다." 소녀의 상태를 살피는 그의 손길은 부드러웠다. "다 괜찮을 거다." 그는 소녀의 머리를 돌려 그의 짐작대로 총상 때문이 아니라 머리에 난 상처에서 피가 나오는 것을 보았다. 그는 소녀의 팔다리를 대강 만져보았다. 그러면서 계속 뭐라고 중얼거렸는데, 반드시 이치에 닿는다고는 할 수 없지만, 소녀가 더 이상 혼자가 아니라는 사실을 알려주는 말들이었다.

"이름이 뭐니, 애야?"

"조지요……." 소녀는 일어나 앉으려고 몸을 뒤척였다. 패트릭은 일부러 소녀가 소년을 볼 수 없도록 자리를 잡았다. 소녀는 이미 충격을 받은 상태였다. 쓸데없이 날카롭게 만들 필요가 없었다. 손으로 이마를 만지던 소녀가 피로 얼룩진 손을 보고 당황했다.

"무슨 일이…… 있었던 거죠?"

패트릭은 의료진이 데리러 오기만을 기다려야 했다. 무전으로 도움을 청해야 했다. 하지만 그런 **당위성**이 이 상황에는 어울리지 않았다. 패트릭은 조지를 들쳐 안았다. 소녀를 안고 그녀가 거의 죽을 뻔했던 라커룸을 빠져나와 계단을 뛰어내려왔고 학교 정문을 통과했다. 마치 그렇게 하면 두 사람 모두를 살릴 수 있기라도 한 듯이.

 17년 전

임산부 교실에 참가한 일곱 명의 여자들이 모두 임신을 했다는 사실로 볼 때 지금 레이시 앞에 앉아 있는 사람은 열네 명이었다. 그들 중 몇 명은 공책과 펜을 가지고 와서 지난 한 시간 반 동안 엽산 권장량, 기형발생물질의 이름들, 예비 엄마들을 위한 추천 식단을 받아 적었다. 두 명은 정상 분만에 관한 이야기를 듣다가 얼굴이 파랗게 질려서는 입덧을 하며 화장실로 달려갔다. 실제로는 '서머타임summertime'이 사계절 모두 적용되듯 '입덧morning sickness'도 아침만이 아니라 하루 종일 이어진다.

레이시는 피곤했다. 출산 휴가를 마치고 돌아온 지 일주일밖에 안 된 그녀는 자신의 아이와는 밤새 같이 있지 못하면서 다른 사람의 아이를 받느라 밤을 새워야 하는 현실이 불공평하게만 보였다. 가슴이 욱신거리는 걸 보니 다시 젖을 짜야 했다. 베이비시터에게 피터를 맡기고 다니려면 이런 불편쯤은 감수해야 한다.

이 일이 너무 좋은 레이시는 그만둘 수가 없었다. 의대에 들어갈 성적도 되고 산부인과 의사가 되고 싶은 생각도 있었지만, 그런 생각도 자신에게는 환자 옆에 앉아 환자의 고통에 초연해질 수 있는 능력이 절실히 부족한 것을 깨닫기 전까지만이었다. 의사들은 자신과 환자들 사이에 벽을 하나 세우는 반면, 간호사들은 그 벽을 부수었다. 그래서 레이시는 조산사 자격증을 따서 산모의 증상뿐 아니라 예비 엄마의 감정도 다룰 줄 아는 쪽으로 진로를 바꾼 것이었다. 의사들 중에는 그녀를 괴짜라고 생각하는 사람도 있었을 테지만, 레이시는 환자에게 몸이 좀 어떠냐고 물었을 때 안 좋다는 대답은 괜찮다는 대답만큼이나 별 의미가 없다고 믿고 있었다.

그녀는 성장하는 태아의 조형물 옆에 놓인 베스트셀러 임신 가이드 책 한 권을 들어올렸다. "이 책을 보신 적 있는 분?"

일곱 명 모두 손을 들었다.

"좋아요. 이 책은 사지 마세요. 읽지도 마세요. 이미 집에 있다면 내다 버리세요. 이 책을 보게 되면 여러분이 피를 흘리다 발작을 일으켜 끝내 급사한다거나 하는, 정상적인 임신에서는 결코 일어나지 않을 온갖 사례들을 믿게 될 테니까요. 절 믿으세요, 정상의 범위는 이 책의 저자들이 얘기하고 있는 것보다 훨씬 넓으니까요."

레이시는 뒷자리에서 옆구리를 잡고 있는 어떤 여자를 흘깃 보며 생각했다. '진통인가? 자궁외 임신인가?'

검은 정장에 머리를 단정하게 뒤로 묶은 여자였다. 레이시는 그녀가 또 한 번 허리를 꼬집는 것을 보았는데, 이번에는 그녀의 치마에서 작은 호출기가 떨어졌다. 여자가 일어났다.

"저기…… 죄송한데요. 가봐야겠어요."

"조금만 더 계시면 안 될까요? 곧 출산 병동을 둘러볼 텐데요." 레이시가 물었다.

 여자는 이번에 제출하기로 되어 있던 서류를 레이시에게 건넸다.

 "그보다 더 급한 일이 생겨서요." 여자는 이렇게 말하고는 서둘러 나갔다.

 "그럼, 이렇게 된 거 다들 화장실이라도 다녀오세요." 레이시가 말했다. 남아 있던 여섯 명이 줄지어 나가고 난 뒤 레이시는 손에 든 서류를 쳐다보았다. 알렉산드라 코미어. 레이시는 이름을 읽으며 생각했다. 이 사람을 지켜봐야겠는데.

 지난번 알렉스가 루미스 브론체티를 변호했을 때, 그의 죄목은 세 집에 침입해 전자제품을 훔쳐서는 뉴햄프셔의 엔필드 거리에 내다 팔려고 한 것이었다. 이런 기발한 생각을 해낼 만큼 사업 감각이 있는 인물이었지만, 엔필드처럼 작은 마을에서는 최신 스테레오 제품이 '나 잡아가시오'라는 광고나 마찬가지라는 사실은 미처 몰랐다.

 지난밤 루미스는 충분한 물건을 가져오지 않은 마약상을 두 친구와 함께 쫓기로 결정하면서 그의 전과 기록을 보탰다. 그들은 흥분하여 마약상의 손발을 묶어 트렁크에 던져 넣었다. 루미스가 야구 방망이로 마약상의 머리를 세게 치는 바람에 마약상의 두개골이 깨지면서 경련을 일으켰다. 피가 안 통해 숨이 껄떡 넘어가는 그를 루미스는 구토를 시켜 숨을 쉬게 해주었다.

 "나한테 폭행죄를 씌우는 게 말이 돼요. 난 그 자의 목숨을 살려줬단 말입니다." 루미스는 유치장 철창 너머에서 알렉스에게 말했다.

"흠, 당신이 먼저 상해를 가하지 않았다면, 그 점을 이용할 수도 있었을 텐데 말이죠." 알렉스가 말했다.

"1년 안으로 빼내줘요. 콩코드에 있는 교도소로 이송되고 싶지 않다고요……"

"알다시피 살인미수로 기소됐을 수도 있는 사건이에요."

루미스는 인상을 썼다. "저런 저속한 인간을 몰아내줬으니 난 경찰에게 호의를 베푼 거란 말입니다."

만약 루미스 브론체티도 유죄 선고를 받고 주 교도소로 이송된다면 똑같은 말을 듣게 되리라는 걸, 알렉스는 알고 있었다. 하지만 그녀의 일은 루미스를 심판하는 게 아니었다. 의뢰인에 대한 개인적인 견해가 어떻든 그녀는 열심히 변호만 하면 되었다. 루미스에게 하나의 얼굴을 보여주고, 그녀가 가진 또 하나의 얼굴은 가면으로 가리면 그만이었다. 루미스 브론체티를 무죄 석방하는 일에 그녀의 감정이 방해하지 않으면 되는 것이었다.

"내가 뭘 할 수 있는지 보죠." 그녀가 말했다.

레이시는 모든 아이가 다르다는 사실을 잘 알고 있었다. 저만의 기벽과 습관과 애로와 욕구를 가진 아주 작은 피조물이라는 것을. 하지만 어쨌거나, 그녀는 둘째를 가졌을 때 첫째인 조이— 지나가는 사람들마다 돌아보고, 유모차를 밀고 갈 때면 그녀를 막고서 아이가 정말 예쁘다고 한마디씩들 하는 인기 만발한 남자애—같은 아이를 낳게 될 거라고 기대했었다. 피터는 조이만큼 예쁘긴 했지만, 확실히 더 힘든 아이였다. 걸핏하면 산통으로 울어대서 카시트를 덜덜거리는 건조기에 올려놓고 달래줘야 했고, 젖을 빨다가도 갑자기 고개를 홱 젖히곤 했다.

지금은 새벽 두시였고, 레이시는 피터를 다시 재우려 애쓰고 있었다. 거인이 절벽으로 뚝 떨어지듯 잠들어버리는 조이와 달리 피터는 여간해서는 잠이 들지 않았다. 그녀는 딸꾹질을 하며 울어대는 아이의 등을 톡톡 쳐주다가 자그만 목덜미 주위를 빙빙 문질러주었다. 솔직히 말하면, 그녀도 울고 싶었다. 주방용 칼을 선전하는 똑같은 광고를 두 시간째 보고 있었다. 코끼리 다리만 한 소파 팔걸이의 무명베 줄무늬를 눈이 침침해질 때까지 세고 또 세었다. 그녀는 너무 지쳐 모든 게 아팠다. "문제가 뭐니, 애야." 그녀는 한숨을 쉬었다. "네가 행복해지려면 엄마가 어떻게 해야 하지?"

남편의 말대로라면 행복은 상대적이었다. 남편이 하는 일이 행복의 가치를 매기는 것이라고 말하면 사람들은 대개 웃었지만, 그것이 경제학자들이 하는 일이었다. 무형 자산의 가치를 찾는 것. 루이스의 스털링 대학 동료들은 교육이나 보편적인 의료 또는 직업 만족도가 제공할 수 있는 상대적 추진력에 관한 논문을 발표하곤 했다. 비록 정통 학문은 아니었지만, 루이스의 분야는 꽤 중요했다. 그 덕에 그는 공영 라디오 방송인 NPR, 래리킹 토크쇼, 각종 회사 세미나들이 섭외하는 인기 초대 손님이었다. 어쨌거나 포복절도, 썰렁한 농담 같은 것을 돈으로 환산해서 말하기 시작하면 수치 계산이 더 매력적으로 보였다. 예를 들어, 규칙적인 섹스는 행복공식으로 말하면 5만 달러의 봉급 인상에 해당한다. 하지만 모두가 5만 달러를 인상 받으면 5만 달러 인상의 효과가 그만큼 짜릿하지 않을 것이다. 마찬가지로, 전에는 당신을 행복하게 해주던 것이 지금은 아닐 수 있다. 5년 전의 레이시는 남편이 장미 열두 송이를 들고 집에 오면 뭐든지 들어주려고 했다. 지금은 그가 십 분이라도 낮잠 잘 시간을 주면 기쁨에 겨워 거꾸러질 지경이다.

통계는 차치하고, 루이스는 행복에 대한 수학 공식을 고안한 경제학자로 역사에 기록될 것이다. R/E, 즉 기대치Expectation로 나누어지는 현실Reality. 행복해지는 데는 두 가지 길이 있다. 현실을 개선하거나 아니면 기대치를 낮추는 것. 한번은 이웃집 저녁 식사 자리에서 레이시는 남편에게 만약 기대치라는 게 없다면 어떻게 되느냐고 물었다. 영으로 나눌 수는 없지 않느냐고. 인생의 모든 펀치를 그대로 받아들이면 결코 행복해질 수 없는 거냐고. 밤늦게 집으로 돌아오는 차 안에서 루이스는 아내가 자기를 곤란하게 만들었다며 비난했다.

레이시는 남편과 가족이 진실로 행복한지를 깊이 생각하고 싶지 않았다. 그 공식을 고안해낸 남자는 그렇게 계산된 행복을 가지고 있을 거라 생각하겠지만, 어쨌거나 세상은 그런 식으로 굴러가지 않는다. 이따금 그녀는 중이 제 머리 못 깎는다는 오래된 속담을 떠올리며 행복의 가치를 아는 남자의 아이들은 어떨까 궁금했다. 루이스는 늦게까지 교수실에 남아 마감이 임박한 책에 매달려 있고, 자신은 너무 지쳐 병원 엘리베이터에서 선 채로 잠이 들 정도인 요즘, 그녀는 단지 정체 국면일 뿐이라고 믿으려 애썼다. 아기 훈련소는 언젠가 만족과 보상과 더불어 루이스가 컴퓨터 프로그램에 표시하는 다른 모든 변수들로 바뀌게 될 거라고 말이다. 어쨌든 그녀에게는 자신을 사랑해주는 남편과 건강한 두 아들과 적성에 맞는 일이 있었다. 그렇다면 행복의 정의에 해당하는 원하는 것을 가지지 않았는가?

레이시는 피터가 자신의 어깨에서 잠이 든 것을 깨달았다. 기적 중의 기적이었다. 아이의 보드라운 복숭아 같은 뺨이 그녀의 맨살을 눌렀다. 그녀는 살금살금 계단을 올라 유아용 침대에 아이를 살포시 눕힌 다음 조이가 누워 있는 맞은편 침대를 힐끗 보았다. 열두 사도의 한 사람처럼 달그림자가 그 아이 위로 어른거렸다. 그녀는 피터가 조이만큼 크면 어떤 모습일지 궁금했다. 두 번이나 이렇게 운이 좋을 수 있을까.

알렉스 코미어는 레이시가 생각했던 것보다 젊었다. 스물네 살이었지만 그보다 십 년은 더 들어 보인다고 생각될 정도로 자신감이 충만한 여자였다. "그래, 지난번 급한 용무는 어떻게 됐나요?" 레이시가 먼저 자기를 소개하며 물었다.

눈을 깜박거리던 알렉스는 일주일 전 자신이 출산 병동 둘러보기에 참석하지 않았던 것을 기억해냈다. "형량이 조정됐어요."

"그럼 변호사예요?" 레이시는 기록을 보다 말고 고개를 들었다.

"국선 변호인이에요." 알렉스는 질 나쁜 인간들을 상대하는 것에 레이시가 비하라도 할 것 같으면 곧장 응수할 태세로 턱을 쳐들었다.

"일이 무척 힘들겠군요. 임신한 사실을 사무실에서도 알고 있나요?" 레이시가 물었다.

알렉스는 고개를 저었다. "그건 문제가 안 돼요. 어차피 출산 휴가를 안 받을 거니까요." 그녀는 딱 잘라 말했다.

"마음이 바뀔지도 모르는……"

"전 이 아이를 키우지 않을 거예요." 알렉스가 선언했다.

레이시는 의자에 등을 기댔다. "좋아요." 아이를 포기하겠다는 엄마의 결정을 심판하는 건 그녀 몫이 아니었다. "그럼 다른 선택을 얘기해보는 게 좋겠군요." 레이시가 말했다. 11주니까 알렉스가 원한다면 임신중절 수술을 할 수 있었다.

"낙태시키려고요." 알렉스는 레이시의 마음을 읽은 듯 말했다. "한데 약속을 못 지켰죠. 두 번이나." 알렉스는 레이시를 흘깃 쳐다보며 말했다.

임신중절 합법화를 적극 지지한다 해도 자신의 일이 되고 보면 선뜻 그 결정을 할 수 없다는 걸 레이시는 잘 알고 있었다. 바로 거기서 선택이 갈리게 된다. "흠, 그럼, 아직 입양기관들과 접촉한 적이 없다면, 제가 정보를 알려드릴 수 있어요." 레이시는 서랍에서 팸플릿들을 꺼냈다. 다양한 종파에 소속된 낙태기관들과 개인 입양 전문 변호사들이 소개되어 있었다. 알렉스는 카드놀이라도 하듯이 팸플릿들을 받아 들었다.

"하지만 지금은 당신에게만, 당신이 어떻게 지내고 있는지에만 초점을 맞춰보죠."

"전 아주 좋아요. 아프지도 않고, 피곤하지도 않아요." 알렉스가 부드럽게 대답하며 시계를 보았다. "하지만 이러다가 약속에 늦겠어요."

레이시는 알렉스가 인생의 모든 면을 통제하는 데 길들여진 사람이라는 걸 한눈에 알아보았다. "임신했을 때는 서두르지 않는 게 좋아요. 몸이 그걸 원해요."

"제 몸조심은 제가 알아서 해요."

"가끔은 다른 사람에게 맡겨보는 건 어때요?"

알렉스의 얼굴 위로 짜증이 스치고 지나갔다. "있죠, 난 치료 받으러 온 게 아니에요. 솔직히 그래요. 관심은 고맙지만······."

"아기를 포기하겠다는 결정에 배우자 분도 동의하셨나요?" 레이시가 물었다.

알렉스는 얼굴을 돌린 채 그대로 있었다. 무슨 말로 그녀의 고개를 돌려야 할지 레이시가 적당한 말을 찾기도 전에, 알렉스가 먼저 고개를 돌려 냉담하게 말했다. "배우자는 없어요."

알렉스가 아기를 갖게 된 것은 최근에 마음이 허락하지 않는 짓을 해버렸기 때문이었다. 시작은 순진하기 짝이 없었다. 어느 날 그녀의 공판 변론 교수 로건 루크가 그녀를 연구실로 부르더니 그녀가 당차게 법정을 장악했다고 말했다. 배심원들이 그녀에게서 눈을 뗄 수 없었을 것이고, 그건 자신도 마찬가지였다는 것이다. 알렉스는 로건 교수가 클래런스 대로우(재치와 불가지론으로 유명한 미국 법조계의 전설적인 인물-옮긴이)와 F. 리 베일리(O. J. 심슨 사건의 변호를 맡은 피고인측 변호사로 유명한 인물-옮긴이)에 버금간다고, 심지어 신이 그 둘을 합해 놓은 인물이라고 생각했다. 명성과 권력은 누군가 홀딱 반해버릴 만큼 한 인간을 매력적으로 만들 수 있었다. 명성과 권력이 로건 교수를 알렉스가 평생 찾고 있던 존재로 바꾸어준 것이다.

십 년을 가르쳤지만 그녀만큼 머리 좋은 학생을 본 적이 없다는 로건 교수의 말을 알렉스는 곧이 곧대로 믿었다. 결혼생활은 거의 명목에 지나지 않는다고 한 말도 믿었다. 알렉스를 학교에서 집까지 바래다주던 그날 밤, 그녀의 얼굴을 두 손으로 감싸고서 그녀가 있어 아침이면 일어나게 된다고 했던 말도 믿었다.

 법은 감정이 아닌 사실과 세목을 연구하는 것이다. 알렉스의 기본적인 실수는 로건 교수에게 열중하는 사이 이 점을 잊기 시작했다는 것이다. 들쑥날쑥한 그의 전화를 기다리면서 그녀는 계획을 미루곤 했다. 예전의 그녀처럼 그를 바라보는 법대 신입생들과 시시덕거리는 그의 모습을 보고서도 모르는 체했다. 임신한 사실을 안 그녀는 그와 함께 여생을 보내게 될 거라고 믿었다.

 로건 교수는 알렉스에게 아이를 지우라고 말했다. 그녀는 수술 날짜를 잡아놓고는 달력에 표시해두는 걸 깜빡했다. 다시 날짜를 잡았지만 기말시험과 겹치는 걸 뒤늦게 깨달았다. 그 후 그녀는 로건 교수를 찾아가 말했다. "이건 계시에요."

 "그럴지도, 하지만 자네가 생각하는 그런 계시는 아니야. 이성적으로 행동해. 미혼모는 절대 변호사로 성공하지 못해. 출세와 아기 중 하나를 선택해야 하지." 로건 교수가 말했다.

 그 말의 속뜻은 아기를 갖든지 그를 갖든지 하나를 선택하라는 것이었다.

 그 여자를 이런 데서 보다니 왠지 친숙하게 느껴졌다. 동네 식품점 점원을 은행에서 보거나 영화관에서 우편배달부와 마주치는 것처럼, 아는 사람을 엉뚱한 곳에서 만나면 늘 그렇듯이. 그 여자를 잠시 빤히 쳐다보던 알렉스는 자신을 움직이는 게 아이라는 걸 깨달았다. 그녀는 레이시 호턴이 주차위반 벌금을 물고 있는 서기 쪽으로 법원 복도를 따라 성큼성큼 걸어갔다.

"변호사가 필요한가요?" 알렉스가 물었다.

레이시가 한쪽 팔로 아기 캐리어의 균형을 잡으면서 쳐다보았다. 얼굴을 알아보기까지 시간이 좀 걸렸다. 알렉스를 처음 본 그날로부터 거의 한 달이 지났기 때문이다. "오, 안녕하세요!" 레이시가 웃으면서 말했다.

"어쩌다 제 구역까지 오셨어요?"

"아, 전남편의 보석 보증을 서려고……." 레이시는 알렉스의 눈이 휘둥그레지는 걸 기다렸다가 큰 소리로 웃었다. "농담이에요. 주차위반 딱지를 받았거든요."

알렉스는 자기도 모르게 레이시의 아들의 얼굴을 빤히 쳐다보았다. 아이는 턱 밑에서 끈을 묶은 파란 모자를 쓰고 있었고, 보들보들한 천에 눌려 볼살이 불룩 나와 있었다. 콧물을 흘리던 아이는 알렉스가 자신을 보고 있는 걸 알아채고는 입을 함지박만 하게 벌리고 웃었다.

"커피 한 잔 횡령하고 싶지 않아요?" 레이시가 물었다. 그녀는 10달러를 주차 딱지 위에 탁 올려놓더니 지불 창구 구멍으로 쑥 밀어넣었다. 그리고 캐리어를 조금 더 높이 들어 올리고서 법원 건물을 빠져나가 길 건너 던킨도너츠로 향했다. 레이시는 잠깐 걸음을 멈추고 법원 밖에 앉아 있는 부랑자에게 10달러짜리 지폐를 주었다. 알렉스는 눈을 부라렸다. 어제 퇴근길에 바로 그 남자가 가까운 술집으로 향하는 걸 목격했기 때문이다.

커피숍에서 레이시는 겹겹이 입힌 아이의 옷을 힘들이지 않고

벗긴 다음 아이를 캐리어에서 들어 올려 자기 무릎에 앉혔다. 알렉스는 그런 레이시의 모습을 가만히 지켜보았다. 레이시는 어깨 위로 담요를 걸쳐 피터에게 젖을 먹이면서 이야기를 했다.

"힘들지 않나요?" 알렉스가 불쑥 물었다.

"젖 먹이는 거요?"

"아뇨, 전부 다요."

"이런 건 그냥 습득이 돼요." 레이시가 아기를 어깨 위로 들어 올리며 말했다. 벌써부터 자신과 엄마 사이에 거리를 두려는 것처럼 아이는 구두가 신겨진 발로 엄마의 가슴을 찼.

"당신 일에 비하면 엄마 노릇은 식은 죽 먹기일 거예요."

그 말을 들으니 알렉스는 국선 변호인 사무실에서 일을 하게 됐다고 말했을 때 자신을 비웃던 로건 루크가 생각났다.

"일주일도 못 버틸 걸. 그런 일을 하기에 자네는 너무 유순해." 그가 한 말이었다.

때때로 그녀는 자신이 유능한 국선 변호인이 된 게 자신의 역량 때문인지 아니면 로건 교수가 틀렸다는 걸 보여주기 위해 악바리처럼 굴었기 때문인지 궁금했다. 어느 쪽이든 알렉스는 그 분야의 적격자로, 의뢰인들이 치근대지 못하게 하면서도 그들에게 충분한 발언권을 주는 사람으로 성장했다.

실수는 로건 한 번으로 충분했다.

"입양기관에는 연락해보셨나요?" 레이시가 물었다.

알렉스는 그때 받았던 팸플릿들을 가져가지도 않았다. 모르긴 해도 그 책자들은 검사실 카운터에 그대로 놓여 있을 것이다.

"몇 군데 해봤어요." 알렉스는 거짓말을 했다. 그녀는 자신의 일을 우선시했다. 그 외 다른 것은 언제나 방해로 여겼다.

"개인적인 질문을 좀 해도 될까요?" 레이시가 물었고, 알렉스는 천천히 고개를 끄덕였다. 사실 개인적인 질문을 좋아하지는 않았지만. "왜 아이를 포기하려고 해요?"

알렉스 자신이 내린 결정인가? 아니면 그녀를 위해 누가 내려준 것인가?

"시기가 좋지 않아서요." 알렉스가 말했다.

레이시는 웃었다. "애를 낳는 좋은 시기가 따로 있는지 모르겠네요. 당신 인생이 뒤집혀 있나 보군요."

알렉스는 레이시를 응시했다. "난 내 인생을 바로잡고 싶어요."

레이시는 아기 셔츠 때문에 잠시 애를 먹었다. "보기에 따라서는 당신과 내가 하는 일이 크게 다르지 않아요."

"아마도 재범률이 비슷하겠죠." 알렉스가 말했다.

"아뇨……. 제 말은 우리 둘 다 사람들을 날것 그대로 본다는 거예요. 제가 조산사 일을 좋아하는 것도 그래서죠. 정말 고통스러운 상황에 직면했을 때 사람이 얼마나 강한지 당신도 알 거예요." 그녀는 알렉스를 힐끗 쳐다보았다. "모든 게 발가벗겨진 사람들이 얼마나 비슷한지, 정말 놀랍지 않나요?"

알렉스는 자신의 방을 거쳐 간 수많은 피고들을 생각해보았다. 모두가 머릿속에서 한데 뭉뚱그려졌다. 하지만 그것이 레이시의 말대로 우리 모두가 비슷하기 때문일까? 아니면 알렉스 자신이 사람을 건성으로 보기 때문일까?

그녀는 레이시가 아이를 무릎에 앉히는 것을 보았다. 아이는 손으로 테이블을 탕탕 치면서 꼴록꼴록 소리를 냈다. 갑자기 레이시가 일어나 아이를 알렉스에게 덥석 안기는 바람에 그녀는 아이를 잡고 있든지 아니면 아이가 바닥에 굴러 떨어질 판이었다. "여기, 피터 좀 잡고 계세요. 얼른 화장실 좀 다녀올게요."

알렉스는 당황했다. 기다려요, 나보고 어쩌라고요, 그녀는 생각했다. 아이의 두 다리가 만화 주인공이 절벽을 뛰어내리려 할 때처럼 팍 튀었다.

알렉스는 어색하게 아이를 무릎에 앉혔다. 아이는 생각했던 것보다 무거웠고, 피부는 축축한 벨벳 같았다. "피터, 난 알렉스야." 그녀는 의례적으로 말했다.

아이가 커피 잔으로 손을 뻗치자 그녀는 몸을 앞으로 숙여 잔을 치웠다. 그러자 피터의 얼굴이 새하얗게 질리더니 울기 시작했다.

울음소리가 천둥소리처럼 귀청이 떨어지도록 울려 퍼졌다.

"뚝." 주위의 시선을 의식한 알렉스는 애원을 했다. 그녀는 일어나 레이시가 하던 것처럼 피터의 등을 토닥여주며 아이가 제풀에 꺾이거나 후두염에 걸리거나 아니면 미숙하기 그지없는 자신에게 자비라도 베풀어주기를 바랐다. 언제든 재치 있게 받아칠 줄 알고, 지옥 같은 법률적 상황에 던져져도 진땀 한 번 흘리지 않고 매번 그 난관을 극복하는 알렉스가 지금은 전혀 어찌할 바를 모르고 있었다.

그녀는 앉아서 피터의 겨드랑이 밑을 꽉 잡았다. 아이는 어느새 토마토처럼 시뻘게져 보드라운 솜털 머리칼이 백금처럼 빛나 보일 정도였다. "잘 들어, 난 네가 원하는 사람이 아닐지 모르지만, 지금 당장은 나밖에 없어."

딸꾹질을 끝으로 아이가 조용해졌다. 아이는 마치 판정을 내리려는 것처럼 알렉스의 눈을 빤히 쳐다보았다.

알렉스는 안도하면서 아이를 한 팔로 안고 허리를 조금 폈다. 그녀는 아기의 정수리와 정수리 아래 반투명한 맥박을 힐끗 보았다.

그녀가 손아귀 힘을 풀자 아기도 힘을 풀었다. 이렇게 쉬운 거였나?

알렉스는 피터의 머리에 있는 그 부드러운 부위를 손가락으로 더듬었다. 그녀는 그 부위의 생물학적 원리를 알고 있었다. 두개골의 얇은 판들은 출산을 용이하게 해줄 만큼 느슨해졌다가 아기가 아장아장 걸을 때쯤이면 융합이 된다. 우리 모두가 가지고 태어나는 취약점인 이곳은 어른이 되면 말 그대로 단단해진다.

"미안해요." 레이시가 부랴부랴 자리로 돌아오며 말했다.

"고마워요."

알렉스는 마치 불에 데기라도 한 것처럼 아기를 그녀에게 휙 안겼다.

환자는 집에서 서른 시간의 진통을 겪다 병원으로 이송되었다. 자연의학을 굳게 신봉하는 산모는 양수 검사와 초음파 검사 같은 산전 관리를 받지 않았지만, 아기들은 세상에 나올 때쯤이 되면 자신들이 원하는 것과 필요한 것을 얻을 줄 알았다. 레이시는 신앙 요법가처럼 산모의 떨리는 배 위에 두 손을 올렸다. 2.7킬로그램, 엉덩이는 위에, 머리는 내려와 있군, 그녀는 생각했다. 의사가 문으로 머리를 들이밀었다. "어느 정도 진척이 됐죠?"

"35주지만 다 좋은 것 같다고 집중치료실에 말해주세요." 그녀가 말했다. 의사가 물러갔을 때 그녀는 산모의 다리 사이에 자리를 잡았다. "이 고통이 영원히 지속될 것처럼 느껴지겠지만요, 저랑 같이 한 시간만 더 고생하면 아기를 낳게 될 거예요."

레이시는 산모의 남편에게 아내 뒤로 가서 아내가 힘을 주기 시작하면 단단히 잡고 있으라고 지시했다. 그때 허리춤에서 호출기가 울렸다. 이럴 때 누구인지, 이미 호출을 받고 온 그녀였다. 그녀가 출산을 돕고 있다는 건 비서도 아는 일이었다.

"잠깐 실례할게요." 그녀는 분만실에 있는 간호사에게 잠시 일을 맡기고 간호사 접수계로 가서 전화를 빌렸다. "무슨 일이에요?" 레이시는 전화를 받는 비서에게 물었다.

"어떤 환자분이 선생님께 진찰을 요청해서요."

"지금은 좀 바빠요." 레이시가 날카롭게 말했다.

"기다리시겠대요. 시간이 얼마나 걸리든지요."

"누군데요?"

"알렉스 코미어요." 비서가 대답했다.

평소 같았으면 레이시는 진료를 보고 있는 다른 조산사에게 그녀를 넘기라고 말했을 것이다. 하지만 알렉스 코미어에게는 파악하기 힘든 면이, 그녀가 정확히 꼬집을 수 없는 확실하지 않은 면이 여전히 있었다. "알겠어요. 하지만 몇 시간이 될지도 모른다고 전해줘요." 레이시가 말했다.

그녀는 전화를 끊고 분만실로 급히 돌아와 산모의 다리 사이에 앉아 자궁이 얼마나 벌어졌는지 확인했다. "제가 여기서 나가는 게 어머님이 가장 바라는 거겠죠." 레이시가 농담을 건넸다.

"10센티미터 벌어졌어요. 또 힘주고 싶으면…… 마음껏 힘을 주세요."

10분 후 레이시는 1.4킬로그램의 여아를 받았다. 부모가 감탄하고 있을 때 레이시는 간호사를 돌아보며 눈으로 조용히 말했다. 뭔가가 분명 잘못됐다.

"아기가 너무 작군요……. 괜찮은 건가요?" 아이 아버지가 물었다.

레이시는 머뭇거렸다. 그녀도 실은 답을 모르기 때문이었다. 자궁 근종인가? 그녀는 생각했다. 확실하게 아는 건 산모의 뱃속에 1.4킬로그램의 태아 외에 다른 무엇이 더 있었다는 것뿐이었다. 이 순간부터는 산모가 언제든 출혈을 일으킬 수 있었다.

하지만 손을 뻗쳐 산모의 배를 잡고 자궁을 눌러본 레이시는 순간 얼어붙었다.

"쌍둥이를 가졌다고 아무도 말을 해주지 않았나요?"

아버지의 얼굴이 잿빛이 되었다. "쌍둥이란 말인가요?"

레이시는 씩 웃었다. 쌍둥이야, 그럼 할 수 있어. 쌍둥이. 흠, 이건 끔찍한 의료 재난이 아니라 보너스야.

"그러네요. 한 명만 나왔군요."

남자는 아내 옆에 쭈그리고 앉아 기뻐하며 그녀의 이마에 키스했다. "여보 들었어, 테리? 쌍둥이래."

그의 아내는 갓 태어난 자그마한 딸에게서 눈을 떼지 않았다. "좋은 일이에요. 하지만 더 힘을 주긴 힘들 것 같아요." 산모는 침착하게 말했다.

레이시는 웃었다. "오, 그럼 제가 당신의 마음을 돌릴 수 있는지 볼까요."

 40분 뒤 레이시는 쌍둥이 딸을 얻은 행복한 가족의 곁을 떠났다. 그녀는 복도를 따라 직원 화장실에 들어가서 얼굴을 축이고 새 수술복으로 갈아입었다. 계단을 이용해 조산과로 올라간 그녀는 시기별로 모양이 다른 달들처럼 온갖 크기의 배 위에 두 팔을 올려놓은 여자들을 보았다. 레이시가 도착하자 눈이 충혈 되고 불안정한 한 여자가 마치 자석에 이끌린 듯 벌떡 일어났다. "알렉스." 그제야 레이시는 기다리는 환자가 있었다는 걸 기억해냈다. "따라 들어오실래요."

 그녀는 알렉스를 비어 있는 검사실로 데리고 들어가 그녀와 마주 앉았다. 그 순간 레이시는 알렉스의 스웨터 앞뒤가 바뀐 걸 알아차렸다. 깃이 없는 담청색 스웨터로, 둥그스름하게 파인 목 부위의 가격표만 아니면 앞뒤를 거의 구분할 수 없었다. 몹시 서두르거나 당황한 사람들에게 일어날 수는 있지만……, 알렉스 코미어에게는 일어나지 않을 것 같은 일이었다.

 "출혈이 있었어요." 알렉스가 차분한 목소리로 말했다. "많이는 아니지만. 흠, 약간이요."

 알렉스로부터 단서를 얻은 레이시는 침착하게 반응했다.

 "검사를 해보는 게 어때요?"

 레이시는 알렉스를 데리고 복도로 나와 초음파실로 갔다. 어떤 기사를 구슬린 레이시가 기다리는 환자들을 제치고 들어가 알렉스에게 검사대에 누우라고 하고서 기계를 켰다. 그녀는 알렉스의 배 위로 초음파 장치를 움직였다. 16주에 이른 태아는 아기 모습을 갖추고 있었다. 작고, 골격이 있는 아기는 놀라울 정도로 완벽했다.

"저거 보여요?" 레이시가 커서처럼 깜박이는 흑백의 작은 점을 가리키며 물었다. "저게 아기 심장이에요."

알렉스가 얼굴을 돌렸지만, 레이시는 그녀의 뺨 위로 흐르는 한 줄기 눈물을 보았다. "아기는 건강해요. 그리고 피가 좀 비치는 건 지극히 정상이에요. 당신 때문에 그렇게 된 게 아니에요. 당신으로서도 어쩔 수 없는 일이에요."

"전 유산을 하겠구나 생각했어요."

"방금 본 것처럼 이런 정상적인 아기의 경우에는 유산할 가능성이 1퍼센트도 안 돼요. 바꾸어 말하면, 정상적인 아기를 낳을 가능성이 99퍼센트라는 거죠."

알렉스는 소매로 눈을 닦으면서 고개를 끄덕였다 "네."

레이시는 망설였다. "이런 말 할 주제는 아니지만요. 아기를 원하지 않는 사람치고는, 알렉스, 괜찮다는 걸 알고서 대단히 안도하는데요."

"안 돼요…… 그럴 수 없어요……."

레이시가 초음파 화면을 힐끗 보니 알렉스의 아기가 순식간에 움츠러들었다. "생각이나 해봐요."

"난 이미 가족이 있어. 더는 필요하지 않아."

알렉스가 아기를 키우기로 했다고 말한 날, 로건 루크가 한 말이었다.

그날 밤 알렉스는 일종의 액막이를 했다. 웨버 석쇠에 석탄을 잔뜩 넣고 불을 피운 뒤 자신이 로건 루크에게 제출했던 모든 과제를 불태웠다. 두 사람이 함께 찍은 사진도, 연애편지도 없었다. 돌이켜 보니 그가 얼마나 신중했는지, 그녀의 삶에서 얼마나 쉽게 지워질 수 있는 인물이었는지 알 수 있었다.

이 아기는 자신의 아기일 뿐이라고, 그녀는 결론지었다. 앉아서 불꽃을 지켜보며 아기가 그녀의 뱃속에서 차지하게 될 자리를 생각해보았다. 내장들이 옆으로 밀리고 피부가 늘어나는 것을 상상했다. 자리를 만들기 위해 심장이 해변의 조약돌처럼 작게 오그라드는 것도 그려보았다. 이 아기를 낳고자 하는 게 로건 루크와의 관계가 그녀의 상상만이 아니었다는 걸 입증하기 위해서인지 아니면 그가 당황하게 만든 만큼 그녀도 그를 당황하게 만들기 위해서인지는 깊이 생각하지 않았다. 노련한 공판 변호사라면 누구나 아는 것처럼, 알렉스 자신도 답을 모르는 질문을 증인에게 해서는 안 된다.

5주 후, 레이시는 더 이상 알렉스의 조산사만이 아니었다. 그녀는 알렉스의 막역한 친구, 절친한 친구, 인생의 조언자이기도 했다. 보통은 환자들과 개인적인 친분을 쌓지 않는 레이시였지만 알렉스 때문에 그 규칙을 깼다. 레이시는 이 아이를 키우기로 결심한 알렉스에게 지원군이 필요한데 그녀가 자신 외에는 누구도 편안해하지 않기 때문이라고 나름의 이유를 만들었다.

이유는 단지 그뿐이었다. 레이시는 오늘 저녁 알렉스의 직장 동료들과 함께 외식을 하는 데 응하기로 했다. 명색이 애들도 없는 처녀들의 저녁식사이건만 이 모임에서는 그런 맛이 없었다. 레이시는 이런 변호사들과 식사를 하느니 차라리 충치 치료를 받는 게 더 나을 뻔했다는 걸 뒤늦게야 깨달았다. 모두들 나서서 말하고 싶어 하는 게 빤히 보였다. 강에 박힌 돌이 된 것마냥 자신을 비켜 흐르는 대화 속에서 그녀는 주전자에 든 콜라를 와인 잔에 계속 채웠다.

그곳은 주방장이 몸에 좋지도 않은 붉은 소스와 마늘을 강하게 쓰는 이탈리아 식당이었다. 그녀는 문득 이탈리아에도 미국 식당이 있는지 궁금했다.

알렉스는 배심까지 올라갔던 어떤 재판에 대한 열띤 토론에 빠져 있었다. 레이시는 그들이 치고받는 법률 용어들—근로기준법, 싱 대 주트라 사건(주유소 사장인 싱의 삼촌 주트라가 인도에 있는 싱을 불법 이민시켜 3년 동안이나 무보수로 주유소에서 일을 시킨 것에 대해 싱이 소송을 제기해 승리한 사건-옮긴이), 사건 동기—을 흘려들었다. 레이시의 오른쪽에 앉은 여자가 상기된 얼굴로 머리를 가로저으며 말했다. "그 재판은 어떤 메시지를 주고 있어. 불법적인 일에 배상금을 지급하는 건 회사가 법 위에 있다는 걸 인가하는 꼴이잖아."

알렉스는 웃었다. "시타, 난 단지 이 자리에서 너만 검사고 네가 이길 도리가 없다는 걸 깨닫게 해주려는 것뿐이야."

"우린 다들 편향돼 있어. 객관적인 논평자가 필요하다고." 시타는 레이시에게 미소를 지었다. "당신은 '외계인들(시타가 외국인의 의미로 말한 'aliens'를 레이시가 외계인으로 잘못 알아들은 것-옮긴이)'에 대해 어떻게 생각해요?"

레이시는 그들의 대화를 경청하고 있지 않았더랬다. 자신이 끝없는 공상에 잠겨 있는 사이 대화가 흥미로운 방향으로 전환된 모양이었다.

"글쎄요, 제가 뭐 전문가는 아니지만 얼마 전 51구역(미국 네바다 주에 위치한 공군비밀기지로 위도 51도에 위치해서 Area 51이라는 이름이 붙여졌는데, 외계인과 비밀 신무기 등을 연구한다고 주장하는 극비시설이다-옮긴이)과 정부의 조작설에 관한 책을 읽었어요. 가축 학살에 대해 상세히 나와 있더군요. 네바다 주에서 신장이 도려내진 소가 조직 손상이나 혈흔 같은 외상을 보이지 않았다고 하는데, 그 점이 매우 의심스러워요. 한 번은 제가 키우던 고양이가 외계인들한테 납치되었다고밖에 생각할 수 없는 일이 있었죠. 그 고양이는 정확히 한 달 동안 없어졌다가 돌아왔는데, 등에 크롭서클(Crop Circle, 농작물이 자라고 있는 들판 한가운데 생기는 거대하고 정교한 기하학적 디자인의 선과 원형-옮긴이) 같은 불에 탄 삼각형 무늬가 나 있었거든요." 레이시는 잠시 뜸을 들였다. "밀도 없는데 말이죠."

모두가 말없이 그녀를 응시했다. 윤기 나는 금발 단발머리 여자가 입을 약간 벌린 채 눈을 깜박거리며 레이시를 보았다.

"우린 '불법 외국인들'에 대해 이야기하고 있었어요."

레이시는 목덜미부터 달아오르는 걸 느꼈다. "아, 그렇군요."

"저기, 내 생각엔 말이야." 알렉스가 화제를 돌렸다. "일레인 차오(부시 행정부에서 노동부 장관을 역임한 중국계 미국인-옮긴이) 대신 레이시가 노동부 장관을 맡아야 한다고 봐. 확실히 경험이 더 많거든……"

모두가 웃음보를 터뜨리는 것을, 레이시는 멍하니 쳐다보기만 했다. 이제 보니, 알렉스는 어디서나 적응을 잘하는 사람이었다.

이런 자리든, 레이시 가족과 저녁을 하는 자리든, 법정에서든, 어쩌면 여왕과 차를 마시는 자리든. 그녀는 카멜레온이었다.

　색이 변하기 전의 카멜레온이 원래 무슨 색이었는지도 실은 모르고 있었다는 걸, 레이시는 그제야 깨달았다.

　태아 검진을 할 때면 레이시는 자신 내면의 신앙 요법가와 교신이 되는 순간이 있었다. 환자의 배에 손을 올려놓고 그 지형으로부터 아기가 누운 방향을 점치는 순간이었다. 그럴 때면 조이를 데리고 갔던 유령의 집이 생각나곤 했다. 커튼 뒤로 손을 찔러넣으면 차가운 스파게티 내장이나 젤라틴 뇌가 만져졌다. 정확한 과학은 아니지만, 기본적으로 태아에게는 두 개의 단단한 부위가 있다. 머리와 엉덩이다. 아기의 머리를 흔들면 척추 줄기에 붙은 머리가 꺾이곤 한다. 아기의 엉덩이를 흔들면 아기의 몸이 움직였다. 머리를 움직이면 머리만 움직이지만, 엉덩이를 움직이면 몸 전체가 움직인다.

　레이시는 손으로 알렉스의 섬 같은 배를 천천히 훑고서 그녀를 일으켜 앉혔다. "좋은 소식은 아기가 건강하다는 거야. 나쁜 소식은 지금으로선 아기가 거꾸로 있다는 거야. 둔위야."

　알렉스의 표정이 굳어졌다. "제왕절개를 해야 해?"

　"아직 8주가 남아 있으니까. 그 전에 아기를 돌려놓는 방법은 많이 있어."

　"어떻게?" 알렉스는 레이시 맞은편에 앉았다.

　"뜸, 침술사 이름을 알려줄게. 작은 쑥뜸 막대를 잡고 네 새끼발가락에 꽂을 거야. 반대편 발가락에도 똑같이 할 거야. 아프진 않지만 조금 뜨거울 거야. 우선은 집에서 하는 법을 배워. 지금부터 시작하면 한두 주쯤 지나 아기가 방향을 돌릴 가능성이 커."
 "내 몸에 뜸을 찌르면 아기가 흥분하지 않을까?"
 "흠, 꼭 그렇지도 않아. 그래서 말인데, 다리미판을 소파에 경사지게 세워. 머리를 밑으로 하고 그 위에 눕는 거야. 하루 세 번, 15분씩."
 "어머나, 레이시. 설마 하니 부적까지 지니고 있으라고 하진 않겠지?"
 "날 믿어. 그렇게 한 산모들이 아기를 돌리려고 의사한테 전위요법을 받거나…… 제왕절개로 회복된 것보다 훨씬 더 편안해했어."
 알렉스는 두 손을 배 위에 포갰다. "난 수다스런 노파들 얘긴 그다지 신뢰하지 않는데."
 레이시가 어깨를 으쓱했다. "그래도, 둔위 분만은 하지 않을 거 아냐."

 의뢰인을 자기 차에 태워 법정에 데리고 오면 안 되는 일이었지만, 알렉스는 나디아 사라노프의 사건만큼은 예외를 두었다. 나디아의 남편은 아내를 학대했고 다른 여자가 생겨 떠났다. 나디아는 서브웨이 샌드위치 가게에서 시간당 5달러 25센트밖에 못 버는데도, 수입이 제법 되는 남편은 두 아들의 양육비를 지불하지 않겠다고 했다. 그녀는 국가에 정식으로 호소했지만 정의가 실현되는 데는 한참이 걸렸다. 결국 그녀는 월마트로 가서 다섯 살짜리 아들을 위해 바지 한 벌과 흰색 셔츠 한 장을 슬쩍했다. 다음 주면 학교에 가야 하는 아들의 옷이 작아져서 입을 수가 없었기 때문이다.

나디아는 죄를 인정했다. 벌금을 낼 돈이 없어 집행유예 30일을 선고받았다. 알렉스가 지금 설명하고 있듯이 1년이나 갇혀 있지 않아도 된다는 뜻이었다. "당신이 감옥에 가게 되면 아이들이 진짜 고생할 거예요. 얼마나 절박했을지는 알지만 다른 선택의 여지도 있잖아요. 교회나 구세군 같은 곳이요." 알렉스는 법원 화장실 밖에 서서 말했다.

나디아는 눈물을 닦았다. "교회나 구세군에는 갈 수가 없었어요. 차가 없었거든요."

그랬다. 그 때문에 알렉스가 처음으로 자신의 차로 의뢰인을 법정에 데리고 온 것이었다.

나디아가 화장실로 들어가자 알렉스는 동정을 거두고 마음을 단단히 먹었다. 그녀가 할 일은 나디아가 선처를 받도록 하는 것이었고, 이번이 그 여자의 두 번째 절도인 걸 감안하면 선처를 받은 셈이었다. 첫 절도는 약국에서 어린이용 타이레놀을 훔친 것이었다.

알렉스는 자신의 아기를 생각했다. 매일 밤 그녀는 아기가 자세를 바꾸기를 바라면서 다리미판에 거꾸로 누워 양쪽 새끼발가락에 고통스러운 작은 뜸을 꽂았다. 이 세상을 거꾸로 나오게 되면 어떤 불이익이 있는 걸까?

10분이 지나도록 나디아가 화장실에서 나오지 않자 알렉스는 노크를 했다. "나디아?" 그녀의 의뢰인은 세면대 앞에서 울고 있었다. "나디아, 무슨 일이에요?"

그녀의 의뢰인이 감정을 삭이며 고개를 푹 숙였다.

"생리를 시작했는데, 탐폰을 살 돈이 없어요."

알렉스는 핸드백에 손을 넣어 자판기에 넣을 25센트 동전을 찾았다. 그리고 탐폰 통이 기계에서 툭 떨어지는 순간 속에서 어떤 생각이 번쩍 떠올랐다. 겉으로는 문제가 해결된 듯했지만 사실은 아니라는 걸 깨달은 것이었다. "정문 앞으로 나와요." 그녀가 명령하듯 말했다. "차를 가지고 올게요."

알렉스는 나디아를 데리고 그녀의 범죄현장인 월마트로 가서 특대 탬팩스(미국 탬브랜즈 사의 여성 생리용 탐폰-옮긴이) 세 박스를 카트에 담았다. "또 필요한 것 없어요?"

"속옷이요. 입고 있는 것뿐이거든요." 나디아가 다 죽어가는 소리로 말했다.

알렉스는 카트를 밀고 통로를 왔다갔다하면서 나디아의 티셔츠와 양말과 팬티와 파자마를 샀다. 그녀의 아들을 위해 바지와 외투와 모자와 장갑도 샀다. 금붕어 모양 크래커, 짭짤한 크래커, 깡통 수프, 파스타 그리고 스낵 케이크 데빌도그즈도 샀다. 국선 변호인 사무소에서 하지 말라고 하는 짓이었지만, 그 순간 그녀는 필사적으로 자신이 해야 할 일을 했다. 하지만 그녀는 지극히 이성적이었고, 자신이 의뢰인을 위해 이 일을 하는 것이 아니고, 두 번 다시 이런 일은 없으리라는 것도 알았다. 그녀는 나디아를 고소했던 그 가게에서만 800달러를 썼다. 자신도 때때로 참을 수 없는 세상으로 자신의 아이가 나오는 걸 상상하니 차라리 잘못된 것을 고치는 게 더 쉽기 때문이었다.

카타르시스는 알렉스가 점원에게 신용카드를 건네는 순간 로건 루크의 목소리가 머릿속에서 들리면서 끝이 났다. 피 흘리는 심장(bleeding heart. 약자를 과장되게 동정하는 사람-옮긴이), 그는 그녀를 그렇게 불렀다.

흠. 그는 알아야 한다.

그 심장을 갈가리 찢어놓은 장본인이 그였다는 걸.

그래, 죽는 게 이런 거구나. 알렉스는 조용히 생각했다.

또 한 번의 진통이 맹폭격을 해대는 것처럼 속을 찢어놓았다.

2주 전, 37주째 만났을 때 알렉스와 레이시는 무통 주사에 대해 이야기했다. 어떻게 생각하느냐고 레이시가 물었을 때 알렉스는 농담을 했다. "캐나다에서 수입을 해야 할 걸." 그녀는 레이시에게 자신은 무통 주사를 맞을 생각이 없고, 자연분만을 원하며, 그렇게까지 아프지는 않을 것 같다고 말했다.

그러나 아팠다.

알렉스는 레이시에게 등 떠밀려 받았던 출산 교실 수업들을 떠올렸다. 다른 산모들과 달리 남편도 남자친구도 없는 그녀는 레이시와 짝을 이뤘다. 그 수업에서 산고를 겪는 여자들, 얼굴을 일그러뜨리고 이를 악다문 여자들이나 원시적인 소리를 질러대는 여자들을 볼 수 있었다. 알렉스는 그 모습을 보고 비웃었다. 저건 최악의 경우에 해당하는 시나리오일 거야. 사람에 따라 고통을 참는 방법도 다르지 않겠어. 그녀는 속으로 그렇게 생각했다.

이번에는 코브라가 그녀의 배를 휘감고 엄니를 쿡 찍어대는 것처럼 척추 밑이 뒤틀리기 시작했다. 알렉스는 부엌 바닥에 무릎을 쿵 찧었다.

수업 시간에 듣기로 진통은 열두 시간 이상 지속될 수 있다고도 했다.
 그때쯤이면 죽지 않으면 총으로 자살을 해버릴 것만 같았다.

 조산사 수습생이었을 때 레이시는 어디를 가든 작은 센티미터 자를 들고 다니면서 치수를 재곤 했다. 몇 년을 그러다 보니 지금은 눈대중으로도 커피 잔은 가로 9센티미터, 간호부의 전화기 옆에 있는 오렌지는 8센티미터라는 걸 알 수 있었다. 그녀는 알렉스의 다리 사이에서 손가락을 빼내고 비닐장갑을 벗었다.
 "2센티미터 벌어졌어." 그녀의 말에 알렉스가 울음을 터뜨렸다.
 "고작 2센티미터? 난 못 하겠어." 알렉스는 숨을 헐떡거리며 고통을 덜기 위해 몸을 뒤틀었다. 평소에는 위풍당당한 가면 안에 불안감을 애써 숨겨왔건만, 이번에는 서두르다 그 가면을 어디 놓고 온 모양이었다.
 "실망스럽겠지. 하지만 중요한 건 네가 괜찮다는 거야. 2센티미터 벌어졌을 때 괜찮으면 8센티미터 벌어질 때도 괜찮거든. 진통이 오면 그냥 받아들여."
 산고는 누구에게나 힘들지만 레이시는 나름 예상을 해서 표를 만들고 계획을 짜는 산모들에게는 특히 더 힘들다는 걸 알고 있었다. 진통이 생각했던 것과는 전혀 다르기 때문이었다. 진통을 잘 이기려면 머리가 아닌 몸에 자신을 맡겨야 한다. 진통의 순간에는 잊고 있던 몸의 부위들이 제 존재를 드러낸다. 알렉스처럼 자제를 잘하는 사람들일수록 그 고통은 압도적일 수 있다. 냉정을 잃는 희생을 치러야만, 자신이 원하지 않는 사람으로 변하는 위험을 감수해야만 성공할 수 있었다.

레이시는 알렉스를 침대에서 내려 월풀 욕실로 안내했다. 조명을 약하게 하고 클래식 음악을 틀고 알렉스의 가운 끈을 풀었다. 알렉스는 정숙의 한계점을 넘어서 있었다. 레이시가 보기에 지금의 그녀는 진통을 멈출 수만 있다면 남자 죄수들 앞에서라도 옷을 벗을 것 같았다.

"들어가." 레이시는 물속으로 들어가는 알렉스를 받쳐주었다. 뜨거운 물에서 일어나는 조건반사가 있다. 이따금 욕조에 들어가기만 해도 심박수가 떨어질 수 있었다.

"레이시." 알렉스는 숨을 헐떡거렸다. "약속해줘……."

"뭘 약속해?"

"말하지 않겠다고. 아기한테."

레이시는 알렉스의 손을 잡았다. "뭘 말이야?"

알렉스는 눈을 감고 욕조 가장자리에 뺨을 지그시 기댔다.

"처음에 내가 이 아이를 원하지 않았다는 거."

레이시가 대답할 새도 없이 진통이 알렉스를 조여왔다.

"이렇게 숨을 쉬어. 고통을 날려 보내, 두 손을 모아 고통을 내보내, 고통이 빨간색이라고 생각해. 천천히 엎드려. 모래시계 속의 모래처럼 숨을 깊이 빨아들여. 해변으로 가는 거야, 알렉스. 모래 위에 누워 해가 얼마나 따뜻한지 느껴봐. 진짜라고 느껴질 때까지 주문을 걸어."

몹시 아플 때 사람은 침잠한다. 레이시는 이런 장면을 천 번도 넘게 보았다. 몸의 천연 모르핀인 엔도르핀이 생성되면 환자는 더 이상 고통을 느낄 수 없는 아주 먼 곳으로 가버린다. 한번은 혹사를 당하던 산모가 너무 심한 의식분열을 일으킨 나머지 그녀가 힘을 쓸 수 있도록 제때 소생을 시키지 못하면 어쩌나 걱정했던 적이 있었다. 마지막엔 그 여자에게 스페인어로 자장가를 불러주기까지 했다.

마취과 의사가 투여해준 경막외마취 덕에 알렉스는 세 시간째 평정을 유지하고 있었다. 잠깐 잠도 자고 레이시와 하트카드 게임도 했다. 그런데 아기가 내려오자 알렉스는 다시 용을 쓰기 시작했다. "왜 또 아파지는 거야?" 그녀의 목소리가 점점 격앙되었다.

"경막외마취가 원래 그래. 더 투여하면 힘을 쓸 수가 없어."

"난 못 낳겠어. 준비가 안 됐어." 알렉스가 불쑥 말했다.

"흠, 그 얘길 좀 해봐야겠는데." 레이시가 말했다.

"내가 무슨 생각을 하게? 로건 교수가 옳았다는 거야. 난 내가 뭔 짓을 하고 있는지 몰라. 난 엄마가 아니라 변호사야. 난 남자친구도 없고, 개도 없고…… 하물며 식물을 키워본 적도 없어. 기저귀를 어떻게 채우는지도 몰라."

"원래 그런 자질구레한 문제들이 더 신경 쓰이는 법이야." 레이시가 말했다. 그녀는 알렉스의 손을 잡아 아기의 머리가 삐죽 나와 있는 다리 사이로 가져갔다.

알렉스는 손을 홱 치웠다. "그게……"

"그래."

"나오고 있는 거야?"

"준비됐거나 아니거나."

또 진통이 시작됐다.

"오, 알렉스, 눈썹이 보여……." 레이시는 아기의 머리를 뒤로 젖힌 채 산도에서 천천히 아기를 빼냈다. "아기도 머리에서 불이 나는 느낌일 거야……. 턱이 나왔어……. 아름다워……." 레이시는 아기의 얼굴을 닦고 입 안의 이물질을 뽑아냈다. 그녀는 아기의 목 위로 탯줄을 뒤집고 친구를 올려다보았다. "알렉스, 같이 하자."

레이시는 알렉스의 떨리는 두 손으로 아기의 머리를 받치게 했다.

"그대로 있어. 어깨를 잡을 수 있게 밀 테니까……."

아기가 알렉스의 손 안으로 쑥 들어갔을 때 레이시는 손을 놓았다. 알렉스는 안도하며 흐느끼면서 그 작고 꿈틀거리는 몸을 자신의 품에 안았다. 언제나처럼, 레이시는 신생아의 **유효성**, 즉 현존성에 매료되었다. 그녀는 아기의 작은 등을 문지르며 신생아의 흐릿한 푸른 눈이 엄마에게 최초로 초점을 맞추는 것을 보았다. "알렉스, 이 아인 오직 네 거야." 레이시가 말했다.

아무도 인정하고 싶지 않겠지만, 나쁜 일들은 계속 일어난다. 어쩌면 그것은 연쇄적으로 먼 옛날 누군가가 최초로 나쁜 일을 저질렀고, 그로 인해 다른 누군가가 또 다른 나쁜 일을 저지르는 식으로 이어졌기 때문인지 모른다. 마치 당신이 누군가의 귀에 대고 어떤 문장을 작은 소리로 말하면 그 사람은 다른 누군가에게 그 말을 전하는데, 결국에는 말이 전혀 달라지는 그런 게임처럼 말이다.

그러나 다시 생각해보면, 나쁜 일이 일어나는 건 그래야만 선한 것이 어떻다는 것을 계속 기억할 수 있기 때문은 아닐까.

 몇 시간 뒤

 한번은, 어떤 술집에서, 패트릭의 가장 친한 친구인 니나가 이제껏 목격한 일들 중에서 가장 끔찍했던 것이 무엇인지 물은 적이 있다. 그때 패트릭은 정직하게 답했다. 메인 주에서 살 때였는데, 어떤 남자가 철사로 자기 몸을 선로에 묶어 자살을 했던 일이었다고. 기차는 말 그대로 그의 몸을 두 동강 냈다. 온 사방에 피와 시신 조각이 흩어져 있었다. 현장에 도착한 경험 많은 경찰관들조차 수세미에 토하기 시작했다. 평정을 찾기 위해 자리를 뜨던 패트릭은 어느새 그 남자의 잘린 머리를, 소리 없는 비명을 지르듯 여전히 벌리고 있는 그 입을 빤히 내려다보고 있던 자신을 발견했다.
 오늘부로 그 일은 패트릭이 목격한 가장 끔찍한 사건의 자리를 내주었다.
 응급구조 대원들이 부상자들을 돌보기 위해 스털링 고등학교 건물을 점검하고 다니는 데도 학생들은 여전히 쏟아져나왔다. 대탈출로 수십 명은 조금 베이거나 멍이 들었고, 수십 명은 호흡 곤란과 히스테리 증상을 보였으며, 훨씬 더 많은 수가 충격에 휩싸였다. 그러나 패트릭의 급선무는 범인의 경로를 기록해놓은 핏자국과 카페테리아에서 체육관까지 바닥에 널브러져 있는 희생자들을 살피는 것이었다.

화재경보기가 여전히 울리고 있었고, 안전 스프링클러가 작동하면서 복도는 강으로 변했다. 물줄기 아래서 구조대원 두 명이 오른쪽 어깨에 총을 맞은 여학생 위로 머리를 숙였다. "들것에 옮기자." 구조대원이 말했다.

패트릭이 아는 얼굴이었다. 그래서 더 몸서리가 쳐졌다. 시내에 있는 비디오 대여점에서 일하는 여학생이었다. 지난 주말에 〈더티 해리Dirty Harry〉를 빌렸을 때, 그 여학생은 그에게 연체료가 3달러 40센트 있다고 말해주었다. 금요일 밤마다 DVD를 빌릴 때면 늘 마주치는 여학생에게 그는 한 번도 이름을 묻지 않았다. 도대체 왜 묻지 않았을까?

훌쩍이는 여학생의 이마에 구조대원은 가지고 있던 매직으로 '9'라고 썼다. "부상자들의 신원을 몰라서요. 그래서 번호를 매기기 시작했습니다." 구조대원이 패트릭에게 말했다. 그 학생이 들것으로 옮겨졌을 때, 패트릭은 손을 뻗어 경찰관들이 순찰차 뒤에 싣고 다니는 노란색 비닐 구급 담요를 집어 들었다. 그것을 사등분으로 찢은 뒤 여학생의 이마에 적힌 숫자를 흘깃 보고서 그 중 하나에 똑같이 '9'라고 썼다.

"이걸 여학생의 자리에 놔두게. 그러면 나중에 그 학생이 누구인지, 어디에 있었는지 알 수 있을 테니까."

어떤 구조대원이 복도 끝에서 머리를 쑥 내밀었다. "히치콕 병원은 병실이 다 찼답니다. 학생들을 앞쪽 잔디밭에 일렬로 세워

두었는데, 갈 만한 병원이 없습니다."

"앨리스 펙 데이 병원은 어떤가?"

"거기도 다 찼습니다."

"그럼 콩코드에 전화해서 우리가 구급차를 보낸다고 하게." 패트릭이 명령했다. 곁눈질로 보니 석 달만 있으면 퇴직하는 고참 구조대원이 어떤 시신에서 물러나 쭈그리고 앉아 흐느껴 울고 있었다. 패트릭은 지나가는 경찰관의 소매를 잡았다.

"자비스, 좀 도와줘야겠네……"

"하지만 방금 체육관에 배속하셨잖습니까, 대장."

패트릭은 주 경찰 인력을 출동경찰들과 강력범죄수사대로 나눠 학교 구석구석의 범죄현장이 잘 보존되도록 조치했다. 지금 그는 남은 비닐 구급 담요 조각들과 검정 매직을 자비스에게 건넸다. "체육관은 잊어버려. 학교를 샅샅이 돌면서 구조대원들과 함께 점검을 해줘. 번호가 매겨진 사람이 이송되면 담요 조각에 같은 번호를 써서 그 자리에 두는 거야."

"여자 화장실에서 누가 피를 흘리고 있습니다." 누군가 소리쳤다.

"갑니다." 어떤 응급대원이 구급상자를 들고 집어 들고 서둘러 달려갔다.

아무것도 잊으면 안 돼. 한 번에 집어넣어야 해. 패트릭은 속으로 말했다. 그의 머리는 너무 무겁기만 한 너무 얇은 유리로 되어 있어 이토록 많은 정보의 무게를 감당할 수 없을 것만 같았다. 몸이 하나니 자신이 모든 곳에 동시에 있을 수는 없었고, 대원들을 적재적소에 배치할 수 있을 만큼 머리 회전이 빠르지도, 말이 빠르게 나오지도 않았다. 이 엄청난 악몽을 어떻게 처리해야 할지 그 자신도 당최 막막했지만, 모두들 그가 알아서 할 것이라 기대했기 때문에 아는 척이라도 해야 했다.

카페테리아의 여닫이문이 그의 뒤에서 쾅 닫혔다. 일하던 작업조가 부상자들을 점검하고 이송해 간 것이었다. 이제 남은 건 시신들뿐이었다. 총알이 관통했거나 스치고 지나간 자리마다 콘크리트 벽이 쪼개져 있었다. 유리가 박살나고 병마다 구멍이 뚫린 자판기에서는 스프라이트와 콜라와 다사니 생수가 리놀륨 바닥으로 뚝뚝 떨어졌다. 현장 감식요원 하나가 버려진 책가방과 지갑과 교과서 같은 증거물을 찍고 있었다. 그는 각 물건을 근접촬영하고서, 나머지 현장과 그 물건들의 배치도를 담기 위해 천막 모양의 노란색 증거 표지를 꽂아 멀리서도 찍었다. 또 다른 요원은 피가 튄 모양새를 조사했다. 다른 요원 두 명은 천장의 오른쪽 구석에 있는 한 지점을 가리키고 있었다.

"대장, 비디오 화면을 구할 수 있겠는데요." 한 요원이 말했다.

"비디오는 어디에 있나?"

그 요원은 어깨를 으쓱했다. "교장실에 있을까요?"

"가서 알아보게."

그는 카페테리아의 중앙 통로를 걸었다. 언뜻 보아선 공상과학 영화의 한 장면 같았다. 모두들 끼리끼리 모여 밥을 먹고 잡담과 농담을 한창 주고받던 중 눈 깜짝할 새 소지품들만 남겨놓은 채 외계인들에게 납치된 꼴이었다. 한 입만 먹다 만 샌드위치들, 아직 지문이 남아 있는 체리맛 립글로스, 아즈텍 문명에 관한 학습 자료들과 현재 문명에 관한 낙서들—난 재크 에스를 사랑한다!!!

몇 시간 뒤 | 81

키퍼 선생님은 나치다!!!—로 가득한 작문 공책들. 인류학자들이 이것들을 본다면 스털링 고등학교 학생들에 대해 뭐라고 말할까?

패트릭의 무릎이 테이블에 부딪히자, 테이블의 포도알 몇 개가 화들짝 놀란 듯 흩어졌다. 그중 한 알이 바인더 위로 푹 고꾸라져 있는 소년의 어깨에 맞고 되튀었는데, 그의 피가 줄 간격이 좁은 공책으로 스며들고 있었다. 아직까지도 손에 안경을 꼭 쥐고 있었다. 피터 호턴이 광란을 일으키러 들어왔을 때 안경을 닦고 있었던 걸까? 아니면 보고 싶지 않아서 안경을 벗었던 걸까?

패트릭은 마치 거울형 쌍둥이처럼 바닥에 드러누워 있는 두 여학생의 시신을 넘어갔다. 둘 다 미니스커트가 허벅지까지 올라와 있고 눈을 치뜨고 있었다. 주방으로 건너간 그는 시들어가는 콩과 당근과 치킨팟파이 수프가 담긴 통들을 조사했다. 총알 세례에 소금과 후추가 색종이 조각처럼 바닥에 점점이 흩어져 있었다. 번쩍거리는 금속 뚜껑을 투구처럼 쓴 딸기, 혼합 베리, 키라임, 복숭아 요구르트들은 절대 물러서지 않는 작은 군대 마냥 금전 등록기 옆에 기적적으로 네 줄로 정렬해 있었다. 젤로(순두부처럼 흐물흐물하고 단 스낵 종류의 음식-옮긴이) 한 그릇과 냅킨을 얹어놓고 나머지 요리가 나오길 기다리고 있는 낡은 플라스틱 쟁반도 있었다.

별안간, 패트릭은 무슨 소리를 들었다. 그가 잘못 생각을 한 걸까? 요원들 모두가 두 번째 범인을 놓쳤던 걸까? 생존자들을 찾아다니고 있는 요원들…… 아직 위험할 수도 있단 말인가?

그는 총을 꺼내 들고 주방 내부로 들어갔다. 토마토소스와 녹색 콩과 가공된 나초 치즈가 든 엄청나게 큰 통조림 선반들을 지나고, 커다란 두루마리 비닐 랩들과 쿠킹 호일들을 지나 고기와 농산물을 저장해두는 냉장실까지 갔다. 패트릭이 냉장실 문을 발로 차서 열자 냉기가 그의 다리 위로 떨어졌다. "꼼짝 마." 그가 소리쳤다. 순간적이긴 했지만 다른 모든 것을 잠시 잊고 하마터면 피식 웃을 뻔했다.

머리에 쓴 망사 두건이 거미줄처럼 이마 위까지 내려온 중년의 라틴계 주방 아주머니가 포장을 미리 해둔 샐러드 믹스 상자 선반 뒤에서 슬금슬금 나타났다. 손을 번쩍 든 채 벌벌 떨고 있었다.

"쏘지 마세요." 그녀는 흑흑거렸다.

패트릭은 무기를 내리고 재킷을 벗어 그녀의 어깨에 걸쳐주었다. "끝났습니다." 그런 말로 안심은 시켰지만, 그는 이것이 진실이 아니라는 걸 알았다. 그에게도, 피터 호턴에게도, 스털링의 모든 사람들에게도…… 이것은 단지 시작일 뿐이었다.

"캘로웨이 부인, 정리를 해보겠습니다. 부인께서는 물고기를 구하려고 손을 뻗쳤다가 운전 부주의로 중대한 신체 상해를 일으킨 혐의를 받고 계신 거죠?" 알렉스가 말했다.

밉상스런 파마 머리에 그보다 더 밉상스런 정장 바지를 입은 쉰네 살의 피고가 고개를 끄덕였다. "맞습니다, 재판장님."

알렉스는 판사석에 팔꿈치를 대고 말했다. "경위를 말씀해주시죠."

여자는 자신의 변호사를 보았다. "캘로웨이 부인은 애완동물 가게에서 은색 아로와나를 한 마리 사서 집으로 돌아가고 있었습니다." 변호사가 말했다.

몇 시간 뒤

"55달러짜리 열대어입니다, 판사님." 피고가 끼어들었다.

"조수석에 있던 비닐봉지가 굴러 떨어져 터졌습니다. 캘로웨이 부인이 물고기를 주우려고 손을 뻗친 순간…… 그 불행한 사건이 일어났습니다."

"불행한 사건이라면, 보행자를 쳤다는 말인가요?" 알렉스는 자료를 들여다보며 문제를 명백히 했다.

"네, 재판장님."

알렉스는 피고 쪽을 보았다. "물고기는 어떤가요?"

캘로웨이 부인이 빙긋이 웃으며 말했다. "아주 좋아요. 이름을 '충돌'이라고 지었어요."

알렉스가 곁눈질로 보니 경위가 법정으로 들어와 서기에게 뭐라고 속삭이자 서기가 알렉스를 보며 고개를 끄덕였다. 서기가 뭔가를 써서 건넨 종이를 경위가 판사석으로 가지고 왔다.

스털링 고등학교에서 총기 사건이 일어났습니다.

알렉스는 돌처럼 굳어버렸다. 조지.

"휴정하겠습니다." 그녀는 작은 소리로 말하고서 법정을 뛰쳐나갔다.

존 에버하드는 이를 악물고 딱 1인치만 더 나아가는 데 집중했다. 얼굴 위로 피가 철철 흘러내려 앞이 보이지 않았고, 몸의 왼쪽은 전혀 말을 듣지 않았다. 들리지 않는 귀에는 총소리만 여전히 울리고 있었다. 그런 몸을 하고서도 그는 피터 호턴이 자신을 쏘았던 2층 복도에서부터 미술 비품실까지 간신히 기어왔다.

존은 선수들이 숨이 차올라 얼음 위로 침을 토할 때까지 양쪽

골라인을 왔다갔다 하며 더 빨리, 좀 더 빨리 스케이트를 타라고 시키던 코치의 연습에 대해 생각했다. 더 이상 낼 힘이 없다고 느끼던 순간에도 마지막 안간힘을 어떻게 찾아냈던지 생각해보았다. 그는 팔꿈치를 바닥에 짚고 몸을 끌어당겨 또 한 발 나아갔다.

찰흙과 물감과 구슬과 철사를 올려두는 철제 선반에 도착한 존은 몸을 일으켜보려 했지만, 아찔한 통증이 머리를 콕콕 찔러댔다. 몇 분 후 아니 몇 시간 후였을까? 그는 의식을 되찾았다. 이 골방 밖을 확인해도 괜찮을지 아직은 알 수 없었다. 등을 대고 똑바로 누워 있노라니 차가운 것이 그의 얼굴을 스치고 지나갔다. 바람이었다. 닫힌 창문 틈새로 들어오고 있었다.

창문.

존은 코트니 이그나시오를 떠올렸다. 카페테리아에서 그녀의 등 뒤에 있던 유리벽이 폭발하던 순간 그녀가 어떤 모습으로 자신의 맞은편에 앉아 있었는지. 그녀의 가슴팍에서 양귀비 같은 선홍색 꽃이 얼마나 갑작스레 피어올랐는지를. 수백 명의 비명소리가 일제히 단 하나의 소리로 엮이던 것도. 총소리를 듣고 뒤쥐들처럼 교실 밖으로 머리를 삐죽 내밀던 교사들과 그들의 표정들도 기억났다.

존은 다시 기절하고 말 것이라고 속삭여대는 사악한 웅성거림과 싸우면서 한 손으로 철제 선반을 잡고 몸을 일으켜 세웠다. 철제 틀에 등을 기댄 채 똑바로 서자 몸이 부들부들 떨렸다. 시야가 너무 흐릿해서 물감 통을 집어 들고 어른거리는 창문 두 개 중 하나를 골라 휙 던졌다.

유리가 박살났다. 창문턱으로 몸을 내민 그는 소방차와 앰뷸런스를 볼 수 있었다. 경찰 저지선을 뚫고 나가려는 기자들과 부모들도 보였다. 떼 지어 흐느껴 울고 있는 학생들도. 철도 침목들처럼 일정한 간격을 두고 눈 위에 누워 있는 부상자들도. 더 많은 부상자를 운반하고 있는 구조대원들도.

도와주세요. 존 에버하드는 소리를 지르려 했지만, 말이 나오지 않았다. 어떤 말도, 여기요, 잠깐만요, 심지어 자신의 이름조차도 나오지 않았다.

"저것 봐요. 저기에 남학생이 있어요!" 누군가가 소리쳤다.

존은 흐느끼며 손을 흔들려 했지만, 팔이 움직이지 않았다.

사람들이 창문 쪽을 가리키기 시작했다.

"그대로 있어!" 어떤 소방관이 외치는 소리에 존은 고개를 끄덕이려 했다. 하지만 그의 몸은 더 이상 그의 것이 아니었고, 무슨 일이 일어났는지 깨닫기도 전에 그 작은 움직임은 그를 창문 밖으로 내던져 2층 아래 콘크리트 바닥으로 떨어뜨렸다.

조금 더 친절하고 관대한 부서에서 일하고 싶어 2년 전 보스턴에서 법무부 차관보를 그만둔 다이애나 레븐은 스털링 고등학교 체육관으로 들어와 목에 총을 맞고 3점 슛 라인 위로 쓰러져 있는 어떤 소년의 시신 옆에 멈춰 섰다. 사진을 찍고 탄피를 주워 증거물 지퍼백에 담는 현장 감식요원들의 신발창들이 니스를 바른 바닥에서 찍찍 소리를 냈다. 그들에게 지시를 내리고 있는 사람은 패트릭 듀참이었다.

옷, 총, 혈흔, 다 쓴 탄약, 떨어진 책가방, 분실된 운동화 등 엄청난 양의 증거물을 둘러본 다이애나는 이 육중한 일을 그녀 혼자 짊어진 게 아니라는 사실을 깨달았다. "그래서 뭐 좀 알아냈어요?"

"총을 쏜 사람은 한 명 같습니다. 지금 구금돼 있어요. 또 다른 관련자가 있는지는 확실하지 않아요. 학교는 이제 안전합니다." 패트릭이 말했다.

"사망자 수는요?"

"확인된 건 열 명이에요."

다이애나는 고개를 끄덕였다. "부상자는요?"

"아직 모르겠어요. 뉴햄프셔 주의 북쪽 지역 앰뷸런스가 죄다 왔어요."

"저는 뭘 도와드릴까요?"

패트릭이 그녀를 바라보았다. "쇼라도 해서 저 카메라들 좀 치워주시죠."

자리를 뜨려고 하는 그녀의 팔을 패트릭이 붙잡았다. "그 애랑 얘길 좀 하고 싶은데요?"

"총을 쏜 애요?"

패트릭은 고개를 끄덕였다.

"아직은 변호사가 없으니까 지금이라면 만날 수 있을지도 모르겠군요. 여길 빠져나올 수 있으면 그렇게 해요." 다이애나는 서둘러 체육관을 나와 분주하게 움직이는 경찰관들과 구조대원들을 조심스레 피해가며 아래층으로 내려갔다. 밖으로 나오기 무섭게 매스컴들이 그녀에게 달라붙어 벌떼처럼 질문을 쏘아댔다. 희생자는 몇 명입니까? 사망자들의 이름은 어떻게 됩니까? 누가 총을 쏜 겁니까?

이유가 뭡니까?

다이애나는 숨을 깊이 들이쉬고 검은 머리카락을 얼굴 뒤로 부드럽게 넘겼다. 카메라 앞에서 대변인 노릇을 하는 게 가장 싫은 일이었다. 시간이 지날수록 더 많은 차량이 도착하겠지만, 지금 당장은 CBS, ABC, FOX 산하의 뉴햄프셔 지역방송국들 뿐이었다. 그럴 수 있는 동안은 고향 덕을 즐겨보는 편이 낫겠지. "저는 다이애나 레븐이고, 주 법무부에서 일하고 있습니다. 아직 수사가 진행 중인 관계로 지금은 어떤 정보도 드릴 수 없지만, 빠른 시일 안에 자세한 내용을 알려드릴 것을 약속드립니다. 지금 말씀드릴 수 있는 건 오늘 아침 스털링 고등학교에서 총기 난사 사건이 있었다는 것입니다. 범인이 한 명인지 더 있는지는 분명치 않습니다. 한 명은 구치소로 보내졌습니다. 아직 공식 기소는 없습니다."

어떤 여기자가 앞으로 밀고 나왔다. "학생은 몇 명이나 죽었습니까?"

"아직 정보가 없습니다."

"다친 사람은 몇 명입니까?"

"아직 정보가 없습니다." 다이애나는 되풀이해 말했다.

"곧 공표하겠습니다."

"정식 기소는 언제 할 겁니까?" 또 다른 기자가 소리쳤다.

"자녀들의 안전을 알고 싶어 하는 부모들에게는 뭐라고 하실 겁니까?"

다이애나는 입을 꾹 다문 채 혹독한 비판을 받을 준비를 했다.

"대단히 감사합니다." 대답 대신 그렇게만 말했다.

레이시는 학교에서 여섯 구역이나 떨어진 곳에 주차를 해야 했다. 그 정도로 학교 부근은 혼잡했다. 그녀는 지역 라디오 방송국 아나운서들이 시민들에게 충격에 빠진 희생자들을 위해 가져와 달라고 거듭 역설한 담요를 들고 쏜살같이 달렸다. 아들 하나는 이미 잃었어, 또다시 잃을 순 없어. 그녀는 생각했다.

레이시가 피터와 나눈 마지막 대화는 말다툼이었다. 어젯밤 피터가 잠자리에 들기 전, 그녀가 병원에서 호출을 받기 전에 나눈 대화였다.

"쓰레기 좀 내놓으라고 부탁했잖아, 어제 말이야. 엄마가 말하고 있는데 안 듣는 거야, 피터?"

피터는 컴퓨터 화면 너머로 그녀를 힐끗 보았다.

"뭘?"

그것이 그들 사이에 오고간 마지막 대화면 어쩐단 말인가?

간호학교를 다니고 병원에서 근무하면서 숱한 일들을 보아온 레이시였건만, 모퉁이를 돌자마자 맞닥뜨린 광경에 당황하고 말았다. 그녀는 광경을 조각조각 나눠보았다. 깨진 유리, 소방차, 연기, 피, 흐느끼는 소리, 사이렌 소리. 그녀는 어떤 앰뷸런스 근처에 담요를 내려놓고 혼란의 바다 속으로 뛰어들어, 조류에 휩쓸리기 전에 어디선가 표류하고 있을 자신의 아이를 찾아낼지도 모른다는 희망으로 다른 부모들과 함께 고개를 재빠르게 움직였다.

진창인 안마당을 가로질러 뛰어가는 아이들이 보였다. 아무도 외투를 입고 있지 않았다. 어떤 운 좋은 엄마가 딸을 찾아내는 것을 지켜본 레이시는 피터를 찾아 미친 듯이 군중을 살피고 다니다 그 애가 오늘 무슨 옷을 입고 갔는지조차 모른다는 사실을 깨달았다.

소리들이 뚝뚝 끊어져서 그녀 쪽으로 떠내려 왔다.

아이가 안 보여요…….

맥케이브 선생님이 총을 맞았대요…….

아직도 딸애를 못 찾았어요…….

못 찾을 거라고 생각했어…….

핸드폰을 잃어버렸…….

피터 호턴이…….

레이시는 몸을 홱 돌려 방금 엄마와 상봉하여 말을 하고 있는 여학생을 쳐다보았다.

"실례지만, 내 아들을……. 아들을 찾고 있는데 말이야. 네가 방금 그 애 이름을, 피터 호턴이라고 하던데?"

여학생의 눈이 휘둥그레지며 엄마 곁에 더 바짝 붙었다. "그 애가 총을 쐈어요."

레이시를 둘러싼 모든 것이 느린 화면으로 변했다. 앰뷸런스의 흔들거리는 불빛, 뛰어다니는 학생들의 발걸음, 앞에 선 여자애의 입술에서 떨어진 낭랑한 목소리까지. 어쩌면 잘못 들었는지 몰랐다.

다시 그 여학생을 힐끗 쳐다본 그녀는 이내 후회했다. 그 애는 흐느끼고 있었다. 소녀의 어깨 너머로 그 아이의 엄마가 공포에 찬 눈빛으로 레이시를 응시하고는 마치 레이시가 바실리스크(입김을 쐬거나 눈길에 닿으면 사람이 즉사했다고 하는 전설상의 도마뱀 비슷한 괴물-옮긴이)라도 되는 듯이, 그녀가 보기만 하면 돌로 변하기라도 할 듯이 자신의 딸이 그녀를 보지 못하게 조심스레 몸을 돌렸다.

무슨 착오가 있는 거야, 제발 착오이기를. 그녀는 대학살의 현장을 둘러보고 피터의 이름이 목까지 차오르는 걸 느끼면서도 그렇게 빌었다.

무표정한 얼굴로 그녀는 가까이 있는 경찰관에게 다가갔다.
"아들을 찾고 있어요."
"부인, 그런 분이 한둘이 아닙니다. 저희도 최선을 다해……."
지금 이 순간부터 모든 것이 달라질 것을 감지한 레이시는 심호흡을 하고 말했다. "제 아들의 이름은 피터 호턴이에요."

구두 굽이 보도 틈새에 끼어 알렉스는 한 쪽 무릎을 심하게 찧었다. 다시 일어서려 애쓰면서 그녀는 자신 옆을 뛰어가는 어떤 엄마의 팔을 붙잡았다.
"부상자 명단은…… 어디에 있나요?"
"아이스하키장에 붙어 있어요."
알렉스는 차들의 진입을 봉쇄하고 학생들을 구급차로 옮기는 의료진을 위한 부상자 분류소로 변해버린 도로를 바삐 건넜다. 달리기용이 아니라 법정에서 신는 실내용 구두 때문에 속도가 느려져 그녀는 허리를 숙여 구두를 벗어버리고 스타킹만 신은 채 젖은 인도를 내달렸다.

스털링 고등학교와 대학교 선수들이 함께 쓰는 하키장은 학교에서 걸어서 5분 거리에 있었다. 2분 만에 도착한 알렉스는 손으로 써서 문틀에 붙여놓은 지역 병원으로 이송된 아이들의 명단을 기필코 보겠다고 몰려든 부모들에게 떠밀려 앞으로 나아갔다. 부상이 얼마나 심한지, 중태인지는 표시되어 있지 않았다. 알렉스는 맨 위에 적힌 이름부터 읽었다. 휘터커 오버마이어. 케이틀린 하비. 매슈 로이스턴.

맷?

"아니야." 그녀 옆에 있던 여자가 말했다. 새처럼 까만 눈으로 쏘아보는 여자는 붉은 색 부푼 머리에 몸집이 작았다. "아니야." 똑같은 말을 되풀이하는 그녀의 얼굴 위로 눈물이 떨어지기 시작했다.

슬픔이 전염될지도 모른다는 두려움에 알렉스는 위로의 말을 건네지도 못하고 그녀를 쳐다보기만 했다. 갑자기 왼쪽으로 떠밀린 그녀는 다트머스 히치콕 병원으로 이송된 부상자 명단 앞에 서게 되었다.

알렉시스, 엠마.

호루카, 민.

프라이스, 브래디.

코미어, 조지핀.

마음을 졸이며 양쪽에서 밀어대는 부모들이 없었다면 알렉스는 그대로 쓰러졌을 것이다. "죄송합니다." 그녀는 이렇게 중얼거리며 극도로 흥분해 있는 또 다른 엄마에게 자리를 양보했다. 점점 불어나고 있는 군중들을 비집고 나아갔다. "죄송합니다." 알렉스는 또 그렇게 말했다. 이제 그 말은 더 이상 정중한 의사표시가 아니라, 사죄를 바라는 탄원이었다.

"대장." 경찰서로 들어선 패트릭을 부른 당직 경사가 작정한 듯 몸을 잔뜩 웅크린 채 한쪽에서 기다리고 있는 여자에게 눈을 돌렸다. "저분입니다."

패트릭은 돌아보았다. 피터 호턴의 어머니는 자그마했고 아들과 전혀 닮은 데가 없었다. 검은 곱슬머리를 위로 틀어 올려 펜으로 고정시켰고, 수술복 차림에 머렐 슬리퍼를 신고 있었다. 의사인가 하고 그는 아주 잠깐 생각했다. 상황이 아이러니하단 생각이 들었다. 히포크라테스 선서에 의하면 첫째, 환자에게 해가 되지 말라 아니던가.

그녀는 괴물을 만들어낼 사람으로는 보이지 않았다. 오히려 그녀 또한 다른 사람들과 마찬가지로 부지불식간에 아들의 행동에 휘감겼다는 걸 패트릭은 알 수 있었다. "호턴 부인?"

"제 아들을 만나고 싶어요."

"유감스럽지만, 안 됩니다. 구금 중이라서요." 패트릭이 대답했다.

"변호사가 있어요."

"아드님은 열일곱 살이라 법적으로는 성인입니다. 그러니 피터가 직접 변호사 선임권을 요구해야 합니다."

"하지만 모를 수도 있잖아요……" 그녀의 목소리가 갈라졌다. "그런 게 필요한지도 모른다면요."

달리 보면 이 여인도 아들이 저지른 행동의 피해자였다. 패트릭은 미성년자들의 부모를 많이 심문해봤기 때문에 배수의 진을 치는 짓은 되도록 피하고 싶어 한다는 것을 알았다. "부인, 저희도 오늘 일어난 일을 파악하려고 최선을 다하고 있습니다. 솔직히 말씀드리면, 피터가 무슨 생각을 하고 있었는지 파악해야 하니, 나중에 저와 기꺼이 면담을 해주시면 고맙겠습니다." 그는 잠시 머뭇거리다가 덧붙여 말했다.

"정말 유감입니다."

그는 경찰서의 내부 사실로 열쇠를 따고 들어가 계단을 천천히 올라 구치소가 딸려 있는 기록실로 향했다. 피터 호턴은 철창에 등을 대고 바닥에 앉아 느릿느릿 몸을 흔들고 있었다.

"피터, 괜찮니?" 패트릭이 물었다.

천천히, 소년은 고개를 돌려 패트릭을 쳐다보았다.

"날 기억하겠니?"

피터가 고개를 끄덕였다.

"커피나 뭐 좀 마실래?"

주저하다 피터는 다시 고개를 끄덕였다.

패트릭은 경사를 불러 구치소 문을 열게 한 뒤 그를 부엌으로 데리고 들어갔다. 캠코더 녹화를 이미 준비해놓았기 때문에, 그 문제와 관련하여 피터의 구두 동의를 받아낸다면 그에게 말을 시켜볼 수 있었다. 그는 피터에게 낡고 닳은 테이블에 앉으라고 하고서 커피 두 잔을 따랐다. 피터에게 커피를 어떻게 마시는지는 물어보지 않고 설탕과 우유를 넣어 앞에 놓았다.

패트릭도 앉았다. 전에는 소년을 자세히 보지 못했지만—아드레날린이 분비되면 시력에 문제가 생기기 때문이다—이번에는 지그시 바라보았다. 가냘프고 창백하고, 주근깨가 많은 얼굴에 철테 안경을 쓰고 있었다. 앞니 하나가 비뚤어졌고, 목젖은 주먹만 했다. 손가락 마디는 주름이 많고 갈라져 있었다. 그는 조용히 울고 있었다. 입고 있는 티셔츠에 다른 학생들의 피만 튀어 있지 않았다면 동정심을 유발하고도 남을 모습이었다.

"기분은 괜찮니, 피터? 배는 안 고프니?" 패트릭이 물었다.

소년은 머리를 가로저었다.

"뭐 또 필요한 건?"

피터는 고개를 테이블에 숙이며 작은 소리로 말했다. "엄마가 보고 싶어요."

패트릭은 소년의 머리카락을 보았다. 아침에 양치질을 하면서 이 아이는 오늘은 내가 열 명을 죽이는 날이라고 생각했을까? "오늘 무슨 일이 있었는지 얘기를 하고 싶은데. 그렇게 해줄 수 있겠니?"

피터는 대답하지 않았다.

"네가 설명을 해주면, 다른 사람들에게 내가 설명을 해줄 수 있을 텐데." 패트릭은 설득했다.

심하게 울고 있는 피터가 고개를 들었다. 이래서는 일이 되지 않는다는 걸 패트릭은 알았다. 그는 한숨을 쉬며 자리를 밀치고 일어났다. "좋아. 그만 가자."

구치소로 다시 들어간 피터는 시멘트벽을 향해 바닥에 모로 누워 몸을 웅크렸다. 패트릭은 마지막 희망을 걸고 피터 뒤에 무릎을 꿇었다. "널 도울 수 있게 해줄래." 패트릭이 말했지만, 피터는 고개를 저으며 계속 울기만 했다.

패트릭이 구치소를 나와 자물쇠를 잠그자 그제야 피터가 작은 목소리로 입을 열었다.

"걔들이 먼저 시작했다고요."

권터 프랑켄슈타인 박사는 6년째 뉴햄프셔 주 법의학자로 일하고 있었다. 이 기간은 그가 바벨을 메스로 바꾸기 전, 그의 표현을 빌리자면 몸을 만드는 일에서 몸을 분해하는 일로 옮기기 전인 1970년대 초 미스터 유니버스 타이틀을 가지고 있던 시기와 정확히 일치했다. 그의 근육은 여전히 팽팽했고, 재킷을 입고 있어도 그대로 드러나 누군가 프랑켄슈타인이라는 성을 두고 괴물이네 뭐네 농담을 퍼붓고 싶어도 입을 다물게 만들 정도였다. 패트릭은 권터를 좋아했다. 자기 몸무게보다 세 배나 무거운 것을 들어 올릴 수 있고, 간의 무게가 얼마나 되는지를 눈대중만으로 알아맞힐 수 있는 사람을 어떻게 존경하지 않을 수 있겠는가?

이따금 패트릭과 권터는 함께 맥주를 마시곤 했다. 술이 거하게 취하면 전직 보디빌더인 권터가 대회에 앞서 여자들이 서로들 기름을 발라주겠다고 나섰다는 이야기나 정치에 입문하기 전의 아놀드에 관한 재미난 일화가 오갈 정도였다. 하지만 오늘 패트릭과 권터는 우스갯소리도, 옛날 얘기도 하지 않았다. 현재 상황에 압도된 나머지 복도를 조용히 다니면서 죽은 사람들을 분류할 뿐이었다.

패트릭은 허사로 끝난 피터 호턴과의 면담 후에 학교에서 권터를 만났다. 패트릭이 검사에게 피터는 말할 의사도, 말을 할 수도 없었다고 전하자 다이애나는 어깨만 으쓱했다. "그가 열 사람을 죽였다고 말하는 증인이 수백 명이나 있어요. 체포하세요." 다이애나가 말했다.

권터는 여섯 번째 희생자의 시신 옆에 쭈그리고 앉았다. 그 여학생은 여자 화장실에서 총을 맞고 세면대 앞에 엎어진 자세로 누워 있었다. 패트릭은 신원 확인을 위해 따라 나서준 아서 맥컬리스터 교장을 돌아보았다. "케이틀린 하비입니다." 교장은 생각에 잠긴 목소리로 말했다. "특수교육을 받는…… 예쁜 여학생이었는데."

권터와 패트릭은 서로의 얼굴을 쳐다보았다. 교장은 신원 확인만 하는 게 아니라 매번 한두 문장의 짧은 애도를 표했다. 자기도 모르게 그렇게 되는 모양이었다. 패트릭이나 권터에 비해 평범한 일상을 지냈을 교장은 이런 비극에 익숙하지 않았던 것이다.

패트릭은 앞 복도에서 카페테리아로(1번과 2번 희생자 코트니 이그나시오와 마들렌 쇼), 카페테리아 바깥의 계단통으로(3번 희생자 휘터커 오버마이어), 남자 화장실로(4번 희생자 토피 맥피), 또 다른 복도로(5번 희생자 그레이스 머터우), 여자 화장실로(6번 희생자 케이틀린 하비) 이동하면서 피터의 경로를 되짚었다. 팀을 이끌고 2층으로 올라가 왼쪽으로 돌아 첫 번째 교실로 들어가 얼룩진 핏자국을 따라 칠판 가까이 이르자 유일한 어른 희생자의 시신이 누워 있고…… 그 옆에서 어떤 소년이 희생자의 배에 난 총상을 손으로 꽉 누르고 있었다. "벤? 아직까지 여기서 뭐하고 있는 거니?" 맥걸리스터 교장이 말했다.

"구조대원이 아닌가?" 패트릭이 소년을 보며 물었다.

"아……아닌데요……."

"구조대원이라고 말했잖아!"

"의료 실습을 받았다고 한 겁니다!"

"벤은 이글 스카우트 단원입니다." 교장이 말했다.

"맥케이브 선생님을 두고 갈 수가 없었어요. 제가…… 압박법을 썼는데, 효과가 있었어요. 보세요. 피가 멈췄어요."

 권터 박사는 소년의 피 묻은 손을 선생님의 배에서 조용히 치웠다.

 "그건 돌아가셨기 때문이란다, 애야."

 벤의 얼굴이 일그러졌다. "하지만 전…… 전……."

 "넌 최선을 다했어," 권터는 소년을 안심시켰다.

 패트릭은 교장을 돌아보았다. "벤을 데리고 나가셔서…… 의료진에게 진찰을 받게 해주시겠습니까?" 정신적 충격입니다, 그는 소년의 머리 위로 입만 벙긋해 보였다.

 교실을 나가면서 벤이 교장의 소매를 잡자 선홍색 손자국이 남고 말았다. "저런." 패트릭은 손으로 얼굴을 쓸어내렸다.

 권터가 일어섰다. "서둘러. 이 일부터 끝내자고."

 그들은 체육관으로 향했다. 그곳에서 권터는 흑인 남학생과 백인 남학생의 사망을 확인했고, 마침내 두 사람은 패트릭이 피터 호턴을 궁지로 몰아넣은 라커룸으로 들어갔다. 권터는 패트릭이 오전에 보았던, 머리에 총을 맞아 모자는 날아가버리고 없는 하키복을 입은 남학생의 시신을 점검했다. 그동안 패트릭은 이웃한 샤워실로 들어가 창밖을 내다보았다. 기자들은 여전히 있었지만, 대부분의 부상자는 이송된 상태였다. 구급차도 일곱 대 중 한 대만 대기하고 있었다.

 비가 내리기 시작했다. 내일 아침이면 학교 밖 차도에 묻은 핏자국이 옅어지겠지. 마치 언제 그런 일이 있었냐는 듯.

 "이거 흥미로운데." 권터가 말했다.

 비가 쳐들어와 패트릭이 창문을 닫았다. "왜? 다른 사람들보다 더 죽은 사람 같기라도 한 거야?"

"그래. 총을 두 번 맞은 유일한 희생자야. 한 번은 배고, 한 번은 머리야." 귄터가 그를 쳐다보았다. "범인이 총을 몇 자루나 가지고 있었어?"

"손에 하나, 여기 바닥에 하나, 배낭에 두 자루."

"허술하지는 않은걸."

"두말하면 잔소리. 총알이 어디를 먼저 맞혔는지 말해줄 수 있나?"

"아니. 하지만 내 경험으로 보자면, 배에 맞은 게 먼저야······. 사인은 머리에 맞은 거니까." 귄터는 시신 옆에 무릎을 꿇었다.

"그 애가 이 학생을 가장 미워했나 보지."

순간, 라커룸 문이 활짝 열리더니 갑작스런 폭우로 비에 흠뻑 젖은 사복경찰이 나타났다. "대장? 방금 피터 호턴의 차에서 파이프 폭탄 제조물을 발견했습니다."

조지가 더 어렸을 때 알렉스는 추락하는 비행기에 타고 있는 악몽을 되풀이해서 꾸곤 했다. 중력의 나선식 강하, 앉은 의자에서 몸이 밀리는 압박을 느낄 수 있었다. 머리 위 짐칸에서 지갑과 외투와 기내용 가방이 통로로 와르르 떨어지는 것도 보았다. 핸드폰으로 전화를 걸어야 해, 알렉스는 자동응답기에 조지가 영원히 간직할 수 있는 메시지, 엄마가 많이 사랑하고 있으며 마지막 순간까지 조지를 생각하고 있었다는 디지털 증거물을 남기기로 작정했다. 하지만 핸드백에서 전화기를 꺼내 전원을 켜고 나서도 한참 동안 연결이 되지 않았다. 전화기가 여전히 신호를 찾고

몇 시간 뒤

있을 때 그녀가 탄 비행기는 땅과 충돌해버렸다.

 그 꿈을 깨끗이 잊고 있을 때에도 그녀는 몸을 부르르 떨며 땀에 젖어 깨어날 때가 많았다. 그래서 조지와 떨어져서는 거의 여행을 하지 않았다. 일 때문에라도 비행기는 타지 않았다. 그녀는 이불을 젖히고 화장실로 가서 얼굴을 축였지만, 그 생각이 떠나지 않았다. 내가 너무 늦었어.

 바로 지금, 의사가 놓아준 진정제 덕에 딸이 잠들어 있는 조용하고 어두운 병실에 앉아 있으니, 딱 그런 기분이 들었다.

 알렉스가 겨우 알아낸 사실은 이게 전부였다. 총기 사건 동안 조지는 기절해 있었다. 이마에 상처가 나서 나비 모양의 예쁜 반창고를 붙였고 가벼운 뇌진탕이 있었다. 안전을 기하기 위해 의사들이 하룻밤 지켜보자고 했다.

 안전이란 말이 이렇게 새로운 의미로 쓰일 줄이야.

 알렉스는 끝도 없는 뉴스를 통해 사망자들의 이름도 알게 되었다. 그들 중 한 명이 매슈 로이스턴이었다.

 맷.

 남자친구가 총에 맞았을 때 조지도 함께 있었다면 어쩌지?

 조지는 알렉스가 병원에 도착한 뒤로 내내 의식이 없었다. 그 작은 몸이 빛바랜 병원 이불 아래 아직까지 누워 있었다. 환자복의 목에 달린 끈이 풀려 있었고, 이따금 조지의 오른손이 씰룩거렸다. 알렉스는 손을 뻗어 그 손을 잡았다. 일어나, 건강한 모습을 보여줘야지. 그녀는 생각했다.

 만약 오늘 아침에 알렉스가 늦잠을 자지 않았다면 어땠을까? 그랬다면 조지와 함께 식탁에 앉아 여태 시간이 없다는 핑계로 한 번도 나누지 않았던, 엄마와 딸이 나눌 법한 대화를 했을까? 바삐 계단을 내려가면서 조지에게 방으로 돌아가 쉬라고 말했을 때 딸의 얼굴을 더 자세히 보았더라면?

조지를 데리고 도미니카 공화국의 푼타 카나, 샌디에이고, 뉴질랜드의 피지 같은, 알렉스가 판사실에서 인터넷 서핑을 하며 가볼까 생각만 해볼 뿐, 결코 가보지 못한 곳으로 즉흥 여행을 떠났다면 어땠을까?

오늘만큼은 딸아이를 학교에 보내지 않고 집에 둘 만큼 선견지명을 가진 엄마였더라면?

물론, 이 정직한 실수를 저지른 것은 다른 무수한 부모들도 마찬가지였다. 하지만 그렇다고 해서 알렉스에게 위안이 되지는 않았다. 그 부모의 아이들은 조지가 아니었다. 그 부모들 중, 어느 누가 알렉스만큼 많은 걸 잃어버렸겠는가.

알렉스는 조용히 다짐했다. 이 일이 끝나면 열대우림이나 피라미드나 뼛가루처럼 하얀 백사장으로 가자. 포도밭에서 포도도 따먹고, 바다거북이랑 수영도 하고, 자갈이 깔린 길도 오래오래 걸어보는 거야. 웃고 떠들고 속내도 이야기해야지. 그래, 그러는 거야.

그와 동시에, 그녀의 머릿속에서는 어떤 작은 목소리가 이 천국행 시간표를 다시 짜고 있었다. 그건 나중에. 우선은 네가 이 사건을 맡게 될 테니까.

그것은 사실이었다. 이런 사건은 공판 일정도 빨리 잡히기 마련이었다. 알렉스는 그래프턴 군의 고등법원 판사였고, 임기가 8개월 남아 있었다. 비록 범죄현장에 있었다고는 하나 조지는 엄밀히 말해 총상을 입은 피해자는 아니었다. 조지가 부상을 당했다면 알렉스는 자동적으로 이 사건에서 제외되었을 것이다. 그러나 현재 상태로는, 알렉스가 그 학교 학생의 어머니로서 겪는 개인적인 감정과 재판관이라는 직업상의 감정을 분리할 수만 있다면, 그녀가 판사석에 앉는 데는 아무런 법률적 문제가 없었다. 이것은 그녀가 고등법원 판사로서 처음 맡는 큰 재판이자 남은 재임 기간의 분위기를 결정짓는 재판이 될 것이다.

물론 지금 당장 고민해야 할 문제는 아니었지만.

갑자기 조지가 몸을 들썩였다. 알렉스는 조지가 차츰차츰 의식을 되찾는 모습을 지켜보았다.

"여기가 어디야?"

알렉스는 손가락으로 딸의 머리를 쓰다듬었다.

"병원이야."

"왜?"

그녀의 손이 멈칫했다. "오늘 무슨 일이 있었는지 기억 안 나?"

"등교하기 전에 맷이 집에 왔어." 조지가 몸을 일으켜 세우며 말했다. "저기, 교통사고라도 난 거야?"

알렉스는 무슨 말을 해야 할지 몰라 망설였다. 진실을 모르는 편이 조지에게 더 낫지 않을까? 자신이 목격한 일로부터 스스로를 보호하기 위해 이런 반응을 보이는 거라면?

"넌 괜찮아. 다치지 않았어." 알렉스는 신중하게 말했다.

조지는 안도하며 알렉스를 돌아보았다. "맷은 어떻게 됐어?"

루이스는 변호사를 구하고 있었다. 레이시는 피터의 침대에 앉아 몸을 앞뒤로 흔들면서 남편이 집에 돌아오기만을 기다리며 묻고 싶은 질문들을 뜨거운 돌덩이마냥 가슴에 꼭 끌어안았다. 괜찮을 거야. 루이스는 단언했지만, 어떻게 남편이 그처럼 허울 좋은 말을 할 수 있는지 레이시는 이해가 되지 않았다. 분명 이건 착오야. 루이스는 그렇게 말하면서도 학교에는 가보지도 않았다. 그 학생들, 이제는 더 이상 아이들이라 할 수 없는 아이들의 얼굴을 보지도 않았다.

레이시의 마음 한구석에는 루이스를 몹시 믿고 싶어 하는, 이 부서진 것이 어떻게든지 고쳐질 거라고 생각하는 그녀가 있었다. 그러나 다른 한편에는 피터를 새벽 네 시에 깨워 데리고 나가서는 오리 은신처에 앉아 있게 한 남편을 기억하는 그녀가 있었다. 루이스는 피터가 다른 종류의 사냥감을 찾아낼 거라고는 전혀 예상하지 못한 채 아들에게 사냥하는 법을 가르친 셈이었다. 레이시는 사냥도 일종의 스포츠이자 진화론적인 권리라는 것을 이해했다. 심지어는 훌륭한 사슴고기 스튜와 테리야키 거위 요리를 만들 줄도 알았고, 루이스의 취미 덕에 식탁에 올라오는 온갖 요리를 즐기기도 했다. 하지만 이제 와 드는 생각은, 모든 것이 **그의 잘못**이라는 것이었다. 왜냐하면 **그녀의 잘못**일 수는 없었으니까.

일주일에 한 번씩 아들의 침대 시트를 갈아주고 아침을 차려주고 치열 교정을 위해 치과에 데려다주었으면서 어떻게 이 정도로 그 아이를 모를 수 있었을까? 그녀는 피터의 대답이 짧고 시큰둥해도 그저 나이 탓이라고만 생각했다. 어떤 엄마라도 누구나 그렇게 생각했을 것이다. 레이시는 위험 신호를 감지한 기억이나 자신이 잘못 읽었을지도 모르는 대화라든가, 간과해버린 뭔가를 이

잡듯 되짚어보았지만, 기억나는 건 무수히 많은 평범한 순간들뿐이었다.

이제 어떤 엄마들은 두 번 다시 자신의 아이들과 나누지 못할 그런 무수한 평범한 순간들 말이다.

눈물이 솟구쳤다. 그녀는 손등으로 눈물을 닦았다. 그 엄마들에 대해서는 생각하지 마. 지금은 네 자신만 걱정해. 레이시는 조용히 자신을 꾸짖었다.

피터도 이렇게 생각하고 있을까?

눈물을 삼키며 레이시는 아들의 방으로 들어갔다. 방은 어두웠고, 침대는 오늘 아침 레이시가 나올 때 그대로 정돈되어 있었다. 한 가지 차이라면 데스 위시Death Wish라는 록밴드의 포스터가 벽에 걸려 있는 게 그제야 눈에 들어왔다. 그녀는 남자애들은 왜 저런 걸 걸어둘까 생각했다. 벽장을 열자 빈 병들과 전기 테이프와 찢어진 헝겊들과 전에는 그녀가 못 보고 지나쳤던 다른 모든 것들이 눈에 들어왔다.

별안간, 레이시는 동작을 멈췄다. 그녀가 직접 고칠 수도 있었다. 그녀 자신과 아들 모두를 위해 이 상황을 고칠 수도 있었다. 그녀는 아래층 부엌으로 후다닥 내려가 33갤런들이 검은색 쓰레기봉투를 석 장 뜯어가지고 피터의 방으로 급히 돌아왔다. 벽장을 시작으로 첫 번째 봉투에는 신발 끈, 설탕, 질산칼륨 비료를 통째로 쑤셔넣었다. 세상에, 파이프도 있었다! 그 물건들을 어떻게 할 건지에 대해서는 아무 계획이 없었지만, 어쨌거나 집 밖에 내놓을 생각이었다.

순간 초인종이 울렸고, 레이시는 남편이구나 생각하며 안도의 한숨을 내쉬었다. 물론 정신을 똑바로 차리고 있었다면, 루이스가 초인종을 누르고 들어올 리는 없다는 걸 알았을 텐데. 쌌던 짐들을 버려둔 채 아래층으로 내려가니 경찰관이 얇은 파란색 서류봉투를 들고 서 있었다. "호턴 부인 되십니까?"

경찰이 뭘 더 원하는 걸까? 그녀의 아들을 이미 잡아둔 마당에. "수색영장을 가지고 왔습니다." 현관 앞의 경찰이 그녀에게 영장을 건네며 밀고 들어서자 다른 경찰관 다섯 명이 따라 들어왔다. "잭슨과 월혼, 두 사람은 그 학생 방으로 올라가게. 로드리게스는 지하실에. 트웨스와 길크리스트는 1층부터 시작해. 다들, 자동응답기와 모든 컴퓨터 장비를 빠짐없이 찾아내도록……." 그때서야 경찰은 레이시가 충격에 휩싸인 채 그 자리에 꼼짝 않고 있는 걸 알아챘다. "호턴 부인, 부인은 나가 계셔야 합니다."

그는 그녀를 현관 복도까지 안내했다. 레이시는 멍하니 따라갔다. 피터의 방에 올라간 경찰들이 그 쓰레기봉투를 보면 무슨 생각을 할까? 피터를 비난할까? 아니면 그 애를 방치한 레이시를 비난할까?

이미 비난하고 있었을까?

현관문이 열리자 찬바람이 레이시의 얼굴을 확 때렸다.

"얼마나요?"

그 경찰관은 어깨를 으쓱했다. "일이 끝날 때까지요." 그 말과 함께 레이시는 찬바람 속에 혼자 남겨졌다.

20년 가까이 변호사로 일해온 조던 맥아피는 웬만한 사건들은 거의 모두 경험했다고 믿고 있었다. 지금 아내 셀레나와 함께 텔레비전 앞에 서서 스털링 고등학교의 총기 난사 사건에 관한 CNN보도를 보기 전까지는. "우리 텃밭에서 일어난 컬럼바인 사건(1999년 4월 20일 오후 미국의 콜로라도 주 컬럼바인 고등학교에서 에릭과 딜란이라는 두 학생이 온몸을 총기와 폭탄으로 무장한 채 학생과 교사에게 무차별적으로 약 900발을 난사한 사건-옮긴이)이군요." 셀레나가 말했다.

"단 이번 경우에는, 비난 받을 사람이 아직 살아 있다는 점이 다르지." 조던이 중얼거렸다. 그는 아내의 품에 안겨 있는 아기를 바라보았다. 자신의 와스프(앵글로색슨계 미국 신교도를 줄인 말로 흔히 미국 주류 지배계급을 뜻한다-옮긴이) 유전자와 셀레나의 긴 팔다리와 칠흑 같은 피부가 적절히 섞인, 푸른 눈에 커피색 피부를 가진 아기였다. 그는 리모컨을 집어 들고 행여 아직 아기인 아들이 반 무의식적으로 이런 참사를 보고 들을까 싶어 소리를 줄였다.

조던은 스털링 고등학교를 잘 알고 있었다. 그의 단골 이발소로 가는 길에 있었고, 은행 건물 2층에 세 들어 있는 그의 법률 사무소와는 두 구역 떨어져 있었다. 차 조수석 앞 소지품 함에 마리화나를 숨겨놓았다가 체포되거나 시내에 있는 스털링 대학에서 미성년자 신분으로 술을 마시다 걸린 학생 몇 명을 변호한 적이 있었다. 그의 아내이자 조사관이기도 한 셀레나는 학생들과 사건에 대해 이야기하기 위해 이따금 그 학교를 찾아가곤 했다.

조던과 셀레나가 스털링에서 산 지는 그리 오래되지 않았다. 비참했던 첫 결혼에서 유일하게 얻은 행운인 그의 첫째 아들 토머스는 세일럼 폴즈에서 고등학교를 졸업하고 지금은 예일대 2학년이었다. 조던은 해마다 학비로 4만 달러를 보냈건만 들려오는 소식은 아들이 자신의 진로를 행위 예술가, 미술사가 아니면 전문 광대 중 하나로 생각하고 있다는 것이었다. 조던은 마침내 셀레나에게 청혼을 했고, 그녀가 임신을 한 뒤 스털링으로 이사를 왔다. 학군이 좋다는 평판 때문이었다.

한데 세상에나.

전화가 울리는데도 보고 싶지도 않은 뉴스에서 눈을 떼지 못하는 조던이 전화를 받을 기미를 보이지 않자, 셀레나가 아기를 그의 품에 털썩 안기고 수화기를 들었다. "안녕, 잘 지내니?" 그녀가 말했다.

조던이 힐끗 쳐다보며 눈썹을 치켜떴다.

토머스야, 셀레나가 입을 우물거렸다. "그래, 잠깐만. 옆에 계셔."

그는 셀레나에게서 수화기를 건네받았다. "도대체 무슨 일이에요? MSNBC 사이트가 스털링 고등학교 사건으로 도배가 돼 있어요." 토머스가 물었다.

"나도 네가 아는 정도밖에 모른다. 학교가 아수라장이야." 조던이 대답했다.

"거기 아는 애들이 있어요. 육상 경기 때 시합을 했거든요. 이건, 이건 **현실**이 아니겠죠."

아직까지도 멀리서 구급차 사이렌 소리가 들렸다. "현실이다." 조던이 말했다. 통화 중 대기 신호가 딸각하고 들렸다. "잠깐만, 전화가 왔다."

"맥아피 씨 되십니까?"

"그런데요······."

"저기, 흠, 변호사시죠. 스털링 대학교에 근무하는 스튜어트 맥브라이드 씨에게 소개 받았습니다……."

텔레비전 화면에는 확인된 사망자 명단이 졸업앨범 사진들과 함께 올라오기 시작했다. "죄송한데, 제가 통화 중이어서요. 성함과 전화번호를 알려주시면, 제가 바로 연락 드려도 될까요?"

"제 아들을 변호해주실지 궁금해서요." 상대방이 말했다. "제 아들은…… 그 학교 학생인데……." 상대는 더듬거리다 잠시 말을 멈췄다. "사람들 말이 제 아들이 그 일을 저질렀다고……."

조던은 10대 소년을 마지막으로 변호했던 사건을 떠올렸다. 이번 사건처럼, 크리스 하트도 연기 나는 총을 들고 있다 발견되었다.

"당신이…… 당신이 이 사건을 맡아주시겠습니까?"

조던은 통화가 끝나기를 기다리고 있던 토머스를 잊어버렸다. 크리스 하트와 그 사건이 자신의 속을 얼마나 뒤집어놓았는지도 생각나지 않았다. 그 대신 셀레나와 그녀의 품에 안겨 있는 아기를 보았다. 샘은 엄마의 귀걸이를 잡고 몸을 비틀었다. 오늘 아침 스털링 고등학교로 걸어 들어가 대량 학살을 저지른 이 소년도 누군가의 아들이었다. 이 사건으로 마을이 앞으로 수년간 휘청거리고 언론 보도가 이미 포화 상태에 이르렀다 해도, 그 소년은 공정한 재판을 받을 자격이 있었다.

"네, 그러죠." 조던이 대답했다.

폭탄 제거반이 피터 호턴의 차에서 파이프 폭탄을 해체했다. 학교에 흩어져 있던 116개의 탄피가 발견되고, 사건 재구성 대원들이 현장의 그림을 뽑아내기 위해 증거물과 시신의 위치를 측정하기 시작했다. 현장 감식요원들은 우선 색인을 붙여 사진첩에 담을 수백 장의 스냅사진을 찍었다. 마침내 패트릭은 모든 대원을 학교 강당으로 불러 모으고 어두컴컴한 무대 위에 올랐다. 그는 자신 앞에 모여든 무리를 향해 말했다. "우리에게는 엄청난 양의 정보가 있습니다. 이 일을 신속하게, 제대로 처리하라는 압력이 계속 들어올 겁니다. 진척 상황을 서로가 알 수 있도록 24시간 안에 여기로 다시 모여주기 바랍니다."

사람들은 흩어지기 시작했다. 다음에 모이면 패트릭은 완성된 사진첩과 실험실로 보내지 않은 증거물과 모든 실험 의뢰서를 받게 될 것이다. 24시간 후면 그는 나가는 길이 어디인지 알 수 없는 눈사태 속에 아주 깊이 파묻히게 될 것이다.

밤을 새우고도 그다음 날까지 이어질 일을 완수하기 위해 사람들이 건물 여기저기로 돌아가는 사이, 패트릭은 자신의 차로 향했다. 비는 그쳐 있었다. 패트릭은 경찰서로 돌아가 호턴의 집에서 압수한 증거를 검토한 다음, 그의 부모가 아직 그럴 의사가 있다면 면담을 하고 싶었다. 그러나 패트릭은 자신도 모르게 차를 병원으로 몰고 있었다. 어느새 병원 주차장에 도착했다. 그는 응급실로 걸어 들어가 경찰 배지를 보여주었다. "저기." 그는 간호사에게 말을 걸었다. "오늘 많은 아이들이 여기 왔을 겁니다. 처음 이송된 아이들 중 조지라는 여학생이 있습니다. 그 애를 찾고 싶은데요."

간호사는 컴퓨터 자판을 빠르게 두들겼다. "조지 누구요?"

"그게 문제군요. 성은 모릅니다." 패트릭이 대답했다.

금세 화면 가득 정보가 뜨자 간호사가 손가락으로 화면을 툭툭 쳤다. "코미어네요. 4층 422호에 있어요."

패트릭은 그녀에게 고맙다고 하고서 엘리베이터를 타고 올라갔다. 코미어. 귀에 익은 이름이었지만, 왜 그런지는 알 수 없었다. 흔해서 그런 거겠지, 그는 생각했다. 신문에서 읽었거나 텔레비전 쇼에서 본 이름인지도 몰랐다. 그는 간호사 접수대를 슬쩍 지나 복도를 걸으며 병실 호수를 확인했다. 조지의 병실 문은 조금 열려 있었다. 소녀는 옆에 서 있는 누군가의 그림자에 가린 채 침대에 앉아 얘기를 나누고 있었다.

패트릭은 부드럽게 노크를 하고 들어갔다. 조지가 그를 멍하니 쳐다보았다. 조지 옆에 서 있던 여자도 돌아보았다.

코미어, 패트릭은 그제야 깨달았다. 코미어 판사의 성이었군. 그녀가 고등법원 판사가 되기 전 증언을 하기 위해 그녀의 법정에 몇 번 소환된 적이 있었다. 최후의 방안으로 그녀에게 영장 발부를 요청한 적도 있었다. 그녀는 국선 변호인 출신이었고, 그렇다는 건 패트릭이 생각하기에 지금이야 그녀가 철저히 공정을 기한다 해도 한때는 피고 편에 서서 일한 사람이었다는 의미였다.

"판사님. 조지가 판사님의 딸인지 몰랐습니다." 패트릭은 침대로 다가가며 말했다. "기분은 어떠니?"

조지가 그를 쳐다보았다.

"저를 아세요?"

"너를 데리고 나온 사람이 난데……." 패트릭이 대답을 하는 와중에 판사가 그의 팔을 잡고 조지에게는 들리지 않는 곳으로 끌고 갔다.

"무슨 일이 있었는지 기억을 못 해요." 판사가 작은 소리로 말했다. "교통사고가 났다고만 생각해요……. 저는……." 그녀의 목소리가 기어들어갔다. "저 애한테 진실을 말할 수가 없었어요."

패트릭은 이해했다. 누군가를 사랑하면 그 사람의 세계를 무너뜨리고 싶지 않은 법이니까. "제가 말해볼까요?"

판사는 잠시 주저하더니 고마워하며 고개를 끄덕였다. 패트릭은 다시 조지 앞에 마주 섰다.

"괜찮니?"

"머리가 아파요. 의사 선생님 말씀이 뇌진탕 때문에 하룻밤 입원해야 한대요." 조지는 그를 올려다보았다. "구해주셔서 감사하다는 말씀을 드리고 싶어요." 갑자기, 그 애의 얼굴 위로 '아' 하는 표정이 스치고 지나갔다. "아저씨 맷은 어떻게 됐는지 아세요? 저랑 같이 차에 있던 남자애요!"

패트릭은 병실 침대 모서리에 앉았다. "조지." 그는 부드럽게 말했다. "넌 교통사고를 당한 게 아니야. 너희 학교에서 사고가 있었어. 어떤 학생이 학교에 들어와 사람들에게 총을 쏘았단다."

조지는 잘못 듣기라도 한 듯 머리를 흔들어댔다.

"맷도 희생됐어."

조지의 눈에 눈물이 가득 고였다.

"맷은 괜찮은가요?"

패트릭은 두 사람 사이에 있는 담요의 연한 격자무늬를 내려다보았다.

"유감이구나."

"아니에요, 아니에요. 아저씨는 거짓말을 하고 있어요." 조지는 패트릭의 얼굴과 가슴을 때리며 주먹을 휘둘렀다. 판사가 달려들어 딸을 저지하려 했지만, 조지가 미친 듯이 비명을 지르고 울부짖고 손톱으로 할퀴는 바람에 복도를 지나던 간호진마저 들여다볼 정도였다. 간호사 두 명이 쏜살같이 병실로 뛰어들어 패트릭과 코미어 판사를 내쫓다시피 하고서 조지에게 진정제를 투여했다.

복도로 나온 패트릭은 벽에 등을 기댄 채 눈을 감았다. 제기랄. 모든 증인에게 이런 일을 겪게 해야 한단 말인가? 그가 판사에게 조지를 놀라게 해 미안하다고 말하려는 순간, 그녀는 꼭 자기 딸처럼 그에게 대들었다. "그 애한테 맷에 대해 말을 하다니, 도대체 무슨 짓을 했는지 알기나 해요?"

"판사님이 부탁하신 겁니다." 패트릭도 벌컥 화를 냈다.

"학교에 대해 말해달라고 했지, 남자친구가 죽었다는 얘길 해달라는 게 아니잖아요!" 판사는 흥분을 조금 가라앉혔다.

"조지도 언젠가 알게 되리라는 건 판사님도 잘 아시잖습⋯⋯."

"나중에요. 한참 나중에요." 판사가 그의 말을 끊었다.

간호사들이 병실을 나왔고 그중 한 간호사가 말했다. "지금은 자고 있어요. 다시 확인하러 올게요."

두 사람은 간호사들이 충분히 멀어질 때까지 기다렸다. "이거 보십시오." 패트릭은 힘주어 말했다.

"오늘 저는 머리에 총 맞은 애들, 다시는 걷지 못할 애들, 잘못된 시간에 잘못된 장소에 있는 바람에 죽은 애들을 보았습니다. 판사님의 따님은⋯⋯ 충격은 입었지만⋯⋯ 운 좋은 아이들 중 한 명이란 말입니다."

그의 말이 그녀를 세차게 후려쳤다. 패트릭은 아주 잠깐 판사를 살펴보았다. 그녀는 더 이상 씩씩거리지 않고 있었다. 그녀의 회색빛 눈은 천만다행으로 일어나주지 않은 온갖 시나리오를 생각하는 듯했다. 안도한 듯 입매가 풀어졌다. 그런 다음에는 순식간에, 얼굴이 평온해졌다. "죄송해요. 보통은 이러지 않는데. 단지…… 정말 끔찍한 하루여서."

패트릭은 한순간 그녀를 흐트러뜨린 감정의 흔적을 찾아보려 했지만 찾을 수 없었다. **빈틈없음**. 그것이 지금 그녀의 모습이었다.

"본분을 다하려고 하신 것뿐이라는 거 알아요." 판사가 말했다.

"조지와 얘기를 하고 싶기도 하지만…… 꼭 그 때문에 온 건 아닙니다. 처음 발견한 사람이 그 아이여서 말이죠……. 그러니까, 괜찮은지 알고 싶었을 뿐입니다." 그는 코미어 판사에게 사람의 마음을 녹이는 은은한 미소를 지어 보였다. "따님을 잘 돌봐주세요." 패트릭은 돌아서서 복도를 걸어갔다. 등 뒤에 꽂히는 그녀의 뜨거운 시선이 마치 등을 어루만지는 손길 같다고 느끼면서.

 12년 전

 유치원에 가는 첫날, 어린 피터 호턴은 새벽 4시 32분에 일어났다. 피터는 부모님의 방으로 터벅터벅 걸어 들어가 스쿨버스 탈 시간이 되지 않았느냐고 물었다. 피터는 조이 형의 스쿨버스에서 역동적인 균형의 신비로움이 느껴지곤 하던 것을 떠올렸다. 햇빛이 버스의 넓적한 노란색 돌출부에 반사되는 모습, 용의 아가리처럼 쩍 열리는 문, 버스가 멈출 때 들려오는 극적인 한숨이 그랬다. 피터는 조이 형이 하루 두 번씩 타는 그 버스와 똑같이 생긴 장난감 자동차를 가지고 있었는데, 이제는 형이 타는 그 버스를 자신도 곧 타게 될 예정이었다.
 엄마는 피터에게 방으로 돌아가 아침이 될 때까지 더 자라고 했지만 피터는 그럴 수가 없었다. 대신에 엄마가 유치원 입학을 축하하며 사준 새 옷을 입고 침대에 똑바로 누워 아침을 기다렸다. 피터는 부엌에도 식구들 중 일등으로 내려왔다. 엄마는 피터가 가장 좋아하는 초콜릿 칩 팬케이크를 만들었다. 그녀는 아들의 뺨에 입을 맞추고 난 뒤 아침 식탁에 앉은 피터의 모습과 피터가 외투 위로 빈 가방을 거북이 껍데기처럼 등에 멘 모습도 카

메라에 담았다. "우리 아기가 유치원에 가다니 믿을 수가 없구나." 엄마가 말했다.

올해 1학년인 조이는 피터에게 바보 같은 짓 좀 그만하라고 말했다. "유치원 가는 게 뭐 별거라고."

피터의 엄마는 피터의 외투 단추를 마저 채워주며 말했다. "네게도 한때는 별거였어." 그런 다음 피터에게 깜짝 선물이 있다고 말했다. 엄마는 부엌으로 들어갔다가 슈퍼맨이 그려진 도시락통을 들고 다시 나타났다. 슈퍼맨이 양철을 뚫고 나오기라도 하려는 듯 팔을 쭉 뻗고 있었다. 맹인들이 보는 점자책처럼 슈퍼맨의 몸이 아주 조금 도드라져 있었다. 피터는 그 안에 뭐가 들었는지도 모르면서 자기 도시락이라고 말할 수 있다는 생각에 마냥 좋기만 했다. 피터는 도시락을 받아 들고 엄마를 껴안았다. 과일 한 조각이 구르는 소리와 기름종이가 버스럭거리는 소리를 듣고는 도시락통 속이 신비한 인체 기관 같을지 모른다고 상상했다.

진입로 끝에서 잠시 기다리자 피터가 꿈꾸고 또 꿈꿔오던 그 모습 그대로 노란색 버스가 언덕 꼭대기에 나타났다. "한 장 더!" 버스가 덜컹거리며 피터 뒤에 멈춰 섰을 때 엄마가 사진을 찍으며 외쳤다. "조이. 동생 잘 돌봐야 한다." 엄마가 당부했다. 그런 다음 피터의 이마에 입을 맞췄다. "우리 아들 다 컸네." 엄마는 울음을 참으려 애쓸 때처럼 입을 꽉 깨물었다.

갑자기 피터는 뱃속이 싸해졌다. 유치원이 상상했던 것만큼 근사하지 않으면 어쩌지? 담임 선생님이 때때로 악몽에 등장하던 마녀처럼 생겼으면 어쩌지? E자를 거꾸로 썼다고 애들이 놀려대면 어쩌지?

피터는 쭈뼛쭈뼛하며 스쿨버스 발판에 올라섰다. 야전 재킷을 입은 운전기사는 앞니가 두 개나 없었다. "저 뒤에 자리 있단다." 기사의 말에 피터는 통로를 따라 걸으면서 조이를 찾았다.

형은 피터가 모르는 남자애 옆에 앉아 있었다. 조이는 옆을 지나가는 동생을 힐끗 보기만 할 뿐 아무 말도 하지 않았다.

"피터!"

돌아보니 조지가 비어 있는 제 옆자리를 툭툭 쳤다. 검은 머리를 땋아 내린 조지는 평소와 달리 치마를 입고 있었다. "내가 자리 맡아놨어." 조지가 말했다.

피터는 기분이 좋아져 조지 옆에 앉았다. 피터는 지금 버스를 타고 있었다. 그것도 세상에서 가장 친한 친구 옆에 앉아서. "도시락통 멋지다." 조지가 말했다.

피터는 통을 흔들어 슈퍼맨이 나는 것 같은 모습을 조지한테 보여주려고 도시락통을 들어 올렸다. 바로 그때 통로 건너편에서 누군가의 손이 휙 날아왔다. 야구 모자를 거꾸로 쓴 소년의 긴 팔이 피터의 손에서 도시락통을 낚아챘다. "야, 별종. 슈퍼맨이 나는 걸 보고 싶냐?" 소년이 말했다.

뭘 하려는 건지 피터가 짐작도 하기 전에 소년은 창문을 열어 피터의 도시락통을 휙 내던졌다. 피터는 벌떡 일어나 버스 뒤쪽의 비상문으로 목을 쭉 빼고 밖을 내다보았다. 도시락통이 아스팔트에 떨어지면서 팍 열렸다. 사과가 데굴데굴 굴러 노란 중앙선을 넘어 맞은편에서 달려오던 자동차 바퀴 밑으로 사라졌다.

"앉아라!" 운전기사가 소리쳤다.

피터는 자리에 풀썩 주저앉았다. 얼굴은 싸늘한데, 귀는 뜨끈

뜨끈했다. 그 소년과 친구들의 웃음소리가 머릿속에서 폭죽이 터지듯 크게 들렸다. 그때 조지의 손이 피터의 손을 살짝 잡는 게 느껴졌다. "나한테 땅콩버터 샌드위치 있어. 나눠 먹자." 조지가 작은 소리로 말했다.

알렉스는 교도소 회의실에서 그녀의 새로운 의뢰인 라이너스 프롬과 마주 앉았다. 그날 새벽 네시, 라이너스는 검은 옷에 복면을 쓰고 총으로 점원을 위협하며 어빙 주유소 편의점을 털었다. 라이너스가 달아난 뒤 신고를 받고 출동한 경찰이 땅에 떨어진 핸드폰을 발견했다. 형사가 경찰서 책상으로 돌아온 순간 핸드폰이 울렸다. "이보슈. 난 전화기 주인이요. 당신이 갖고 있소?" 전화 건 사람이 물었다. 형사는 그렇다고 하고서 그에게 핸드폰을 어디서 잃어버렸는지 물었다. "어빙 주유소였소. 거기에, 30분 전에 있었소." 형사는 10번 도로와 25A 도로가 만나는 모퉁이에서 만나자고 제안했다. 핸드폰을 가져가겠다고 했다.

말할 것도 없이 라이너스 프롬이 나타났고 강도 혐의로 체포되었다.

알렉스는 낡고 닳은 탁자 건너편에 앉은 의뢰인을 보았다. 딸 조지가 유치원에서 주스와 쿠키를 먹고 있거나, 동화 읽기나 그림 그리기 같은 첫날의 이런저런 프로그램 중 하나를 하고 있을 시각에 알렉스는 꾀부릴 줄도 모르는 덜떨어진 범죄자와 군 구치소 회의실에 틀어박혀 있었다. "이 보고서를 보니, 치솔름 형사가 너의 권리를 읽어주었을 때 말다툼이 좀 있었다고?" 알렉스가 경찰 보고서를 읽으면서 물었다.

라이너스가 눈을 치켜떴다. 여드름이 나고 눈썹이 일자인 열아홉 살 소년이었다. "젠장, 날 바보 취급하잖아요."

"그 사람이 그렇게 말했어?"

"글을 읽을 수 있느냐고 묻잖아요."

경찰은 다 그렇게 묻는다. 그들은 범죄자에게 미란다 규칙을 알려주어야 한다. "그래서 넌, 분명, '이봐요, 씨팔, 내가 지진아처럼 보여요?'라고 대답했지?"

라이너스는 어깨를 으쓱했다. "그럼 뭐라고 하면 되는데요?"

알렉스는 손가락으로 콧등을 짚었다. 국선 변호인의 일상은 이처럼 심신을 지치게 하는 순간의 연속이었다. 엄청난 양의 에너지와 시간이, 일주일, 한 달, 아니면 일 년 후면 그녀 앞에 다시 앉게 될 누군가를 위해 소비되었다. 그렇다 해도, 그녀가 달리 어떻게 하겠는가? 이곳은 그녀가 살기로 선택한 세계였다.

호출기가 울렸다. 알렉스는 번호를 힐끔 확인하고는 소리를 죽였다. "라이너스, 이 사건은 탄원서를 내야 할 것 같다."

그녀는 교도관의 손에 라이너스를 넘긴 다음 전화를 쓰기 위해 교도소 한 사무관 방으로 들어갔다. "정말 고마워요, 교도소 2층 창문으로 뛰어내리고 싶었는데 덕분에 살았어요." 상대방이 전화를 받자마자 알렉스가 말했다.

"잊었나 본데, 거긴 창살이 있다고." 휘트 호바트가 웃으면서 말했다. "종종 드는 생각인데 말이지, 교도소 쇠창살은 죄수들을 잡아놓기 위해서가 아니라, 열불 난 국선 변호인을 도망가지 못하게 하려는 장치인 것 같아."

알렉스가 뉴햄프셔 주 국선 변호인 사무소에 처음 부임했을 때 그녀의 상사였던 휘트가 아홉 달 전에 은퇴를 했다. 뛰어난 실력으로 업계에서 전설이 된 휘트는 알렉스의 친아버지와 달리 언제나 알렉스에게 비난 대신 칭찬을 해주었다. 알렉스는 휘트가 해안가에 있는 어떤 골프 클럽이 아닌 지금 여기에 있어주기를 바랐다. 그랬다면 함께 점심 식사를 하러 나가 국선 변호인이라면 으레 라이너스 같은 의뢰인과 사건을 맡게 마련이라며 위로해주련만. 그런 다음에는 어쨌거나 그녀에게 다시 일어나 싸울 수 있는 새로운 의욕을 북돋아주고 기소장을 맡길 텐데.

"뭐하고 계셨어요? 이른 아침부터, 골프 연습?" 알렉스가 물었다.

"아니, 망할 놈의 정원사가 모터기로 낙엽을 치우는 바람에 깨 버렸어. 별일은 없나?"

"없어요. 변호사님이 안 계시니 사무실이 예전 같지 않다는 것만 빼고요. 어떤…… 에너지가 없어요."

"에너지? 자네 뉴에이지(기존 서구식 가치와 문화를 배척하고 종교·의학·철학·천문학·환경·음악 등의 영역의 집적된 발전을 추구하는 신문화운동으로 개개인의 영성적 변화, 즉 인간의 내적 능력을 개발시켜 우주의 차원에 도달하는 것이 구원이라고 믿는다 – 옮긴이) 삼류 점성가가 되어가고 있는 거 아닌가? 알렉스?"

알렉스는 씩 웃으며 대답했다. "아뇨……."

"다행이군. 안 그래도 그것 때문에 전화했는데. 자네한테 맞는 일자리가 있네."

"일자리는 이미 **있어요**. 사실은 일이 너무 많아서 일을 두 가지쯤 하는 기분이에요."

"이 지역의 지방법원 세 곳이 〈바뉴스〉(법정신문-옮긴이)에 결원 공고를 냈더군. 자네가 꼭 지원을 해보게, 알렉스."

"저더러 판사를 하라고요?" 알렉스는 웃기 시작했다. "휘트, 뭐 잘못 드셨어요?"

"잘 할 거야, 알렉스. 자넨 뛰어난 의사 결정 능력이 있거든. 침착하고, 감정에 휘둘려 일을 처리하지도 않아. 피고의 시각을 가지고 있어서 소송당사자를 잘 이해하지. 자넨 늘 훌륭한 공판 변호사였어." 휘트는 잠시 머뭇거렸다. "게다가, 뉴햄프셔에서 민주당 여자 주지사가 판사를 임명하는 일은 그리 흔치 않네."

"제게 신임 표를 던져주셔서 감사하지만, 전 그런 일에 맞는 사람이 아니에요." 알렉스가 말했다.

알렉스의 아버지는 고등법원 판사였다. 알렉스는 아버지의 회전의자에 앉아 빙빙 돌기도 하고, 클럽을 세어보고, 얼룩 하나 없는 녹색 펠트 천에 엄지손톱으로 격자무늬를 만들며 어린 시절을 보내곤 했다. 수화기를 들고 뚜 하는 발신음에 뭐라고 떠들어댈 때도 있었다. 그러다 아버지가 들어오시면 연필이며 서류를 어질러 놓았다고 호되게 야단을 맞았다.

허리띠에 달린 호출기가 다시 울리기 시작했다. "저 지금 법정에 들어가봐야 해요. 다음 주엔 점심 식사 같이 할 수 있을 거예요."

"판사는 근무 시간도 일정하잖아." 휘트가 덧붙여 말했다. "조지가 유치원에서 돌아오는 시간이 몇 시지?"

"변호사님……"

"생각해보게." 휘트는 이 말을 남기고 전화를 끊었다.

"피터, 어떻게 또 잃어버릴 수가 있니?" 엄마가 한숨을 쉬었다. 엄마는 커피를 따르고 있는 아빠 곁을 돌아 갈색 종이봉지를 꺼내기 위해 찬장에 있는 칙칙한 그릇들을 뒤적거렸다.

피터는 그 종이봉지가 싫었다. 바나나는 봉지에 다 들어가지도 않았고, 샌드위치는 **언제나** 뭉개졌다. 하지만 달리 어떻게 하겠는가?

"뭘 잃어버렸는데?" 아빠가 물었다.

"도시락통. 이번 달만 벌써 세 번째야." 엄마는 갈색 봉투를 채우기 시작했다. 밑에는 과일과 주스, 위에는 샌드위치를. 그녀는 아침은 먹지도 않은 채 칼로 냅킨을 해부하고 있는 피터를 힐끗 보았다. 뭘 하나 했더니 H와 T자를 만들어놓았다.

"꾸물거리면 버스 놓쳐."

"앞으론 책임감 있게 행동해야 한다." 아빠가 말했다.

아빠가 한 말들이 피터에게는 뜬구름 같기만 했다. 아빠의 말들은 구름처럼 부엌을 덮는가 싶더니 부지불식간에 사라졌다.

"제발, 루이스. 이제 겨우 다섯 살이야."

"조이는 유치원 첫 달에 도시락통을 세 번이나 잃어버리는 일 같은 건 없었으니까."

피터는 아빠가 조이 형과 뒤뜰에서 축구를 하는 모습을 가끔 지켜보곤 했다. 두 사람의 다리는 공을 가운데 두고 함께 춤이라도 추는 듯이, 맹렬한 피스톤과 기어처럼 앞으로 뒤로, 또 앞으로 움직였다. 아빠와 형 사이에 끼어보려 할 때마다 피터는 좌절의 문턱에 걸리곤 했다. 지난번에는 어쩌다 자살골까지 넣었다.

피터는 엄마와 아빠를 쳐다보며 말했다.

"난 조이 형이 아냐." 아무도 대답하지 않았지만 피터는 대답을 들을 수 있었다. **우리도 알고 있어.**

"코미어 변호사님?" 알렉스가 고개를 들자 입이 귀에까지 걸린 환한 미소를 띤 남자가 책상 앞에 서 있었다. 옛 의뢰인이었다.

그를 알아보는 데 시간이 좀 걸렸다. 테디 맥두걸인가 맥도널드던가 그 비슷한 이름인데. 그가 받은 혐의가 기억났다. 단순 가정폭력이었다. 그와 그의 아내는 술에 취해 서로 치고받았다. 알렉스는 그를 무죄로 풀려나게 해줬다.

"변호사님께 뭘 좀 가져왔습니다." 테디가 말했다.

"사가지고 오신 건 아니었으면 좋겠네요." 알렉스가 대답했다. 그건 진심이었다. 북부 출신의 이 남자는 집 마룻바닥에는 말 그대로 먼지투성이고 냉장고에는 사냥 전리품만 자리를 잡고 있는, 지지리 가난한 집의 가장이었다. 알렉스는 사냥 애호가는 아니었지만, 테디 같은 의뢰인들에게는 사냥이 스포츠가 아닌 생존임을 이해하고 있었다. 그렇기 때문에 그가 유죄판결을 받았다면 아주 치명적이었을 것이다. 가지고 있던 총기를 내다 팔아야 했을 테니까.

"산 거 아닙니다. 정말입니다." 테디는 씩 웃었다. "제 트럭에 있습니다. 나와보십시오."

"여기로 가져오실 수는 없나요?"

"어휴, 안 됩니다. 그렇게는 못 합니다."

'오, 멋진데. 대체 뭐길래 트럭에는 싣고 올 수 있으면서 갖고 들어올 수는 없는 거지?' 알렉스는 생각했다. 테디를 따라 주차장으로 나가 보니 그의 소형 트럭 뒤에 죽어 있는 거대한 곰 한 마리가 실려 있었다.

"냉동고에 넣어두십시오." 테디가 말했다.

"테디, 정말 엄청난데요. 이 정도면 당신네 가족이 겨울 내내 먹을 수 있겠어요."

"맞습니다. 하지만 변호사님 생각이 나서요."

"정말 고마워요. 진심으로 감사해요. 하지만 난, 음, 고기를 먹지 않는데, 어떡하죠. 이 고기를 그냥 내버리고 싶지는 않은데 말이죠." 알렉스는 테디의 팔을 살짝 건드리며 말을 이었다. "부탁인데, 당신이 이 곰을 가져갔으면 해요."

테디는 햇빛에 눈이 부신지 눈을 가늘게 떴다. "알았습니다." 그는 알렉스에게 고개를 끄덕여 가볍게 인사를 하고는 운전석에 올라 주차장 밖으로 덜컹거리며 트럭을 몰았다. 죽은 곰이 트럭 벽에 부딪히며 쿵쿵거렸다.

"변호사님!"

알렉스가 돌아보니 출입구에 비서가 서 있었다.

"방금 따님 유치원에서 전화가 왔는데요. 조지가 교장 선생님 방에 불려갔답니다."

조지가? 유치원에서 말썽을? "이유가 뭐래요?" 알렉스가 물었다.

"운동장에서 어떤 남자애를 죽어라 팼다네요."

알렉스는 자신의 차로 향했다.

"지금 간다고 전해줘요."

집으로 오는 길에 알렉스는 백미러로 딸을 힐끔힐끔 살폈다. 오늘 아침 조지는 흰색 카디건에 카키색 바지를 입고 유치원에 갔다. 지금 그 카디건은 흙먼지로 얼룩져 있었다. 하나로 묶은 머리는 헝클어져 여기저기 삐져나와 있었다. 스웨터 팔꿈치에는 구멍이 났고, 입술에서는 아직까지도 피가 났다. 하지만 정말 놀라운 사실은, 치고받고 싸운 그 남자애보다 자신의 딸이 더 멀쩡하다는 것이었다.

"따라와." 알렉스는 조지를 2층 화장실로 데리고 갔다. 욕실에서 딸의 셔츠를 벗겨 상처를 씻긴 뒤 연고를 바르고 반창고를 붙였다. 그런 다음 푸른색 욕실 매트에 앉아 조지를 마주 보며 물었다. "이제 말해볼래?"

조지는 아랫입술을 씰룩거리며 울기 시작했다. "피터 때문이야." 조지가 말했다. "드루가 맨날 괴롭혀서 피터가 다치는데, 그래서 오늘은 드루도 당하게 해주고 싶었어."

"선생님들은 운동장에 안 계셔?"

"보조 선생님들만."

"그럼 피터가 놀림을 당한다고 선생님들한테 말씀을 드렸어야지. 드루를 때리면 너도 드루처럼 나쁜 애가 되는 거잖아."

"보조 선생님들한테 말했어." 조지는 투덜거렸다. "선생님들이 드루랑 다른 애들한테 피터를 건드리지 말라고 했지만, 걔들이 말을 안 들어."

"그래서, 그때 네가 생각하기에 최선이다 싶은 행동을 한 거야?" 알렉스가 물었다.

"응. 피터를 위해서."

"그럼 항상 그렇게 행동한다고 쳐보자. 다른 애가 입고 있는 외투가 네 것보다 더 좋아. 그러면 넌 그걸 가져야겠다고 생각할 거니?"

"그건 훔치는 거야." 조지가 말했다.

"딩동댕. **그래서** 규칙이란 게 있는 거야. 규칙은 깨면 안 돼. 다른 사람들이 깨고 있는 것처럼 보인다고 해도 말이야. 너도 깨고, 우리 **모두가** 깨버린다면, 세상은 아주 무서운 곳이 될 거야. 외투를 도둑맞고 사람들이 운동장에서 두들겨 맞는 곳이 될 거야. 그러니까 최선이다 싶은 행동을 하는 대신, 때로는 싫어도 가장 올바른 것을 받아들여야 해."

"그게 뭐가 다른데?"

"최선의 것은 네가 생각하기에 해야 하는 일이고, 가장 올바른 것은 **그렇게 될 필요가 있는** 일이야. 네 자신과 네 기분만 생각하지 않고 다른 것도 생각하는 거야. 누가 관련돼 있고, 전에 무슨 일이 있었고, 규칙은 뭔지 등등에 대해 생각하는 거지." 알렉스는 조지의 얼굴을 살피며 물었다. "피터는 왜 싸우지 않았어?"

"걘 그러면 큰일 난다고 생각해."

"엄마의 변론을 마칠게." 알렉스가 말했다.

조지의 속눈썹에 눈물이 맺혀 있었다.

"엄마, 나한테 화났어?"

알렉스는 망설였다. "엄마는 피터가 당하고 있을 때 신경을 쓰지 않았던 선생님들한테 화가 나. 물론 네가 남자애 코를 꼬집은 게 잘한 일은 아니야. 하지만 친구를 변호해주고 싶어 하는 네가 엄마는 자랑스러워." 알렉스는 조지의 이마에 입을 맞췄다. "가서 구멍이 없는 옷을 입어볼까, 원더우먼 아가씨."

조지가 제 방으로 냉큼 가버린 후에도 알렉스는 욕실 바닥에 그대로 앉아 있었다. 정의를 행한다는 건, 참여하고 관여한다는 것을 말한다. 자신은 운동장에 있던 그 보조 교사들과는 달리 으스대지 않고도 단호할 수 있고, 규칙을 반드시 알게 하고, 결론에 이르기 전에 모든 증거를 참작할 수 있다.

알렉스는 깨달았다. 좋은 판사가 되는 건 좋은 엄마가 되는 것과 결코 다르지 않다는 것을.

알렉스는 일어나 아래층으로 내려가서 수화기를 들었다. 세 번째 신호가 울릴 때 휘트가 전화를 받았다. "좋아요. 제가 뭘 해야 하는지 말씀해주세요." 그녀가 말했다.

의자가 레이시의 엉덩이에는 너무 작았다. 무릎도 책상 밑으로 들어가지 않았다. 벽 색깔은 너무 밝았다. 맞은편에 앉은 선생님은 너무 어려 보여, 집에서 와인 한 잔만 해도 법에 저촉되는 게 아닐까 생각이 될 정도였다. "호턴 부인." 선생님이 말했다. "더 나은 설명을 해드릴 수 있다면 좋겠지만, 사실 어떤 애들은 자석처럼 자꾸만 놀림감이 되곤 한답니다. 약점을 발견한 아이들이 그걸 이용하는 거예요."

"피터의 약점이 뭔데요?" 레이시가 물었다.

선생님은 미소를 지었다. "전 그게 약점이라고 보지 않아요. 피터는 섬세하고, 또 여성적이에요. 하지만 그런 이유로 남자애들이랑 교실을 뛰어다니며 경찰 놀이를 하기보다는 구석진 데서 조지와 색칠 놀이를 하는 편이에요. 반 아이들이 그걸 눈치챘어요."

지금의 피터보다 조금 더 컸을 때였나, 레이시는 초등학생 시절 인큐베이터로 부화한 병아리를 키우던 게 기억났다. 여섯 놈이 알을 까고 나왔는데, 그중 한 놈은 날 때부터 다리 한 짝이 굽어 있었다. 언제나 먹이통과 물통에 가장 늦게 도착했고, 다른 형제들보다 야위고 머뭇거렸다. 어느 날, 그 불구 병아리는 다른 병아리들에게 쪼여 죽었다. 반 아이들은 모두 기겁을 했다.

"물론 남자애들의 행동을 묵인하고 넘어가지는 않아요." 선생님은 레이시를 안심시켰다. "괴롭히는 아이를 즉시 교장실로 보내지요." 선생님은 덧붙여 무슨 말을 할 듯이 입을 열다가 얼른 닫아버렸다.

"뭔데요?"

선생님은 책상을 내려다보았다. "그런데, 안타깝게도, 그런 대응이 정반대의 결과를 가져올 수 있다는 거예요. 남자애들은 벌을 받는 게 피터 때문이라고 생각하고, 그 때문에 폭력의 고리가 끊어지지 않아요."

레이시는 얼굴이 점점 화끈거렸다. "이런 일이 다시는 일어나지 않도록, 선생님 개인적으로는 어떻게 하시는데요?"

레이시는 만약 피터가 또다시 집단 따돌림을 당하면, 놀리는 아이들에게 의자에 앉아 반성하기 같은 합당한 벌을 내리겠다는 식의 대답을 기대했다. 하지만 그 젊은 여선생님의 대답은 달랐다. "피터에게 자신을 어떻게 지켜야 하는지 지적해주죠. 점심시간에 누가 새치기를 한다거나 애들이 놀리면, 그냥 당하고만 있지 말고 말로라도 갚아주라고요."

레이시는 눈을 깜박거렸다. "저로서는…… 믿을 수가 없는 말이네요. 그러니까 누가 피터를 떠밀면 피터도 덩달아 떠밀어야 한다는 건가요? 누가 먹을 걸 쳐서 바닥에 떨어뜨리면 그대로 갚아줘야 한다는 건가요?"

"물론 그건 아니에……."

"선생님은 지금 피터가 유치원에서 탈 없이 지내려면, 다른 남자애들하고 똑같이 행동해야 한다고 말씀하시는 거잖아요."

"아니오, 저는 다만 아이들 세계의 현실을 말씀드린 거예요." 선생님은 정정했다. "저기, 피터 어머님. 저도 어머님이 듣고 싶어 하시는 말을 해드릴 수 있어요. 피터가 멋진 아이라고 말씀드릴 수 있어요. 물론, 정말 그렇기도 하고요. 학교가 관용을 가르치고 피터를 불행하게 만들고 있는 아이들을 훈계하면 더는 이런 일이 생기지 않을 거라고 말씀드릴 수도 있어요. 하지만 슬프게도 현실은, 이런 악순환을 끝내고 싶다면 피터 스스로 해결의 주체가 되어야 한다는 거예요."

레이시는 손을 내려다보았다. 책상이 작아서인지 자신의 손이 굉장히 커 보였다. "고맙습니다. 솔직하게 말씀해주셔서." 레이시는 조심스레 일어났다. 자신과는 더 이상 맞지 않는 세상에서 취할 수 있는 최선책이었다.

레이시는 유치원 교실을 겨우 빠져나왔다. 피터는 복도 벽장 아래의 작은 벤치에 앉아 엄마를 기다리고 있었다. 엄마로서 아이가 넘어지지 않도록 먼저 길을 닦아 주는 것이 그녀가 할 일이었다. 하지만 아이를 위해 매일같이 불도저로 땅을 고를 수 없다면 어떻게 해야 할까? 선생님이 얘기하려 했던 것이 이런 것이었을까?

레이시는 피터 앞에 쪼그리고 앉아 아들의 손을 잡았다. "엄마가 사랑하는 거 알지, 응?" 레이시가 말했다.

피터는 고개를 끄덕였다.

"널 위해 최선을 다한다는 것도 알지?"

"응." 피터가 대답했다.

"도시락통에 대해 알아. 드루랑 무슨 일이 있었는지도 알고. 조지가 드루를 때렸다면서. 드루가 너한테 무슨 말을 했는지도 알아." 레이시는 눈물이 북받쳤다. "다음번에 그런 일이 또 생기면 피터 네가 자신을 지켜야 해. 그래야 해, 피터, 안 그러면 엄마가…… 엄마가 널 혼내줄 거야."

인생은 불공평했다. 아무리 열심히 일을 해도 레이시는 번번이 승진 대상에서 탈락했다. 공들여 몸조심을 해온 엄마들이 사산아를 낳는가 하면, 마약 중독자들은 건강한 아기를 낳았다. 열네 살밖에 안 된 아이들이 제대로 살아볼 기회도 가져보기 전에 난소암으로 죽어가기도 했다. 운명의 부당함과 싸울 수는 없다. 그저 참고 견디며, 언젠가는 달라지기만을 소망할 수 있을 뿐이다. 하지만 그렇다 해도, 자식을 위해 참아야 하는 건 훨씬 더 힘들었다. 레이시는 순수의 커튼을 걷어버리는 사람이 될 수밖에 없었다. 마음이 갈기갈기 찢어졌다. 이제는 그녀가 이 세상이 그 아이에게 이상적인 곳이 되기를 간절히 기원했다 하더라도, 아무리 많이 사랑해주어도, 피터는 그 사랑이 언제나 부족하다고만 여길 것이다.

레이시는 눈물을 삼키며 피터를 응시했다. 아들에게 그런 짓을 시키는 게 아무리 마음이 아파도, 아이에게 자기방어를 하게 만들려면 자신이 무엇을 해야 할지, 어떤 벌을 주면 아이가 행동을 바꿀지 생각해보았다.

"또 이런 일이 생기면…… 조지랑 한 달 동안 못 놀게 할 거야."

최후통첩을 날리며 레이시는 눈을 감았다. 이런 식의 육아법을 좋아하지 않았지만, 분명한 사실은 그녀가 평소 하던 충고, 즉 친절해라, 공손해라, 네가 다른 사람들에게 원하는 그런 사람이 돼라는 말은 피터에게 아무 소용이 없었다는 것이었다. 드루와 다른 못된 아이들이 꽁무니를 빼며 도망치게 할 만큼 피터가 고래고래 소리를 지를 수 있게 된다면 레이시는 피터를 협박해서라도 그렇게 할 것이었다.

피터의 얼굴에서 의심의 구름이 피어오르는 것을 지켜보며 레이시는 아이의 머리를 뒤로 쓸어 넘겼다. 전에는 한 번도 이런 식으로 명령한 적이 없었다. "드루는 약자를 못살게 구는 애야. 우물 안 바보인 거지. 그 앤 커서 덩치 큰 바보가 될 테지만, 우리 피터는 커서 놀라운 사람이 될 거야." 레이시는 아들에게 활짝 웃어 보이며 말했다. "언젠가, 피터. 세상 모든 사람이 네 이름을 알게 될 거야."

운동장에는 그네가 두 개 있었는데, 때로는 차례를 기다렸다가 타야 했다. 그런 일이 생길 때면 피터는 5학년 선배가 그네를 한 바퀴 돌려놓아 그네 줄이 짧아져 앉기 힘든 사태가 벌어지지 않기만을 두 손 모아 빌곤 했다. 그렇게 줄이 짧아진 그네를 타다 떨어질까 두려웠고, 타긴 했는데 다리를 굴려 올라가보지도 못하면 더 큰 창피를 당할까 두려웠다.

조지와 함께 기다릴 때면 줄이 짧아진 그네를 타는 건 언제나 조지였다. 조지는 겉으로는 그런 그네를 좋아하는 척했지만, 사실은 피터가 정말 타기 싫어한다는 걸 알기 때문에 대신 타주는 것이었다. 피터도 그 사실을 알고 있었다.

오늘 쉬는 시간에 피터는 그네에 앉은 채 제자리에서 빙글빙글 맴만 돌았다. 그네의 쇠사슬을 맨 위까지 배배 꼬고서 발을 쳐들면 그네가 뱅그르르 돌았다. 이따금 하늘을 올려다보며 피터는 날고 있다는 상상을 했다.

그네가 멈추는 순간 피터의 그네와 조지의 그네가 서로 엇갈리면서 두 사람의 발이 엉켜버렸다. 조지는 큰 소리로 웃고서, 서로의 발목을 살짝 걸어 다리로 사슬을 만들었다.

피터는 조지를 돌아보며 불쑥 말했다.

"사람들이 날 좋아했음 좋겠어."

조지는 머리를 갸웃했다.

"사람들은 널 진짜 좋아해."

피터는 발을 벌려 다리 사슬을 풀었다.

"내 말은, 너 말고 다른 사람들 말이야."

꼬박 이틀이 걸려 판사 지원서를 완성한 알렉스는 서류 작성을 마치자마자 놀라운 일을 경험했다. 자신이 정말 판사가 되고 싶어 한다는 걸 깨달은 것이다. 맨 처음 휘트에게는 자신과 맞지 않는 일이라고 말했지만 지금은 확신을 갖고 결정을 내리고 있었다.

면접을 보러 오라고 한 법관임용위원회는 이 면접은 아무나 보는 게 아니라는 사실을 분명히 밝혔다. 따라서 알렉스가 면접을 보고 있다는 건 그녀가 진지하게 고려되고 있다는 뜻이었다.

위원회의 임무는 지원자들을 간추려 주지사에게 최종 명단을 제출하는 것이었다. 법관위원회 면접은 이스트 콩코드에 있는 구 주지사 관사 브리지하우스에서 실시되었다. 면접은 시간차를 두고 진행되었고, 누가 지원했는지 아무도 모르게 하기 위해서인지 들어오고 나가는 문이 달랐다.

열두 명의 위원회는 변호사, 경찰, 피해자 옹호단체의 상임이사로 구성돼 있었다. 한 사람, 한 사람이 어찌나 뚫어지게 알렉스를 쳐다보는지 알렉스는 얼굴에서 불이라도 난 것만 같은 느낌이 들었다. 게다가 간밤에 조지가 보아 구렁이가 나오는 악몽을 꾸는 바람에 함께 잠을 설친 것도 긴장에 한몫을 했다. 어떤 사람들이 이 자리에 지원했는지는 몰라도, 적어도 난방기 통풍구의 시커먼 구멍 속에 뱀이 숨어 있지 않다는 걸 증명하기 위해 새벽 세시에 긴 자를 들고 통풍구를 쑤셔대야 했던 미혼모는 없을 거라고 알렉스는 생각했다.

"저는 속도감을 좋아합니다." 알렉스는 신중하게 질문에 답했다. 그녀는 면접관들이 기대하는 답이 있다는 걸 알고 있었다. 비결은 흔해빠진 문구와 기대치의 답에 자신의 개성이 어떻게든 담기도록 하는 것이었다. "빠른 결정을 내려야 하는 긴장감을 좋아하죠. 전 증거 수집을 중요하게 생각합니다. 사전 준비를 해오지 않는 판사의 법정에 서본 적이 있는데, 그런 식으로 일하지는 않을 겁니다." 그녀는 위원들을 둘러보며 신성화된 검사직을 거쳐 판사직에 지원하는 대부분의 다른 지원자들처럼 자신을 포장해야 할지, 아니면 있는 그대로 국선 변호인을 지낸 배경을 흘려야 할지를 놓고 망설였다.

에라, 모르겠다.

"제가 판사가 되고 싶은 진짜 이유는 법정이 동등한 기회의 장이기 때문입니다. 법정에 들어서게 되면 그 짧은 시간 동안, 법정 안의 모든 사람들에게는 판사의 재판이 세상에서 가장 중요합니다. 모든 것이 판사를 위해 작동하죠. 그때는 제가 누구인지, 출신이 어딘지는 중요하지 않습니다. 판사의 대우는 사회경제적 변수가 아닌 법률의 문구에 달려 있으니까요."

위원회 구성원 중 한 명이 자신의 원고를 내려다보았다. "훌륭한 판사의 요건이 뭐라고 생각합니까, 코미어 씨?"

알렉스는 등줄기로 땀방울이 흘러내리는 것을 느꼈다. "참을성이 있되 단호하고, 통제력이 있되 거만하지 않고, 증거 규칙과 법정의 규칙을 아는 것입니다." 그녀는 잠시 숨을 돌렸다. "익숙하게 들리지 않으시겠지만, 저는 훌륭한 판사는 칠교놀이(사방 10센티미터쯤 되는 나무판으로 만든 직각삼각형 큰 것 두 개, 중간 것 한 개, 작은 것 두 개 그리고 정사각형과 평행사변형 각 한 개씩으로 여러 가지 형태를 만드는 중국식 퍼즐 놀이-옮긴이)의 명인이라고 생각합니다."

피해자 옹호단체에서 나온 나이 든 여자가 눈을 깜박거렸다. "뭐라고 했죠?"

"칠교놀이요. 저는 엄마입니다. 제 어린 딸은 다섯 살이죠. 그 애가 가지고 노는 이 게임에는 배, 기차, 새 모양의 기하학적인 틀이 있는데, 서로 크기가 다른 삼각형이나 평행사변형 조각으로 어떻게든 그 모양을 만드는 겁니다. 다른 각도에서 생각을 해야 하기 때문에 공간과 공간의 관계를 잘 이해할수록 쉬워지는 게임이죠. 판사가 되는 것도 비슷한 것 같습니다. 관련된 집단, 피해자, 법 집행, 사회, 심지어 판례에 이르기까지 서로 상충하는 요소들이 있는데, 어떻게든 그것들을 이용해 주어진 틀 안에서 문제를 해결해야 하니까요."

불편한 침묵이 이어졌다. 알렉스는 고개를 돌리다가 현관 대기실로 들어오는 다음 번 면접자의 모습을 창문으로 얼핏 보았다. 순간 그녀는 잘못 봤겠지 싶어 눈을 가늘게 뜨고 보았다. 한때 그녀의 손가락으로 쓸어주던 그 은빛 곱슬머리를 어찌 잊을 수 있을까. 그녀의 입술로 더듬던 광대뼈와 턱의 윤곽을 어찌 지울 수 있을까. 로건 루크, 그녀의 공판변론 교수이자 옛 애인이자 그녀의 딸의 아버지가 건물로 들어와 문을 닫았다.

'그래, 그도 판사직에 지원을 한 거야.'

알렉스는 합격하고 말겠다는 결의를 방금 전보다 한층 더 굳히고 심호흡을 했다. "코미어 씨?" 알렉스는 그 나이 든 여자가 자신의 이름을 다시 불렀을 때에야 자신이 처음으로 질문을 놓친 걸 알았다.

"네. 죄송하지만?"

"칠교놀이를 얼마나 잘하는지 물었어요."

알렉스는 그녀와 눈을 마주치며 환한 미소와 함께 말했다.

"위원님, 전 뉴햄프셔 주 챔피언이랍니다."

처음에는 숫자들이 두루뭉술해 보이기만 했다. 그러다 조금씩 보이기 시작했는데, 피터는 3인지 8인지 헷갈려 눈을 가늘게 뜨고 더 가까이 봐야 알 수 있었다. 담임 선생님이 보내서 온 병원에서는 티백과 발 냄새 같은 것이 나는 간호사가 그에게 벽에 걸린 차트를 보라고 말했다.

피터의 새 안경은 그가 넘어져 안경이 모래놀이통 너머로 휙 날아가도 흠이 나지 않는 특수 렌즈로 되어 있으면서도 깃털처럼 가벼웠다. 피터의 생각으로는, 그의 눈을 부엉이 눈처럼 크고, 밝고, 아주 푸르게 보이게 하는 굵은 안경알을 지탱하기에는 쇠로 만든 테가 너무 가늘어 보였다.

안경을 끼워본 피터는 깜짝 놀랐다. 저 멀리 흐릿하던 것들이 사일로(곡식을 저장하는 탑 모양의 건축물-옮긴이)와 들판, 소들이 있는 농장 등으로 그 모습을 드러냈다. 붉은 표지판에는 '정지'라고 적혀 있었다. 엄마의 눈가에는 그의 손가락 마디 주름처럼 잔주름들이 잡혀 있었다. 슈퍼 영웅들에게 그들만의 장신구, 예를 들어 배트맨의 허리띠와 슈퍼맨의 망토 같은 것이 있듯, 피터에게는 안경이 있었다. 엑스레이처럼 모든 것을 꿰뚫어 볼 수 있을 듯했다. 그는 새 안경을 낀 게 너무 좋아 잠을 잘 때도 안경을 벗지 않았다.

더 잘 보이면 더 잘 들리기도 한다는 걸 피터는 다음 날 학교에 가서야 깨달았다. **네눈박이. 눈 뜬 봉사.** 그의 안경은 더 이상 독특한 개성이 아니라 다른 아이들과 그를 구분 짓는 어떤 것, 즉 흉터에 불과했다. 하지만 그래도 최악은 아니었다.

세상이 시야에 들어오자 피터는 사람들이 자신을 어떤 식으로 보는지 깨달았다. '넌 놀림감 1호야' 하는 시선이었다.

결국 좌우 1.0 시력을 갖추게 되었는데도 피터는 세상을 보지 않으려고 눈을 내리깔았다.

"우리는 불온한 부모야." 알렉스가 레이시에게 속삭였다. 유치원의 공개 수업일, 두 사람은 몸에 맞지 않는 작은 책상 앞에 메뚜기처럼 무릎을 세우고 앉아 있었다. 알렉스는 산수 용구인 퀴즈네르 막대들, 밝은 색상의 2, 3, 4, 5센티미터짜리 막대 세트를 움직여 욕설 글자를 만들어냈다.

"이쯤에서 판사님이 나타나면 게임 끝이지." 레이시는 핀잔을 주며 알렉스가 색막대로 만들어놓은 욕설 글자를 흩뜨렸다.

"어디 한 번 유치원에서 쫓겨나게 해줄까?" 알렉스가 웃으며 말했다. "판사 얘기가 나와서 하는 말인데, 그건 로또에 당첨되는 것만큼 승산이 없는 일이야."

"그야 두고봐야 알지." 레이시가 말했다.

선생님이 학부모들 사이를 지나다니면서 모두에게 작은 종이를 건넸다. "오늘은 자녀 분을 가장 잘 나타내는 단어를 종이에 적어주시기 바랍니다. 나중에 그 종이로 사랑의 콜라주를 만들 예정입니다."

알렉스가 레이시를 힐끗 보며 말했다.

"**사랑의 콜라주라고?**"

"안티 유치원은 이제 그만."

"그게 아냐. 사실 난 우리가 법에 대해 알아야 하는 모든 걸 유치원에서 배운다고 생각하는 걸. 그렇잖아, 때리지 마라. 남의 것을 탐내지 마라. 사람을 죽이지 마라. 강간하지 마라."

"오, 맞아, 나도 기억 나. 언제나 간식시간 바로 다음에 배웠어." 레이시가 말했다.

"잘 알아들었네. 그건 일종의 사회 계약이야."

"만약에 네가 결국 판사석에 앉았을 때 네 신념이랑 다른 법을 지지해야 한다면 어떻게 할 건데?"

"우선, 그건 희박한 만약이야. 둘째, 난 지지할 거야. 기분은 찜 찜하겠지만, 그렇게 할 거야." 알렉스가 말했다. "사적인 행동 강령을 가진 판사는 필요하지 않아. 어쩌면 그건 당연한 거 아냐."

레이시는 종이 끝을 술처럼 찢었다. "일이 네가 돼버리면, 넌 언제 네 자신이 되는 건데?"

알렉스는 씩 웃으면서 퀴즈네르 막대로 네 글자짜리 욕을 만들었다. "유치원 공개 수업이 있는 날, 아마도."

그때 갑자기 조지가 붉게 상기된 장밋빛 얼굴로 나타났다. "엄마, 우리 다했어." 조지는 알렉스의 손을 잡아당겼고 피터는 레이시의 무릎 위로 기어올랐다.

아이들은 블록 쌓기 코너에서 깜짝 선물을 만들고 있었다. 레이시와 알렉스는 아이들 손에 이끌려 책꽂이와 겹겹이 쌓인 작은 양탄자들과 썩어가는 실험용 호박이 놓여 있는 과학용 테이블을 지나갔다. 구멍이 숭숭 뚫린 호박 껍질과 움푹 팬 속살을 지나치면서 알렉스는 아는 검사의 얼굴이 생각났다. "여기가 우리 집이야." 조지가 현관문 구실을 하는 블록을 밀어젖히면서 소리쳤다. "우린 결혼했어."

레이시는 팔꿈치로 알렉스를 슬쩍 찔렀다. "저는 늘 사돈하고 잘 지내고 싶었답니다."

피터는 나무로 만든 난로 옆에 서서 음식이 들어 있는 것처럼 플라스틱 냄비 속을 젓고 있었다. 조지는 자기 몸집보다 큰 실험실 가운을 입었다. "일하러 갈 시간이에요. 저녁은 집에 와서 먹을게요."

"알았어요. 미트볼을 준비해둘게요." 피터가 말했다.

"네 직업이 뭔데?" 알렉스가 조지에게 물었다.

"난 판사야. 하루 종일 사람들을 감옥에 보내고 나서 집에 돌아와 스파게티를 먹어." 조지가 장난감 블록 집을 한 바퀴 돌아 현관문으로 들어갔다.

"앉아요. 또 늦었군요." 피터가 말했다.

레이시는 눈을 감았다. '저게 딱 나일까, 지금 내 모습을 그대로 보여주는 거울을 들여다보는 걸까?'

알렉스와 레이시는 조지와 피터가 음식 접시를 치운 뒤 네모난 장난감 집 안에 만들어놓은 더 작은 네모난 곳으로 움직이는 모습을 지켜보았다. 아이들은 그곳에 누웠다. "이건 침대야." 조지가 설명했다.

선생님이 알렉스와 레이시 뒤로 다가와 말했다. "저 둘은 늘 소꿉놀이를 한답니다. 정말 귀엽죠?"

알렉스는 피터가 옆으로 몸을 웅크리는 것을 보았다. 조지가 한 팔로 피터의 허리를 감싸 뒤에서 안아주었다. 알렉스는 엄마가 데이트하러 가는 모습을 한 번도 본 적 없는 딸이 어떻게 저런 부부의 이미지를 그릴 수 있었을까 궁금했다.

그녀는 레이시가 블록 벽장에 등을 기댄 채 아까 받은 종이쪽지에 '여린'이라고 쓰고 있는 것을 보았다. 피터를 잘 나타내는 말이었다. 피터는 속살이 거의 들여다보일 정도로 여렸다. 그래서 껍데기처럼 그를 보호해줄, 조지 같은 사람이 필요했다.

알렉스는 연필을 집어 종이를 폈다. 딸에게 어울리는 무수한 형용사들, 역동적인, 충직한, 영리한, 아슬아슬한 등의 단어가 머릿속을 굴러다녔지만, 정작 자신이 쓰고 있는 글자는 전혀 다른 것이었다.

'내 것.' 알렉스는 그렇게 썼다.

이번에는 도시락통이 아스팔트 도로에 부딪히면서 이음매가 쩍 갈라져 스쿨버스 뒤에서 달려오던 자동차 바퀴에 피터의 참치 샌드위치와 도리토스 과자 봉지가 뭉개졌다. 언제나처럼 버스 기사는 알아채지 못했다. 5학년 남자애들은 이제는 이런 짓에 도가 터 누가 그만두라고 소리를 지르기도 전에 창문을 얼른 열었다 닫았다. 소년들이 서로 하이파이브를 주고받을 때쯤 피터는 눈물이 북받쳐 올랐다. 머릿속에서 '지금이 바로 네 자신을 지켜야 할 때야!'라고 말하는 엄마의 목소리가 들리는 듯했지만, 그러면 더 나빠지기만 한다는 걸 엄마는 몰랐다.

"아휴, 피터." 조지가 옆자리에 다시 앉는 그를 보고 한숨을 쉬며 말했다.

피터는 벙어리장갑만 멍하니 내려다 보았다. "금요일에 너희 집에 못 갈 거 같아."

"왜?"

"도시락통을 또 잃어버리면 엄마가 혼내주겠다고 했거든."

"그건 불공평해." 조지가 말했다.

피터는 어깨를 으쓱했다. "다 그렇지, 뭐."

지방법원 판사직 후보로 간추려진 세 명 중에서 뉴햄프셔의 주지사가 공식적으로 그녀를 뽑았을 때 누구보다 놀란 것은 알렉스 자신이었다. 민주당의 젊은 여성 주지사 진 섀힌이 젊은 민주당 여성 판사를 임명하고 싶어 하는 건 이해가 갔지만, 알렉스는 면접을 보러 가서도 그 소식에 여전히 머리가 띵했다.

주지사는 알렉스의 예상보다 더 젊고, 예뻤다. '내가 판사석에 앉아 있으면 많은 사람들이 나에 대해서도 꼭 그렇게 생각할 거야'라고 그녀는 생각했다. 자리에 앉은 그녀는 다리가 후들거리지 않도록 두 손을 허벅지 아래로 쑥 넣었다.

"당신을 임명하는 문제에서 내가 꼭 알아야 할 게 있나요?" 주지사가 물었다.

"개인적인 비밀을 말씀하시는 건가요?"

섀힌은 고개를 끄덕였다. 주지사가 임명할 경우, 임명된 사람은 어떤 식으로든 주지사의 명예에 영향을 미칠 수밖에 없었다. 따라서 섀힌은 공식적인 결정을 내리기 전에 모든 걸 확실히 해두고 가려는 것이었고, 그 점에 대해 알렉스는 그저 감탄할 수밖에 없었다. "집행위 청문회가 열렸을 때 당신의 임명을 반대할 사람이 있나요?" 주지사가 물었다.

"상황에 따라서요. 재소자들에게 임시 휴가라도 내주실 건가요?"

섀힌은 크게 웃었다. "당신에게 불만을 품은 의뢰인들이 결국 가게 된 곳이 거기군요."

"바로 그것 때문에 불만을 품게 됐죠."

주지사가 일어나 알렉스와 악수를 나누며 말했다. "우린 잘 지

내게 될 것 같군요."

주지사의 권한에 직접적인 제재를 가하는 집단인 집행위원회가 남아 있는 곳은 메인 주와 뉴햄프셔 주뿐이었다. 알렉스에게 이것은 판사 임명 비준청문회가 열리기 전까지 한 달 사이에 무슨 수를 써서든 집행위의 공화당원 다섯 명을 먼저 회유해야 한다는 걸 의미했다.

알렉스는 그들에게 매주 전화를 걸어 꼭 답을 들어야 하는 질문이 있는지 물었다. 또한 그녀를 위해 비준청문회에 출석해줄 증인들도 준비해야 했다. 국선 변호인 일을 오래 한 터라 간단히 처리할 수 있는 일이었지만, 집행위는 증인으로 변호사는 원치 않았다. 그들은 알렉스가 일하고 살고 있는 지역 출신의 증인들, 즉 그녀의 학창시절 담임에서부터 적으로 일하는데도 그녀를 좋아하는 주 경찰관에 이르는 사람들을 원했다. 까다로운 것은 알렉스가 온갖 사정을 해서 사람들을 준비시켜 증인으로 서게 해도 판사 비준이 완료되었을 때 그들에게 아무런 답례도 할 수 없다는 점을 분명히 밝혀야 한다는 것이었다.

마침내 알렉스가 질문의 도마 위에 오를 차례가 왔다. 그녀는 주 의사당 집행위 사무실에 앉아 가장 최근에 읽은 책은 무엇인가에서부터 아동 학대와 방임 사건에서 입증 책임은 누구에게 있는가에 이르기까지 여러 질문들을 재치 있게 받아넘겼다. 실제적이고 학구적인 질문들이 계속 이어지다 마침내 의표를 찌르는 질문이 나왔다.

"코미어 씨, 어떤 사람을 판단할 권리는 **누구에게 있습니까?**"

"글쎄요. 판단의 잣대가 도덕관이냐 법률관이냐에 따라 다르다고 봅니다. 도덕적으로는 누구도 다른 사람을 판단할 권리가 없습니다. 그러나 법률적으로는, 그것은 권리라기보다 책임입니다." 코미어는 침착하게 대답했다.

"이어지는 질문인데요, 총기 소지에 대한 입장은 어떤가요?"

알렉스는 주저했다. 그녀는 총을 좋아하지 않았다. 그래서 텔레비전에서 폭력적인 장면이 나오면 조지가 절대 못 보게 했다. 문제아, 화난 남편, 매 맞는 아내의 손에 총을 쥐여주면 무슨 일이 생기는지 알렉스는 잘 알고 있었다. 그런 의뢰인들을 수도 없이 변호하다 보면 자연히 싫다는 반작용이 생길 수밖에 없다.

하지만 그렇다 해도 지금은……

그녀는 지금 보수적인 뉴햄프셔 주에서, 그녀가 좌파 성향의 요주의 인물로 판명된다면 치를 떨 공화당원들 앞에 앉아 있었다. 그녀가 앞으로 판사 노릇을 하게 될 곳은 사냥이 숭배될 뿐 아니라 불가피하기도 한 지역이었다.

알렉스는 물을 한 모금 마시고 천천히 입을 떼었다. "법률적으로는, 총기 소지를 지지합니다."

"아주 돌겠네." 알렉스가 레이시의 부엌에서 몸을 일으키며 말했다. "법복 사이트에 들어가보면 모델들이 죄다 가슴 빵빵한 미식축구 선수들이야. 여성 판사를 바라보는 대중적 인식이 비 아서(본명은 베아트리체 아서. 1970~80년대를 풍미했던 미국의 코미디 배우—옮긴이) 같은 코미디 여배우의 모습이라니까." 그녀는 복도 쪽으로 몸을 내밀어 계단 위를 향해 소리쳤다. "조지! 엄마가 열까지 세고 나면 집에 가는 거야!"

"선택의 여지가 없어?" 레이시가 물었다.

"응, 검은색…… 또 검은색." 알렉스는 팔짱을 꼈다. "면이랑 폴리에스테르 혼방 아니면 그냥 폴리에스테르 중에 고를 수는 있지. 나팔 소매와 주름 소매 중에 고를 수도 있고. 하나같이 끔찍하지. 내가 정말 원하는 건 허리가 잘록하게 들어간 건데."

"베라 왕(할리우드 스타들의 웨딩드레스 디자인으로 유명해진 중국계 미국인 패션디자이너-옮긴이)이 사법계는 진출하지 않나 봐." 레이시가 말했다.

"그럴 걸." 알렉스는 다시 복도 쪽으로 머리를 내밀었다. "조지! 얼른 내려와!"

레이시는 냄비를 닦고 있던 행주를 내려놓고 알렉스를 따라 현관 복도로 나갔다. "피터! 조지 엄마 집에 가셔야 해!" 아이들한테서 아무런 응답이 없자 레이시는 위층으로 올라갔다. "숨바꼭질이라도 하나?"

알렉스도 뒤따라 피터의 방에 들어가보니 레이시가 옷장 문들을 열어보고 침대 밑도 확인하고 있었다. 그 방을 시작으로 두 사람은 욕실, 조이의 방, 안방까지 확인했다. 다시 아래층으로 내려오니 그제야 지하실에서 흘러나오는 목소리가 들렸다. "무거워." 조지가 말했다.

뒤이어 피터가 말했다. "여기야. 이렇게."

알렉스는 나선형 나무 계단을 내려갔다. 백 년이나 된 저장고인 레이시네 지하실은 바닥에 먼지가 수북했고 거미줄이 크리스마스 장식처럼 걸려 있었다. 한쪽 구석에서 속닥거리는 소리가 들려 가보니, 한 무더기의 상자들과 집에서 만든 통조림 젤리로 가득한 선반 뒤에 조지가 소총을 들고 있었다.

"오 세상에." 알렉스가 내뱉은 말에 조지가 몸을 홱 돌렸다. 그 바람에 조지가 들고 있던 총의 총신이 그녀를 향했다.

레이시가 총을 낚아채 한쪽으로 치웠다.

"이거 어디서 났어?" 그녀가 다그치자 그제야 피터와 조지는 뭔가 잘못됐다는 걸 깨달은 듯했다.

"피터가 열쇠를 가지고 있었어." 조지가 말했다.

"열쇠? 무슨 열쇠?" 알렉스가 소리쳤다.

"금고 열쇠야." 레이시가 작은 소리로 말했다. "애 아빠가 지난 주말에 사냥을 갔는데, 총을 꺼내는 걸 본 모양이야."

"내 딸이 너희 집에 들락거린 게 하루 이틀도 아닌데, 총을 아무렇게나 방치해뒀다는 거야?"

"아무렇게나 방치해두지 않아. 금고에 넣어서 잠가둬." 레이시가 말했다.

"**다섯 살 난** 애도 열 수 있는 데다!"

"루이스가 총알은 딴 데다……."

"그게 어딘데? 아니 피터한테 물어볼까?" 알렉스는 다그쳐 물었다.

레이시가 피터를 돌아보았다. "왜 그랬어? 도대체 왜 이런 짓을 했어?"

"그냥 조지한테 보여주고 싶었어, 엄마. **보여달라고** 했거든."

조지가 겁에 질려 고개를 쳐들었다. "난 안 그랬어."

알렉스가 레이시를 향해 말했다. "네 아들이 조지를 탓하는

데……."

"아님 네 딸이 거짓말을 하고 있던가." 레이시도 받아쳤다.

두 사람은 서로를 노려보았다. 아이들의 잘못으로 두 친구가 갈라서버린 것이다. 알렉스의 얼굴이 붉게 달아올랐다. 만약의 경우들이 계속 떠올랐다. 만약 지하실에 5분만 더 늦게 도착했더라면? 만약 조지가 다쳤거나 죽었다면? 꼬리에 꼬리를 무는 생각 끝에 또 하나의 생각이 불붙었다. 몇 주 전 집행위에서 받았던 질문과 그에 대한 자신의 대답들이었다. '어떤 사람을 판단할 권리는 누구에게 있습니까?'

'아무도요'라고 그녀는 대답했다.

그런데, 지금 자신이 그런 짓을 하고 있었다.

'저는 총기 소지를 지지합니다'라는 말도 했더랬다.

그렇다면 알렉스는 위선자일까? 아니면 단지 좋은 엄마가 되려는 것일까?

아들 옆에 무릎을 꿇는 레이시를 본 알렉스는 불현듯 다른 생각의 스위치가 켜지는 걸 느꼈다. 피터를 향한 조지의 한결같은 우정이 어쩌면 단지 조지의 발목을 잡는 무거운 짐에 불과할지도 모른다는 생각이 들었다. 어쩌면 다른 친구들을 사귀는 게 조지를 위한 최선일지도 몰랐다. 교장실에 불려가게 만들지도 않고 그 아이의 손에 총 같은 건 쥐어주지 않는 친구들을 사귀는 게 좋을 것 같았다.

알렉스는 조지를 옆으로 바짝 당겼다. "우린 그만 가봐야겠어."

"그래. 그러는 게 좋겠어." 레이시가 냉랭한 목소리로 대답했다.

냉동식품 코너에서 조지가 짜증을 부리기 시작했다. "완두콩은 싫어." 조지는 볼멘소리를 했다.

"그럼 먹지 마." 알렉스가 냉장고 문을 열어 그린 자이언트 상표의 채소를 꺼내려는 순간 차가운 공기가 뺨을 스쳤다.

"오레오 먹고 싶어."

"오레오는 안 돼. 동물 모양 과자를 먼저 샀잖아." 레이시의 집에서 대사건이 있고 난 뒤로 조지는 일주일째 사사건건 시비였다. 조지가 낮에 학교에서 피터와 어울려 노는 건 막을 도리가 없었지만, 그렇다고 해서 방과 후까지 조지가 피터를 집으로 불러들이게 해서 둘 사이가 더 친해지도록 놔둘 수는 없는 노릇이었다.

알렉스는 큰 통에 든 생수를 하나 카트에 담고 와인도 한 병 담았다. 그리고 잠시 생각해보더니 와인을 한 병 더 담았다. "저녁에 닭고기를 먹을까 햄버거를 먹을까?"

"토푸키(채식주의자용의 두부로 만든 칠면조 요리-옮긴이) 먹고 싶어."

알렉스는 웃음을 터뜨렸다. "토푸키는 또 어디서 들었어?"

"레이시 아줌마가 점심 때 만들어줬어. 생긴 건 핫도그 같지만 몸에는 더 좋은 거야."

정육점 코너에서 차례가 되어 알렉스는 진열장 앞으로 다가갔다. "뼈 없는 닭 가슴살 반 파운드 주세요."

"엄마는 원하는 걸 다 가지면서 난 왜 **내가** 원하는 걸 못 가지는 거야?" 조지가 따지고 들었다.

"아무리 그래도, 네가 생각하는 것만큼 비참한 건 아니야."

"사과 먹고 싶어." 조지가 말했다.

알렉스는 한숨을 쉬었다. "이제 **먹고 싶다**는 말 좀 그만하고 마저 장을 볼 수 없을까?"

알렉스가 미처 알아차릴 새도 없이 조지가 순식간에 쇼핑 카트 의자를 박차고 나와 알렉스의 허리를 세게 밀쳤다. "엄마 미워! 엄만 세상에서 가장 나쁜 엄마야." 조지가 소리쳤다.

알렉스는 자신에게 쏟아지는 시선이 불편했다. 멜론을 만져보던 노부인, 신선한 브로콜리를 두 손 가득 쥐고 있는 직원까지. 어째서 아이들은 꼭 이렇게 사람이 많은 곳에서 앙탈을 부리는 걸까? "조지. 진정해." 알렉스는 억지 미소를 지으면서 말했다.

"난 엄마가 피터 엄마 같으면 좋겠어! 그냥 걔네 집에 가서 살면 좋겠어."

알렉스는 조지가 울음을 터뜨릴 정도로 세게 조지의 어깨를 붙잡았다. "엄마 말 들어." 그녀는 화난 목소리로 나직이 말했고, 뒤이어 누군가 '판사야'라고 속삭이는 소리가 어렴풋이 들렸다.

최근 지역 신문에 알렉스의 사진과 함께 지방법원 판사 임명 기사가 실린 적이 있었다. 제빵 코너와 시리얼 코너를 지날 때 알렉스는 사람들의 시선에서 알아보는 반응을 느꼈더랬다. 하지만 지금, 조지와 함께 있는 자신을 지켜보는 시선에서도 자신이 현명하게 행동하기를 바라는 견제와 균형의 시선을 느꼈다.

그녀는 손에서 힘을 풀었다. "너도 힘든 거 알아." 알렉스는 가게에 있는 사람들한테 다 들리게 큰 소리로 말했다. "집에 가고 싶은 것도 알아. 하지만 공공장소에서는 얌전히 굴어야 해."

이런 이성의 목소리를 들은 조지는 자신에게 당장 큰소리치며 닥치라고 말했을 진짜 엄마는 어디가고 이 외계인은 누군가 싶게 의아해하며 눈물이 그렁그렁한 눈을 깜박거렸다.

판사는 법정에서만 판사가 아니라는 것을 알렉스는 한순간에 깨달았다. 식당에서 외식을 할 때도 파티에서 춤을 출 때도 오늘처럼 농산물 코너 한복판에서 자기 딸의 목을 조르고 싶을 때도 그녀는 여전히 판사였다. 이런 함정이 있는 줄도 모르고 덥석 법복을 입어버린 셈이었다. 마음대로 벗을 수도 없는 옷을 말이다.

만약 다른 사람들이 당신에 대해 생각하는 모습에 맞춰 평생을 살아야 한다면, 진짜 당신은 누구인지 잊어버리게 될까? 만약 세상 사람들에게 보여주는 얼굴이 가면이었고…… 그 뒤에 아무것도 없다면 어떨까?

알렉스는 길게 줄을 선 계산대 쪽으로 카트를 밀었다. 미친 듯 날뛰던 아이도 어느새 잘못을 뉘우치는 어린애로 돌아왔다. 조지의 딸꾹질도 가라앉고 있었다. "거봐, 좀 나아졌지?" 그것은 자신의 딸만이 아니라 그녀 자신을 위로하는 말이기도 했다.

알렉스의 첫 판사 업무는 킨에서 시작되었다. 오늘이 그 첫날이라는 것은 서기 외에 아무도 몰랐다. 변호사들도 그녀가 새로 임명된 소식은 들었지만, 정확히 언제부터 일을 시작하는지는 몰랐다. 그런데도 그녀는 겁이 났다. 법복 속에 뭘 입었는지 보이지도 않는데 옷을 세 번이나 갈아입었다. 법원으로 출발하기 전에 두 번이나 구토를 했다.

판사실이 어디에 있는지는 알았다. 어쨌거나 판사석을 마주 보는 자리에서 수백 건의 사건을 다루지 않았는가. 서기 이스마엘은 더러 본 적이 있던 알렉스를 기억하고 있었다. 마른 체형의 이스마엘은 알렉스를 딱히 좋아하지 않는 사람이었다. 그도 그럴 것이 그가 언젠가 "이스마엘이라 불러 주십시오."("Call me Ishmael"은 허번 멜빌의 《모비딕》에 등장하는 첫 문구-옮긴이)라고 자기소개를 했을 때 그녀가 웃음을 터뜨렸기 때문이었다. 그런데 이제 상황이 역전되어 이스마엘은 사실상 고양이 앞의 쥐 신세나 다름없었다. "어서 오십시오, 판사님." 이스마엘이 말했다. "이것은 소송 목록입니다. 판사실로 모셔다드리죠. 준비가 되는대로 경위를 보내 판사님을 모셔오게 하겠습니다. 다른 필요한 건 없으십니까?"

"없어요. 준비가 다 됐어요." 알렉스가 대답했다.

그가 안내해준 판사실은 얼어붙을 만큼 추웠다. 알렉스는 온도 조절 장치를 조정하고 서류가방에서 법복을 꺼내 입었다. 화장실은 판사실 안에 딸려 있었다. 알렉스는 화장실로 들어가 자신의 모습을 찬찬히 보았다. 법복을 입은 그녀는 공정해 보였다. 위엄 있어 보였다.

조금은 순진해 보이기도 했다.

그녀는 책상에 앉자마자 아버지를 생각했다. '내 모습이 어때요, 아빠.' 알렉스는 자신의 목소리를 들을 수도 없는 곳에 있는 사람에게 속으로 말했다. 그녀는 아버지가 맡았던 사건을 수도 없이 기억하고 있었다. 집에 오면 아버지는 늘 저녁 식탁에서 재판에 대해 이야기하곤 했다. 그녀가 기억할 수 없는 것은 아버지가 판사가 아닌 그냥 아버지로 있던 순간이었다.

알렉스는 아침에 있을 심리에 필요한 서류를 훑어보았다. 그런 다음 손목시계를 보았다. 재판이 시작되려면 아직 45분이나 남아 있었다. 긴장한 나머지 너무 일찍 출근을 했다. 그녀는 일어나 기지개를 폈다. 옆으로 재주넘기를 해도 좋을 만큼, 그 방은 넓었다.

하지만 그러지는 않을 것이다. 판사들은 그런 짓을 하지 않으니까.

시험 삼아 복도 쪽 문을 열자 이스마엘이 곧바로 모습을 드러냈다. "판사님, 무슨 일이십니까?"

"커피 좀 마시고 싶은데요." 알렉스가 말했다.

말이 떨어지기 무섭게 달려가는 이스마엘을 보면서 알렉스는 그에게 나가서 조지의 생일 선물을 사다달라고 해도 정오쯤이면 선물 포장까지 해서 자신의 책상 위에 올려놓을 것 같다는 생각이 들었다. 그를 따라 변호사들과 판사들이 함께 쓰는 휴게실로 들어가 커피메이커 쪽으로 걸어갔다. 어떤 젊은 여자 변호사가 놀란 듯 물러서며 말했다. "먼저 드세요, 판사님."

알렉스는 종이컵을 집었다. 판사실에 두고 쓸 수 있게 머그컵을 가져와야겠다는 생각이 들었다. 다시 생각해보니 요일에 따라 래코니아, 콩코드, 킨, 내슈아, 밀포드, 재프리, 피터버러, 그래프턴, 쿠즈로 순회 업무를 하게 되어 있으니 머그컵을 많이 준비해야 할 것 같았다. 그녀가 커피메이커 버튼을 누르자 삐, 쉿 하는 소리만 났다. '비었네'라고 생각한 그녀는 새로 커피를 내리기 위해 무심코 필터를 집어 들었다.

"판사님, 그런 건 안 하셔도 돼요." 조금 전 그 변호사가 알렉스의 행동에 몹시 당황한 기색으로 말했다. 그녀는 알렉스의 손에서 필터를 가져가더니 커피를 내리기 시작했다.

알렉스는 그 변호사를 빤히 보았다. 앞으로 자신을 알렉스라고 불러줄 사람이 있을지, 그게 아니라면 이름을 공식적으로 판사님으로 바꿔야 하는 게 아닐까 싶었다. 복도를 걸어갈 때 화장실 휴지가 신발에 걸려 있다거나, 이 사이에 시금치가 끼었다고 다가와 말해줄 배짱을 가진 사람이 있을까? 이모저모 유심히 관찰은 당하지만 그렇다고 뭐가 잘못됐다고 자신의 얼굴에 대고 당당히 얘기할 사람이 아무도 없겠다 싶어 알렉스는 기분이 묘했다.

그 변호사가 알렉스에게 갓 내린 커피를 가져다주었다. "어떻게 드시는지 몰라서요, 판사님." 그녀가 설탕과 크림 통을 권하면서 말했다.

"괜찮아요." 알렉스가 말했다. 그런데 컵을 받아들려고 하는 순간 알렉스의 나팔소매가 컵 테두리에 걸리면서 커피가 확 쏟아졌다.

'침착해, 알렉스.' 그녀는 생각했다.

"어머, 이를 어째, 죄송합니다!" 변호사가 말했다.

'당신이 왜 죄송하죠, 그건 내 잘못인데?' 알렉스는 의아했다. 변호사는 벌써 냅킨을 가져와 더러워진 곳을 닦고 있었다. 알렉스도 가운을 벗고 같이 닦았다. 아주 잠깐이었지만 그녀는 가운만 벗는 데 그치지 않고 브래지어와 팬티까지 다 벗고 동화 속 벌거벗은 임금님처럼 법정을 돌아다녀볼까 생각해보았다. "내 가운이 아름답지 않나요?"라고 물으면 모두들 "아, 네, 판사님" 하고 대답할 것 같았다.

그녀는 개수대에서 소매를 씻고 물기를 짰다. 그런 다음 법복을 손에 들고 판사실로 돌아갔다. 하지만 남은 30분을 혼자 그곳에 앉아 있을 걸 생각하니 갑자기 울적해졌다. 그녀는 킨 법원의 복도를 어슬렁거렸다. 전에는 가본 적이 없는 곳으로 방향을 틀자 하역 구역으로 통하는 지하실 문이 나왔다.

밖으로 나오자 관리인들이 입는 녹색 점퍼 차림의 여자가 담배를 피우고 있었다. 겨울의 한기가 공기 중에 가득했고, 아스팔트를 덮은 서리가 깨진 유리처럼 반짝거렸다. 알렉스는 두 팔로 몸을 감쌌다. 판사실보다 여기가 훨씬 더 추운 듯했다. 알렉스는 낯선 여자에게 고개를 끄덕이며 말했다. "안녕하세요."

"안녕하세요." 여자는 담배연기를 내뿜었다. "전에 본 적이 없는 얼굴이군요. 이름이?"

"알렉스라고 해요."

"난 리즈에요. 이 건물 관리부에서 일해요." 그녀는 씩 웃었다. "그쪽은 어느 부서에서 일하죠?"

알렉스는 주머니 속을 뒤적거려 민트 사탕을 찾았다. 먹고 싶다거나 필요해서가 아니라 대화가 끊기기 전에 시간을 좀 벌고 싶어서였다. "흠, 저는 판사에요." 알렉스가 대답했다.

리즈의 안색이 즉시 변하더니 쭈뼛쭈뼛 물러섰다.

"저기, 이런 말하는 게 내키진 않지만, 당신이 내게 말을 걸어줘서 너무 고마웠어요. 여기 오니까 아무도 그러지 않아서…… 음, 좀 외로워요." 알렉스는 주저하며 말을 이었다. "제가 판사라는 사실을 잊어주시면 안 될까요?"

리즈는 장화 바닥으로 담배를 비벼 껐다. "상황 봐서요."

알렉스는 고개를 끄덕였다. 그녀가 손에 든 작은 플라스틱 민트 사탕 통을 뒤집자 사탕들이 음악처럼 달그락거렸다. "사탕 드실래요?"

 잠시 후 리즈가 손을 내밀었다. "물론이죠, 알렉스." 리즈는 미소를 지어 보이며 말했다.

 피터는 유령처럼 집 안을 돌아다니는 습관이 생겼다. 외출 금지를 당했는데, 그렇게 된 것은 일주일에 서너 번은 방과 후에도 만나곤 했던 조지가 더 이상 놀러오지 않게 된 것과 관계가 있었다. 조이 형은 피터와 놀아주지 않았다. 그는 언제나 축구 연습을 하러 나가거나 클럽처럼 휘어진 경주로를 빠르게 운전해야 하는 컴퓨터 게임만 해댔다. 결국 피터는 아무런 할 일이 없었다.
 어느 날 저녁을 먹고 난 피터는 지하실에서 부스럭거리는 소리가 나는 걸 들었다. 조지와 총을 가지고 놀다 엄마에게 발각된 뒤로는 내려간 적이 없었는데, 이번에는 아빠의 작업대 위에 켜져 있는 불빛에 마치 나방처럼 이끌렸다. 아빠는 작업대 앞에서 등받이 없는 의자에 앉아 피터를 심한 곤경에 빠뜨린 문제의 그 총을 들고 있었다.
 "피터, 잠잘 준비를 해야 하는 거 아니냐?" 아빠가 물었다.
 "안 피곤해." 그는 아빠의 손이 백조의 목처럼 긴 소총의 목을 쓰다듬는 걸 보았다.
 "예쁘지? 레밍턴 721이란다. 30-06 구경이지." 아빠가 피터를 돌아보며 물었다. "아빠가 총 닦는 것 거들고 싶어?"
 피터는 본능적으로 엄마가 저녁 설거지를 하고 있는 위층을 힐끗 쳐다보았다.
 "아빠 생각엔 말이다, 피터, 네가 총에 정말 관심이 있다면, 총을 존중하는 법도 배워야 할 것 같아. 돌다리도 두들겨보라잖아, 그렇지? 엄마도 거기에 대해선 뭐라 못할 거다." 아빠는 총을 무릎 위에 놓았다. "총은 아주아주 위험한 거지만, 총이 위험한 이유는 대부분의 사람들이 총의 작동 원리를 제대로 이해하지 못해서 그런 거야. 작동 원리만 알면, 총도 망치나 드라이버 같은 도구일 뿐이야. 그리고 총을 들고서도 바르게 사용할 줄 모르면 아무 짝에도 쓸모가 없어. 알아듣겠니?"

피터는 무슨 말인지 알아들을 수 없었지만, 왠지 그렇게 말하고 싶지 않았다. 이제부터 진짜 총 사용법을 배울 테니까! 자기 반의 그 머저리들, 그 바보 멍청이들은 아무도 모를 것이다.

"우선 노리쇠를 열어서, 이런 식으로, 총알이 있나 없나 확인해야 한다. 바로 아래 탄창을 봐. 총알이 보이니?" 피터는 고개를 저었다. "자, 다시 확인해보자. 확인은 많이 할수록 좋으니까. 자, 리시버 밑에, 그러니까 방아쇠울 바로 앞에 작은 단추가 있지. 이걸 누르면 노리쇠를 완전히 분리할 수 있어."

피터는 아빠가 총의 개머리와 총신을 연결하는 커다란 은색 톱니바퀴를, 그런 식으로 간단히 분리하는 것을 보았다. 아빠는 작업대에서 홉스 #9 라는 용액 병을 집어 헝겊에 조금 부었다. "피터, 세상엔 사냥만한 게 없단다. 온 세상이 여전히 잠들어 있는 시간에 숲으로 가서…… 사슴이 고개 빳빳이 들고 널 똑바로 쳐다보는 모습을 보는 건……." 아빠는 헝겊을 멀찌감치 놓고 노리쇠를 문지르기 시작했다. 냄새 때문에 피터는 머리가 아팠다. "자, 한 번 들어보겠니?" 아빠가 말했다.

피터는 입이 떡 벌어졌다. 조지랑 총을 가지고 놀다 무슨 일을 당했는지 뻔히 알면서도 그 총을 다시 들라고? 어쩌면 아빠는 감시하러 내려온 걸까? 자신이 다시 총을 들고 싶어 하면 아빠가 벌을 주려고 떠보는 건지도 몰랐다. 시험 삼아 총을 들어본 피터는 엄청난 무게에 지난번처럼 깜짝 놀랐다. 조이 형이 자주 하는 '큰 사슴 사냥꾼'이라는 게임에서는 주인공들이 소총을 깃털처럼 가볍게 돌리던데.

떠보는 게 아니었다. 아빠는 정말로 피터에게 가르쳐주려 했다. 피터는 아빠가 또 다른 깡통, 총기 윤활유를 집어 깨끗한 헝겊에 조금 붓는 것을 보았다. "노리쇠를 닦고 나면 총포 공이에 이걸 한 방울 떨어뜨려…… 총이 어떻게 작동하는지 알고 싶지, 피터? 이쪽으로 와라." 아빠가 동그란 노리쇠 안쪽에 있는 아주 작은 동그라미, 즉 공이를 가리키며 말했다. "노리쇠 안에는 우리 눈에 보이지 않지만, 큰 스프링이 달려 있어. 방아쇠를 당기면 스프링이 풀리고, 풀린 스프링이 이 공이를 때려서 아주 조금 밀어내는 거야." 아빠는 그 길이가 어느 정도인지 보여주려고 엄지와 검지를 들어 1인치 정도 벌려보였다. "그러면 공이가 쇠로 된 총알의 한 가운데를 쳐서…… 뇌관이라고 하는 조그마한 은색 단추를 움푹 들어가게 하고 그 충격으로 쇠 껍데기에 싸여 있는 화약이 발사되는 거야. 총알이 끝으로 갈수록 점점 얇아지는 거 본 적 있지? 그 얇은 부분이 실제 총알인데, 화약이 터지면 총알 뒤에서 압력이 생겨 총알이 밀려나는 거란다."

아빠는 피터의 손에서 노리쇠를 가져와 윤활유로 닦은 뒤 한쪽에 제쳐놓았다. "이제 총신 안을 들여다보자." 아빠는 천장에 달린 전등을 쏠 것처럼 총을 겨누었다.

"뭐가 보이니?"

피터는 뒤에서 열린 총신 안을 들여다보았다.

"엄마가 점심으로 만들어주는 파스타처럼 생겼어."

"맞아, 아빠 생각도 그래. 로티니? 이름이 그랬지, 아마? 총신 안의 나선형은 나사랑 비슷해. 총알이 밀려 나갈 때 이 홈들이 총알을 회전시키는 거란다. 공 던질 때 공에 스핀을 주는 원리랑 비슷하지."

피터도 뒤뜰에서 아빠와 조이 형이랑 운동을 할 때 공을 그렇게 던져보려고 한 적이 있었다. 하지만 손이 너무 작아서인지 아니면 공이 너무 커서인지 그가 패스를 하면 대개가 그의 발치로 공이 툭 떨어지기만 했다.

"총알이 회전을 하면서 나오면 흔들거리지 않고 똑바로 날아간단다." 아빠는 철사 고리를 달아놓은 긴 꼬챙이를 만지작거리기 시작했다. 그 고리에 헝겊 조각을 끼워 용액에 담갔다. "화약이 발사되고 나면 총신 안쪽에 끈적끈적한 이물질을 남기거든. 그래서 이렇게 닦아줘야 해." 아빠가 말했다.

피터는 아빠가 총신에 꼬챙이를 쑤셔넣고 버터를 휘젓듯이 빙글빙글 돌리는 것을 보았다. 아빠는 깨끗한 천 조각을 다시 끼워 총신 속을 또 휘저었고, 이물질이 더 이상 묻어나오지 않을 때까지 또 한 번 그렇게 했다. "내가 너만 할 때, 네 할아버지도 이렇게 닦는 법을 내게 보여주셨지." 아빠가 헝겊 조각을 쓰레기통에 던지며 말했다. "언제 아빠랑 같이 사냥하러 가자."

피터는 그 생각만으로도 흥분을 감출 수 없었다. 축구공도 못 던지고 드리블도 못하고 수영조차 잘 못하는 내가 아빠랑 사냥을 하러 간다고? 조이 형은 안 데리고 간다고 생각하니 더 좋았다. 얼마나 기다리면 사냥을 갈 수 있을지, 아빠하고 단 둘이서만 뭔가를 하는 기분은 어떨지 궁금했다.

"자, 총신 속을 다시 들여다보렴." 아빠가 말했다.

피터는 총을 거꾸로 쥔 채 총구를 들여다보았는데, 총신이 바로 눈앞에서 얼굴을 눌러댔다. "맙소사, 피터!" 아빠가 그의 손에서 총을 채갔다. "그렇게 하면 안 돼! 총을 거꾸로 들었잖아!" 아빠는 총을 돌려 총신의 방향을 피터와 등지게 했다. "노리쇠가 저쪽에 있어서 안전하긴 해도, **절대로** 총구를 들여다보면 안 된다. 죽이고 싶지 않은 것에는 총을 겨냥하는 게 아니야."

피터는 가늘게 눈을 뜨고 이번에는 제대로 총신 안을 보았다. 눈이 부실 만큼 환한 은색이었다. 완벽했다.

아빠가 윤활유로 총신의 바깥쪽을 문질렀다. "자, 이제 방아쇠를 당겨보거라."

피터는 아빠를 빤히 보았다. 그런 짓을 하면 안 된다는 건, 어린 피터도 알고 있었다.

"괜찮다. 총을 다시 조립하려면 그렇게 해야 해." 아빠가 다시 말했다.

피터는 주저하며 반달 모양 방아쇠로 손가락을 구부려넣고 당겼다. 잠금쇠가 풀리자 아빠가 쥐고 있던 노리쇠가 제자리로 밀려 들어갔다.

피터는 아빠가 총을 진열장에 다시 넣는 것을 보았다. "총에 대해 걱정을 하는 사람들은 뭘 몰라서 그러는 거야. 총을 알면 안전하게 다룰 수 있단다." 아빠가 말했다.

피터는 아빠가 유리장을 잠그는 것을 보았다. 아빠가 하려는 말의 의미를 이해할 수 있었다. 이제는 총이, 아빠의 속옷 서랍에서 유리장 열쇠를 슬쩍해서라도 조지에게 보여주고 싶었던 그 물건이 더 이상 그렇게까지 신비롭지 않았다. 총이 분해되고 다시 조립되는 과정을 보고 나니 총이 원래 어떤 것인지를 알게 된 것이다. 그것은 금속 부품의 집합체, 부분의 총계였다.

쏘는 사람만 없다면, 총은 사실 아무것도 아니었다.

운명을 믿건 안 믿건 귀결되는 건 하나다. 일이 잘못되면 누구 탓을 하는가. 당신 잘못이라 생각하는가? 당신이 더 잘하려고 했거나 열심히 했더라면 그런 일이 일어나지 않았을까? 아니면 단지 환경 탓일까?

누가 죽으면 신의 뜻이라고 말하는 사람들이 있다. 운이 나빠서였다고 말하는 사람들도 있다. 나는 개인적으로 좋아하는 답이 있다. 그들은 단지 잘못된 시간에 잘못된 장소에 있었을 뿐이다.

그렇다면, 나에 대해서도 당신들은 똑같이 말할 수 있다. 안 그런가?

 다음 날

 여섯 살 크리스마스 때 피터는 물고기를 선물 받았다. 갈가리 찢긴 화장지 모양의 얇은 꼬리가 영화배우의 드레스처럼 질질 끌렸다. 일본 버들붕어 중 하나인 베타였다. 피터는 물고기에게 울버린이라는 이름을 지어준 뒤 달빛 비늘과 동그란 눈을 몇 시간씩 들여다보았다. 그렇게 며칠을 보내고 나니 어항 속만 돌아다니는 게 어떤 기분일까 궁금해지기 시작했다. 물고기가 플라스틱 해초의 덩굴손 주위를 계속 맴도는 건 해초의 모양이나 크기에 대해 뭔가 새롭고 놀라운 것을 발견했기 때문일까, 아니면 몇 바퀴나 돌았는지 세어보려는 걸까?
 피터는 물고기도 잠을 자는지 알아보려고 한밤중에 일어나 울버린을 지켜보곤 했는데, 몇 시가 됐든 울버린은 늘 헤엄을 치고 있었다. 울버린이 보는 건 무얼까도 궁금했다. 두꺼운 유리 어항 너머로 태양처럼 떠오르는 거대한 눈알을 보고 있을까? 교회에서 론 목사님이 모든 것을 보시는 하나님에 대해 말씀하시곤 했는데, 혹 자신이 울버린에게 그런 존재가 아닐까 생각했다.
 피터는 그래프턴 군 구치소에 앉아 울버린의 마지막이 어땠는지 기억해내려 애썼다. 아마 죽었던 것 같다. 녀석이 죽어가는 모습을 지켜보았던 것도 같다.

피터는 감방 구석에 달려 있는 카메라를 쳐다보았다. 카메라는 무표정하게 자신을 향해 깜박거리고 있었다. 피터는 공개적으로 십자가에 못 박히기 전까지는 자살을 하지 못하도록 감시당하고 있었다. 그런 이유로 피터의 감방에는 간이침대도 베개도 심지어 매트도 없었다. 단지 딱딱한 벤치 하나와 멍청한 카메라뿐이었다.

생각해보면, 그게 나을지도 몰랐다. 피터가 아는 한, 독방들이 모여 있는 이 작은 구역에는 자기밖에 없었다. 보안관의 차로 구치소 앞에 처음 도착했을 때는 조금 무서웠다. 흔히 이런 곳에서 무슨 일이 일어나는지 텔레비전에서 많이 보았기 때문이다. 수감 절차가 진행되는 동안 피터는 내내 입을 다물고 있었다. 강인해서가 아니라 입을 열면 그대로 울기 시작해 울음을 그치지 못하게 될까 두려웠다.

칼싸움을 할 때처럼 쇳덩이가 부딪치는 소리가 나고 뒤이어 발소리가 들렸다. 피터는 앉은 자리에서 두 손을 무릎 위로 깍지 낀 채 어깨를 구부렸다. 뭔가를 고대하는 사람처럼 보이고 싶지도, 불쌍하게 보이고 싶지도 않았다. 그저 눈에 띄고 싶지 않을 뿐. 사실 그건 자신이 꽤 잘하는 짓이었다. 12년 동안 연마해왔으니까.

교도관이 감방 앞에서 멈춰 섰다. "누가 찾아왔다." 교도관이 문을 열며 말했다.

피터는 천천히 일어났다. 카메라를 올려다본 뒤 교도관을 따라 구멍 숭숭 뚫린 회색 복도를 걸었다.

이 구치소를 빠져나가려면 얼마나 힘이 들까? 비디오 게임에서 처럼 화려한 쿵푸 솜씨를 선보이며 이 교도관을 때려눕히고 다른 교도관들도 차례차례 때려눕힌 뒤, 문밖으로 전속력으로 달려나가면 벌써부터 까마득해지기 시작한 바깥 공기를 들이마실 수 있을까?

만약 여기서 영원히 **지내야** 한다면?

그제야 울버린에게 무슨 일이 있었는지 기억이 났다. 어느 날 갑자기 피터의 머릿속에 동물의 권리와 인도주의에 대한 생각이 휘몰아치면서 피터 스스로 울버린을 화장실 변기에 넣고 물을 내렸다. 어느 여름 가족 휴가를 갔던 그런 넓은 바다로 변기 물이 흘러나가, 울버린이 일본으로 돌아가는 길도 찾고 다른 베타 친족들을 만날지도 모른다고 생각했기 때문이다. 하지만 조이 형에게 비밀을 털어놓으면서 형으로부터 하수구에 관한 얘길 듣자, 피터는 그제야 자신이 울버린을 자유롭게 해준 것이 아니라 죽게 했다는 걸 깨달았다.

교도관은 개인면담실이라고 적힌 문 앞에 멈춰 섰다. 엄마 아빠 이외에 찾아올 사람이 또 누가 있는지 짐작이 안 갔고, 엄마 아빠는 아직 만나고 싶지 않았다. 부모님은 피터가 답할 수 없는 질문들을 할 것이다. 간밤에는 아무 일 없이 침대에 조용히 누워 자던 피터가 어떻게 그다음 날 아침에는 알아볼 수 없는 사람이 되었는가에 대한 질문을 받을 바에야 차라리 독방의 카메라 앞으로 돌아가는 편이 더 나을 거라고 피터는 생각했다. 감시는 하되 판단은 생략하는 카메라에게.

"여기다." 교도관이 문을 열었다.

피터는 몸서리치듯 한숨을 쉬었다. 시원한 푸른 바다를 기대했을 물고기는 결국 똥구덩이 속을 헤엄치게 되었을 때 무슨 생각을 했을까.

그래프턴 군 구치소로 들어간 조던은 검문소에서 멈췄다. 피터 호턴을 면회하기 위해서는 이름을 기록하고 투명 플라스틱 칸막이 너머에 있는 교도관으로부터 면회자 배지를 받아야 했다. 조던은 회람판을 집어 들고 이름을 갈겨쓴 다음, 플라스틱 칸막이 밑에 난 작은 구멍으로 밀어넣었다. 하지만 받아주는 사람이 없었다. 안에 있는 교도관 두 명은 마침 총기 사건에 관한 뉴스가 나오는 작은 흑백 텔레비전 앞에 붙어 있었다.

"실례합니다." 조던이 말했지만 어느 쪽도 고개를 돌리지 않았다.

"총격이 시작됐을 때 범인과 학생들 사이에 있던 에드 맥케이브 교사는 중학교 3학년 수학 교실의 문밖을 내다보았습니다." 기자가 말하고 있었다.

화면에 흐느껴 우는 어떤 여자가 나타나더니 그녀의 얼굴 밑으로 '조안 맥케이브, 희생자의 누나'라는 흰색 자막이 떴다. "동생은 학생을 최우선으로 생각했어요. 스털링 고등학교에서 교사로 일한 7년 내내 학생을 돌보는 것에만 신경을 쓰더니, 마지막 순간까지 학생들과 함께했어요." 그녀는 울먹이며 말했다.

조던은 다시 한 번 힘주어 말했다. "안녕하십니까?"

"잠깐만요, 형씨." 한 교도관이 조던을 향해 일단 기다리라는 듯 손을 흔들었다.

앞서 나왔던 기자가 이번에는 밋밋한 학교 담벼락을 배경으로 흐릿한 화면에 다시 나타났다. 약한 바람에 머리카락이 돛처럼 펄럭이고 있었다. "동료 교사들은 에드 맥케이브 교사를 학생을 돕는 일이면 언제나 전력을 다한 헌신적인 교사로 기억하고 있습니다. 열렬한 스포츠맨이기도 했던 에드 맥케이브는 교무실에서는 알래스카 도보여행에 대한 꿈을 종종 이야기했다고 합니다. 그의 꿈은 이제는 결코 이루지 못할 꿈이 돼버렸습니다." 기자는 엄숙하게 말했다.

조던이 다시 회람판을 잡고 투명 플라스틱 구멍으로 휙 밀어넣자 회람판이 덜커덕 소리를 내며 떨어졌다. 교도관 두 명이 즉시 고개를 돌렸다.

"제 의뢰인을 만나러 왔습니다." 조던이 말했다.

스털링 대학교에서 19년을 교수로 일하는 동안 루이스 호턴은 오늘까지 한 번도 강의를 빼먹은 적이 없었다. 그렇기 때문에 레이시의 전화를 받고 다급하게 나오면서도 강의실 문에 휴강 공지를 붙일 생각을 못하고 말았다. 그는 자신이 나타나기만을 기다리며, 자신의 입에서 나오는 모든 말을 받아 적으려고 준비하고 있을 학생들을 떠올려보았다.

평소에 했던 어떤 말이 피터를 이 지경으로 이끌었을까?

평소에 다르게 말했다면 그 아이를 막을 수 있었을까?

그와 레이시는 집 뒤뜰에 앉아 경찰들이 떠나기만을 기다리고 있었다. 경찰 중 한 명은 모르긴 해도 수색 허가 범위를 넓힌 새 영장을 받으러 갔을 것이다. 수색이 진행되는 동안 루이스와 레이시는 집 안으로 들어갈 수 없었다.

처음에 루이스와 레이시는 집 앞의 잔디밭에 서서, 이따금 경찰들이 물건을 가득 채운 자루와 상자를 옮기는 모습을 지켜보았다. 컴퓨터, 책 등 루이스가 예상했던 물건들도 있었지만, 테니스 라켓, 방수 성냥이 든 거대한 상자 등 전혀 예상 밖의 물건들도 있었다.

"우린 뭘 해야 할까?" 레이시가 중얼거렸다.

루이스는 멍하니 고개만 흔들었다. 예전에, 행복의 가치에 관한 논문을 쓰기 위해 자살 충동에 사로잡힌 노인들을 인터뷰한 적이 있었다. **우리한테 뭐가 남았겠수?** 노인들은 그렇게 말했다. 그때 루이스는 희망을 송두리째 상실한 것처럼 보이는 노인들이 이해되지 않았다. 그때는, 바로잡을 길이 보이지 않을 만큼 세상이 틀어진다는 것이 어떤 것인지 몰랐으니까.

"우리가 **할 수** 있는 건 없어." 루이스가 대답했고, 그건 진심이었다. 그는 피터의 오래된 만화책을 한아름 들고 나오는 경찰관을 보았다.

루이스가 헐레벌떡 집에 도착했을 때 차고 앞 진입로를 서성거리고 있던 레이시가 곧바로 그의 품으로 뛰어들며 물었다. "왜, 대체, 왜?" 레이시는 흐느껴 울고 있었다.

수천 가지 질문이 한데 담긴 물음이었다. 루이스는 어떤 답변도 하지 못하고 난데없는 홍수에 떠밀려가는 나무토막 같은 아내를 끌어안기만 했다. 내려진 커튼 사이로 내다보는 길 건너 이웃들의 시선을 느낄 수 있었다.

그래서 두 사람은 뒤뜰로 자리를 옮겼다. 그러고는 가지만 앙

다음 날

상한 덤불과 녹아내리는 눈에 둘러싸인 그네 의자에 앉았다. 추위와 충격으로 손가락과 입술이 얼어붙은 루이스는 미동도 하지 않았다.

"우리 탓이라고 생각해?" 레이시가 속삭이듯 물었다.

루이스는 아내를 응시했다. 자신은 생각조차 하고 싶지 않은 말을 입에 올리다니. 하지만 달리 무슨 말을 하겠는가? 충격은 일어났다. 그들의 아들이 벌인 짓이었다. 누구도 그 사실을 바꿀 수는 없었다. 그 사실을 들여다보는 렌즈는 바꿀 수 있을지 몰라도.

루이스는 고개를 아래로 떨구었다. "모르겠어." 피터가 아기였을 때 레이시가 너무 많이 안아줘서 이런 일이 생긴 걸까? 아니면 아장아장 걷던 피터가 넘어졌을 때 그만한 일로 울 건 아니라며 루이스가 짐짓 웃었기 때문일까? 아들이 무엇을 읽고 보고 듣는지 더 면밀히 감시를 했어야 했을까······. 피터가 하는 일에 일일이 참견하며 숨 막히게 키웠어도 똑같은 일이 벌어졌을까? 아마도 이것은 레이시와 루이스의 합작품일 것이다. 만약 아이들을 부모 중 어느 한쪽의 결실로만 본다면 부모들은 비참하게 주저앉고 말 것이다.

갑절로 비참하게.

레이시는 신발 사이로 보이는 벽돌을 응시했다. 루이스는 이 테라스를 만들던 때가 기억났다. 자신이 직접 모래를 고르고 벽돌을 깔았다. 피터가 거들고 싶어 했지만 루이스는 하지 못하게 했다. 벽돌이 너무 무거웠다. 다칠 수 있거든, 루이스는 말했었다.

만약 루이스가 그렇게까지 보호하지 않고, 피터가 진정한 고통을 맛보게 했더라면 피터가 조금은 마음을 바꾸려고 했을까?

"히틀러의 엄마 이름이 뭐였어?" 레이시가 물었다.

루이스는 눈을 깜박거리며 아내를 바라보았다. "뭐?"

"무서운 여자였을까?"

그는 레이시의 어깨를 감쌌다. "당신 자신을 괴롭히려 하지 마." 루이스가 나직이 말했다.

레이시는 남편의 어깨에 얼굴을 묻었다. "세상 사람들이 모두 나를 욕할 거야."

아주 잠깐이었지만, 루이스는 다들 잘못 알고 있는 거라고 생각했다. 그는 오늘 벌어진 총기 사건의 범인이 피터일 리가 없다고 믿었다. 달리 보면, 그것은 사실이었다. 수백 명의 목격자가 있다지만, 그들이 본 소년은 간밤에 잠자리에 들기 전 루이스와 이야기했던 그 소년은 아니었으니까. 피터와 루이스는 피터의 차에 대해 이야기했었다.

"이번 달 안에 차 점검 받아야 하는 거 알고 있지?" 루이스가 물었다.

"응. 벌써 예약해뒀어." 피터는 그렇게 대답했다.

거짓말이었을까?

"변호사는······."

"전화해준다고 했어." 루이스가 대답했다.

"피터가 조개 알레르기 있다는 거 말했어? 만약 먹기라도 하면······."

"말했어." 루이스는 그렇게 말했지만, 거짓말이었다. 매년 여름에 하버힐 페어그라운즈로 가는 길에 언제나 지나쳤던 구치소 감방에 홀로 앉아 있을 피터를 그려보았다. 캠프 둘째 날 밤 집에 전화를 해서는 데리러 와달라고 사정하던 피터를 떠올렸다. 피터가 저지른 일이 너무 끔찍해 눈을 감기만 하면 그 애가 저지른 그 최악의 상황이 그려졌지만, 루이스는 여전히 자신의 아들인 피터를 생각했다. 그러다 늑골이 팽팽히 조여들어 제대로 숨을 쉴 수가 없어졌다.

"루이스? 당신 괜찮아요?" 루이스가 숨을 헐떡이자 레이시가 그에게서 떨어지며 말했다.

그는 고개를 끄덕이며 미소를 지었지만, 여전히 진실에 숨이 막혔다.

"호턴 교수님?"

고개를 들자 앞에 경찰관이 서 있었다.

"교수님, 잠시 저와 함께 가주시겠습니까?"

루이스는 자신을 따라 일어서는 레이시를 한 손으로 저지했다. 경찰관이 자신을 어디로 데려가서 무엇을 보여주려고 하는지 모를 일이었다. 굳이 그럴 필요가 없다면 레이시에게는 그것을 보이고 싶지 않았다.

루이스는 경찰을 따라 집 안으로 들어갔다. 다른 경찰들은 목장갑을 끼고서 부엌이며 옷장을 샅샅이 뒤지고 있었다. 지하실 문에 이르자 루이스는 진땀이 나기 시작했다. 자신을 데려온 경찰이 어디를 향하고 있는지 알 것 같았다. 레이시의 전화를 처음 받았을 때부터 기를 쓰며 생각하지 않으려고 했던 곳이다.

지하실로 내려가자 또 한 명의 경찰관이 루이스의 시야를 가리며 다가섰다. 지하실 온도가 바깥보다 5도 정도 낮은데도 루이스는 땀이 나고 있었다. 그는 소매로 이마를 닦았다. "이 총들은 교수님 것입니까?" 경찰관이 물었다.

 루이스는 침을 꿀꺽 삼켰다. "네. 사냥을 해서요."

 "호턴 교수님, 총기가 전부 제자리에 있는지 확인해주시겠습니까?" 경찰관은 전면이 유리로 된 총기 진열장 옆으로 비켜섰다.

 루이스는 무릎이 휘청하는 느낌이었다. 사냥용 소총 다섯 자루 중 세 자루만이 무도회장에서 우두커니 혼자 벽에 서 있는 여자들처럼 세워져 있었다. 두 자루가 비었다.

 이 순간이 오기 전까지, 루이스는 피터와 관계된 이 끔찍한 사건을 믿으려 하지 않았다. 이 순간이 오기 전까지, 그것은 그저 무시무시한 사고일 뿐이었다.

 이제, 루이스는 자신을 탓하기 시작했다.

 그는 아무런 감정도 흘리지 않고 경찰관의 눈을 똑바로 쳐다보았다. 그런 표정을 아들한테서 배웠다는 것을, 루이스는 깨달았다.

 "아니오, 몇 자루가 없습니다." 루이스가 말했다.

 변호법의 첫 번째 불문율은 아는 게 하나도 없을 때라도 모든 걸 알고 있는 것처럼 행동하는 것이다. 마주하고 있는 미지의 의뢰인은 무죄방면을 받을 수도 있고 받지 않을 수도 있다. 그러나 기억해야 할 것은 냉정하면서도 동시에 강한 인상을 줘야 한다는 것이다. 변호사인 당신은 즉시 상대방과의 관계를 설정해야 한다. **내가 실권자다. 그러니 내가 들어야 할 이야기만 하라.**

 이런 상황을 수백 번도 더 겪어본 조던은, 구치소의 개인면담실에서 자신의 다음 돈줄이 도착하기를 기다리며 자신은 모든 것을 알고 있다고 진실로 믿었다. 그랬기에 피터 호턴을 본 순간 놀라지 않을 수 없었다. 총기 난사와 그에 따른 피해 규모, 텔레비전 화면에 나왔던 공포에 질린 얼굴들로 미루어, 지금 눈앞의 이 빼빼 마르고 주근깨투성이에 안경까지 쓴 아이가 그런 일을 저질렀으리라고는 도저히 믿기 힘들었다.

이것이 조던에게 첫 번째로 떠오른 생각이었다. 그리고 곧 두 번째 생각이 들었다. 내게 유리하겠어.

"피터. 난 조던 맥아피라고 해. 변호사야. 네 부모님이 널 변호해달라고 하셨어."

조던은 대답을 기다렸다. "앉거라." 그러나 소년은 계속 서 있었다. "아님 앉지 말든가 좋을 대로." 조던은 덧붙여 말했다. 그는 업무용 가면을 쓰고 피터를 올려다보았다. "내일 기소인부절차를 받을 거야. 보석은 허락되지 않을 거고. 내일 아침 법정에 출두하기 전까지 각종 혐의를 검토할 시간이 있을 거다." 조던은 피터가 이해할 시간을 주었다. "지금부터는 너 혼자 이 일을 겪는 게 아니야. 너한테는 내가 있어."

조던의 상상이었을까? 그가 이 말을 했을 때 피터의 눈이 잠깐 번뜩이는 것처럼 보였다. 그러나 그 번뜩임은 곧 사라졌다. 피터는 다시 표정 없이 바닥만 응시했다.

"그럼, 질문 없니?" 조던은 자리에서 일어나며 말했다.

예상대로 아무런 응답이 없었다. 제기랄. 조던은 피터와 이런 답답한 대화를 나누느니 총기 사건 때 구사일생으로 살아남은 희생자들 중 한 명에게 말을 거는 게 더 나을 거라는 생각을 했다.

어쩌면 너도 희생자겠지. 그런 생각이 드는데, 머릿속에서 울리는 그 목소리가 아내의 목소리와 징그러울 정도로 비슷했다.

"좋아, 그럼. 내일 보자." 조던은 피터를 감방으로 데려갈 교도관을 부르기 위해 문을 두드렸다. 그때 갑자기 소년이 입을 열었다.

"내가 몇 명을 해치운 거죠?"

조던은 손잡이를 잡고서 망설였다. 그는 의뢰인에게 얼굴을 돌리지 않은 채 반복해 말했다. "내일 보자."

버몬트 주 노리치에 살고 있는 어빈 피바디 교수는 스털링 대학교에서 심리학 과정 시간강사로 일했다. 어빈은 6년 전 여섯 명의 다른 공동 저자와 함께 학교 폭력에 관한 논문을 발표했는데, 지금은 거의 기억도 나지 않는 학문적인 습작이었다. 그런데 그 논문 때문에, 벌링턴에 위치한 NBC로부터 전화가 왔다. 때때로 시리얼을 먹으면서, 서투른 진행자가 몇 번이나 잘못을 저지르는지 확인하는 기쁨으로 시청하던 아침 뉴스의 프로듀서였다. "저희는 심리학적 관점에서 이번 총기 사건에 대해 얘기해줄 분을 찾고 있습니다." 프로듀서가 말했다. 어빈은 "제게 맡기십시오"라고 대답했다.

"위험 징후들이 있죠." 앵커의 질문에 어빈은 이렇게 답했다. "그러니까, 이런 청소년들은 다른 사람들과 떨어져 있습니다. 혼자 지내는 편이죠. 자해를 하거나 타인을 해치는 이야기를 합니다. 학교에 적응을 잘 못하거나, 학교 규율도 잘 따르지 않습니다. 그들을 소중하게 여기는 사람과의 유대 관계도 약합니다."

어빈은 방송사가 자신을 찾아온 게 전문가의 의견을 구하기 위해서가 아니라 위안을 얻기 위해서라는 걸 잘 알았다. 스털링 사람들은 피터 호턴 같은 아이를 한번에 알아볼 수 있는 방법을 알고 싶어 했다. 하룻밤 사이 살인자로 돌변하는 아이에게는 몽고반점처럼 눈에 보이는 특징이 있기를 바랐다. "그렇다면 학교 총기 사건 범인들만의 일반적인 특징이 있는 거군요." 앵커가 부추기듯 말했다.

어빈 피바디는 카메라를 보았다. 그는 진실을 알고 있었다. 만약 그런 아이들이 검은색 옷을 입거나 기묘한 음악을 듣거나 화를 낸다고 말한다면, 그건 사춘기에 이른 대부분의 청소년들이 그렇다는 뜻이었다. 어빈은 정신적으로 심하게 괴롭힘을 당한 아이가 마음을 먹고 대항하기로 결심하면 성공한다는 것도 알고 있었다. 그러나 코네티컷 밸리, 아니 어쩌면 북동부 지역 전체에 사는 모든 사람의 눈이 자신에게 쏠려 있고, 어쩌면 이번이 스털링 대학교의 종신 교수직을 넘볼 수 있는 기회라는 것도 알았다. 약간의 명성, 전문가라는 꼬리표가 해로울 게 뭔가. "그렇다고 할 수 있습니다." 어빈은 대답했다.

잠자리에 들기 전 집안을 정돈하는 일은 루이스의 몫이었다. 부엌에 가서 식기세척기에 그릇을 담는다. 현관문을 잠그고 불을 끈다. 그런 다음 2층으로 올라가 아들 방에 잠시 들른다. 아들에게 컴퓨터를 끄고 그만 자라고 말한다.

오늘밤 그는 피터의 방 앞에 서서 경찰들이 수색하느라 어질러 놓은 방 안을 둘러보았다. 남아 있는 책들을 책꽂이에 꽂고 양탄자 위에 널브러져 있는 물건들을 치울까 생각해보았다. 하지만 한 번 더 생각해보고, 그는 조용히 문을 닫았다.

레이시는 침실에도 없었고, 이를 닦고 있지도 않았다. 그는 멈춰 선 채 귀를 쫑긋 세웠다. 아래층 방에서 은밀한 대화를 나누는 것 같은 소리가 들렸다.

그는 왔던 길을 다시 돌아 목소리가 들리는 곳으로 다가갔다. 자정이 가까운 시각에 레이시가 누구와 얘기를 하고 있단 말인가?

어두운 서재에서 텔레비전 화면이 섬뜩한 녹색 빛을 내뿜고 있었다. 서재에서는 텔레비전을 보는 일이 거의 없어서 루이스는 그 방에 텔레비전이 있다는 사실조차 잊고 있었다. CNN 로고와 화면 하단에 속보를 전하는 낯익은 자막이 보였다. 불현듯 어떤 생각이 떠올랐다. 9·11 테러가 일어나기 전까지, 다시 말해 사람들이 겁에 질린 나머지 자신들이 사는 세상의 일들을 실시간으로 알고 싶어 하기 전까지만 해도 저런 속보 자막은 없었다는 것을.

레이시는 카펫에 무릎을 꿇고 앉은 채 화면 속 앵커를 바라보고 있었다. "총을 쏜 사람이 어떻게 무기를 구했는지, 그 무기들이 정확히 어떤 것인지에 대해서는 아직 밝혀진 내용이 없습니다······."

"레이시, 레이시, 그만 자야지." 루이스가 침을 꿀꺽 삼키며 말했다.

레이시는 움직이지 않았고, 그의 말을 들은 기척도 하지 않았다. 루이스는 텔레비전을 끄기 위해 아내의 옆으로 지나갔다. "예비 보고서들은 두 자루의 권총에 초점을 맞추고 있습니다." 화면이 꺼지기 직전 앵커가 내뱉은 말이었다.

레이시가 그를 돌아보았다. 레이시의 눈은 비행기에서 내다보는 하늘을 닮아 있었다. 모든 장소이기도 하고, 동시에 어떤 장소도 아닐 수 있는, 끝이 없는 회색빛 하늘을. "저 사람들은 계속 피터가 어른인 것처럼 말해. 아직도 어린 아이인데 말이야." 그녀가 말했다.

"레이시." 루이스가 다시 부르자 그녀는 일어나 마치 춤이라도 추려는 듯한 자세로 루이스의 품에 안겼다.

병원에서는 주의를 기울이고 있으면 진실을 들을 수 있다. 잠든 척하고 있다 보면 누워 있는 환자를 점검하며 간호사들이 서로 속닥거리는 소리가 들린다. 복도에서는 경찰들이 비밀을 주고받는다. 의사들은 다른 환자의 상태를 입에 올리면서 병실로 들어온다.

조지는 머릿속으로 부상자들의 명단을 만들고 있었다. 그녀가 마지막에 본 사람들, 오다가다 부딪힌 사람들, 그녀 가까이 있다 총에 맞은 사람들 등등, 부상자들을 보니 여섯 다리만 건너면 다 알 수 있을 것 같았다. 맷과 조지를 붙잡고 피터 호턴이 학교에서 총을 쏘고 있다고 말해준 드루 지라드도 명단에 있었다. 학교 식당에서 조지와 의자 세 개를 사이에 두고 앉아 있던 엠마도 있었다. 집에서 파티를 자주 열기로 유명한 미식축구 선수 트레이 매켄지도. 그날 아침 조지의 감자튀김을 먹고 있던 존 에버하드도. 작년에 챌린지 로프코스에서 술에 취해서는 창문이 열려 있는 교장 선생님의 차에 오줌을 누었던, 도쿄에서 온 교환학생 민 호루카도. 식당에서 조지의 앞에 서 있던 나탈리 즐렌코도. 1학년 때 조지를 가르친 스피어스 코치와 리틀리 선생님도. 학교 최고의 커플인 브래디 프라이스와 헤일리 위버도.

조지가 이름만 아는 낯선 사람들, 마이클 비치, 스티브 바버리

아스, 나탈리 플루그, 오스틴 프로키오프, 알리사 카, 자레드 와이너, 리처드 힉스, 제이다 나이트, 조 패터슨도 이제는 그녀와 영원히 연결된 사이가 되었다.

죽은 사람들의 명단을 알아내기는 힘들었다. 그들의 죽음이 병원 침대에서 자리를 차지하고 있는 다른 불행한 영혼들에게 전염이라도 된다고 생각하는 걸까. 그들의 이름은 훨씬 더 조용조용 거론되었다. 조지는 맥케이브 선생님과 학교에서 마리화나를 팔던 토퍼 맥피가 죽었다는 소문을 들었다. 사고 소식을 부스러기라도 긁어 모아 보려고 스털링 고등학교 총기 사건을 24시간 보도하고 있는 텔레비전을 보려고 했지만, 그때마다 엄마가 병실로 들어와 텔레비전을 꺼버렸다. 그녀가 금지된 매스컴을 급습해 긁어모은 정보로는 사망자가 열 명이었다.

맷도 그중 한 명이었다.

그 생각을 할 때마다 조지의 몸에서는 어떤 반응이 일어났다. 숨이 멎는 것 같았다. 알고 있는 모든 말들이 목구멍 밑바닥에서 엉겨 붙어 동굴 입구를 막아버리는 돌덩이처럼 변했다.

대부분의 시간은 진정제 덕분에 마치 꿈속에서 푹신푹신한 바닥을 걷고 있는 것처럼 모든 것이 비현실적으로 느껴졌지만, 맷을 생각하기만 하면 모든 것이 확실해지고 뚜렷해졌다.

다시는 맷에게 키스를 하지 못할 것이다.

다시는 맷의 웃음소리를 듣지 못할 것이다.

맷의 손이 허리에 닿을 때의 그 짜릿함도 느끼지 못할 것이고, 그가 그녀의 사물함 틈새로 슬쩍 넣어둔 쪽지도 읽지 못할 것이며, 그의 손이 그녀의 셔츠 단추를 끄를 때면 두근거리던 심장박

동도 느끼지 못할 것이다.

그러나 조지는 곧 깨달았다. 자신의 기억이 반 토막에 불과하다는 것을. 총기 사건은 조지의 삶을 사건 전과 사건 후로 갈라놓은 것만이 아니라 조지에게서 어떤 능력마저 앗아가버린 듯했다. 눈물 구덩이에 빠지지 않고도 한 시간을 버티는 능력, 구역질을 하지 않고 빨간색을 보는 능력, 기억의 앙상한 뼈들만 가지고도 진실의 골격을 만드는 능력을. 일어난 사건으로 볼 때, 나머지 기억을 떠올리는 일이란 아주 끔찍할 것이다.

그래서일까, 맷과의 아름다운 추억을 떠올리려고 할 때마다 조지의 기억은 소름 끼치는 생각으로 방향을 틀곤 했다. 중학교 3학년 희곡 시간에 조지를 몹시 흥분시켰던 《로미오와 줄리엣》의 대사 한 구절이 계속 생각났다. **그대의 시종들인 구더기들과 함께.** 로미오가 캐퓰렛 가문의 납골당에 죽은 듯이 누워 있는 줄리엣에게 한 말이었다. 재는 재로, 먼지는 먼지로. 하지만 사람이 먼지로 변하기까지는 어느 누구도 입에 올린 적 없는 무수한 단계들이 있었다. 간호사들이 한밤중에 가버리고 나면 조지는 두개골에서 살가죽이 벗겨지는 데 시간이 얼마나 걸리는지, 눈알은 어떻게 되는지, 그렇다면 맷은 이제 더 이상 예전의 그 맷이 아닌지 생각하곤 했다. 그러다 깨보면 비명을 질러대는 자신을 의사들과 간호사들이 꽉 잡고 누르고 있었다.

마음을 주었던 사람이 죽으면 그 마음까지 함께 가지고 가는 걸까? 그래서 남은 사람은 몸 안에 영원히 채울 수 없는 구멍을 간직한 채 여생을 살아야 하는 걸까?

병실 문이 열리고 엄마가 들어왔다. "자, 준비 됐니?" 가짜 미소임에도 어찌나 크게 웃는지 엄마의 얼굴이 적도처럼 반으로 쩍 갈라지는 것처럼 보였다.

오전 일곱시밖에 안 됐지만 조지는 벌써 퇴원 수속을 마쳤다. 조지는 엄마에게 고개를 끄덕여 보였다. 조지는 요즘 엄마가 마음에 들지 않았다. 이 총기 사건으로 자신이 그동안 딸과 거의 남남처럼 지냈다는 사실을 깨닫기라도 한 것 같았다. 무척 걱정하고 염려하는 사람처럼 행동하기는 했지만, 늦어도 너무 늦었다. 엄마는 자신이 옆에 있으니 하고 싶은 말이 있으면 얘기하라고 계속 말했다. 조지는 그런 엄마가 우습기만 했다. 하고 싶은 말이 있지도 않을 뿐더러, 설령 하고 싶은 말이 있다 해도 지구상에서 속마음을 절대 털어놓고 싶지 않은 사람이 바로 엄마였다. 엄마는 이해하지 못할 것이다. 이 병원의 다른 병실에 누워 있는 다른 아이들 외에는 누구도 조지를 이해하지 못할 것이다. 어느 길거리에서 일어나는 그런 종류의 사건이 아니기 때문이다. 그런 사건도 충분히 끔찍할 수 있지만, 이번 일은 원하든 원치 않든 조지가 다시 돌아가야만 하는 곳에서 일어났다는 점에서 최악이었다.

지금 조지는 병원에 실려 왔을 때와는 다른 옷을 입고 있다. 그때 입은 옷은 어찌된 영문인지 사라졌다. 아무도 말은 하지 않았지만, 조지는 그 옷이 맷의 피로 뒤덮여 있었을 거라고 짐작했다. 그러니 그 옷은 버릴 수밖에 없었을 것이다. 표백제를 아무리 쓰고 세탁을 아무리 한들 조지는 그 핏자국들을 알아볼 수 있을 테니까.

기절하면서 바닥에 부딪힌 머리는 여전히 아팠다. 이마는 다행히 꿰매지 않아도 될 정도였지만, 의사들은 하룻밤 경과를 지켜보자고 했다. (도대체 왜? 조지는 의아했다. 뇌졸중 때문에? 응혈 때문에? 자살이라도 할까 봐?) 조지가 일어서자 엄마가 즉시 옆으로 다가와 부축을 하며 조지의 허리를 감쌌다. 그러자 올여름에 맷과 서로의 청바지 뒷주머니에 손을 엇갈려 찔러넣고 거리를 걷던 생각이 났다.

"이런, 조지." 엄마의 목소리에 조지는 그제야 자신이 또 울고 있다는 걸 깨달았다. 툭하면 그랬다. 조지는 언제 울음을 그치고 터뜨려야 하는지 분간할 능력을 잃고 말았다. 엄마가 화장지를 건넸다. "집에 가면 기분이 나아질 거야. 약속해."

글쎄, 조지는 더 이상 나빠질 기분도 없었다.

하지만 엄마가 원하는 게 무엇인지 알기에, 자세히 보지 않으면 웃고 있는 것처럼 보이도록 간신히 얼굴을 찡그렸다. 조지는 병실 문까지 열다섯 걸음을 걸었다.

"몸조리 잘해, 예쁜 아가씨." 조지가 접수대를 지나칠 때 간호사 한 명이 말했다.

조지가 가장 좋아했던 또 다른 간호사는 미소를 지어 보였다. "다시는 보는 일이 없기를, 알겠지?"

조지는 천천히 엘리베이터 쪽으로 움직였다. 쳐다보면 볼수록 엘리베이터가 자꾸만 멀어지는 듯했다. 어떤 병실을 지나치는데, 병실 밖 회람판에 적힌 익숙한 이름이 그녀의 눈에 띄었다. 헤일리 위버.

상급생인 헤일리는 지난 2년간 학교 축제의 여왕이었다. 헤일리와 헤일리의 남자친구 브래디는 스틸링 고등학교의 최고 커플이었다. 헤일리와 브래디가 졸업하고 나면 그 자리를 자신과 맷이 이어받게 될 거라고 조지는 철석같이 믿고 있었다. 브래디의 은근한 미소와 조각 같은 몸매 때문에 브래디를 연모하며 탐내던 여학생들조차 그가 학교 최고의 미녀인 헤일리와 사귀는 것을 당연하다고 인정할 정도였다. 길게 늘어진 금발과 맑고 푸른 눈을 가진 헤일리를 볼 때면 조지는, 누군가의 소원을 들어주기 위해 하늘을 떠다니는 매혹적인 요정이 생각나곤 했다.

그들 커플에 관해 떠도는 무수한 소문들이 있었다. 브래디가 합격한 대학에 헤일리가 원하는 미술 과정이 없어 브래디가 몇몇 대학의 축구 장학금을 포기했다는 둥, 아무도 볼 수 없는 은밀한 부위에 헤일리가 브래디의 이니셜을 문신으로 새겨놓았다는 둥, 첫 데이트 때 브래디가 그의 혼다 조수석에다 장미 꽃잎을 뿌려놓았다는 둥. 헤일리와 같은 무리에 어울렸던 조지는 그 이야기 대부분이 과장되어 있다는 걸 알았다. 헤일리가 직접 털어놓은 바로는, 문신은 일회용이었고, 장미 꽃잎은 이웃집 정원에서 몰래 꺾은 라일락 꽃이었다.

"조지? 너 맞니?" 헤일리가 병실에서 작은 소리로 말했다.

조지는 엄마의 손이 자신의 팔을 잡고 제지하는 것을 느꼈다. 바로 그때 침대를 가리고 서 있던 헤일리의 부모님이 옆으로 비켜섰다.

헤일리는 오른쪽 얼굴 반을 붕대로 감았고, 두피가 보일 정도로 머리를 싹 밀었다. 코는 깨지고, 드러나 있는 한쪽 눈은 완전히 충혈돼 있었다. 조지의 팔을 붙잡고 있던 엄마가 조용히 숨을 훅 들이켰다.

조지는 병실로 들어가 억지웃음을 지어 보였다.

"조지." 헤일리가 말했다. "그 녀석이 죽였어. 코트니와 마들렌을. 그다음에는 나한테 총을 겨냥했는데, 브래디가 내 앞을 막아섰어." 붕대를 감지 않은 뺨으로 눈물이 흘러내렸다. "사람들이 항상 하는 말이 있잖아, 상대방을 위해서라면 거짓말을 해도 된다고."

조지는 떨리기 시작했다. 헤일리에게 물어볼 게 너무 많았지만, 이가 어찌나 심하게 딱딱거리는지 한 마디도 할 수가 없었다. 헤일리가 손을 움켜잡아서 조지는 깜짝 놀랐다. 그 손을 뿌리치고 싶었다. 이런 헤일리 위버는 보지 않았던 것으로 해두고 싶었다.

"묻고 싶은 게 있는데, 정직하게 말해줄래, 응?" 헤일리가 물었다.

조지는 고개를 끄덕였다.

"내 얼굴, 엉망이지? 응?" 헤일리가 나직이 물었다.

조지는 헤일리의 눈을 보며 말했다. "아니. 괜찮아."

그 말이 진실이 아니라는 건 두 사람 다 알고 있었다.

조지는 헤일리와 그녀의 부모님께 인사를 한 뒤, 엄마를 꽉 붙잡고 엘리베이터 쪽으로 걸음을 재촉했다. 걸음을 뗄 때마다 머릿속에서 폭풍이 휘몰아치는 듯했다. 불현듯 과학 시간에 뇌에 대해 공부했던 것이 생각났다. 어떤 남자의 두개골에 철심이 박혔는데, 그 뒤로 그 남자는 입만 열면 공부해본 적이라고는 없는 포르투갈어를 말하게 되었다고. 바로 지금, 조지에게도 그런 일이 일어날 것 같았다. 이 순간부터 그녀의 모국어는 줄줄이 거짓말이 될 것이다.

다음 날 아침, 패트릭은 스털링 고등학교를 다시 찾았다. 현장 담당 형사들이 이미 학교 복도를 거대한 거미집으로 만들어놓은 상태였다. 희생자들이 발견된 지점들을 중심으로 끈을 쳐놓았는데, 피터 호턴이 다른 곳으로 이동하기 전에 꽤 오래 머물며 총을 발사했던 한 지점에서는 끈이 사방으로 뻗어 있었다. 이어진 끈들은 각 지점에서 서로 교차했다. 공포의 모눈종이, 혼돈의 그래프였다.

패트릭은 그 소동의 한가운데 잠시 머물면서 감식반원들이 복도를 가로지르고 양옆에 줄지어 있는 라커들을 지나 출입구까지 끈을 엮는 모습을 지켜보았다. 총소리를 듣고 도망치기 시작했을 때, 뒤에서 사람들이 파도처럼 밀어닥치는 걸 느꼈을 때, 총알보다 빨리 달릴 수는 없다는 걸 깨달았을 때, 그 심정이 어떠했을까 상상해보았다. 거미줄에 걸린 먹이가 되고 만 사실을 너무 늦게 깨달았을 때의 그 심정을.

패트릭은 감식반원들의 작업을 방해하지 않으려고 조심하면서 거미집을 헤치고 나아갔다. 그들의 작업을 토대로 증인들의 이야기를 입증해야 할 것이다. 1,026명이나 되는 모든 증인을.

세 곳의 지역 방송국 아침 뉴스는 오늘 아침에 있을 피터 호턴의 기소인부절차에 집중되어 있었다. 알렉스는 자신의 방에서 커피 잔을 손에 든 채 텔레비전 앞에 서 있었다. 그리고 소식을 전하는 데 여념이 없는 기자들 뒤편으로 보이는 배경을 응시했다. 그녀의 전 직장인 지방법원을.

조지는 진정제를 먹고 깊은 잠에 빠져 있었다. 솔직히 말하면,

알렉스도 이런 자신만의 시간이 필요했다. 공적인 가면은 자유자재로 쓸 줄 아는 여자가 자신의 딸 앞에서는 꿋꿋한 모습을 유지하기 위해 감정적으로 최대한의 에너지를 소모한다는 것을 누가 짐작이나 할까?

알렉스는 주저앉아 술에 취하고 싶었다. 자신의 딸이 두 방 건너에서 자고 있다는 이 행운에 얼굴을 손에 묻고 울고 싶었다. 조지가 깨어나면 함께 아침도 먹을 것이다. 이 마을의 얼마나 많은 부모가 다시는 자신의 딸 혹은 아들과 아침을 먹지 못하게 된 사실을 깨닫고 절망하고 있을까?

알렉스는 텔레비전을 껐다. 방송에서 나오는 주관적인 정보들을 듣고 싶지 않았다. 이 사건을 맡게 될 판사로서 객관성을 더럽히고 싶지 않았다.

스털링 고등학교를 다니는 딸이 있으니 알렉스가 사건을 맡아서는 안 된다고 말하는 사람들이 있을 것은 충분히 예상되는 일이었다. 만약 조지가 총에 맞았다면 알렉스도 그 비판을 달게 받아들였을 것이다. 만약 조지가 아직도 피터 호턴과 **친하게** 지내고 있었다면, 알렉스 스스로 이 사건을 피했을 것이다. 하지만 현재 상태로는, 알렉스의 판결이 이 지역에 사는 다른 판사들, 즉 스털링 고등학교를 다니는 학생을 알고 있거나 10대 자녀를 둔 판사들의 판결보다 공정하지 못할 이유가 없었다. 북부 군 재판에서는 흔히 있는 일이었다. 알고 지내던 사람이 불가피하게 자신의 법정에 서는 일이 말이다. 지방법원 판사로 각 지역을 순회하는 동안 알렉스도 개인적인 친분이 있는 사람들을 피고로 맞이하곤 했다. 그녀의 우편배달부는 차에 마리화나를 두었다가 붙잡혔고, 그녀의 자동차 정비사는 아내와 가정불화를 일으켰다. 이런 분쟁에 알렉스가 개인적으로 연루되어 있지 않는 한, 그녀가 사건을 맡는 것은 그야말로 합법적이었다. 아니, 사실은 **의무였다**. 균형만 잃지 않으면 되었다. 판사로서의 역할만 다하면 그뿐이었다. 알렉스가 보기에 이번 총기 사건은 수위만 조금 높을 뿐 마찬가지 상황이었다. 사실은 이번 사건처럼 언론의 집중 포화를 받는 경우, 범인에게 진실로 공정하려면 그녀처럼 국선 변호인 경험을 가진 사람이 제격이었다. 생각하면 할수록 알렉스는 자신이 사건을 맡아야만 정의가 실현될 수 있을 거라고 굳게 믿었다. 자신이 그 일에 적합한 판사가 아니라고 하는 게 더 우스워 보였다.

알렉스는 커피를 한 모금 더 마시고서 자신의 방을 나와 조지의 방으로 살금살금 걸어갔다. 하지만 방문이 활짝 열려 있고, 딸은 방에 없었다.

"조지? 조지, 어딨어?" 알렉스는 겁에 질려 소리쳤다.

"아래층에 있어." 조지가 대답했다. 알렉스는 속에서 엉킨 매듭이 다시 풀리는 느낌이었다. 아래층으로 내려가보니 조지가 식탁에 앉아 있었다.

조지는 치마와 타이츠에 검정 스웨터를 입고 있었다. 샤워를 했는지 머리가 젖어 있었는데, 앞머리로 이마에 붙여놓은 붕대를 가리려 애쓰고 있었다. 조지가 알렉스를 쳐다보았다. "나 괜찮아 보여?"

"왜?" 알렉스는 어안이 벙벙해 물었다. 설마 학교에 갈 생각인 건 아니겠지, 그렇겠지? 의사들은 조지가 사건 당시의 일을 영영 기억하지 못할 수도 있다고 했지만, 그 일이 일어났다는 사실조차 머리에서 지울 수 있을까?

"법원에 가려고." 조지가 말했다.

"조지, 오늘은 법원 근처에 얼씬거리기도 힘들어."

"가야 해."

"넌 못 가." 알렉스가 단호하게 말했다.

조지는 고집쟁이 아이처럼 굴었다. "왜 안 돼?"

알렉스는 대답을 하려고 입을 열었지만 할 수가 없었다. 이것은 논리가 아니라 본능적인 직감이었다. 알렉스는 딸에게 그 일을 다시 경험하게 하고 싶지 않았다. "엄마가 그렇게 말했으니까." 그녀는 마침내 대답했다.

"그런 답이 어딨어." 조지는 투덜거렸다.

"오늘 네가 법정에 앉아 있으면 매스컴이 무슨 짓을 할지 아니까." 알렉스가 말했다. "오늘 있는 기소인부절차에서는 사람들을 놀라게 할 만한 일 따윈 일어나지 않을 거니까. 그리고 지금은 널 내 눈 밖에 두고 싶지 않으니까."

"그럼 같이 가."

알렉스는 고개를 저었다. "그럴 수 없어, 조지." 그녀는 부드럽게 말했다. "엄마가 이 사건을 맡게 될 거야." 조지의 얼굴이 창백해졌다. 알렉스는 조지가 지금까지는 이 사실을 단 한번도 생각해보지 않았다는 걸 알 수 있었다. 그 재판은 어쩔 수 없이 모녀 사이에 훨씬 더 두꺼운 벽을 만들어줄 것이다. 판사로서, 자신의 딸과는 나눌 수 없는 정보가 있을 것이고, 지켜주지 못할 비밀도 있을 것이다. 조지가 이 비극에서 벗어나려 애쓰는 동안, 알렉스는 더 깊이 발을 담글 것이다. 알렉스는 이 사건을 맡을 생각만 했지, 그것이 딸에게 어떤 영향을 미칠지에 대해서는 거의 생각하지 않았다. 지금 조지는 엄마가 공정한 판사든 아니든 조금도 관심이 없었다. 조지가 원하고 필요로 하는 건 오직 엄마였다. 하지만 알렉스에게 모성애란 좀처럼 쉽게 찾아들지 않는 감정이었다.

불현듯 알렉스는 레이시 호턴이 생각났다. 레이시라면 조지의 손을 잡고 곁에 앉아 있기만 해도 억지가 아닌 진심으로 보일 것이다. 하지만 연속극에 등장하는 전형적인 엄마와는 거리가 먼 알렉스는 조지와의 연결 고리를 찾기 위해 노력해야 했다. 알렉스는 자신과 조지가 한때 같이 했던 일, 그래서 지금 자신과 딸을 묶어줄 수 있는 그 뭔가를 찾기 위해 기억을 더듬어야 했다. "올라가서 옷 갈아입고 올래? 같이 팬케이크를 만드는 거야. 그런 거 좋아했잖아."

"그랬지. **다섯 살 때는……**."

"그다음에는 초콜릿 칩 쿠키를 만들자."

조지는 눈을 깜박거리며 알렉스를 보았다. "엄마, 지금 장난해?"

알렉스는 방금 전 내뱉은 말이 자신이 듣기에도 우습기 짝이 없는 말이라는 걸 알았다. 그러나 자신이 딸을 돌볼 수 있고, 돌볼 것이며, 일은 나중 문제라는 것을 조지에게 어떻게든 보여주고 싶었다. 알렉스는 자리에서 일어나 수납장을 열고 낱말 맞추기 게임을 찾아냈다. "그럼, 이건 어때?" 알렉스가 게임 상자를 집어 들었다. "넌 절대 엄마를 못 이길 거야."

조지는 알렉스를 밀쳐내며 무뚝뚝하게 말했다. "엄마가 이겼어." 그러고는 부엌을 나가버렸다.

　CBS의 내슈아 지부 방송국과 인터뷰를 하고 있는 학생은 중학교 3학년 영어 수업 때의 피터 호턴을 기억하고 있었다. "1인칭 시점으로 이야기를 쓰는 과제가 있었는데요. 주인공은 아무나 고를 수 있었어요. 피터는 존 힝클리(John Hinckley. 1981년에 전 미국 대통령 레이건 암살을 시도했다가 체포되었으나 정신이상을 이유로 무죄판결을 받았다 - 옮긴이)의 이야기를 썼어요. 처음에 들었을 때는 주인공이 꼭 지옥에서 이야기하는 것 같았는데, 결말에 이르니까 천국이었어요. 영어 선생님은 흥분하셨어요. 교장 선생님께도 그 소설을 보여드렸어요." 아이는 엄지손가락으로 청바지 솔기를 긁으면서 머뭇거렸다. "피터는 선생님께 그것은 시적 허용이고, 신빙성 없는 화자라고 말했어요. 수업 시간에 배우고 있던 내용이었죠." 소년은 카메라를 쳐다보았다. "아마 A를 받았을 거예요."

　신호등에서 패트릭은 깜박 졸았다. 꿈속에서 패트릭은 총소리를 따라 학교 복도를 뛰어다녔는데, 모퉁이를 돌 때마다 바닥이 발밑에서 사라져 허공을 떠다녔다.
　경적 소리에 퍼뜩 정신을 차렸다.
　패트릭은 뒤차의 운전사에게 사과의 표시로 손을 흔들어 보이고서 과학수사연구소로 차를 몰았다. 패트릭처럼 연구원들도 24시간 비상대기였다.
　연구소에서 패트릭이 좋아하고 가장 신뢰하는 기술자는 누구보다 최첨단기술에 대해 많이 알고 있는 셀마 애버내시였다. 그녀는 손자 손녀를 네 명이나 둔 할머니였다. 실험실로 들어오는 패트릭을 쳐다본 셀마가 눈살을 찌푸렸다. "졸고 있었군."

패트릭은 고개를 저었다. "스카우트의 명예를 걸고 졸지 않았어요."

"피곤에 찌든 사람치고는 멀쩡해 보이네."

패트릭은 씩 웃었다. "셀마, 저에 대한 짝사랑을 그만 접으셔야 한다니까요."

셀마는 흘러내린 안경을 밀어 올렸다. "여보야, 난 똑똑해서 내 인생을 성가시게 하지 않을 남자를 사랑해. 결과를 보러 온 거야?"

패트릭은 그녀를 따라 총 네 자루가 놓여 있는 테이블로 다가갔다. 권총 두 자루와 총신이 짧은 산탄총 두 자루였다. 각각 총 A, 총 B, 총 C, 총 D라는 꼬리표가 붙어 있었다. 패트릭은 두 자루의 권총을 한눈에 알아보았다. 라커룸에서 발견된 총으로 하나는 피터 호턴이 들고 있었고, 다른 하나는 타일 바닥 한쪽에 떨어져 있었다. "먼저 지문 채취를 해봤어." 셀마가 패트릭에게 결과를 보여주었다. "총 A에는 용의자와 일치하는 지문이 있었어. 총 C와 총 D는 깨끗했고. 총 B는 지문이 일부만 있어서 결론 짓기가 어려워."

셀마는 실험실 뒤쪽을 가리켰다. 그곳에는 총을 시험 발사하기 위해 물을 담아놓은 거대한 통들이 있었다. 각각의 총을 물속에서 시험해 보았다는 얘기였다. 발사된 탄알은 회전을 하면서 총신을 빠져나가기 때문에 탄알의 금속 표면에 가는 홈이 생긴다. 따라서 탄알만 보고도 정확히 어떤 총에서 발사된 것인지 알아낼 수 있다. 셀마의 실험 결과는 패트릭이 피터 호턴의 동선을 짜 맞추는 데 도움이 될 터였다. 피터가 총을 쏘기 위해 어디서 멈췄고, 어떤 무기를 사용했는지를.

"이번 사건에서 주로 사용된 건 총 A고, 총 C와 D는 범죄현장에서 회수한 가방에 들어 있었어. 그나마 다행이었지. 그것까지 썼다면 피해가 훨씬 컸을 테니까. 희생자들의 시신에서 회수된 탄알 모두 총 A, 즉 첫 번째 권총에서 발사된 거였어."

패트릭은 피터 호턴이 이 무기들을 어디에서 구했을까 생각했다. 그와 동시에 스털링에서는 숲의 오래된 쓰레기 하치장에서 사냥을 하거나 표적 사격을 하는 사람을 어렵지 않게 찾을 수 있다는 사실을 깨달았다.

"화약 잔여물을 보고 총 B가 사용되었다는 것도 알아냈어. 하지만 사용된 탄알은 아직 회수되지 않았어."

"아직 작업 중이라서……."

"내 말 안 끝났어." 셀마가 말했다. "총 B에 관한 다른 흥미로운 사실은 한 발이 발사된 뒤 막혀버렸다는 거야. 조사를 해보니 이중 급탄 현상이 있었더라고."

패트릭은 팔짱을 꼈다. "그 총에는 지문이 없단 말이죠?" 패트릭은 다시 한 번 확인을 했다.

"방아쇠 쪽에 불분명한 지문이 있긴 한데……. 용의자가 총을 떨어뜨렸을 때 지워졌을지 모르지만, 확실한 건 아니야."

패트릭은 고개를 끄덕이고서 총 A를 가리켰다. "제가 라커룸에서 용의자를 덮쳤을 때 피터가 떨어뜨린 총은 이거예요. 그렇다면 추측컨대, 이것이 마지막으로 쏜 총이겠군요."

셀마가 족집게로 탄알 하나를 들어올렸다. "그 말이 맞을 거야. 이 탄알은 매슈 로이스턴의 머리에서 회수한 건데. 총 A에서 발사된 것과 홈 자국이 일치해."

라커룸에 있던 남학생, 조지 코미어와 함께 발견된 남학생.

유일하게 총을 두 번 맞은 희생자.

"배에 맞은 탄알은요?" 패트릭이 물었다.

셀마는 고개를 저었다. "깨끗하게 관통했어. 총 A나 총 B에서 발사되었겠지만, 발사된 탄알을 찾아서 가져오기 전까지는 알 수 없지."

패트릭은 무기들을 응시했다. "용의자는 학교를 돌아다니면서 내내 총 A를 사용했습니다. 왜 그 아이가 총을 바꿨는지 짐작이 안 가는군요."

셀마가 패트릭을 힐끗 쳐다보았다. 그제야 패트릭은 밤샘 비상 작업의 대가로 셀마의 눈 밑에 다크서클이 생긴 걸 알아챘다. "난 그 아이가 왜 총을 사용했는지부터가 짐작이 안 돼."

메레디스 비에라는 국가적인 비극에 어울리는 태도를 갖추고 엄숙하게 카메라를 응시했다. "스털링 고등학교 총기 난사에 관한 자세한 소식이 계속 들어오고 있습니다. 더 자세한 소식을 뉴스 데스크에 앉아 있는 앤 커리에게 들어보도록 하죠, 앤?"

뉴스 앵커가 고개를 끄덕였다. "밤샘 조사 결과, 수사관들은 스털링 고등학교에 들어온 무기가 네 개였지만, 실제 사용된 무기는 두 개뿐이었다는 사실을 알아냈습니다. 또한 이번 사건의 용의자인 피터 호턴이 데스 위시(Death Wish, 자살충동-옮긴이)라는 하드코어 펑크 밴드의 열렬한 팬이며, 팬 카페에 글도 종종 올리고 자신의 컴퓨터에 가사를 다운받기도 했다는 사실도 알아냈습니다. 아이들이 들어도 되는지 의구심이 들게 하는 가사입니다."

앵커의 어깨 너머 녹색 화면에 가사 자막이 떴다.

떨어지는 검은 눈
걸어 다니는 잿빛 시체들
웃고 있는 개자식들
놈들을 죄다 쓸어버릴 거야, 내 심판의 날에.

개자식들은 보지 못해
내 안의 피에 굶주린 짐승을
죽음의 신이 무임승차를 해서
놈들을 죄다 쓸어버릴 거야, 내 심판의 날에.

"데스 위시의 노래 〈심판의 날〉에는 어제 아침 뉴햄프셔 주 스털링에서 그대로 현실화된 사건의 무시무시한 전조가 담겨 있습니다." 앤 커리가 말했다. "데스 위시의 리드 싱어인 레이븐 네이팜이 지난밤 늦게 기자회견을 했습니다."

검은색 닭볏 머리에 황금빛 아이섀도를 바르고 아랫입술에 피어싱 고리를 다섯 개나 단 남자가 무수한 카메라 앞에 서 있는 화면이 등장했다. "우리는 석유 때문에 일부러 전쟁을 일으키는 나라에서 살고 있습니다. 미국의 젊은이들은 해외로 파병되어 죽어나갑니다. 그런데 인생의 아름다움을 보지 못하는 불쌍한 한 아이가 학교에 총질을 해대는 식으로 분노를 잘못 풀자, 사람들은 헤비메탈 음악에 손가락질을 하기 시작합니다. 문제는 록음악 가사가 아니라, 이 사회 자체의 구조에 있습니다."

앤 커리의 얼굴이 다시 화면을 채웠다. "진상이 드러나는 대로 스털링에서 일어난 비극을 계속 전해드리겠습니다. 다음은 전국 소식으로, 지난 수요일 상원이 총기 규제 법안을 기각했지만 상원의원 로만 넬슨은 이 싸움이 아직 끝나지 않았다고 말합니다. 지금 사우스다코타에 있는 로만 의원과 전화 연결이 되어 있습니다, 의원님……."

피터는 지난밤 줄곧 깨어 있었는데도, 교도관이 그의 감방으로 오는 소리를 듣지 못했다. 철제문이 끼익 열리는 소리에 피터는 화들짝 놀랐다.

"자, 입어라." 교도관이 피터에게 뭔가를 던졌다.

오늘 법정에 가는 것은 피터도 알고 있었다. 조던 맥아피 변호사가 그렇게 말했으니까. 그래서 교도관이 던져준 게 정장이 아닐까 생각했다. 감옥에서 바로 나온 사람들도 법정에서는 항상 정장을 입고 있지 않았던가? 정장을 입으면 동정표를 얻을지도 몰라. 피터는 텔레비전을 보면서 항상 그렇게 생각했다.

하지만 그것은 정장이 아니었다. 방탄조끼였다.

조던이 법원 건물 지하 구치소에 도착했을 때 피터는 팔로 눈을 가린 채 바닥에 누워 있었다. 피터는 방탄조끼를 입고 있었는데, 그것은 오늘 아침 법원을 가득 메운 모든 사람이 피터를 죽이고 싶어 한다는 사실에 대한 암묵적인 동의였다. "좋은 아침." 조던이 인사를 하자 피터가 일어나 앉았다.

"좋으실 대로." 피터가 중얼거렸다.

조던은 아무 대꾸도 하지 않았다. 그 대신 피터 쪽으로 조금 더 가까이 몸을 기울이고 이야기하기 시작했다. "계획을 말해주마. 넌 열 건의 1급살인과 열아홉 건의 1급살인 미수 혐의로 기소됐어. 난 공소장 낭독을 거부할 거야. 고소 내용은 나중에 검토할 테지만 지금 당장은 법정으로 들어가서 무죄청원만 하면 된다. 넌 말을 하지 않는 게 좋아. 물어볼 게 있으면 나한테 작은 소리로 말해라. 지금부터 한 시간 동안 넌 사실상 벙어리가 되는 거야. 알아들었니?"

피터가 그를 응시했다. "백 퍼센트." 피터는 부루퉁하게 말했다. 그러나 조던은 의뢰인의 손을 보고 있었다.

그 손은 떨리고 있었다.

다음은 피터 호턴의 방에서 수거한 물건들의 목록이다.

1. 델 노트북
2. 게임 CD: 둠 3, 그랜드 테프트 오토-악의 도시
3. 총기 제조업체의 포스터 3장
4. 여러 가지 길이의 파이프
5. 책: 샐린저의 《호밀밭의 파수꾼》, 클라우제비츠의 《전쟁론》, 프랭크 밀러와 닐 게이먼의 만화소설들.
6. DVD: 볼링 포 컬럼바인

7. 스털링 중학교 졸업 앨범. 여러 학생의 얼굴에 검정 매직으로 동그라미를 쳐두었는데 그중 한 얼굴에는 X표를 친 다음 그 밑에 '살려주자'는 말이 적혀 있음. 조지 코미어라는 여학생.

여학생의 목소리가 너무 작아서 장대에 달린 붐 마이크가 목소리를 잡아내느라 애를 먹고 있었다. "에드거 선생님 반은 맥케이브 선생님 바로 옆 반이어서 의자를 움직이거나 아이들이 크게 대답하는 소리가 때때로 들렸어요. 그런데 이번에는 비명 소리가 들렸어요. 에드거 선생님은 선생님 책상을 문 쪽으로 밀어놓고는 우리더러 교실 맨 구석 창문가로 가서 앉아 있으라고 했어요. 총소리가 팝콘 터지는 소리 같았어요. 그다음에는……." 여학생은 말을 멈추고 눈물을 닦았다. "그다음에는 더 이상 비명 소리가 나지 않았어요."

다이애나 레븐은 깜짝 놀랐다. 총기 사건의 범인이 너무 어려 보였기 때문이다. 피터 호턴은 오렌지색 수의에 방탄조끼를 입고, 수갑과 사슬에 묶여 있었지만, 사춘기의 고개도 아직 넘지 않은 소년처럼 보였다. 피터는 발그레한 사과 같은 뺨에 면도도 할 필요가 없어 보이는 앳된 얼굴이었다. 안경도 당황스러웠다. 피고측은 그 점을 철저히 이용해 근시 때문에 정확한 조준이 불가능했을 것이라고 주장할 게 뻔했다.

피고가 법정에 들어서자 지방법원 판사의 동의를 얻어낸 각 방송사 ABC, CBS, NBC, CNN의 카메라 넉 대가 4중창을 부르듯 윙윙거리며 돌아갔다. 법정 안이 사람들의 마음속 소리마저 들리지 않을까 싶을 만큼 조용해지자 피터가 얼른 카메라 쪽으로 고개를 돌렸다. 다이애나는 그 아이의 눈이 카메라의 눈과 다르지 않다는 걸 깨달았다. 까맣고, 무감각하고, 공허했다.

피터가 피고인석에 도착하자 조던 맥아피가 그의 의뢰인 쪽으로 몸을 기울였다. 다이애나가 개인적으로는 썩 좋아하지 않지만 일만큼은 얄미울 정도로 잘한다고 인정하지 않을 수 없는 변호사가 바로 조던 맥아피였다. 법원 경위가 일어섰다. "모두 기립해주십시오. 찰스 앨버트 판사님이 등장하십니다." 경위가 큰 소리로 말했다.

앨버트 판사가 법복을 바스락거리며 법정으로 힘차게 들어왔다. "앉아주십시오." 판사가 말했다. "피터 호턴." 판사가 피고 쪽을 보았다.

조던 맥아피가 일어섰다. "재판장님, 피고측은 공소장 낭독을 거부합니다. 모든 혐의에 대해 무죄를 주장합니다. 영장실질심사는 열흘 뒤로 일정을 잡아주시기를 요청합니다."

다이애나는 놀라지 않았다. 조던이 뭣하러 자신의 의뢰인이 열 건의 1급살인 혐의로 기소됐다는 사실을 만천하에 알리겠는가? 판사가 그녀에게 얼굴을 돌렸다. "레븐 검사, 법령에 따르면 1급살인, 그것도 다수의 혐의를 받은 피고는 보석이 허락되지 않습니다. 여기에 대해 아무런 이의가 없을 줄 압니다."

다이애나는 웃음을 삼켰다. 앨버트 판사가 어쨌거나 혐의 사실을 슬쩍 흘렸기 때문이었다. "물론입니다, 재판장님."

판사는 고개를 끄덕였다. "자 그럼, 호턴 군. 피고는 구치소로 다시 돌아가십시오."

모든 절차가 5분도 채 걸리지 않았다. 사람들은 불만을 가질 것이다. 그들은 피를 원했고, 복수를 원했다. 두 명의 부보안관에게 잡혀 가던 피터 호턴이 비틀거리다 뭔가 묻고 싶은 게 있는 듯 입술을 달싹거리며 그의 변호사를 돌아보았다. 잠시 후 피터의 뒤로 문이 닫혔다. 다이애나는 서류가방을 챙겨 법정을 나와 카메라들 쪽으로 걸어갔다.

그녀는 무수히 들이대는 마이크들 앞에 섰다. "피터 호턴은 방금 열 건의 1급살인과 열아홉 건의 1급살인 미수 혐의, 그리고 이 비극적 사건에 사용된 폭약과 총기의 불법 소지와 관련하여 몇 가지 혐의에 대해 기소인부절차를 밟았습니다. 법률상의 규정으로는 증거에 대해 뭐라 논평할 단계가 아니지만, 말로 다할 수 없는 이 비극이 미궁에 빠지는 일이 없도록 수사관들과 함께 24시간 뛰어다니며 증거를 모으고 보존하고 적절히 처리하고 있으니 안심하셔도 될 것입니다." 다이애나가 계속 말을 이으려는 순간, 복도를 사이에 두고 저쪽 편에서 어떤 목소리가 들렸다. 기자들이 그녀의 즉석 기자회견장을 떠나 조던 맥아피의 얘기를 들으러 갔다.

조던은 두 손을 바지 주머니에 찔러넣은 채 진지한 얼굴로 다이애나를 똑바로 응시했다. "저 또한 이 손실이 가슴 아프지만, 최선을 다해 제 의뢰인을 대변할 것입니다. 피터 호턴은 이제 겨우 열일곱 살이고, 몹시 두려워하고 있습니다. 부디 피고의 가족을 존중해주시고, 모든 사항은 법정에서 결정할 문제임을 기억해주시기를 당부드립니다." 조던은 쇼맨답게 잠시 머뭇거리다 기자들과 눈을 맞췄다. "또한 여러분이 본 것이 언제나 보이는 전부가

다음 날

아니라는 사실을 기억해주십시오."

다이애나는 쓴웃음을 지었다. 기자들, 그리고 조던의 조심스런 연설에 귀담아 주목하고 있는 전 세계 사람들은 그의 마지막 당부를 듣고 그가 엄청난 진실, 즉 그의 의뢰인이 괴물이 아님을 증명해줄 무언가를 준비해두었다고 믿을 것이다. 그러나 다이애나는 그렇게 어리석지 않았다. 그녀는 조던의 법률적 표현을 해석할 수 있었다. 변호사가 이런 식의 알쏭달쏭한 수사법을 구사하는 건, 그로서도 자신의 의뢰인을 변호해줄 증거가 불충분하기 때문이었다.

뉴햄프셔의 주지사는 주의회 의사당 건물의 계단에서 정오에 기자회견을 열었다. 그는 양복 옷깃에 스털링 고등학교의 교복색인, 밤색과 흰색이 섞인 리본을 달고 있었다. 1달러에 팔리고 있는 이 리본은 주유소 금전등록기와 월마트 계산대에서 싹트기 시작해 스털링 희생자 모금 운동으로 번져 나갔다. 주지사의 수행원들 중 한 명이 자동차로 27마일을 달려 리본을 하나 사왔다. 2008년 민주당 예비 선거에 출마할 예정인 그는 지금이 동정표를 최대한 뽑아낼 수 있는 완벽한 언론 플레이 기간임을 잘 알고 있었다. 주지사는 스털링 시민들, 특히 사망자들의 불쌍한 부모들을 동정했지만, 한편으로는 비극적인 이 총기 사건을 통해 자신이 나라를 이끌 수 있는 강한 지도자로 부각되어야 한다는 계산도 하고 있었다. "오늘, 이 나라의 모든 사람은 뉴햄프셔와 함께 슬퍼하고 있습니다. 오늘, 우리 모두는 스털링이 느끼는 고통을 함께 느낍니다. 죽은 아이들은 우리 모두의 아이들입니다." 주지사가 말했다.

그는 시선을 들었다. "저는 스털링 고등학교를 방문해, 어제 일어난 일을 이해하기 위해 불철주야 열심히 일하는 수사관들과 이야기했습니다. 희생자들의 가족들과 시간을 보냈고, 병원에 가서 용감한 생존자들과 함께 있었습니다. 이 비극으로 우리의 과거와 미래가 일부분 사라졌습니다." 주지사는 카메라를 엄숙하게 들여다보며 말했다. "지금 우리가 할 일은 미래에 집중하는 것입니다."

조지는 아침나절이 지나기도 전에 엄마를 어떻게 대해야 하는지 완벽하게 파악했다. 엄마가 자신을 내버려두었으면 싶을 때, 즉 엄마가 한 마리 매처럼 자신을 지켜보고 있는 게 지긋지긋할 때는 낮잠을 좀 자야겠다고 말하면 그만이었다. 그러면 엄마는 물러났다. 조지는 엄마의 족쇄에서 풀려날 때에야 비로소 엄마의 존재를 인정할 수 있었고, 편안한 얼굴이 되었다.

2층 자기 방, 자신의 그림자가 드리워진 어둠 속에서 조지는 허벅지에 손을 포개고 앉아 있었다. 환한 대낮이었지만, 방 안은 어두웠다. 사람들은 많은 것이 실제 모습과는 다르게 보이게 하는 온갖 방법을 만들어냈다. 방 안은 언제든 밤처럼 어둡게 변할 수 있다. 보톡스는 사람들의 얼굴을 변형시킬 수 있다. 디지털비디오 녹화기는 시간을 멈출 수 있거나, 적어도 원하는 대로 시간을 조정할 수 있다고 믿게 해준다. 그리고 법원에서의 기소인부절차는 지혈대가 필요한 상처에 밴드를 대는 응급책 역할을 했다.

어둠 속에서 조지는 침대 밑으로 손을 더듬더듬 밀어넣어 감춰둔 비닐봉지를 찾았다. 수면제가 들어 있는 봉지였다. 그동안의 그녀는 열심히 시늉만 하면 진짜 그렇게 될 수 있다고 생각하는 어리석은 세상 사람들과 다를 바가 없었다. 죽음이 답일 수 있다고 생각했다. 너무 철이 없어서 죽음이 얼마나 큰 문제인지를 깨닫지 못했던 것이다.

어제까지만 해도 조지는 하얀 벽에 피가 튈 때 어떤 무늬가 만들어지는지 알지 못했다. 숨이 멈추고 난 뒤에도, 눈은 몇 초간 시각적 정보를 받아들인다는 사실을 알지 못했다. 그녀는 자살이 자신의 마지막 발언권이라고 생각했었다. 모두가 원하는 조지가 되는 것이 얼마나 힘들었는지 이해하지 못한 사람들에게 엿먹일 수 있는 방법이라고 생각했었다. 자신이 죽으면 다른 사람들의 반응을 지켜볼 수 있으니, 자신이 최후의 승자가 될 수 있다고. 어제까지 그녀는 아무것도 몰랐던 것이다. 죽음은 죽음일 뿐이었다. 죽으면 결코 다시 돌아올 수 없고, 그리운 것을 다시 볼 수도 없다. 사과도 할 수 없다. 더 이상 기회가 없다.

죽음은 인간이 통제할 수 있는 영역이 아니었다. 사실, 죽음이야말로 언제까지나 인간을 지배할 것이다.

조지는 비닐봉지를 쭉 찢어서 수면제 다섯 알을 꺼내 입 속에 넣었다. 그리고 화장실로 가서 수돗물을 틀어 머리를 수도꼭지 가까이 들이밀었다. 어항처럼 불룩해진 입 속에서 수면제들이 둥둥 떠다녔다.

삼켜, 그녀는 속으로 말했다.

그러나 곧 조지는 변기 앞에 엎드려 수면제를 뱉어냈다. 봉지 안에 들어 있던 수면제까지 남김없이 쏟아냈다. 그러고는 두 번 생각할 것도 없이 물을 내렸다.

조지가 흐느껴 우는 소리를 듣고 알렉스가 위층으로 올라왔다. 화장실 바닥 타일의 시멘트 풀과 천장을 메운 회반죽을 통해 흐느낌이 아래층으로 스며든 것이었다. 두 여자는 아직 깨닫지 못했지만, 사실 이 집에는 벽돌 사이사이마다 흐느낌이 배여 있을 터였다. 조지의 방으로 뛰어든 알렉스는 방에 딸린 욕실에서 딸 옆에 주저앉았다. "엄마가 어떻게 해줄까, 아가?" 알렉스는 조지의 어깨와 등을 위아래로 쓰다듬으며 작은 소리로 물었다. 마치 조지가 아픈 곳이 심장의 상처가 아닌 눈에 보이는 문신이라도 되는 듯이.

이베트 하비는 딸이 죽기 2년 전, 6개월 전, 그리고 나흘 전에 찍은 사진을 들고 소파에 앉아 있었다. 사진 속의 케이틀린은 머리카락이 조금씩 길어지긴 했지만, 다운증후군 아이들의 특징인 약간 비뚤어진 미소와 둥근 얼굴은 변함이 없었다.

만약 케이틀린을 보통 아이들이 다니는 학교에 보내지 않았더라면 어떻게 되었을까? 장애아동들을 위한 학교에 보냈더라면? 장애가 있는 아이들은 화도 적게 내고 살인자가 될 가능성도 적지 않았을까?

〈오프라 윈프리 쇼〉의 연출자가 이베트의 사진들을 돌려주었다. 이베트는 오늘에야 비극에도 단계가 있다는 걸 알았다. 또한 오프라 쇼 연출자가 전화를 해서 슬픈 사연을 말해달라고 부탁을 한다면, 그것은 당신이 카메라를 보고 말을 하기 전부터 더없이 슬픈 모습으로 앉아 있기를 바란다는 것도 알았다. 이베트는 자신의 고통을 방송에 내보일 마음은 없었다. 사실 그녀의 남편은 연출자가 전화를 해왔을 때 이베트가 나가지 않을 거라며 아주 단호히 반대했다. 하지만 그녀는 나가기로 결심했다. 뉴스를 계속 듣던 중에 하고 싶은 말이 생겼기 때문이다.

"케이틀린은 웃는 모습이 예쁘군요." 연출자가 상냥하게 말했다.

"네, 그래요." 이베트는 대답을 한 다음 머리를 가로저었다. "그랬었죠."

"어머님은 피터 호턴을 알고 계셨습니까?"

"아니오. 학년이 달랐으니까요. 둘이 같이 수업을 들은 적도 없을 거예요. 케이틀린은 러닝센터(Learning Center, 각 주제별 학습을 할 수 있는 학습장소-옮긴이)에 있었어요." 이베트는 은색 액자 테두리 속으로 상처가 날 정도로 깊게 엄지손가락을 밀어넣었다. "사람들은 다들 피터 호턴이 친구가 없었고, 놀림을 당해서 그런 일을 저질렀다고 하지만…… 그건 사실이 아니에요. 우리 딸도 친구가 없었어요. 우리 딸도 날마다 놀림을 당했어요. 우리 딸도 자신이 주류에 속하지 못한다고 느꼈어요. 실제로도 그랬죠. 사람들은 피터 호턴이 부적응자라서 그런 일을 저질렀다고 믿고 싶어 해요. 그러나 피터 호턴은 악일뿐이에요."

이베트는 케이틀린의 사진을 덮고 있는 유리를 내려다보았다. "경찰서에서 나온 슬픔 치료사는 제게 케이틀린이 가장 먼저 죽었다고 말해줬어요. 케이티는 무슨 일이 일어나고 있는지도 몰랐고, 괴로워하지도 않았다는 사실을 알려주고 싶어 했죠."

"그 말이 조금은 위안이 되었겠군요." 연출자가 말했다.

"그랬어요. 다른 사람들과 얘기를 나누다가, 죽은 아이를 가진 모든 부모가 똑같은 말을 들었다는 사실을 알기 전까지는요." 이베트는 눈물을 글썽이며 고개를 들었다. "하지만, 그 아이들 모두가 처음일 수는 없잖아요."

총기 사건이 일어나고 며칠 뒤 희생자 가족들은 각종 기부를 받았다. 돈, 음식, 아이 봐주기 봉사, 그리고 동정까지. 케이틀린 하비의 아버지는 마지막 봄눈이 가볍게 내린 어느 날 아침 잠에서 깨 밖으로 나갔다가, 그의 집 진입로를 어떤 친절한 사람이 치워놓은 것을 보았다. 코트니 이그나시오의 가족은 교회의 도움을 받았다. 교회 사람들이 6월까지 서로 돌아가면서 주중에 음식을 만들어 오고 청소를 해주기로 합의를 본 것이다. 존 에버하드의 어머니는 스털링 포드 사의 스털링 지점으로부터 호의로 하반신이 마비된 아들의 적응을 도와줄 장애인용 밴을 선물 받았다. 그리고 스털링 고등학교의 부상자들 모두는 미국 대통령으로부터, 빳빳한 백악관 전용 편지지에 그들의 용기를 칭송하는 편지를 받았다.

방송 관계자들을 스털링 거리에서 보는 건 예삿일이 되었다. 기자들은 굽 높은 검정 구두가 3월의 뉴잉글랜드의 부드러운 흙 속에 쑥쑥 빠지자 며칠 후 이 지방 팜웨이(애완동물 상점—옮긴이)를 찾아가 머렐(아웃도어 제화 브랜드—옮긴이) 슬리퍼와 신기 편한 작업용 장화를 샀다. 그리고 스털링 여관의 안내 데스크에 가서 핸드폰이 왜 터지지 않느냐고 따지는 대신, 이 마을의 가장 높은 곳이어서 그나마 신호가 잘 터지는 모빌 역 주차장으로 모여들었다. 그들은 경찰서와 법원과 커피숍 주위를 맴돌며 부스러기일망정 건질 만한 정보가 없는지 계속 기다렸다.

스털링에서는 날마다 장례가 치러졌다.

매슈 로이스턴의 추도식은 조문객들의 슬픔을 모두 감당하기에는 턱없이 작은 한 교회에서 열렸다. 급우들, 부모들, 가족 친구들이 좌석에 다닥다닥 붙어 앉거나 벽에 나란히 서 있었다. 문 밖으로 밀려난 사람도 있었다. 스털링 고등학교 아이들은 앞면에 숫자 19가 적힌 녹색 티셔츠를 입고 왔다. 맷의 하키 셔츠를 빛내주던 숫자였다.

조지는 엄마와 함께 뒤쪽에 앉아 있었지만, 자신을 응시하는 다른 사람들의 눈길을 고스란히 느꼈다. 그녀가 맷의 여자친구인 것을 다들 알기 때문인지, 아니면 그녀의 속을 꿰뚫어보기 때문인지 알 수가 없었다.

"조문객들이 위안을 얻을 수 있도록 축복하소서." 목사가 말했다.

조지는 부르르 떨렸다. 슬퍼서 그런 것일까? 슬픔이란 메우려고 하면 할수록 점점 더 커지기만 하는 가슴 한복판의 구멍 같은 것일까? 아니면 슬퍼한다는 건 기억을 한다는 거니까 기억을 할 수 없는 자신은 슬퍼할 수 없는 것일까?

엄마가 조지 쪽으로 머리를 기울였다. "언제든 가도 되니까, 말만 하렴."

자신이 누구인지 알지 못하는 것도 충분히 힘들었지만, 사건 이후로 조지는 다른 사람들을 알아보기도 쉽지 않았다. 이제까지 조지를 모르고 살아왔던 사람들이 갑자기 조지라는 이름을 알게 되었다. 모든 사람들이 안쓰러운 눈빛으로 조지를 바라보았다. 하지만 조지에게는 그 누구보다 엄마가 낯설었다. 엄마는 죽음의 문턱을 경험하고서 삶의 예찬론자가 된 마약 중독자처럼 굴었다. 조지는 맷의 장례식에 참석하겠다고 하면 엄마가 당연히 말릴 줄 알았는데, 오히려 먼저 가자고 해서 놀랐다. 조지가 지금은 물론, 어쩌면 남은 평생 동안 만나야 하는 그 멍청한 정신과 의사는 '종결'에 대해 계속 말했다. 즉 축구 경기에 지거나 아끼는 티셔츠를 잃어버렸을 때와 마찬가지로, 이 일도 결국 이겨내고 극복해야 한다는 얘기였다. 그 극복이란 게, 엄마의 경우에는 미친 듯이 과잉보상을 해주려는 감정기계나 다름없이 변해버린 모습이었다. 엄마는 틈만 나면 필요한 게 없는지 끊임없이 묻고—찻물이 채 우러나지도 않은 허브티를 대체 몇 잔이나 마시란 말인가?—다른 평범한 엄마처럼, 아니면 적어도 엄마 자신이 생각하는 평범한 엄마처럼 행동하려고 무척이나 애를 썼다. **내가 좋아지기를 정말로 원한다면 다시 일하러 가**, 조지는 그렇게 말하고 싶었다. 그러면 엄마와 조지는 평소처럼 지내는 척할 수 있다. 어차피 조지에게 그러는 척하고 사는 법을 맨 먼저 가르친 사람은 엄마였다.

교회 앞쪽에는 관이 있었다. 관은 열려 있지 않았다. 관을 열어두면 어떻게 된다는 풍문들이 있었다. 조지는 맷이 옻칠을 한 저 검은 관에 누워 있다는 게 상상이 되지 않았다. 그 애가 숨을 쉬고 있지 않다는 것도. 피를 다 빼낸 혈관 속에 피 대신 화학물질을 가득 주입했다는 것도.

"여러분, 오늘 우리는 매슈 칼턴 로이스턴을 기억하기 위해 모였습니다. 지금 우리는 하나님의 치유력이라는 보호막 아래 있습니다." 목사가 말했다. "자유롭게 슬픔을 쏟아내고, 분노를 표출하고, 공허함에 맞서고, 하나님의 돌보심을 느끼십시오."

작년 고대사 시간에 이집트 사람들이 죽음을 준비하는 법에 대해 배운 적이 있었다. 언제나 조지가 억지로 시켜야만 공부를 하는 맷이 그때는 정말로 수업 내용에 푹 빠진 듯했다. 코를 통해 뇌를 빨아내는 방법과, 파라오와 함께 무덤 속에 묻히는 보물들과, 파라오 옆에 묻히는 애완동물들에 관한 이야기에. 조지는 맷의 무릎을 베고 누워 교과서를 큰 소리로 읽었다. 맷이 그녀의 이마에 손을 올려 책을 읽지 못하게 했다. "이집트에 갈 때 널 데리고 갈게." 맷이 말했다.

목사가 조문객들을 둘러보았다. "사랑하는 사람의 죽음은 우리를 뿌리까지 흔들어놓곤 합니다. 그 사람이 어릴수록, 잠재력과 역량이 클수록 슬픔과 상실감은 훨씬 더 주체할 수 없지요. 이럴 때 우리는 기대어 울 수 있는 어깨와 아픔과 고통의 길을 함께 걸을 사람을 찾아 친구들과 가족들에게 의지합니다. 매슈는 결코 우리 곁에 돌아올 수 없지만, 그가 이승에서 거부당한 평화를 죽음에서 찾은 걸 알기에 우리는 안심합니다."

맷은 교회를 다니지 않았다. 교회를 다니는 맷의 부모님이 그를 교회에 보내려 애썼지만, 조지는 맷이 교회를 싫어하는 걸 알았다. 맷은 일요일에 교회를 가는 건 시간 낭비라고 말했다. 만약 신이 정말로 함께 시간을 보낼 가치가 있다 해도, 갑갑한 교회 건물에 앉아 대답이나 하고 있느니 밖에 나가 뚜껑을 열어놓은 지프를 타고 달리거나, 연못 하키나 하겠다고도 했다.

목사가 옆으로 비켜서자 맷의 아빠가 일어났다. 조지는 맷의 아빠를 알고 있었다. 그는 조금도 웃기지 않는 시답잖은 말장난을 즐겨 하는 사람이었다. 무릎을 다치기 전까지는 그도 버몬트 대학교에서 아이스하키를 했기 때문에, 맷에게 거는 기대가 컸다. 그러나 하룻밤 사이 맷의 아빠는, 마치 그를 감싸고 있던 껍질이 벗겨진 것처럼, 구부정한 어깨에 시무룩한 표정을 가진 사람으로 변했다. 맷의 아빠는 처음 맷을 데리고 나가 스케이트를 타던 이야기를 했다. 맷더러 하키 스틱의 끝을 잡고 자신을 따라오라고 했는데, 나중에 보니 맷이 스틱을 잡지도 않은 채 스케이트를 타고 오더라고 했다. 앞줄에 앉은 맷의 엄마가 울기 시작했다. 눈물이 교회 벽면에 페인트처럼 철퍽철퍽 튀는 것 같았다. 크고 시끄러운 흐느낌이었다.

조지는 자기도 모르게 벌떡 일어났다. "조지!" 옆에 있던 알렉스가 험한 표정으로 조그맣게 소리쳤다. 그 순간 조지가 익히 알던 엄마, 즉 다른 사람에게 창피한 꼴을 죽어도 보이기 싫어하는 엄마가 모습을 드러낸 것이다. 머리를 세차게 흔들고 있어서인지 조지는 발이 바닥에 닿는 느낌이 없었다. 엄마에게 빌린 검은 정장을 입고 통로를 걸어갈 때도, 마치 자석에 이끌리듯 맷의 관 쪽으로 움직일 때도 그랬다.

조지는 맷의 아빠가 자신을 바라보고 있다는 것을 느낄 수 있었고, 조문객들의 웅성거림도 들을 수 있었다. 관에 다다른 조지는 거짓말쟁이 같은 자신의 얼굴이 그대로 비쳐 보일 정도로 관을 북북 닦았다.

"조지, 괜찮니?" 맷의 아빠가 연단에서 내려와 그녀를 안아주며 말했다.

조지는 목이 꽉 막혔다. 죽은 아들을 앞에 둔 사람이, 어떻게 **나에게** 괜찮으냐고 물을 수 있지? 조지는 몸이 녹아내리는 듯했다. 그리고 죽지 않고는 유령이 될 수 없는 것인지 생각했다.

"맷에 대해서 하고 싶은 말이 있는 거니?" 맷의 아빠가 물었다.

조지가 미처 알아차릴 새도 없이 맷의 아빠가 그녀를 연단으로 데리고 올라갔다. 조지는 엄마가 자리를 빠져나와 연단 쪽으로 천천히 오고 있는 것을 어렴풋이 알아보았다. 뭘 하려는 거지? 날 데려가려고? 또 어떤 실수를 하지 못하게 막으려고?

조지는 자신이 알고 있거나 또는 전혀 모르는 얼굴들의 풍경을 찬찬히 훑었다. 맷을 사랑했나 봐, 맷이 죽었을 때 같이 있었나 봐. 그렇게 생각하는 표정들이었다. 폐 속에 나방이 들어온 것처럼 숨이 가빠졌다.

그런데 무슨 말을 하지? 진실을?

조지의 입술이 비틀어지고 얼굴이 구겨졌다. 그녀는 흐느껴 울기 시작했다. 어찌나 슬프게 울었는지 교회의 나무판자가 휘어지고 삐걱거릴 정도였다. 어찌나 슬프게 울었는지 봉인된 관 속에 있는 맷도 그 소리를 듣고 있을 것만 같았다. "미안해, 오, 하느님. 정말 미안해." 그녀는 맷에게, 맷의 아빠에게, 듣고 있는 모든 사람에게 목멘 소리로 말했다.

어느새 연단으로 올라온 알렉스가 조지를 한 팔로 감싸고서 성찬대 뒤쪽 작은 통로로 데리고 나갔다. 조지는 엄마가 화장지를 건네고 등을 쓰다듬는데도 가만히 있었다. 엄마가 머리를 귀 뒤로 넘기는데도 전혀 상관하지 않았다. "다들 날 바보라고 생각할 거야." 조지가 말했다.

"아니, 사람들은 네가 맷을 그리워한다고 생각해." 알렉스는 잠시 머뭇거렸다. "네 잘못이라고 생각하는 거 알아."

조지의 심장이 심하게 쿵쾅거렸다. 입고 있는 드레스의 얇은 레이스가 팔락거릴 정도였다.

"하지만 조지, 넌 맷을 구할 수 없었을 거야." 엄마가 말했다.

조지는 화장지를 한 장 더 집고, 엄마가 이해해줘서 고맙다는 듯이 굴었다.

피터에게 독방이 배정된 것은 가장 엄중한 감시 대상이라는 뜻이었다. 피터에게는 오락 시간도 따로 없었다. 식사는 하루 세 번 방안으로 들여보내졌다. 도서 목록은 교도관들에 의해 추려졌다. 교도관들은 피터가 자살을 할지도 모른다고 생각했기 때문에 그의 방에 변기와 긴 의자만 놓아두었다. 침대 시트도, 매트리스도, 이 세상을 떠날 수단으로 쓰일 만한 것은 아무것도 없었다.

피터의 독방 뒷벽을 채운 콘크리트 벽돌은 415개였다. 피터는 일일이 세어보았다. 두 번이나. 그는 자신을 감시하고 있는 카메라를 똑바로 쳐다보곤 했다. 카메라 저편에는 누가 있는지 궁금했다. 자신이 오줌을 눌 때 교도관들이 지저분한 CCTV 모니터 주위에 모여들어 서로를 콕콕 찔러대며 크게 웃고 있을 모습을 상상했다. 바꿔 말하면, 구치소 안에서조차 피터는 또 다른 집단에 의해 조롱당하고 있었다.

카메라에는 전원을 나타내는 빨간불과 무지개처럼 어른거리는 싱글렌즈가 있었다. 눈꺼풀처럼 생긴 렌즈 주위에는 고무 완충기가 있었다. 피터는 지금은 자살하고 **싶지 않다** 해도 몇 주 뒤에는 그렇게 되겠다는 생각이 번뜩 들었다.

구치소는 아주 캄캄하지는 않았지만, 어슴푸레했다. 어차피 자는 것 외엔 할 일이 없었기 때문에 거의 문제가 되지 않았다. 피터는 긴 의자에 누워 청각을 전혀 사용할 필요가 없으면 청각을 잃게 될지, 언어 능력도 마찬가지일지 생각했다. 사회 시간에, 서부 시대 인디언들은 감옥에 갇히면 때때로 급사를 하곤 했다고 배웠던 게 기억났다. 탁 트인 공간에 길들여진 사람은 감금을 이기지 못한다는 학설이었지만, 피터의 해석은 달랐다. 자기 자신 외에는 친구가 없고 다른 사람을 사귀고 싶지도 않을 때, 그 방을 떠나는 방법은 한 가지뿐이다.

교도관 한 명이 막 순찰을 돌고 지나갔을 때, 피터는 어떤 목소리를 들었다.

난 네가 한 짓을 알고 있어.

제기랄, 내가 미치기 시작했나 보군. 피터는 생각했다.

모두가 알고 있어.

피터는 시멘트 바닥에서 발을 빙그그르 돌려 카메라를 노려보았다. 하지만 카메라는 어떤 비밀도 드러내지 않았다.

그 목소리는 눈 위를 지나가는 바람 소리 같았다. 황량한, 속삭임. "오른쪽으로." 목소리가 말했다. 피터는 천천히 일어나 한쪽 구석으로 걸어갔다.

"누구…… 거기 누구야?" 피터가 말했다.

"시간이 해결할 문제였군. 난 네가 결코 울음을 그치지 않을 거라고 생각했지."

피터는 창살을 통해 내다보려고 애썼지만 볼 수가 없었다. "내

울음소리를 들었다고?"

"염병할 자식, 지랄 말고 철이나 들어." 목소리가 말했다.

"당신 누구야?"

"모두들 나를 카니보어라고 부르지."

피터는 침을 꿀꺽 삼켰다. "당신은 무슨 짓을 했는데?"

"아무 짓도 안 했어. 얼마나 남았지?" 카니보어가 물었다.

"뭐가 얼마나 남아?"

"재판까지 얼마나 남았냐고."

피터는 대답할 수가 없었다. 조던 맥아피에게 물어보는 걸 깜박했다. 어쩌면 답을 듣는 게 두려워서 그랬는지도 몰랐다.

"내 재판은 다음 주야." 카니보어는 피터의 대답을 듣기도 전에 말했다.

관자놀이에 닿은 감방의 금속 문이 얼음처럼 차가웠다. "당신은 여기 얼마나 있었는데?" 피터가 물었다.

"10개월." 카니보어가 대답했다.

피터는 10개월을 줄곧 이 감방에서 지내는 것을 상상했다. 저 따분한 콘크리트 벽돌을 얼마나 더 세어야 할 것이며, 간수들은 그 작은 CCTV 모니터로 피터가 오줌 누는 광경을 얼마나 더 지켜볼 것인가.

"넌 학생들을 죽였지, 그렇지? 아이들을 죽인 자들이 이 감옥에서 어떻게 되는지 알아?

피터는 대답하지 않았다. 피터 역시 스털링 고등학교에 다니는 아이들과 같은 나이대였다. 여기는 유치원 같이 아무나 들어오고 나가는 곳이 아니었다. 게다가 아무 이유 없이 들어오는 곳도 아니었다.

  피터는 더 이상 얘기를 하고 싶지 않았다. "당신은 왜 보석으로 풀려나지 않았어?"

  카니보어는 비웃었다. "내가 여종업원을 강간하고서 찔러 죽였기 때문이라더군."

  이 곳에 있는 사람들 모두 자신들이 무죄라고 생각하고 있을까? 피터는 의자에 누워 있는 동안 줄곧, 자신은 그래프턴 군 구치소에 있는 여느 죄수들과는 다르다고 믿고 있었다. 그런데 지금 보니, 그들과 자신이 다른 점은 없었다.

  조던에게는 피터의 말이 어떻게 들렸을까?

  "아직 거기 있나?" 카니보어가 물었다.

  피터는 더 이상 말하지 않고 의자에 똑바로 누웠다. 옆방 남자가 계속해서 접선을 시도했지만 피터는 얼굴을 벽 쪽으로 돌린 채 못 들은 척했다.

  패트릭은 알렉스 코미어 판사가 판사석에 앉아 있을 때보다 훨씬 젊어 보인다는 것을 깨달았다. 청바지 차림에 머리를 하나로 묶은 그녀는 행주에 손을 닦으면서 문을 열어주었다. 코미어 판사의 뒤로 조지가 서 있었다. 패트릭이 면담을 해본 다른 희생자들에게서 수도 없이 보았던 공허한 표정이었다. 피터가 매슈 로이스턴을 죽이는 것을 목격한 유일한 증인인 조지는 퍼즐에서 가장 중요한 조각이었다. 그러나 다른 희생자들과 달리, 조지에게는 법조계의 복잡함을 잘 아는 엄마가 있었다.

  "코미어 판사님, 그리고 조지. 방문을 허락해주셔서 감사합니다." 패트릭이 말했다.

판사는 그를 빤히 쳐다보았다. "이건 시간 낭비에요. 조지는 아무것도 기억을 못해요."

"죄송합니다만, 판사님. 조지에게 직접 얘기를 듣는 게 제 임무라서요."

패트릭은 논쟁에 대비해 마음을 단단히 먹었는데, 의외로 코미어 판사는 순순히 물러섰다. 패트릭은 눈으로 현관의 홀을 쭉 훑었다. 잎이 길게 늘어진 거미풀이 놓여 있는 골동품 탁자, 벽에 걸린 고상한 풍경화들. 판사는 이렇게 사는 건가 하고 그는 생각했다. 패트릭이 사는 곳은 휴게소이자, 세탁물과 지난 신문들과 유통기한이 한참 지난 음식물의 정박소였다. 그는 사무실에서 일하는 사이사이 짬을 내 집에 가곤 했다.

패트릭은 조지를 돌아보았다. "머리는 어떠니?"

"아직 아파요." 조지가 말했다. 목소리가 너무 작아서 패트릭은 귀를 쫑긋 세워야 했다.

패트릭은 다시 판사를 돌아보았다. "따님과 잠시 얘기할 수 있는 곳이 있습니까?"

코미어 판사는 그들을 부엌으로 안내했다. 패트릭이 상상 속에 그리던 부엌이었다. 체리색 진열장, 퇴창으로 쏟아져 들어오는 햇빛, 조리대 위의 바나나 그릇까지. 패트릭은 알렉스 코미어 판사가 딸 옆에 앉을 것이라 생각해서 조지 앞에 앉았는데, 놀랍게도 판사는 그냥 서 있었다. "엄마는 2층에 있을 테니까 필요하면 불러." 그녀가 말했다.

조지가 괴로운 표정으로 엄마를 올려다보았다. "그냥 여기 있으면 안 돼?"

아주 잠깐, 패트릭은 판사의 눈에서 어떤 빛을 보았다. 바람? 회한? 뭐라 이름을 붙일 새도 없이 그 빛은 사라져버렸다. "안 된다는 거 알잖아." 코미어 판사는 점잖게 말했다.

패트릭은 아이를 가져본 적이 없었지만, 만약 자신의 아이가 죽을 뻔한 사고를 겪었다면 아이를 눈 밖에 두기란 여간 힘든 일이 아닐 것이다. 엄마와 딸 사이에 정확히 무슨 일이 있는지는 몰랐지만, 자신이 끼어들지 않는 것이 좋다는 것쯤은 알 수 있었다. "듀참 형사님이 잘 대해주실 거야." 판사가 말했다.

반은 희망사항이었고, 반은 경고였다. 패트릭은 코미어 판사에게 고개를 끄덕였다. 물론 좋은 경찰은 기본적으로 피해자를 보호하기 위해 최선을 다한다. 그러나 약탈이나 협박이나 부상을 당한 피해자가 자신이 아는 사람이면 개인적 관여도가 현저히 달라지는 것도 사실이다. 전화도 더 많이 하고, 그 일부터 처리하기 위해 다른 책임은 남에게 떠넘기곤 한다. 패트릭은 몇 년 전, 친구인 니나와 그녀의 아들 때문에 그런 경험을 했었다. 조지 코미어와는 개인적으로 아는 사이가 아니었지만, 그 아이의 엄마가 같은 법조계, 그것도 최고 지위에 있으니 그녀의 딸도 신중히 대우받을 가치가 있었다.

패트릭은 알렉스가 계단을 올라가는 것을 보고서 외투 주머니에서 메모장과 연필을 꺼내며 말했다. "그래, 지낼 만하니?"

"신경 쓰는 척하실 필요 없어요."

"척하는 거 아닌데." 패트릭이 말했다.

"전 아저씨가 왜 왔는지 모르겠어요. 아저씨한테 말한다고 해서 죽은 아이들이 살아 돌아오는 것도 아니잖아요."

"맞아." 패트릭도 인정했다. "하지만 피터 호턴을 재판하기 전에 우리는 정확히 무슨 일이 있었는지 알아야 해. 불행하게도 난 그 자리에 없었거든."

"불행하게도요?"

패트릭은 식탁을 내려다보았다. "난 가끔 말이다. 일이 터지는 걸 막지 못한 사람이 되느니 차라리 다친 사람이 되는 게 더 편하겠다는 생각을 해."

"난 거기 있었어요. 하지만 막지 못했어요." 조지는 떨리는 목소리로 말했다.

"조지, 그건 네 잘못이 아니다." 패트릭이 말했다.

그 순간 조지는 자신도 정말 간절히 그 말을 믿고 싶다는 듯 패트릭을 쳐다보았지만, 그게 빈말이라는 것쯤은 알았다. 패트릭이 뭐라고 그녀의 잘못이라고 말하겠는가? 패트릭은 신고를 받고 스털링 고등학교로 미친 듯이 돌진하던 때를 떠올리면서, 범인이 처음 도착했을 때 자신이 학교에 있었다면 어떻게 되었을까 상상해보았다. 학생들이 다치기 전에 피터를 무장해제시켰더라면.

"총기 사건에 대해서는 기억나는 게 없어요." 조지가 말했다.

"체육관에 있었던 건?"

조지는 머리를 가로저었다.

"거기서 매슈랑 달리기를 하지 않았니?"

"아뇨. 일어나서 학교에 갔던 것도 기억이 안 나요. 머릿속이 지우개로 지운 것처럼 백지에요."

희생자들을 전문적으로 상담하는 정신과 의사들의 말에 따르면 이런 증상은 지극히 정상이었다. 기억상실증은 자신을 산산조각 낼지도 모르는 일을 되살리지 못하게 보호하는 방법이었다. 어떤 면에서 패트릭은 그 자신도 조지처럼 운이 좋기를, 그가 본 것을 잊어버릴 수 있기를 바랐다.

"피터 호턴은 어때? 그 아이를 알고 있었니?"

"피터는 모르는 애들이 없었어요."

"무슨 뜻이지?"

조지는 어깨를 으쓱했다. "눈에 띄었으니까요."

"피터가 다른 애들과 달라서?"

조지는 잠시 그 말에 대해 생각했다. "피터가 맞추려고 하지 않아서요."

"매슈 로이스턴하고는 연인 사이였니?"

순식간에 조지의 눈에 눈물이 고였다. "그 앤 맷이라고 불러주는 걸 좋아했어요."

패트릭이 화장지를 집어 조지에게 건넸다. "그런 일이 생겨서 유감이다, 조지."

조지는 머리를 숙였다. "저도요."

패트릭은 조지가 눈물을 닦고 코를 풀 때까지 기다렸다. "피터가 왜 매슈를 싫어했는지 짐작가는 데가 있니?"

"많은 아이들이 피터를 놀려대곤 했어요. 맷만 그런 게 아니었어요." 조지가 말했다.

너도 그랬니? 패트릭은 생각했다. 그는 피터의 방에서 압수해 온 졸업앨범을 봤었다. 죽은 아이들 중에는 동그라미가 쳐진 아이도 있었고, 그렇지 않은 아이도 있었다. 그럴 만한 이유가 있었다. 천 명이 다니는 학교에서 서른 명을 골라 사냥하는 것이 생각했던 것보다 훨씬 더 어렵다는 걸 피터는 몰랐으니까. 그러나 피터가 졸업앨범에 표시한 목표물들 중 조지의 사진에만, 마치 마음을 바꾸기라도 한 듯 X자가 그려져 있었다. 조지의 사진 밑에만 '살려주자'라고 적혀 있었다.

"그 아이를 개인적으로 알고 있었니? 수업을 같이 들었다거나 뭐 그런?"

조지는 고개를 들었다. "같이 일한 적이 있어요."

"어디서?"

"시내에 있는 복사 가게요."

"너희 둘은 잘 지냈니?"

"가끔요. 늘 그렇진 못했어요." 조지가 말했다.

"왜지?"

"한번은 피터가 불을 냈는데 제가 일러바쳤어요. 피터는 일자리를 잃었고요."

패트릭은 메모장에 써내려갔다. 원한을 품을 만한 이유가 충분한데 왜 피터는 조지를 살려두기로 한 걸까?

"그전에는 너희 둘이 친구였니?"

조지는 눈물을 닦았던 화장지를 삼각형으로, 더 작은 삼각형으로, 더 작은 삼각형으로 접었다. "아뇨, 아니었어요." 조지가 말했다.

레이시 옆에 앉은 여자는 담배 냄새가 나는 체크무늬 플란넬 셔츠를 입고 있었고, 이가 거의 빠지고 없었다. 그녀는 레이시의 스커트와 블라우스를 힐끗 보며 물었다. "여기 처음이에요?"

레이시는 고개를 끄덕였다. 그들은 의자가 나란히 줄지어 있는 길쭉한 방에서 기다리고 있었다. 그들의 발 앞에는 빨간 선이 그어져 있었고, 그 선 너머로 의자가 또 줄지어 있었다. 수감자들과 면회자들이 거울에 비친 상처럼 앉아 속기로 말하고 있었다. 레이시 옆에 앉은 여자가 미소를 지으며 말했다. "익숙해질 거예요."

부모 중 한 명만 2주에 한 번, 한 시간 동안 면회가 허락되었다. 레이시는 집에서 구운 머핀과 케이크, 잡지와 책 등 피터에게 도움이 되겠다 싶은 것들을 바구니에 가득 담아 가지고 왔다. 하지만 면회 신청을 받는 교도관이 물건들을 압류했다. 음식물은 반입 금지. 도서는 심사 후에 반입 허용.

머리를 짧게 밀고 양팔에 문신을 새긴 남자가 레이시 쪽으로 다가왔다. 레이시는 오싹 움츠러들었다. 이마에 찍힌 게 나치 문양이던가? "안녕, 엄마." 남자가 나직이 말하자 옆에 앉은 여자의 눈이 가늘어졌다. 레이시는 자기 옆의 여자가 바라보는 것은 문신과 빡빡머리와 오렌지색 점퍼를 입은 남자가 아닌, 집 뒤뜰의 진흙탕에서 올챙이를 잡고 있는 어린 아들이라는 것을 알았다. **모두가 누군가의 아들이구나**, 레이시는 생각했다.

눈을 돌리니 피터가 면회실로 인솔되어 오고 있었다. 피터가 너무 야위어 보이고, 안경 너머 두 눈이 너무나 공허해 보여서 레이시는 잠시 심장이 멎는 듯했다. 하지만 곧바로 숱한 감정을 꾹꾹 누르고 아들에게 환한 미소를 지어 보였다. 레이시는 죄수복을 입은 아들을 보는 것이 아무렇지 않은 일인 척할 것이다. 구치소 주차장에 차를 댄 후 공황발작이 일어나 힘겨워 한 일도 없었던 척할 것이다. 마약상들과 강간범들에 둘러싸인 채 아들에게 밥은 잘 먹고 있느냐고 묻는 것도 지극히 정상적인 일인 척할 것이다.

"피터." 레이시는 아들을 품에 안으며 말했다. 피터는 잠깐 망설이다 엄마의 등을 껴안았다. 레이시는 피터가 아기였을 때처럼 목을 감싸 안으면서 피터의 냄새를 맡으려고 했지만, 피터에게선 이제 아들의 냄새가 나지 않았다. 잠깐 동안 레이시는 이 모든 것이 착오라는 몽상에 빠져들었지만, 곧 달라진 게 뭔지 깨달았다. 샴푸와 방취제가 달라졌다. 구치소에 있던 피터에게서는 코를 찌르는 싸구려 냄새가 났다.

갑자기 누군가 레이시의 어깨를 톡톡 쳤다. "부인, 이제 그만 떨어지셔야 합니다." 교도관이 말했다.

그게 그렇게 쉽다면요, 레이시는 생각했다.

피터와 레이시는 빨간 선을 사이에 두고 마주 앉았다.

"몸은 괜찮니?" 레이시가 물었다.

"아직도 여기 있는데, 뭘."

피터는 지금쯤은 이미 자신이 다른 곳에 있어야 했다는 듯 말했다. 레이시는 오싹한 기분이 들었다. 보석을 받고 풀려나는 이야기가 아니었다. 레이시는 피터가 자살을 할 거라는 생각은 떠올리기조차 싫었다. 그녀는 목이 메어왔고, 절대 그러지 말자고 다짐했던 한 가지를 결국 못 지키고 말았다. 울기 시작한 것이다. "피터, 왜 그랬어?" 레이시가 나직이 말했다.

"경찰이 집에 왔어?" 피터가 물었다.

레이시는 고개를 끄덕였다. 마치 오래전 일만 같았다.

"내 방에도 들어갔어?"

"영장을 가져왔어……."

"내 물건들을 가져갔단 말이야?" 피터가 소리쳤다. 레이시는 아들이 그렇게 격하게 반응하는 건 처음 봤다. "내 물건들을 가져가게 했단 말이야?"

"그걸 가지고 뭘 하고 있었어? 폭탄이며, 총으로……."

"엄마는 이해 못해."

"그럼 이해시켜봐, 피터. 날 이해시켜봐." 레이시가 상심한 목소리로 말했다.

"17년을 살면서도 이해를 못 시켰어, 엄마. 지금 와서 뭐가 달라지겠어?" 피터의 얼굴이 일그러졌다. "귀찮아. 여긴 뭣하러 온 거야?"

"널 보려고……."

"그럼 **나를 봐**. 왜 날 안 보고 다른 얘길 하는 거야?" 피터가 소리쳤다.

피터는 두 손으로 머리를 감싸고 좁은 어깨를 구부린 채 흐느껴 울었다.

그제야 레이시는 깨달았다. 낯설어 보이는 피터의 얼굴을 보면서 이 아이는 더 이상 내 아들이 아니라고 자신이 단정 짓고 있었다는 것을. 혹은 변해버린 피터의 모습에서 아직 남아 있을지 모르는 아들의 흔적을 조금이라도 찾으려 했다는 것을.

엄마라는 사람이, 어떻게 이럴 수 있을까?

괴물은 태어나는 게 아니라 만들어지는 거라고 세상 사람들이 레이시를 비난할 수도 있다. 레이시가 너무 안일했거나 너무 엄했다고, 너무 거리를 두었거나 너무 숨 막히게 했다고 그녀의 가정

교육을 비난할 수도 있다. 그녀가 아들에게 한 일들 때문에 총기 난사 사건이 일어났다고 분석하는 이들도 있을 것이다. 그렇다면 그녀가 아들을 위해 어떻게 해야 했을까? 올 A를 받고 농구 시합을 승리로 이끄는 아이를 자랑스러워하기란 쉽다. 그러나 진정한 부모의 인격은 남들이 모두 싫어하는 아이에게서 사랑할 점을 찾을 수 있을 때 나타난다. 레이시는 피터가 올바른 아이로 자랄 수 있도록 애써왔다. 하지만 그녀가 피터를 위해 했거나 하지 않았던 것이 잘못된 평가 기준이었다면? 이 끔찍한 순간 전까지 그녀의 행동들은, 단지 모성이란 그럴 것이라고 여겨 실천했던 것에 불과할까?

 레이시는 빨간 선 너머로 팔을 뻗어 피터를 끌어안았다. 허용이 되고 안 되고는 개의치 않았다. 간수들이 와서 엄마와 아들을 떼어놓을 수도 있지만, 그때까지는 레이시는 아들을 놓아주지 않을 생각이었다.

 카페테리아에 있던 CCTV에는 피터가 권총을 들고 들어섰을 때 학생들이 쟁반을 들고 가거나 숙제를 하거나 잡담을 나누던 모습이 찍혀 있었다. 총이 발사되자 온갖 비명 소리가 터져 나왔다. 화재경보기가 울렸다. 아이들이 출구를 찾아 뛰기 시작하자 피터가 다시 총을 발사했고, 이번에는 여학생 두 명이 쓰러졌다. 다른 학생들은 쓰러진 여학생들을 그대로 밟고 뛰어 달아났.
 카페테리아에 자신과 희생자들만 남게 되자, 피터는 테이블 사이를 걸어 다니면서 자신의 작업 성과를 조사했다. 피를 흥건히 흘린 채 책 위에 엎어져 있는 남학생을 지나치다 멈춰 서서는 테이블에 남겨져 있던 아이팟을 집어 들었다. 그러고는 이어폰을 귀에 꽂았다가 음악이 꺼지자 다시 내려놓았다. 펼쳐져 있던 공책의 페이지도 넘겨보았다. 그런 다음 음식에 손도 대지 않은 쟁반 앞에 앉아 그 위에 총을 내려놓았다. 라이스 크리스피 시리얼 통을 열어 플라스틱 그릇에 부었다. 우유도 부어 시리얼을 다 먹고는 다시 일어나 권총을 들고 카페테리아를 나갔다.

패트릭이 이제껏 본 범죄자들 중 가장 냉담하고, 침착했다.

저녁 식사로 끓여놓은 라면 그릇을 내려다본 패트릭은 식욕을 잃고 말았다. 그는 그릇을 신문 더미 위에 제쳐놓고 테이프를 되감아 그 장면을 억지로 다시 보았다. 전화가 울려 수화기를 들면서도 여전히 텔레비전 화면에 나타난 피터의 모습에 사로잡혀 있었다. "여보세요."

"어떻게 지내는지 물어보려고 전화했어. 바빠?" 니나 프로스트가 물었다.

그녀의 목소리를 들으니 마음이 누그러졌다. 오래된 습관은 쉽게 바뀌지 않는다. "미안해. 뭘 좀 하고 있었어."

"알 만해. 온통 그 뉴스니. 어떻게 버티고 있어?"

"아, 난 잘 지내." 패트릭이 말했다. 밤에 잠을 못 잘 때, 눈을 감기만 하면 죽은 사람들의 얼굴이 보일 때, 확실히 잊었다고 생각한 질문들이 입 안 가득 차오를 때 패트릭이 자주 하는 말이었다.

"패트릭, 자책하지 마." 니나가 말했다. 니나는 그의 가장 오랜 친구이자, 어느 누구보다 그를 잘 아는 사람이었다.

패트릭은 머리를 숙였다. "우리 마을에서 일어났는데 어떻게 자책감이 안 들 수가 있겠어?"

"화상전화라도 있으면, 당신이 고행자 역을 맡고 있는지 슈퍼맨 역을 맡고 있는지 알 수 있을 텐데." 니나가 말했다.

"재미없어."

"맞아, 재미없어." 그녀도 인정했다. "하지만 유죄 판결을 받는다는 건 확실하잖아. 그래, 증인이 몇이나 돼? 천 명?"

"비슷해."

니나는 조용해졌다. 패트릭은 그녀에게 피터 호턴의 유죄를 선고하는 것만으로는 충분하지 않다는 걸 설명할 필요가 없었다. 이 일을 잠재우기 위해선, 무엇보다 패트릭은 피터가 왜 이런 짓을 했는지 이해해야 했다.

그래야 다시는 이런 일이 일어나지 않게 막을 수 있을 테니까.

세계 각국의 학교에서 일어난 총기 사건을 조사한 FBI 특별 수사관들이 발표한 보고서에는 이런 내용이 있었다.

학교 총기 사건의 범인들에게서는 가족 역학의 유사점이 발견된다. 흔히 범인은 부모와의 관계가 순탄치 않고, 부모는 병적인 행동을 보이는 경향이 있다. 또한 가족 구성원 간의 친밀도가 부족하다. 범인은 텔레비전 시청이나 컴퓨터 사용에 제한을 받지 않고, 때로는 무기에도 접근할 수 있다.

범인의 입장에서 보았을 때, 학교 환경은 한쪽으로 치우치는 경향이 있었다. 학교 측은 특정 학생들에게 특혜를 누리게 하면서 그 학생들이 무례한 행동을 해도 공공연하게 정당한 처벌을 하지 않았다.

총기 사건의 범인들은 폭력적인 영화와 텔레비전 프로그램과 비디오 게임을 쉽게 받아들이는 것 같다. 마약과 술을 하고, 학교 밖에 있는 또래 집단은 그들의 행동을 지지하는 것 같다.

또한 어떤 폭력적인 행동이 표출되기 전에는 그 일이 일어날 단서가 있다. 이런 단서들은 시, 작문, 그림, 이메일, 또는 직접적이거나 간접적인 위협의 형태를 취한다.

이런 공통점들에도 불구하고, 이 보고서를 이용해 미래의 범인들을 예측하는 대조표를 만드는 것은 경계해야 한다. 이것이 미디어에 발표되면 많은 비폭력적인 학생들도 잠재적인 파괴자라는 꼬리표를 달게 될지 모른다. 사실, 폭력적인 행동을 결코 하지 않는 상당수의 청소년들에게도 이 목록에 있는 몇 가지 특성은 보이기 때문이다.

루이스 호턴은 규칙적인 생활을 하는 사람이었다. 매일 아침 5시 35분에 일어나 지하실에서 러닝머신을 탔다. 그런 다음 샤워를 하고서 시리얼을 먹으면서 신문의 헤드라인을 쭉 훑었다. 날이 춥건 덥건 항상 같은 외투를 입었고, 교직원 주차장에서 늘 같은 지점에 주차를 했다.

루이스는 언젠가 판에 박힌 일상이 행복에 끼치는 영향을 수학적으로 계산해본 적이 있는데, 그 계산에서 흥미로운 의외성을 발견했다. 익숙함이 가져다주는 기쁨의 크기가 개개인의 변화 수용 여부에 따라 확대되거나 감소된다는 것이었다. 다시 말해서, 닳은 문지방처럼 익숙한 것을 좋아하는 사람—그런 사람의 대표주자를 레이시는 영국인과 루이스라고 했겠지만—에게도 그런 것을 답답해하는 전혀 다른 자아가 있었다. 그런 경우, 쾌적 지수는 음수가 되었고, 습관대로 하는 것이 실제로는 행복의 값을 떨어뜨렸다.

루이스가 보기에는, 마치 처음 들어와 보는 듯이 집 안을 돌아다니고 있는 레이시가 딱 그랬다. 아내는 예전 같은 일상으로 돌아가야 한다는 생각을 견디지 못했다. "당신은 이 마당에 어떻게 내가 다른 사람의 아이에 대해 생각할 수 있다는 거야?" 그녀는 따지듯 물었다.

레이시는 자신들이 뭔가를 해야 한다고 계속 주장했지만, 루이스는 그것이 무엇인지 알 수가 없었다. 루이스는 아내도 아들도 위로할 수가 없었기 때문에 자신을 위로하기로 했다. 피터의 기소인부절차가 끝나고 닷새를 꼬박 집 안에 처박혀 있었던 그는 아침에 깨자마자 서류가방을 챙기고 시리얼을 먹고 신문을 읽고 일하러 나갔다.

사무실로 향하면서 루이스는 행복의 방정식에 대해 생각했다. 그것은 그의 난관 돌파 신조들 중 하나였다. $H=R/E$, 즉 행복은 기대치로 나눈 현실과 같다는 공식은 사람은 언제나 앞으로의 일을 기대한다는 보편적인 진리에 근거한 것이었다. 바꿔 말하면, 나눗셈을 하려면 E(expectation, 기대치)는 항상 0 이상이 되어야 했다. 하지만 최근 들어서는 그것의 진리가 의심스러웠다. 그것이 수학이 가진 한계였다. 한밤중에 완전히 잠이 깨어 천장을 응시하면서 옆에 누운 아내가 잠든 척하고 있고 자신도 그러고 있었을 때, 루이스는 자신은 사람의 삶에서 아무것도 기대하지 않는 데 길들여졌는지 모른다고 믿게 되었다. 그랬기에, 첫아들을 잃었을 때도 비탄에 잠기지 않았다. 둘째 아들이 살인자가 되어 구치소에 들어갔는데도 부서지지 않았다. 결국 0으로도 나눌 수 있었던 것이다. 심장이 있던 자리에 깊은 골이 팬 느낌이었다.

대학 교정에 발을 딛자마자 루이스는 기분이 한결 좋아졌다. 그곳에서는 총기 난사범의 아버지가 아니었고 그런 적도 없었다. 그는 경제학 교수 루이스 호턴이었다. 여전히 승부의 최고봉에 있었으며, 자신의 연구를 들여다보고 어떤 문제점이 있는지 생각할 필요도 없었다.

루이스가 서류가방에서 서류를 한 묶음 막 꺼냈을 때, 학과장이 열린 출입구로 얼굴을 쑥 내밀었다. 휴 맥쿼리였다. "호턴? 여기서 뭘 하고 있는 건가?"

"지난번에 확인했더니 학교에서 아직도 월급을 주고 있어서 말이죠." 루이스는 농담을 해보려 애썼다. 그는 사실 농담에 서툴렀다. 언제나 타이밍이 어긋났기 때문이다.

휴가 루이스의 방으로 들어왔다. "이런, 루이스. 무슨 말을 해야 할지." 휴는 말을 더듬었다.

루이스는 휴를 비난하지 않았다. 자신 또한 무슨 말을 해야 할지 알지 못했으니까. 육친을 여의거나 사랑하는 애완동물을 잃거나 직장에서 해고된 사람에게는 그에 맞는 인사말이 있었지만, 사람 열 명을 죽인 아들을 둔 사람에게 어울리는 위로의 말은 없는 듯했다.

"집으로 전화를 할까 생각도 했네. 집사람은 음식이라도 좀 가져다주고 싶어 하더군. 레이시는 어떻게 버티고 있나?"

루이스는 안경을 콧마루 위로 올렸다. "아, 가능한 한 평온하게 지내려고 노력 중이에요."

루이스는 이렇게 말하면서 자신의 삶을 도표로 그려보았다. 정상적인 삶이 쭉쭉 이어진 선, 하지만 정점에 점점 가까워지기는 하되 약을 올리기라도 하듯 실제로는 결코 정점에 도달하지 않는 선이었다.

휴는 루이스의 책상 건너편 의자에 앉았다. 미시경제학을 공부하는 학생들 중 개별지도가 필요한 학생들이 이따금 앉는 의자였다. "루이스, 좀 쉬도록 하게." 그가 말했다.

"고맙습니다, 학과장님. 신경 써주셔서." 루이스는 칠판에 써서 풀고 있었던 방정식을 힐끗 보았다. "하지만, 지금은 여기 있어야 해요. 그래야 아들에 대한 일을 생각하지 않을 수 있거든요." 루이스는 분필을 집어 들고 그의 마음을 안정시켜주는 사랑스러운 숫자들을 칠판에 꾹꾹 눌러쓰기 시작했다.

사람을 행복하게 만드는 것과 불행하게 만드는 것에는 차이가 있다는 걸 그는 알았다. 차이를 극복하는 비결은 이 두 가지가 결국은 하나이자 같은 것임을 깨닫는 것이었다.

휴가 방정식을 풀고 있는 루이스의 팔에 손을 얹었다. "내가 말을 잘못한 것 같군. 학교 측에서 자네를 좀 쉬게 해줄 필요가 있다고 결정했네."

루이스는 그를 응시했다. "아, 알겠습니다." 속마음은 아니었지만 말은 그렇게 했다. 루이스가 직장과 가정을 기꺼이 분리하겠다는데, 대학교 측은 왜 똑같이 할 수 없는 걸까?

아니면.

애초부터 피터를 낳은 것이 실수였을까? 아버지로서 내린 결정

다음 날

에 확신이 없다면, 전문직 종사자로서 지니고 있는 자신감으로 그 불안을 때울 순 없을까? 아니면 그렇게 땜질한 것은 무게를 이기지 못하는 종이 벽처럼 언제나 부서지기 쉬운 것일까?

"잠깐 동안이네. 그게 최선이라고 보네." 휴가 말했다.

누구를 위한 최선입니까? 루이스는 그런 생각을 했지만, 학과장 휴가 문을 닫고 나가는 소리가 들릴 때까지 조용히 있었다.

학과장이 떠나자 루이스는 다시 분필을 들었다. 빤히 보노라니 방정식의 숫자들이 어느 순간 뒤엉켜버렸다. 그는 손가락이 보이지 않을 정도로 빠르게 손을 움직여서 분필을 마구 휘갈기기 시작했다. 왜 전에는 깨닫지 못했을까? 기대치로 현실을 나누면 행복 지수가 얻어진다는 것은 모두가 아는 사실이었다. 하지만 그 방정식을 뒤집어, 현실로 기대치를 나누면 행복의 반대가 얻어지지 않는다. 얻어지는 정답은 희망이란 걸, 루이스는 깨달았다.

순수 논리학으로는 이렇다. 현실이 한결같다고 가정하면 기대치가 현실보다 커야 낙관주의가 생긴다. 반면에 비관주의자는 기대치를 현실보다 낮게 잡는 사람이다. 일종의 수확체감의 원리다. 그러나 인간의 조건은 이 기대치가 0에 가까워지기는 하나 결코 0에 이르지는 않는다는 걸 의미한다. 따라서 실제로는 희망을 완전히 포기하지는 않는다. 희망은 어떤 자극에도 물밀 듯 다시 몰려들 수 있을지 모른다.

루이스는 칠판에서 물러나 자신의 작품을 바라보았다. 행복한 사람은 변화의 필요를 거의 느끼지 못할 것이다. 하지만 낙관주의자는 언제나 현실보다 더 나은 어떤 것이 있다고 믿고 싶어 하므로 변화의 필요를 느낄 것이다.

그는 그 규칙에 예외가 있을까 생각하기 시작했다. 행복한 사람들도 희망을 품는지, 불행한 사람들은 상황이 나아질지 모른다는 기대마저 포기해버리는지를.

그러자 루이스는 아들이 생각났다.

그는 칠판 앞에 서서 울기 시작했다. 그의 손과 소매는 하얀 분필 가루에 뒤덮여 유령이라도 된 것처럼 보였다.

기술요원들의 작업 사무실은 컴퓨터로 가득했다. 피터 호턴의 방에서 압수한 컴퓨터뿐 아니라 비서실과 도서관 컴퓨터를 비롯해 스털링 고등학교에서 압수한 컴퓨터들까지 있었다.

"대단한 놈이에요." 오레스테스가 말했다. 아직 고등학교도 마치지 않았을 만큼 어린 기술요원이었다. "HTML(인터넷 서비스의 하나인 월드와이드 웹을 통해 볼 수 있는 문서를 만들 때 사용하는 프로그래밍 언어의 한 종류-옮긴이) 프로그래밍만 얘기하는 게 아니에요. 이 녀석 정말 대단한데요."

오레스테스가 피터의 컴퓨터에 내장된 몇 개의 파일을 찾아 불러내 자판을 몇 번 두들기자 갑자기 3차원의 용이 화면 가득 나타나 불을 내뿜었다. "와아." 패트릭은 탄성을 질렀다.

"제가 말씀드릴 수 있는 건, 그 애가 실제로 컴퓨터 게임을 몇 개 만들었고, 올리면 댓글을 받을 수 있는 몇몇 사이트에 퍼뜨렸다는 겁니다."

"그런 사이트에도 게시판이 있나?"

"대장, 저를 좀 믿어보시죠." 오레스테스가 화살표가 있는 곳에 마우스를 클릭하면서 말했다. "피터는 데스위시란 이름으로 들어왔어요. 그들은······."

"밴드야." 패트릭이 이어서 말했다. "나도 알아."

"그냥 밴드가 아니에요." 오레스테스는 자판 위로 손가락을 날래게 움직이며 경건하게 말했다. "인간의 양심을 대변하는 현대의 목소리죠."

"티퍼 고어에게 그렇게 말해봐(미국의 부통령이었던 앨 고어의 부인으로 소심하고 편협한 인물을 칭하는 뜻으로 쓰인다. 1980년대 중반, 청소년들이 외설적인 대중가요를 듣지 못하게 해야 한다는 주장을 펼치면서 그녀의 이름에 이런 뜻이 달리게 되었다-옮긴이)."

"누구요?"

패트릭은 웃었다. "자네 시대 이전 사람이었군 그래."

"대장은 어렸을 때 무슨 음악을 들었어요?"

"다 같이 돌을 두들겨대는 원시인 음악이었지." 패트릭은 익살스럽게 말했다.

화면은 데스위시가 올린 게시물로 가득 찼다. 대부분이 특정 그래픽의 영상을 높이는 방법에 관한 것이거나 그 사이트에 올라온 다른 게임들에 대한 비평이었다. 두 개는 데스위시 밴드의 가사를 인용한 것이었다. "개인적으로 가장 마음에 드는 글이에요." 오레스테스가 말하고서 스크롤을 내렸다.

From: 데스위시
To: 1991 하데스

이 마을은 폭발한다. 이번 주에 추한 노파들이 만든 싸구려 물건을 전시하는 공예 축제가 있다. 공예 축제가 아니라 쓰레기 축제라 해야 한다. 나는 교회 밖 덤불 속에 숨어 있을 것이다. 그들이 거리를 건널 때 사격 연습을 할 것이다. 백발백중! 야호!

패트릭은 의자에 몸을 기댔다. "이런 걸로는 아무것도 입증하지 못해."

"그렇죠." 오레스테스가 말했다. "공예 축제는 일종의 술수죠. 하지만 이걸 보세요." 오레스테스가 의자를 빙그르르 돌리더니 어떤 책상에 설치해놓은 또 다른 컴퓨터로 손을 뻗었다. "녀석은 학교 보안 시스템에 침입했어요."

"뭘 하려고? 성적을 조작하려고?"

"아뇨. 녀석이 쓴 프로그램이 오전 9시 58분에 학교 전산망 방화벽을 뚫었어요."

"차에 있던 폭탄이 터진 시각이로군." 패트릭이 중얼거렸다.

오레스테스는 패트릭이 볼 수 있게 모니터를 돌려주었다. "학교에 있는 모든 컴퓨터 화면이 이렇게 됐어요."

패트릭은 보라색 배경 화면 위로 새빨간 글자들이 차양처럼 올라오는 것을 응시했다. **준비가 됐든, 안 됐든…… 내가 왔다.**

조던은 미리 도착해서 회의실 탁자에 앉아 있었다. 교도관이 피터 호턴을 들여보내자 조던은 교도관에게 고맙다는 인사를 하고 피터를 주시했다. 피터는 단 하나뿐인 창문에 시선을 고정한 채 서 있었다. 조던은 자신이 변호했던 죄수들에게서 이런 모습을 수도 없이 보았다. 평범한 사람이 얼마나 빨리 우리 속 동물로 변할 수 있는지를. 다시 생각해보면, 이것은 닭이 먼저냐 달걀이 먼저냐 같은 수수께끼였다. 감옥에 있기 때문에 동물이 된 것일까……. 아니면 동물이었기 때문에 감옥에 있는 것일까?

"앉으렴." 조던이 말했지만, 피터는 여전히 서 있었다.

상관없다는 듯 조던은 말을 시작했다. "난 기본원칙을 지키고 싶다, 피터. 내가 너에게 하는 말은 모두 비밀이야. 네가 나한테 하는 말도 모두 비밀이고. 난 네가 하는 말을 누구한테도 말할 수 없어. 그리고 난 너에게 미디어나 경찰이나 다른 누구와도 이야기해서는 안 된다고 **말할 수** 있어. 누군가가 너에게 접근하려고 하면 너는 즉시 내게 연락해야 해. 수신자부담으로 전화를 해. 난 네 변호사로서 널 대변해야 하니까. 지금부터는 내가 너의 가장 친한 친구이자, 어머니, 아버지, 목사야. 알아듣겠니?"

피터는 그를 노려보았다. "완벽하게."

"좋아. 그러면." 조던은 서류가방에서 법률용지와 연필을 꺼냈다. "나한테 묻고 싶은 게 있을 것 같은데. 그것부터 시작하자."

"난 여기가 싫어요. 왜 내가 여기 있어야 하는지 모르겠어요." 피터가 내뱉었다.

조던의 의뢰인들 대부분이, 처음에는 구치소를 무서워하며 얌전히 굴다가 시간이 지나면 화를 내고 분개했다. 피터 역시 지금 그런 반응을 보이고 있었지만, 조던에게는 피터가 보통의 10대 아이처럼 보였다. 세상이 자기중심으로 돌아간다고 여기던 그 나이 때의 토머스를 보는 듯했다. 하지만 변호사 조던이 아버지 조던을 이겼다. 그는 피터 호턴이 정말로 자신이 구치소에 있는 이유를 모르는 것일까 생각했다. 조던은 정신이상방어는 통하지도 않을 것이고, 추잡한 속임수가 될 것이라고 생각했다. 하지만 어쩌면 피터는 진짜 그런 행세를 할 수도 있었다. 그것이 무죄석방을 따내는 열쇠라면. "무슨 뜻이냐?" 조던이 다그치듯 물었다.

"나한테 이런 짓을 시킨 건 그들인데, 정작 벌을 받고 있는 건 나잖아요."

조던은 의자에 깊숙이 앉아 팔짱을 꼈다. 피터는 자신이 한 짓을 후회하지 않았다. 그것도 아주 분명하게. 오히려 자신을 피해자로 여겼다.

피고측 변호인이 되는 것의 난감한 점이 이런 것이다. 조던은 사실 피터가 하는 말에 크게 신경을 쓰지는 않았다. 일의 성격상 개인적인 감정이 끼어들 여지가 없었다. 조던은 자신들을 순교자라고 믿는 살인범이나 강간범들과 일해왔다. 조던이 할 일은 그들을 믿지 않거나 판결을 받지 않게 하는 것이었다. 그들을 풀어주기 위해 할 일만 하거나 할 말만 하면 되는 것이었다. 피터에게 말은 그렇게 했지만, 조던은 목사도, 정신과의사도, 친구도 아니었다. 단지 대변인일 뿐이었다.

"글쎄, 넌 감옥이라는 곳이 왜 있는지 이해할 필요가 있겠구나. 사람들이 보기에 넌 살인범일 뿐이야." 조던은 침착하게 말했다.

"그렇다면 다들 위선자예요. 그들은 바퀴벌레를 보면 밟아 죽이지 않나요? 그래요?" 피터가 말했다.

"너한테는 학교에서 일어난 일이 그렇다는 거냐?"

피터는 눈을 홱 돌리며 말했다. "내가 여기서 잡지도 못 본다는 거 알아요? 난 다른 사람들처럼 운동하러 나가지도 못한다고요."

"난 네 불만이나 듣자고 여기 있는 게 아니다."

"그럼 왜 있어요?"

"널 빼내주려고. 그리고 그렇게 하려면 넌 나와 얘기를 해야 해." 조던이 말했다.

피터는 가슴팍에서 팔짱을 끼고서 조던의 와이셔츠부터 넥타이, 번쩍거리는 검정 구두까지 쭉 훑었다. "왜요? 나한테 개털만큼도 관심이 없으면서."

조던은 일어서서 공책을 서류가방에 넣었다. "그거 알아? 네 말이 맞아. 난 너한테 조금도 관심이 **없어**. 난 단지 내 일을 하고 있을 뿐이야. 난 너랑은 달라서 내 남은 인생의 하숙비를 국가에 신세 지고 싶지 않거든." 조던이 문으로 향하는데 피터의 목소리가 그를 다시 불러 세웠다.

"그런 얼간이들이 죽은 걸 가지고 왜 그렇게들 난리죠?"

피터에게는 친절도 권위적인 목소리도 통하지 않았다. 조던은 그 사실을 염두에 두며 천천히 돌아섰다. 그 아이의 반응을 이끌어내는 것은 오직 순수한 분노였다.

"내 말은, 사람들이 죽은 애들 때문에 울고 있다면서요……. 그 애들은 다 똥통들인데. 모두들 내가 그 애들의 인생을 망쳤다고 하지만, 내 인생이 망가지고 있을 땐 아무도 신경을 쓰지 않았다고요."

조던은 탁자 귀퉁이에 앉았다. "네 인생이 어떻게 망가졌는데?"

"어디서부터 시작하길 원해요?" 피터가 씁쓸한 목소리로 물었다. "유치원 간식 시간에 누군가가 내 의자를 빼서 난 넘어지고 딴 애들은 배꼽 빠지게 웃던 거요? 아니면 초등학교 2학년 때 내 머리를 변기통에 처넣고 계속 물을 내린 거요? 아니면 학교 끝나고 집에 가는데 이유도 없이 나를 붙잡고 두들겨 패서 꿰매기까지 했던 거요?"

조던은 법률용지를 들고 '꿰맨 일이 있음'이라고 썼다. "누가 그랬니?"

"떼 지어 다니는 녀석들이요." 피터가 말했다.

네가 죽이려고 했던 아이들? 조던은 생각만 했을 뿐 묻지는 않았다. "그 아이들이 왜 널 목표물로 삼은 것 같은데?"

"글쎄요, 돌대가리라서? 모르겠어요. 그들은 한패였어요. 자기네들이 재밌으려고 딴 사람 기분을 엿 같게 만들죠."

"그런 짓을 그만두게 하기 위해 네가 노력했던 일이 있니?"

피터는 콧방귀를 꼈다. "아직 모르시나 본데, 스털링은 대도시가 아니에요. 모두가 아는 사이란 말이죠. 유치원에서 모래통을 가지고 놀던 아이들이 고등학교까지 쭉 같이 가죠."

"그 아이들을 피해 다닐 순 없었니?"

"학교는 가야 했으니까." 피터가 말했다. "날마다 여덟 시간을 있다 보면 학교라는 곳이 얼마나 좁은 곳인지 놀라게 되죠."

"학교 밖에서도 그랬어?"

"날 잡을 수 있을 때는요. 내가 혼자 있을 때." 피터가 말했다.

"어떻게 괴롭혔는데? 전화, 편지, 협박?" 조던이 물었다.

"인터넷으로." 피터가 말했다. "내가 실패자니 뭐니 하는 식의 메일을 보내곤 했어요. 내가 쓴 메일을 전교생에게 스팸 메일로 뿌리고…… 장난치듯 했어요……." 피터는 눈길을 돌린 채 조용해졌다.

"왜 그러니?"

"그건…… 얘기하고 싶지 않아요." 피터는 고개를 저었다.

조던은 법률 용지에 적었다. "그런 일을 누구한테 말하진 않았어? 부모님한테나? 선생님한테?"

"아무도 제대로 신경 써주지 않아요." 피터가 말했다. "다들 무시하라고 해요. 그런 일이 일어나지 않도록 감시하겠다고 하지만 결코 하지 않아요." 피터는 창가로 걸어가 손바닥을 유리에 대고 지그시 눌렀다. "1학년 때 그런 병에 걸린 애가 있었어요. 척추가 몸 밖으로 자라는……."

"이분척추?"

"네. 그 여자애는 휠체어를 타고 다녔고, 혼자서는 일어나 앉지도 못했어요. 그 애가 수업에 들어왔을 때 선생님은 우리더러 우리랑 똑같이 대해주라고 말했죠. 하지만 문제는, 그 애는 우리랑 달랐다는 거예요. 우리도 알고 그 애도 알았어요. 우리더러 대놓고 거짓말을 하란 건가요?" 피터는 머리를 흔들었다. "사람들은 말해요. 남들과 다른 건 나쁜 게 아니라고요. 하지만 이렇게 다양한 사람들이 있는 미국 같은 나라에서 그 말이 의미하는 게 뭔지 알아요? 이런 나라에서 살아가려면 결국엔 다 똑같아져야 되는 거예요. 안 그래요?"

조던은 문득 아들 토머스가 중학교로 올라가던 때가 생각났다. 그들 가족은 베인브릿지에서 세일럼폴즈로 이사를 했다. 외부인들에 대해서는 두꺼운 벽을 친, 교육열이 높은 작은 마을이었다. 한동안 토머스는 카멜레온처럼 살았다. 집에서는 방에만 처박혀 있다가 학교에 가면 축구 선수, 비극 배우, 수학 우등생이 되었다. 토머스는 그 시절 몇 번이나 꺼풀을 벗고 나서야 자신이 원하는 모습을 뭐든 받아들여주는 친구 집단을 찾았다. 그 후로 토머스의 학창 생활은 상당히 평화로웠다. 하지만 만약 토머스가 그런 친구 집단을 찾지 **못했다면** 어떻게 되었을까? 속에 아무것도 남지 않을 때까지 자신의 꺼풀을 계속 벗겨내야 했다면 어떻게 되었을까?

피터는 마치 조던의 마음을 읽기라도 한 듯 갑자기 조던을 빤히 보았다. "아저씨한테도 애들이 있어요?"

조던은 의뢰인들에게 사생활 이야기는 하지 않았다. 그들의 관계는 법정에 국한된 것이었고, 그것으로 끝이었다. 이 불문율을 몇 번 깨뜨렸다가 개인적으로나 직업적으로나 낭패를 볼 뻔 했었다. 하지만 그는 피터와 눈을 마주치며 말했다. "두 명. 16개월 된 아기랑 예일대 다니는 아들이 있다."

"그럼 잘 알겠네요. 사람들은 모두 자식이 크면 하버드에 들어가거나 나라를 빛내는 사람이 되길 원하죠. 자기 자식을 보면서 커서 별종이 되면 좋겠다거나, 학교에 가서 아무한테도 관심을 못 받는 애가 되면 좋겠다고 생각하는 부모는 없어요. 하지만 그거 알아요? 아이들은 매일매일 그렇게 큰다는 걸요."

조던은 할 말을 잃고 말았다. 독특한 것과 괴상한 것, 다시 말해 토머스처럼 잘 적응하며 크는 아이와 피터처럼 불안정하게 크는 아이를 만드는 것은 종이 한 장의 차이일 뿐이다. 모든 10대가 그런 팽팽한 밧줄의 양 끝에 서서 자신을 잘 지켜낼 수 있는 능력을 가지고 있을까, 그리고 그 균형이 기울어지는 순간이 언제인지 어른들은 알 수 있을까?

갑자기 조던은 오늘 아침 샘의 기저귀를 갈던 게 생각났다. 아기는 자신의 발가락을 찾아낸 게 신기했던지 발가락을 꼭 쥔 채 발을 입 속에 얼른 넣었다. "저것 좀 봐요, 그 아버지에 그 아들이라니까." 셀레나가 조던의 어깨 너머로 농담을 던졌다. 샘의 옷을 다 입힌 조던은 그렇게 어린 아기에게도 삶이 신비롭게 느껴진다는 사실에 감탄했다. 당신보다 훨씬 더 커 보였던 세상을 상상해보라. 어느 날 아침 깼을 때 당신 자신조차 알지 못했던 당신의 한 단면을 발견했던 것을 상상해보라.

사람들과 섞이지 못하는 순간 당신은 초인이 된다. 모두의 눈이 접착제처럼 당신에게 들러붙는 게 느껴진다. 당신에 대해 수군거리는 소리는 저 멀리서도 들린다. 바로 저기에 가만히 서 있는 것 같은데도 당신은 사라져버린다. 비명을 질러도 아무도 못 듣는다.

당신은 똥통에 빠진 돌연변이가 되고, 가면을 벗을 수 없는 조커, 팔다리와 심장까지 죄다 잃은 6백만 불의 사나이가 된다.

평범한 사람이던 때도 있었지만, 너무 오래전 일이라 당신은 그 모습을 기억할 수가 없다.

6년 전

 6학년이 된 첫날 아침, 엄마가 준 선물을 본 순간 피터는 망했구나 생각했다. "네가 정말 갖고 싶어 했던 물건이야." 엄마는 이렇게 말하면서 피터가 포장지를 뜯기만을 기다렸다.
 포장지 속에는 슈퍼맨이 그려진 표지에 고리가 세 개 달린 바인더가 들어 있었다. 피터도 한때 갖고 싶었던 적이 있었다. 3년 전, 그 바인더가 한창 유행이었을 때.
 피터는 애써 미소를 지어 보이며 말했다. "고마워, 엄마." 엄마는 환하게 웃었지만, 피터는 이 유치하기 짝이 없는 바인더를 들고 가는 동안 자신에게 닥칠 온갖 일들을 상상했다.
 언제나처럼 조지가 구원병이 되어주었다. 조지는 학교 수위에게 가더니 자전거 핸들이 망가져서 집에 갈 때까지 임시로 핸들을 고정해둘 접착테이프가 필요하다고 말했다. 사실 조지는 자전거를 타고 다니지 않았다. 동네에서 조금 떨어진 곳에 사는 피터와 도중에 만나 함께 걸어 다녔다. 조지와 피터로서는 거의 기억도 나지 않는 어떤 일로 엄마들이 싸우고 난 뒤로 몇 년이 지났지만, 조지는 여전히 피터와 어울려 다녔다. 아무도 피터와 어울리지 않았기에 하나님께 감사할 일이었다. 둘은 함께 앉아 점심을 먹고, 서로의 영어 작문 숙제 초안도 봐주고, 실험실에서도 언제나 파트너가 되었다. 여름방학이 늘 힘들었다. 이메일을 주고받거나 이따금 동네 연못에서 만났지만, 그게 다였다. 그러다 9월이 오면 언제 떨어져 있었냐는 듯 꼭 붙어 다녔다. 이런 게 바로 단짝이 아닐까 하고 피터는 생각했다.

오늘 피터는 슈퍼맨 바인더 덕에 학기 첫날부터 위기를 맞았다. 그러나 조지의 도움으로 접착테이프와 실험실에서 슬쩍한 지난 신문을 가지고 커버를 만들었다. 집에 가서는 커버를 뜯으면 되니까 엄마도 마음 상하지 않을 거라는 게 조지의 논리였다.

6학년들은 4교시에 점심을 먹는다. 열한시밖에 안 된 시각이지만 그때쯤 되면 아이들은 한 달은 굶은 것처럼 배가 고파진다. 조지는 자기 엄마의 요리 실력이 식당 종업원들에게 수표나 써주는 정도라고 말하며 점심을 사 먹었다. 피터는 우유를 집으려고 조지 옆에 줄을 섰다. 오늘 엄마는 테두리를 잘라낸 샌드위치, 길쭉길쭉 썬 당근 한 봉지, 멍이 들었을지도 모를 유기농 과일 하나를 싸주었을 것이다.

피터는 바인더를 쟁반에 슬그머니 올려놓았다. 신문지로 표지를 가렸는데도 여전히 창피했다. 우유팩에 빨대를 꽂았다. "있잖아, 어떤 바인더냐는 중요하지 않아. 애들이 어떻게 생각하든 무슨 상관이야?" 조지가 말했다.

그때 식당으로 들어선 드루 지라드가 피터와 쿵 부딪혔다. "길 좀 보고 다녀, 머저리." 드루가 말했지만, 이미 늦었다. 피터가 쟁반을 떨어뜨리고 만 것이다.

바인더 위로 우유가 왈칵 쏟아지자 신문지가 진흙처럼 뭉개지며 밑에 있던 슈퍼맨 그림이 드러났다.

드루는 웃기 시작했다. "너 속옷도 슈퍼맨이냐, 호턴?"

"닥쳐, 드루."

"왜? 엑스레이 광선이라도 쏴서 날 녹여버리게?"

식당을 순찰하고 있던 미술 과목의 맥도널드 선생님이 마지못해 앞으로 나섰다. 중학교 1학년쯤 되면, 선생님들보다 키도 크고 목소리도 굵고 면도도 하고 다니는 드루나 매슈 로이스턴 같은 아이들이 있는가 하면, 밤마다 사춘기가 오기를 기도하는데도 아무런 기미가 나타나지 않는 피터 같은 아이들도 있다. "피터, 가서 자리에 앉겠니……. 드루가 다른 우유를 가져다줄 거다." 맥도널드 선생님은 한숨을 쉬며 말했다.

'아마 독을 넣어서 말이죠.' 피터는 생각했다. 피터는 냅킨을 뭉쳐 바인더를 닦기 시작했다. 마르긴 했지만, 이제는 악취가 났다. 엄마한테는 점심을 먹다 우유를 쏟았다고 말하면 될 것이다. 피터의 탓이라고 할 수는 없지만, 어쨌거나 사실이었다. 어쩌면 이 일로 엄마가 다른 아이들과 똑같은, 평범한 바인더를 새로 사줄지도 모르지 않는가.

피터는 속으로 히죽 웃었다. 실제로는 드루 지라드가 그에게 좋은 일을 해준 셈이었다.

"드루, 지금 바로 가져와라." 미술 선생님이 말했다.

피라미드처럼 쌓여 있는 우유 쪽으로 드루가 걸어가는데 조지가 몰래 발을 걸었다. 드루는 바닥에 얼굴을 처박고 말았다. 식당에 있던 아이들이 깔깔거리기 시작했다. 그것이 이 사회가 굴러가는 방식이었다. 자신의 자리를 대신할 사람을 찾지 못하면 영원히 계급 조직의 맨 밑바닥에 있어야 하는 것. "크립토나이트(슈퍼맨의 힘을 뺏는 광물-옮긴이)를 조심해." 조지는 피터에게만 들릴 정도로 작게 말했다.

알렉스가 생각하기에 지방법원 판사가 되어서 좋은 점 두 가지는 첫째, 사람들의 문제를 다루면서 그들에게 용기와 희망을 줄 수 있다는 것이고, 둘째 지적인 의욕이 솟구친다는 것이었다. 판결을 내릴 때는 따져보아야 할 요소들이 정말 많다. 피해자들, 경찰, 법 집행, 사회 등등. 그리고 이 모든 것을 판례와 연관 지어 고찰해야 한다.

판사라는 일의 가장 나쁜 점은 법정에 오는 사람들에게 정말로 필요한 것을 줄 수 없다는 것이다. 사실 피고에게는 형벌이 아니라 마음의 평안을 줄 판결이, 피해자에게는 사죄가 필요하다.

오늘 알렉스 앞에는 조지보다 나이가 조금 많아 보이는 소녀가 서 있었다. 나스카 레이싱 재킷에 검정 주름치마를 입고 금발에 여드름이 난 소녀였다. 알렉스는 이런 여자애들이 뉴햄프셔 쇼핑센터의 영업시간이 끝난 밤에 남자친구의 차에 올라타 360도로 회전을 하며 주차장에서 노닥거리는 꼴을 본 적이 있었다. 알렉스는 이 소녀가 판사인 엄마와 함께 살았다면 어떤 모습으로 자랐을지 궁금했다. 이 소녀도 동물 인형 옆에서 자야 할 시간에 이불을 뒤집어쓴 채 손전등을 들고 책을 읽었을까. 손만 살짝 스쳐도 어떤 사람의 인생이 완전히 다른 방향으로 바뀔 수 있다는 사실에, 알렉스는 매번 놀라곤 했다.

소녀의 기소 혐의는 장물 수령이었다. 남자친구가 준 500달러 짜리 금목걸이였다. 알렉스는 판사석에서 소녀를 내려다보았다. 법정에서 판사석이 이렇게 높은 데는 이유가 있었다. 업무와는 아무런 관계가 없는, 오직 위협을 주기 위한 술수였다. "네가 처한 상황을 확실하게 이해하고 있니? 자발적으로 권리를 포기하겠다는 거니? 유죄를 인정하면 혐의 사실을 시인한다는 뜻이라는 것도 알고 있니?"

소녀는 눈을 깜박였다. "훔친 건지 몰랐어요. 햅이 선물로 줬다고만 생각했어요."

"지금 내가 보고 있는 고소장에는 너는 훔친 물건인 줄 알면서도 이 목걸이를 받았다고 되어 있어. 훔친 건지 몰랐다면 넌 재판을 받을 권리가 있어. 변호할 권리가 있다는 거지. 너는 널 대변해줄 변호사를 선임해달라고 할 권리가 있어. 검사측에 이 사건을 합당한 의혹의 여지없이 증명하라고 요구할 권리도 있어. 너에게 불리한 증인들을 모두 만나서 그들의 말을 듣고 반박할 권리도 있지. 널 위해 어떤 증거나 증인도 법정에 소환해달라고 요구할 권리도 있고. 판결에 동의하지 않는다면 배심원 재판을 위해 **처음부터 다시** 대법원이나 상급법원에 항소할 권리도 있어. 그러나 유죄를 인정하면 넌 이 모든 권리를 포기하는 거야. 네가 저지른 죄는 A급 경범죄에 해당하고 징역 1년 및 2,000달러에 달하는 벌금형을 받게 될 거야."

소녀는 침을 꿀꺽 삼켰다. "저기, 전 목걸이를 전당포에 넘겼어요." 소녀는 같은 말을 되풀이했다.

"그건 이 고소의 핵심이 아니야." 알렉스가 설명했다. "이 고소의 핵심은 그 목걸이가 훔친 물건인 줄 알고서도 네가 그 물건을 취했냐는 거지."

"하지만 전 유죄를 인정하고 싶어요." 소녀가 말했다.

"넌 지금 훔친 물건인지 몰랐다고 했잖니. 하지도 않은 일에 유죄를 인정할 수는 없어."

법정 뒤쪽에서 한 여자가 일어섰다. 피고가 나이가 들면 딱 그런 모습으로 변할 것 같았다. "전 딸아이에게 무죄를 주장하라고 했습니다." 소녀의 엄마였다. "그런데 오늘 여기 와서 검사를 만났더니, 유죄라고 말하면 협상이 더 잘될 거라고 하더군요."

뚜껑을 열면 튀어 오르는 인형처럼 검사가 벌떡 일어났다. "전 그런 말 한 적 없습니다, 재판장님. 전 단지 유죄를 인정하면 오늘 거론될 협상이 무엇인지 알기 쉽게 설명해주었을 뿐입니다. 대신 무죄를 주장하고 재판을 받게 되면 협상은 없고 재판장님이 내리는 판결을 받게 될 거라고 했습니다."

알렉스는 소녀의 마음이 어떨지 상상해보려 애썼다. 혹시 소녀는 검사를 보면서 몬티 홀(Monty Hall, 미국의 퀴즈쇼 진행자. 그가 진행하는 퀴즈쇼에서는 우승자에게 세 개의 문 중 하나를 선택하게 한다. 문 하나의 뒤쪽에만 자동차가 있으며, 우승자가 세 개의 문 중 하나를 고르면 몬티 홀은 남은 두 문 중 하나를 열어 차가 없다는 것을 보여준 다음 다른 문을 고를 수 있는 기회를 준다—옮긴이)을 떠올리지는 않았을까. 돈을 가질래? 아니면 자동차가 나올 수도 있고 닭이 나올 수도 있는 1번 문을 고를래?

소녀는 돈을 택한 것이었다.

알렉스는 검사에게 판사석으로 오라고 손짓했다. "저 애가 그 물건이 훔친 건지 알고 있었다는 걸 입증할 증거를 가지고 있나요?"

"네, 재판장님." 검사는 경찰보고서를 꺼내 제출했다. 알렉스는 훑어보았다. 소녀가 경찰에게 한 말과 경찰이 기록한 내용으로 보아서는, 훔친 물건인지 알았다고도, 몰랐다고도 할 수 있었다.

알렉스는 소녀에게 눈길을 돌렸다. "경찰보고서와 제출된 증거 자료에 의하면 네 탄원의 근거가 있어. 여기에는 네가 이 목걸이가 훔친 물건인 줄 알고서 취했다는 사실을 입증할 증거가 충분히 있구나."

"잘…… 이해가 안 가요." 소녀가 말했다.

"내 말은 만약 네가 지금도 원한다면 네 탄원을 받아들이겠다는 거야. 하지만." 알렉스는 덧붙여 말했다. "먼저 네가 유죄라고 말해야 한다."

알렉스는 굳게 다문 소녀의 입이 떨리기 시작하는 걸 보았다. "좋아요. 알고서 했어요." 소녀는 작은 소리로 말했다.

믿을 수 없을 만큼 아름다운 가을날이었다. 학교에서 여덟 시간을 죽치고 있어야 한다는 걸 믿고 싶지가 **않아** 등굣길에 자꾸만 발을 질질 끌게 되는 그런 날이었다. 수학 시간, 조지는 자리에 앉아 파란 하늘, 이번 주에 배운 감청색 하늘을 응시했다. 감청색이라는 말만으로도 입 안 가득 얼음이 차는 느낌이었다. 교실 창문 밖으로는 체육 시간에 운동장에서 깃발 뺏기 시합을 하는 소리와, 수위 아저씨가 잔디를 깎는지 윙윙거리는 기계 소리도 들렸다. 조지의 어깨 너머로 종이가 날아와 무릎 위에 떨어졌다. 조지는 그것을 펼쳐 피터의 쪽지를 읽었다.

우린 왜 항상 X값을 풀어야 하는 거야? 자기가 직접 풀고 우리한테 이 지옥을 겪지 않게 해주면 안 되나!!!!!!

조지는 피터를 돌아보고 미소를 살짝 지어 보였다. 사실 그녀는 수학이 좋았다. 열심히 풀다 보면 결국에는 이치에 맞는 답이 나온다는 게 좋았다.

그녀는 올 A를 받는 학생이었기 때문에 학교의 인기 패거리와는 어울리지 못했다. 피터는 달랐다. 주로 B와 C를 받았고 한 번은 D도 받았다. 하지만 피터 역시 인기 패거리와는 거리가 멀었는데, 그 이유는 그가 피터이기 때문이었다.

만약 인기 없는 아이들을 순위로 매긴다면 자신은 몇몇 애들보다 비교적 높은 자리를 차지하고 있다는 걸 조지는 알았다. 조지는 가끔 자신이 피터와 다니는 게 정말 좋아서인지 아니면 피터와 있으면 그녀 자신이 더 나아 보여서인지 궁금했다.

아이들이 연습 문제를 푸는 동안 라스무신 선생님은 인터넷 서핑을 했다. 그 여선생님이 Gap 사이트에서 바지를 사거나, 드라마 팬 카페를 둘러보는 모습을 심심찮게 볼 수 있다는 얘기는 전교생이 다 아는 농담이었다. 어떤 아이는 질문할 게 있어 앞으로 나갔는데 그 선생님이 포르노를 보고 있었다며 흥분하기도 했다.

평소처럼 일찍 문제를 푼 조지는 컴퓨터 앞에 앉은 라스무신 선생님에게 말하려고 고개를 들었다가 뜻밖의 모습을 보았다. 자신이 울고 있는지도 모르는 채 우는 사람처럼 선생님의 **뺨** 위로 눈물이 주르르 흘러내리고 있었다.

  선생님은 반 아이들에게 잠깐 자리를 비울 테니 조용히 하라는 말조차 하지 않고 교실을 나갔다. 선생님이 나가자마자 피터가 조지의 어깨를 톡톡 쳤다. "선생님 왜 저래?"

  조지가 답할 새도 없이 라스무신 선생님이 돌아왔다. 대리석처럼 창백한 얼굴로 그녀가 말했다. "여러분, 끔찍한 일이 일어났어요."

  중학생들이 우르르 모여든 미디어실에서 교장 선생님이 학생들에게 자신이 알고 있는 내용을 말했다. 비행기 두 대가 세계무역센터로 돌진했다는 것. 또 한 대가 방금 펜타곤에 추락했다는 것. 세계무역센터의 남쪽 건물이 무너졌다는 것.

  보도되고 있는 뉴스를 학생들 모두가 볼 수 있도록 사서 선생님이 텔레비전을 설치해놓은 상태였다. 수업 도중에 불려나오는 건 보통 환호할 일이었지만, 오늘은 도서관이 어찌나 조용한지 피터는 자신의 심장이 두근대는 소리도 들을 수 있었다. 피터는 미디어실의 벽을 둘러보다 창밖의 하늘을 보았다. 이 학교도 안전지대는 아니었다. 누가 뭐라고 하건 안전지대는 없었다.

  전쟁이 나면 이런 기분일까?

  피터는 화면을 응시했다. 텔레비전 안의 뉴욕 사람들이 흐느껴 울고 비명을 지르고 있었지만, 공기 중에 날리는 먼지와 연기 때문에 잘 보이지가 않았다. 사방이 불길이었고, 소방차 사이렌과 자동차 경적이 시끄럽게 울려 퍼졌다. 피터가 기억하고 있는, 방학 때 부모님과 함께 놀러 갔던 그 뉴욕이 아니었다. 피터 가족은 엠파이어스테이트 빌딩 전망대에 올랐다가 세계무역센터의 꼭대기층 식당에서 환상적인 저녁 식사를 할 계획이었지만, 팝콘을 너무 많이 먹은 조이 형이 배탈이 나서 무역센터에는 가보지도 못하고 호텔로 돌아왔었다.

라스무신 선생님은 조퇴를 했다. 오빠가 세계무역센터에서 증권거래원으로 일한다고 했다.

아니, 일했었다.

조지는 피터 옆에 앉아 있었다. 자리가 제법 떨어져 있는데도 피터는 조지가 떨고 있는 것을 느낄 수 있었다. "피터, 사람들이 뛰어내리고 있어." 조지가 겁먹은 듯 작은 소리로 말했다.

피터는 안경을 꼈는데도 조지만큼 잘 보이지 않았다. 눈을 가늘게 뜨니 사람들이 정말 뛰어내리는 게 보였다. 갈비뼈가 갑자기 쪼그라든 것처럼 화면을 보는 게 가슴 아팠다. 도대체 어떤 사람들이 **저렇게까지** 할까?

피터는 스스로 답을 내렸다. **다른 탈출구가 보이지 않는 사람들이야.**

"저곳을 공격한 사람들이 여기 있는 **우리도** 공격할까?" 조지가 나직이 말했다.

피터는 조지를 흘깃 보았다. 친구가 안심할 수 있도록 무슨 말이든 하고 싶었지만, 사실 피터는 그렇게 대단하지도 않았고, 세상이 엄청난 혼란에 빠진 이 마당에 이토록 기절초풍할 충격을 가시게 해줄 말이 영어에 있는지조차 알지 못했다.

피터는 눈길을 다시 화면으로 돌리며 조지의 질문에 답을 피했다. 북쪽 건물에서는 더 많은 사람들이 창문으로 뛰어내렸다. 그러다 마치 땅이 쩍 갈라지기라도 한 듯 엄청난 굉음이 터졌다. 건물이 무너져 내렸을 때 피터는 참고 있던 숨을 토해냈다. 이제는 더 이상 보지 않아도 된다는 안도감이 들었다.

학교 전화가 불통이 되다시피 하자 학부모들은 두 부류로 갈렸다. 학교까지 찾아와 아이들을 더욱 겁에 질리게 하고 싶지 않은 부모들과, 아이들을 차에 태워 어서 빨리 이 비극에서 벗어나고 싶은 부모들로.

후자의 부류에 속한 레이시 호턴과 알렉스 코미어는 동시에 학교에 도착했다. 버스 순환 도로에 나란히 주차를 하고 차에서 내린 두 사람은 그제야 서로를 알아보았다. 총이 보관되어 있던 레이시의 지하실에서 알렉스가 딸을 끌고 나온 그날 이후 두 사람은 한 번도 만난 적이 없었다. "피터는……." 알렉스가 먼저 말했다.

"몰라. 조지는?"

"지금 데리러 왔어."

함께 교무과를 찾은 그들은 복도를 따라 미디어실로 안내를 받았다. "아이들에게 뉴스를 보여주고 있다니 말도 안 돼." 알렉스 옆에서 뛰어가며 레이시가 말했다.

"애들도 무슨 일인지 이해할 만큼 컸어." 알렉스가 말했다.

레이시는 고개를 저었다. "그럼 나는 무슨 일인지 이해할 만큼 크지 못했나 봐."

미디어실은 의자와 책상에 앉아 있거나 바닥에 대자로 누워 있는 학생들로 가득 차 있었다. 곧 알렉스는 학생들이 모여 있는 무리에서 아주 이상한 점을 발견했다. 아무도 소리를 내지 않고 있었다. 선생님들조차 손으로 입을 막고 서 있었는데, 수문이 열려 버리면 모든 것이 한꺼번에 휩쓸려버릴까 봐 어떠한 감정도 토해 내지 못하고 있는 듯했다.

미디어실 앞쪽에 텔레비전이 한 대 있었고, 모든 사람들의 눈이 거기에 쏠려 있었다. 알렉스의 표범 무늬 머리띠를 몰래 하고 나간 조지를 발견한 알렉스가 딸의 이름을 불렀다. "조지." 조지는 주위를 획획 둘러보더니 엄마에게 오기 위해 다른 아이들을 뛰어넘었다.

조지는 격한 감정과 분노에 차서 태풍이 휘몰아치듯 알렉스를 때렸다. 그러나 알렉스는 그 속 어딘가에는 태풍의 눈이 있다는 걸 알았다. 그렇다면, 무릇 자연 현상이 그렇듯, 세상이 정상으로 돌아가기 전에 닥칠 또 한 번의 맹공격에 단단히 대비하고 있어야 했다. "엄마, 끝난 거야?" 아이는 흐느껴 울었다.

알렉스는 무슨 말을 해야 할지 몰랐다. 엄마니까 모든 답을 가지고 있어야 했지만, 그렇지 못했다. 딸을 안전하게 지킬 수 있어야 했지만, 그것도 약속할 수 없었다. 짐짓 의연한 얼굴을 하고서 조지에게 괜찮아질 거라고 말을 했지만, 정말 그렇게 될지는 그녀도 모르는 일이었다. 법원에서 여기까지 차를 몰고 오면서 그녀가 깨달은 사실은 지금 지나치고 있는 도로도 무너질 수 있고, 하늘을 가린 차 지붕도 아주 쉽게 갈라질 수 있다는 것이었다. 샘을 지날 때는 식수 오염에 대해 생각했고, 가장 가까운 원자력 발전소는 얼마나 떨어져 있나 생각했다.

하지만 그녀는 판사로 수년을 지내왔다. 모두들 판사라고 하면 침착하고 냉정하며, 이성을 잃지 않고도 결론에 도달할 수 있는 사람이기를 기대한다. 알렉스는 딸에게도 당연히 그런 태도를 가장할 수 있었다.

"우린 괜찮아. 이제 다 끝났어." 알렉스는 침착하게 말했다. 물론 그 말을 하는 순간 네 번째 비행기가 펜실베이니아의 어떤 들녘으로 추락하고 있는 줄은 몰랐다. 조지를 으스러지게 껴안는 자신의 모습과 자신이 지금 내뱉는 말이 서로 모순되고 있다는 것도 알렉스는 깨닫지 못했다.

알렉스는 조지의 어깨 너머로 두 아들을 데리고 나가고 있는 레이시 호턴에게 고개를 끄덕여 인사했다. 어느새 거의 어른 남자 키만큼 자란 피터의 모습에 조금 놀랐다.

저 애를 마지막으로 본 뒤로 세월이 얼마나 흐른 거지?

눈 깜박할 새 누군가의 자취를 놓칠 수 있다는 걸, 알렉스는 깨달았다. 자신과 딸에게는 그런 일이 일어나지 않도록 하겠다고 다짐했다. 이런 일이 닥치니, 판사라는 역할은 엄마라는 역할만큼 중요하지 않았다. 서기가 세계무역센터 소식을 말해주었을 때 알렉스가 가장 먼저 떠올린 것은 지역민들이 아니라…… 오로지 조지였다.

몇 주 동안은, 알렉스는 자신과의 약속을 지켰다. 소송사건 일정을 조정해 조지가 집에 오는 시간에 맞춰 퇴근을 했다. 주말이면 집에까지 가져와 읽곤 하던 소송사건 개요서도 판사실에 그대로 두었다. 매일 밤 저녁식사를 하면서 알렉스와 조지는 이야기를 나눴다. 단순한 잡담이 아닌 진짜 대화를. 《앵무새 죽이기》가 최고의 책인 게 왜 당연한지, 사랑에 빠졌다는 것을 어떻게 알 수 있는지, 심지어는 조지의 아빠에 대해서까지. 그러다 한 주는 유난히 복잡한 사건이 생겨 알렉스가 사무실에 늦게까지 남아 있어야 했다. 조지도 이제 한밤중에 깨서 비명을 지르는 일 없이 밤새도록 잘 자기 시작했다. 정상으로 돌아간다는 것은 한편으로는 정상적인 것의 경계를 지우는 것을 의미했다. 그렇게 해서 몇 달 사이 알렉스가 9·11 테러 때 느꼈던 감정은 조금씩 잊혀져갔다. 모래 위에 휘갈겨 쓴 글자들이 파도에 쓸려 지워지듯이.

피터는 축구를 싫어했지만, 중학교 축구부에 가입해야 했다. 축구부 가입 요건이 '뛸 수 있으면 누구나'였기 때문에, 농담 같겠지만 운동과는 거리가 멀어 보이는 아이들조차 가입할 수 있었다. 이런 이유에다, 무리에 드는 데서부터 어울림이 시작된다고 믿는 엄마의 주장으로, 피터는 한 학기의 오후를 공을 차기보다는 쫓아다니기에 바쁜 연습을 하며 보냈다. 일주일에 두 번 있는 시합 때는 그래프턴 군 전역에 있는 중학교 축구장 벤치만 지키고 있었다.

피터가 축구보다 더 싫어하는 것이 딱 하나 있었는데, 그것은 축구복으로 갈아입는 것이었다. 방과 후면 피터는 의도적으로 자신의 라커에서 꾸물대거나 선생님에게 질문을 하거나 해서, 거의 모든 축구부원들이 운동장에 나가 몸을 풀고 준비운동을 할 때까지 라커룸에 남아 있곤 했다. 그래야, 가슴 밑이 동굴처럼 쑥 들어갔다느니 하는 조롱도 듣지 않고, 아이들이 고무줄을 쭉 잡아당겨 속옷 바지가 엉덩이에 끼게 되는 일도 없이 한쪽 구석에서 조용히 옷을 갈아입을 수 있었다. 축구부원들은 언제부턴가 피터를 피터 호턴 대신 피터 호모라고 불렀다. 라커룸에 혼자 있을 때조차 피터는 바닷물에 떠 있는 기름처럼 자신을 향해 밀려오는 아이들의 하이파이브 소리와 웃음소리를 들을 수 있었다.

연습이 끝나면, 공을 줍거나 앞으로 있을 시합에 대해 코치에게 질문을 하거나 축구화 끈을 다시 묶거나 어쨌든 무엇이든 해서 라커룸에 맨 마지막으로 들어갔다. 정말 운이 좋은 경우에는, 피터가 샤워실에 들어갈 즈음이면 다들 집으로 돌아가고 없었다. 그러나 오늘은, 연습이 끝나자마자 폭풍우가 몰아쳤다. 코치는 운동장에 있는 아이들 모두를 불러모아 라커룸으로 들여보냈다.

피터는 줄지어 있는 라커들 한쪽 구석으로 천천히 걸어갔다. 몇몇 애들은 수건을 허리에 두른 채 벌써 샤워실로 향하고 있었다. 그중 드루와 그의 친구 매슈 로이스턴이 있었다. 그들은 누구 주먹이 더 센지 알아보기라도 하려는 듯 웃으면서 서로의 팔을 퍽퍽 치고 있었다.

피터는 유니폼을 벗고서 수건으로 얼른 몸을 가렸다. 심장이 쿵쾅쿵쾅 뛰었다. 다른 아이들이 자신을 볼 때 무엇을 보는지 짐작할 수 있었다. 물고기 배처럼 하얀 피부, 등뼈와 쇄골 위로 튀어나온 혹들, 근육 하나 없는 두 팔.

피터는 마지막으로 안경을 벗어 열어놓은 라커 선반에 올렸다. 안경을 벗자 고맙게도 모든 것이 희미해졌다.

피터는 머리를 숙이고 샤워실로 들어가 최대한 버티다 수건을 끌렀다. 매슈와 드루는 벌써 비누칠을 하고 있었다. 피터는 쏟아지는 물줄기에 얼굴을 들이댔다. 거친 강에서 소용돌이에 휘말려 세찬 물줄기에 연타를 당하는 모험가가 되었다고 상상했다.

얼굴을 닦고 몸을 돌리니 매슈와 드루의 몸이 실루엣처럼 흐릿하게 보였다. 그들의 다리 사이에 있는 까만 부위, 음모도.

피터는 아직까지 나지 않았다.

매슈가 갑자기 몸을 비틀었다. "제기랄. 내 거시기 그만 봐."

"변태같은 호모새끼." 드루가 말했다.

피터는 얼른 눈길을 돌렸다. 저 애들의 말이 맞으면 어떡하지? 자신의 시선이 그 순간 바로 거기로 떨어진 이유가 있다면? 더 끔찍한 건, 지금 여기서, 요즘 들어 점점 잦아지고 있는 발기라도 해버린다면?

그것은 내가 게이라는 뜻일까, 그런 걸까?

"널 본 게 아니야. 난 아무것도 안 보여." 피터는 불쑥 말했다.

드루의 웃음소리가 샤워실의 타일 벽에 부딪혀 튕겨 나왔다. "네 거시기가 너무 작은가 보다, 매슈."

갑자기 매슈가 피터의 목을 그러잡았다. "안경을 안 썼잖아. 그래서 그래." 피터가 숨을 캑캑거리며 말했다.

매슈는 피터를 벽까지 홱 밀치고는 밖으로 성큼성큼 걸어나갔다. 그는 갈고리에 걸린 피터의 수건을 확 당겨 물줄기 속으로 던졌다. 수건이 물에 흠뻑 젖은 채 수챗구멍 위에 떨어졌다.

피터는 젖은 수건을 집어 허리에 둘렀다. 눈물을 흘리면서 몸에서도 물이 뚝뚝 떨어지고 있으니 아이들이 눈치 채지 못할 거라고 생각했다. 모두가 피터를 쳐다보고 있었다.

피터는 조지와 함께 있을 때도 아무 느낌이 없었다. 키스를 하거나 손을 잡고 싶지 않았다. 남자애들에게도 그런 감정을 느끼는 것 같지는 않았다. 그러나 동성애자인지 이성애자인지 확실해야 했다. 둘 다 아닐 수는 없었다.

피터가 허둥지둥 구석진 곳에 있는 자신의 라커로 가니 매슈가 앞에 서 있었다. 피터는 눈을 가늘게 뜨고서 매슈가 뭘 들고 있는지 보려고 애썼다. 그때 매슈가 피터의 안경을 잡고 라커 문에 탕 치더니 틀어진 안경 테를 바닥에 떨어뜨렸다. "이젠 날 쳐다볼 수 없겠지." 그렇게 말하고 매슈는 사라졌다.

피터는 바닥에 무릎을 꿇고 깨진 안경 조각을 주우려 했다. 그러다가 잘 보이지 않아 손을 베고 말았다. 피터는 허벅지 위에 질척한 수건을 올려놓고 책상다리를 하고 앉았다. 모든 것이 뚜렷하게 보일 때까지 손바닥을 얼굴 가까이 댔다.

꿈속에서 알렉스는 실오라기 하나 걸치지 않고 중심가를 걷고 있었다. 은행에 들어가 수표를 맡겼다. "판사님, 오늘 날씨가 정말 좋죠?" 은행원이 말했다.

5분 뒤 그녀는 커피숍에 들어가 저지방 우유를 넣은 카페라테 한 잔을 시켰다. 바리스타는 보라색 머리에다, 콧마루에 피어싱을 한 여자였다. 어린 조지를 데리고 이곳에 올 때면 알렉스는 딸에게 그 바리스타를 쳐다보지 말라고 주의를 주곤 했다. "과자도 드시겠어요, 판사님?" 바리스타가 물었다.

알렉스는 서점, 약국, 주유소에 들렀는데, 가는 곳마다 자신을 쳐다보는 사람들의 시선을 느낄 수 있었다. 그녀는 자신이 알몸인 걸 알았다. 사람들도 그녀가 알몸인 걸 알았다. 하지만 그녀가 우체국에 들를 때까지 아무도 뭐라고 하지 않았다. 스털링 우체국의 사무관은 포니 익스프레스(개척 시대의 서부의 조랑말 속달 우편-옮긴이)가 우체국으로 전환된 시절부터 줄곧 일해온 노인이었다. 그는 알렉스에게 우표 한 통을 건네고서 자신의 손을 그녀의 손 위에 슬그머니 포갰다. "판사님, 제 주제에 이런 말 하긴 뭣하지만……."

알렉스는 눈을 들어 이어질 말을 기다렸다.

사무관의 이마에 쳐진 근심 어린 주름들이 펴졌다. "참 아름다운 옷을 입으셨습니다, 판사님." 그가 말했다.

환자가 비명을 지르고 있었다. 레이시는 산모가 흐느껴 우는 소리를 복도 저 끝에서도 들을 수 있었다. 레이시는 부리나케 달려가 모퉁이를 돌아 병실로 들어갔다.

스물한 살의 켈리 감보니는 고아에다 아이큐가 79였다. 고등학생 세 명에게 집단 강간을 당했다. 그 고등학생들은 지금 콩코드의 한 소년원에서 재판을 기다리고 있었다. 켈리는 가톨릭 공동체에 살고 있어서 낙태를 할 수가 없었다. 그리고 지금 응급실 의사는 임신 36주차인 켈리에게 의학적으로 유도분만을 시킬 필요가 있다고 판단했다. 곰 인형을 부둥켜안고 침대에 누워 있는 켈리를 간호사가 위로해주려 애썼지만 소용이 없었다. "아빠, 집에 데려다줘. 아빠, 아파!" 켈리는 몇 년 전 죽은 아빠를 불러댔다.

응급실 의사가 병실로 들어왔고, 레이시는 그를 돌아보았다.

"어떻게 이럴 수가 있죠? 이 사람은 내 환자에요." 레이시가 말했다.

"글쎄요, 응급실로 실려 왔으니 이제는 **내 환자**가 된 거죠." 그 의사가 되받아쳤다.

레이시는 켈리의 얼굴을 보고서 복도로 나왔다. 그녀 앞에서 싸우는 꼴을 보이는 건 좋을 게 하나 없었다. "속옷이 이틀이나 젖었다며 불평을 했습니다. 검사를 해보니 조기양막파열이었어요." 의사가 말했다. "산모는 열도 없고 전자태아감시기의 반응도 양호합니다. 유도분만을 하는 게 전적으로 타당합니다. 게다가 그녀는 동의서에 서명도 했어요."

"타당할지는 몰라도 **바람직**하지는 않군요. 산모는 정신발달지체 장애가 있어요. 자신에게 지금 무슨 일이 일어나고 있는지 모른다고요. 무서워하고 있어요. 동의할 능력도 확실히 없다고요." 레이시는 발길을 홱 돌렸다. "정신과의사를 부르겠어요."

"절대로 안 됩니다." 의사가 레이시의 팔을 붙잡았다.

"이거 놔요!"

5분 뒤 정신과의사가 당도할 때까지 그들은 서로에게 고함을 질러댔다. 레이시 앞에 선 젊은 정신과의사는 조이 또래로밖에 보이지 않았다. "설마 당신이 정신과의사?" 응급실 의사가 말했다. 그의 이 의견만큼은 레이시도 동의했다.

두 사람은 정신과의사를 따라 켈리의 병실로 들어갔다. 산모가 배 주위로 몸을 둥글게 말고서 훌쩍이고 있었다. "경막외마취가 필요해요." 레이시가 중얼거렸다.

"자궁이 2센티미터밖에 벌어지지 않아서 안전하지 않아요." 응급실 의사가 반박했다.

"상관없어요. 지금은 그게 필요해요."

"켈리?" 정신과의사가 그녀 앞에 쭈그리고 앉아 물었다. "제왕절개가 뭔지 알아요?"

"네에." 켈리는 신음하듯 말했다.

정신과의사가 일어섰다. "환자는 동의가 가능합니다. 법정의 판정이 다르지 않다면요."

레이시의 입이 떡 벌어졌다. "그게 **다예요**?"

"대기 환자가 여섯 명이나 있습니다. 실망시켜드려 죄송하군요." 정신과의사는 잘라 말했다.

레이시는 정신과의사의 뒤에 대고 소리쳤다. "당신이 실망시킨 사람은 내가 아니라고!" 레이시는 켈리 옆에 주저앉아 그녀의 손을 꼭 쥐었다. "괜찮아. 내가 지켜줄게." 레이시는 꿈쩍하지 않는 산과 같은 인간의 마음을 움직이게 해달라고 신에게 기도를 올렸다. 그런 다음 응급실 의사 쪽으로 얼굴을 쳐들었다. "첫째, 환자에게 해가 될 만한 일을 해서는 안 돼요." 그녀는 조용히 말했다.

의사는 자신의 콧마루를 꼬집었다. "경막외마취를 하죠." 그가 한숨을 내쉬며 말했다. 그제야 레이시는 자신이 여태까지 숨도 참고 있었다는 걸 깨달았다.

조지가 가장 가고 싶지 않은 곳이 엄마와 함께 외식을 하러 가는 식당이었다. 지배인과 주방장과 다른 손님들이 엄마에게 알랑거리는 꼴을 세 시간이나 지켜보고 있어야 했다. 자신의 생일을 축하하는 날인데, 왜 집에서 중국 음식을 먹고 비디오를 보면서 편하게 지낼 수 없는지 정말이지 이해가 되지 않았다. 그러나 집에만 있는 건 진정한 축하가 아니라는 엄마의 주장에 조지는 시녀처럼 엄마 뒤를 졸졸 따라 여기까지 왔다.

조지는 횟수를 세어 보았다. '뵙게 되어 기쁩니다, 판사님'이 네 번. '네, 판사님'이 세 번. '별 말씀을요, 판사님'이 두 번. 그리고

'판사님, 저희 식당에서 가장 좋은 자리로 준비하겠습니다'가 한 번. 조지는 《피플》지에서 유명 연예인들은 가방 회사와 신발 가게에서 협찬을 받고 브로드웨이나 양키 스타디움에서 열리는 개막 공연 무료 티켓을 받는다는 기사를 읽곤 했다. 따지고 보면 엄마도 스털링이라는 마을에서는 유명 연예인이었다.

"벌써 네가 열두 살이라니 믿을 수가 없구나." 엄마가 말했다.

"그럼 난 신동 따님을 두셨나 보군요, 뭐 이런 말을 해야 하는 거야?"

알렉스는 웃었다. "글쎄, 그것도 좋겠네."

"3년 반만 지나면 나도 운전을 할 수 있어." 조지는 꼬집어 말했다.

엄마의 포크가 접시에 부딪혀 딸그락거렸다. "**알려줘서** 고맙구나."

웨이터가 다가왔다. "판사님, 주방장님이 인사차 드리는 애피타이저입니다." 그는 알렉스 앞에 캐비아가 담긴 커다란 접시를 내려놓았다.

"윽, 징그러워. 생선 알이지?"

"조지! 주방장님께 감사하다고 전해주세요." 알렉스는 웨이터에게 경직된 미소를 지어 보였다.

조지는 음식을 집다가 엄마의 시선을 느꼈다. "왜?" 조지가 따지듯 물었다.

"흠, 말투가 버릇없는 개구쟁이 같아서. 그뿐이야."

"왜? 코앞에 있는 생선 알을 좋아하지 않아서? **엄마도** 안 먹잖아. **난** 적어도 정직했다고."

"엄마는 예의 바르게 행동한 거지." 엄마가 말했다. "웨이터가 주방장한테 가서 코미어 판사의 딸이 한 애물단지 한다고 하지 않을까?"

"누가 신경 쓴대?"

"**엄마**는 신경 쓰여. 네 행동이 엄마의 체면을 손상시켜. 그리고 내게는 지켜야 할 평판이 있어."

"어떤 평판? 엄마는 아부나 하는 사람이 되고 싶은 거야?"

"법정 안에서나 밖에서나 나무랄 데 없는 사람이 되고 싶은 거야."

조지는 머리를 갸우뚱했다. "내가 나쁜 짓이라도 하면 어쩔 건데?"

"나쁜 짓? 얼마나 나쁜 짓?"

"마리화나를 피운다거나 하면." 조지가 말했다.

알렉스의 표정이 굳어졌다. "나한테 하고 싶은 말이 있는 거야, 조지?"

"이런, 엄마. 진짜 그렇다는 게 아냐. 그냥 가설이야."

"알다시피 너도 이젠 중학생이니까 위험한 짓이나, 아니면 어리석은 짓을 하는 아이들을 만나기 시작할 텐데……. 엄마가 바라는 건 네가……."

"……그렇게 어리석지 않을 정도로 강해지는 것." 조지는 단조로운 목소리로 엄마 말을 흉내 내며 말을 맺었다. "넵. 알아들었어요. 하지만 만약에 말이야, 엄마? 엄마가 집에 와보니 내가 약에 취해 거실에 누워 있으면 어쩔 건데? 날 넘길 거야?"

"넘기다니, 그게 무슨 말이야?"

"경찰에 전화해서. 내가 숨겨놓은 걸 넘길 거냐고." 조지는 히죽 웃었다. "마리화나 말이야."

"아니, 난 신고하지 않을 거야." 엄마가 대답했다.

지금보다 더 어렸을 때 조지는, 크면 엄마를 닮을 거라고 생각했다. 가녀린 몸매, 짙은 머리칼, 옅은 눈동자를. 그런 요소를 다 겸비하긴 했지만, 나이를 먹을수록 조지는 전혀 다른 사람을 닮아가기 시작했다. 한 번도 본 적 없는 사람을. 아빠를.

조지는 아빠도 자신처럼 모든 걸 순식간에 암기하고서 눈을 감고 그 내용을 떠올릴 수 있는지 궁금했다. 아빠도 노래할 때 음정이 틀리고 공포영화 보는 걸 좋아하는지 궁금했다. 엄마의 우아한 아치형 눈썹과 달리 아빠는 쭉 뻗은 일자형 눈썹을 가졌는지도.

그냥 궁금했다. 그뿐이었다.

"내가 엄마 딸이라고 해서 신고를 안 하면 공평하지 않잖아, 안 그래?" 조지가 말했다.

"그땐 판사가 아니라 엄마로서 행동하는 거니까." 알렉스가 테이블 위로 손을 뻗어 조지의 손 위에 포갰다. 기분이 야릇했다. 알렉스는 스킨십을 좋아하지 않는 사람이었다. "조지, 너한테는 엄마가 있어. 이야기하고 싶은 게 있으면 엄마가 들어줄게. 네가 무슨 말을 해도 넌 법적인 문제에 휘말리지 않을 거야. 너에 대한 일이든, 네 친구들에 대한 일이든."

아주 솔직히 말하면, 조지에게는 친구가 많지 않았다. 어렸을 때부터 알고 지내온 피터 정도였다. 지금은 비록 피터가 집에 놀러 오지 않고 조지도 놀러 가지 않지만, 학교에서는 여전히 함께 다녔다. 조지가 생각하기에 이 세상에서 법에 어긋나는 짓을 절대 하지 않을 사람이 피터였다. 조지는 다른 여자애들이 자신을 멀리하는 이유 중 하나가 자신이 늘 피터 편을 들어서라는 걸 알았지만, 그런 건 중요하지 않다고 생각했다. 드라마에서 벌어지는 일에나 신경 쓰고, 아이를 봐주고 모은 돈으로 옷이나 사러 다니는 아이들 틈에 있고 싶지 않았다. 그 아이들은 때로 너무 가짜처럼 보여서 뾰족한 연필로 콕 찌르면 풍선처럼 터져버릴 것만 같았다.

인기가 없는 게 어때서? 조지는 피터에게 그딴 건 중요하지 않다고 늘 말했다. 그렇게 말한 이상, 자신도 그것을 진심으로 믿어야 하지 않을까.

조지는 엄마에게 잡힌 손을 빼고서 아스파라거스 크림 스프가 정말 맛있다는 듯 쉬지 않고 숟가락을 옮겼다. 피터와 함께 아스파라거스에 대해 재미있는 실험을 해봤던 게 생각났다. 그들은 아스파라거스를 얼마나 먹어야 오줌에서 괴상한 냄새가 나는지 궁금했다. 그 결과는, 두 번까지 먹어볼 필요도 없었다.

"판사 목소리 좀 쓰지 마." 조지가 말했다.

"무슨 목소리?"

"판사 목소리. 전화 받을 때 목소리가 그래. 아니면 밖에 나와 있을 때. 지금처럼 말이야."

알렉스는 얼굴을 찌푸렸다. "말도 안 돼. 내 목소린 늘……."

웨이터가 미끄러지듯 테이블 가까이로 왔다. 마치 스케이트를 탄 듯했다. "실례지만…… 마음에 드십니까, 판사님?"

한 치의 주저도 없이 알렉스는 고개를 돌려 웨이터를 쳐다보았다. "아주 훌륭해요." 알렉스는 그렇게 말했고 웨이터가 멀어질 때까지 미소를 띠었다. 그런 다음 조지를 돌아보았다. "내 목소린 늘 똑같아."

조지는 엄마와 웨이터의 등을 번갈아 바라보았다. 그리고 말했다. "그럴지도."

축구부에 들어오지 않는 편이 더 나았을 아이가 또 한 명 있었는데, 바로 데릭 마코위츠였다. 노스 하버힐과 시합을 벌이고 있을 때, 데릭은 피터와 나란히 벤치에 앉아 자기소개를 했다. "넌 누가 시켜서 하는 거야?" 데릭이 물었다. 피터는 엄마라고 말해 주었다. "나도 그래. 우리 엄마는 영양사거든. 건강에 대해서라면 거의 중증 환자야."

저녁 식탁에서 피터는 부모님에게 연습이 아주 잘 되고 있다고 말하곤 했다. 다른 아이들이 보여준 시합 솜씨에 근거하여, 자신은 결코 할 수 없는 각종 묘기를 지어내서 말했다. 그때마다 엄마는 조이 형을 힐끗 보며 "우리 집에 운동선수가 또 있나봐."라고 말했다. 부모님이 시합 때 응원을 하러 왔다가 벤치를 뜨지 않는 피터를 볼 때면, 코치가 좋아하는 애들만 내보내기 때문이라고 둘러댔다. 어떻게 보면, 맞는 말이었다.

피터처럼 데릭도 지구상에서 가장 형편없는 축구선수의 조건은 다 갖췄다. 살갗이 너무 희어서 지도에 그려진 도로처럼 핏줄이 훤히 보였고, 눈썹이 어디 붙었는지 애써 찾아보아야 할 만큼 엷었다. 시합이 있을 때마다 두 사람은 벤치에 나란히 앉았다. 데릭은 연습 때 코치가 안 보는 틈을 타 스니커즈를 몰래 먹고, 재미난 농담도 잘 했다. 피터는 데릭이 좋았다. "심판이 문둥이 하키 시합을 왜 중단시켰게? 코너에 몰리자 누군가의 얼굴이 떨어져 나갔거든(원문의 face-off는 아이스하키 시합 개시 신호를 나타내는데 피부가 벗겨지는 문둥이들을 빗대서 하는 말장난이다-옮긴이)." "드루 지라드를 스테이플러로 벽에 박는 것보다 더 재미난 게 뭐게? 바가지를 씌우는 거야." 나중에는 단지 데릭이 하는 이야기가 듣고 싶어 축구 연습이 기다려질 정도였다. 그러면서도 피터는 데릭이 착하고 재미있어서 좋은 건지, 아니면 자신이 게이여서 데릭이 좋은 건지 걱정이 되기 시작했다. 그래서 일부러 데릭과 조금 떨어져 앉기도 했고, 데릭이 오해하지 않도록 연습 시간에는 무슨 일이 있어도 데릭의 눈을 똑바로 보지 말자고 다짐하곤 했다.

어느 금요일 오후, 두 사람은 벤치에 앉아 다른 아이들이 리븐델 중학교와 경기하는 것을 지켜보고 있었다. 스털링이 눈 감고도 이길 수 있는 상대였다. (물론 그것이 코치가 피터나 데릭을 실전 리그에 투입시킬 만큼의 이유는 못되었다.) 후반전 경기가 끝날 때쯤 되자, 스털링 24점, 리븐델 2점으로 점수 차가 굴욕적일 만큼 벌어졌다. 그 시각 데릭은 피터에게 재밌는 이야기를 하고 있었다.

"나무 의족을 단 해적이 어깨 위에 앵무새를 얹고 바지에는 조타륜을 달고서 술집으로 들어왔어. 바텐더가 말했지, '어이, 당신 바지에 조타륜이 달렸소.' 그러자 해적이 말했어, '아으으흐, 나도 알아. 그게 내 거시기를 미치게 만들어.'"

"잘했어. 잘했어. 잘했어." 코치가 선수 한 명 한 명과 악수를 나누며 축하를 해주고 있었다.

"안 가?" 데릭이 일어서며 물었다.

"이따 안에서 봐." 피터는 축구화 끈을 다시 매려고 허리를 숙이며 말했다. 바로 그때 여자 구두 두 짝이 그의 앞에 와서 멈췄다. 눈에 익은 구두였다. 부엌 뒷문에서 언제나 그 구두에 걸려 넘어지곤 했으니까.

"안녕, 우리 아들." 엄마가 피터를 내려다보고 웃고 있었다.

피터는 숨이 턱 막혔다. 유치원 끝나고 길 건널 때 손을 잡아줘야 하는 애도 아닌데, 어떤 중학생이 엄마더러 축구장까지 데리러 오라고 한단 말인가?

"잠깐만, 피터." 엄마가 말했다.

피터가 고개를 들고 주위를 둘러보니 평소 같았으면 라커룸으로 들어갔을 부원들이 이 새로운 구경거리를 보기 위해 어슬렁거리고 있었다. 이보다 더 끔찍한 일도 없을 거라고 피터가 생각하는 순간 엄마가 코치에게 당당히 걸어갔다. "야브로스키 코치님." 엄마가 말했다. "말씀 좀 나눌 수 있을까요?"

'차라리 날 죽여.' 피터는 생각했다.

"피터 엄마예요. 시합 때 왜 제 아들을 내보내지 않는지 궁금해서요."

"팀워크 때문입니다, 호턴 부인. 전 단지 피터에게 다른 학생들을 빨리 따라 잡을 수 있는 기회를 주고……."

"시즌이 반이나 지났으니, 제 아들도 축구부의 다른 아이들처럼 경기를 뛸 권리가 있지 않나요?"

"엄마, 그만해." 피터는 뉴햄프셔에 지진이라도 나서 엄마 발밑에서 땅이 쩍 갈라져 엄마를 삼켜버렸으면 하는 심정으로 끼어

들었다.

"괜찮아, 피터. 엄마가 알아서 할게."

코치는 콧등을 만졌다. "월요일 시합에 피터를 내보내겠습니다만, 호턴 부인, 썩 잘하지는 않을 겁니다."

"잘할 필요는 없어요. **재미있기만** 하면 되니까요." 엄마는 돌아서서 피터에게 의미심장한 미소를 지어 보였다. "그렇지?"

피터는 엄마의 목소리가 거의 들리지 않았다. 창피하다는 생각만이 머릿속을 빙빙 돌았고, 아이들의 웅성거림이 간간히 비집고 들어왔다. 엄마가 피터의 앞에 쭈그려 앉았다. 사람을 사랑하면서 동시에 증오한다는 말이 무슨 뜻인지 전에는 결코 이해하지 못했는데, 이제는 이해가 되기 시작했다. "네가 경기장에서 뛰는 걸 코치님이 보면 널 주전선수로 뛰게 할 거야." 엄마가 피터의 무릎을 톡톡 쳤다. "주차장에서 기다릴게."

다른 선수들이 피터를 밀치고 지나가며 비웃었다. "마마보이, 싸움도 엄마가 대신 해주지, 호모 새끼야?" 아이들이 말했다.

라커룸으로 들어온 피터는 앉아서 축구화를 벗었다. 양말 발가락 쪽에 구멍이 난 것을 보고는 놀라운 사실이라도 되는 양 한참을 보았다. 그렇게라도 하지 않으면 참고 있는 눈물이 터질 것 같았으니까.

누군가가 옆에 앉는 것이 느껴졌다. 피터는 놀라서 펄쩍 뛸 뻔했다. "피터, 괜찮아?" 데릭이 말했다.

괜찮다고 말하려 했지만, 목에서는 그런 거짓말이 나오지 않았다.

"우리 축구부랑 호저豪豬의 차이점이 뭐게?" 데릭이 물었다.

피터는 고개를 저었다.

"호저는 가시가 밖에 있다는 거야." 데릭이 싱긋 웃었다. "월요일에 보자."

코트니 이그나시오는 스파게티스트랩(가느다란 어깨끈으로, 보통 탈부착이 가능하다. 노출이 심한 옷을 고정해주기 위해 사용된다.-옮긴이) 족이었다. 배를 드러낸 탱크 탑에다 학생 주최 음악회에서 〈부티리셔스〉와 〈레이디 마멀레이드〉 같은 노래에 맞춰 춤을 추는 여자애들에게 딱히 더 좋은 말이 없어 조지가 붙인 이름이었다. 중학교 1학년 중에 핸드폰을 처음으로 가진 애도 코트니였다. 코트니의 분홍색 핸드폰은 수업시간에도 간간히 울렸지만, 선생님들은 결코 화내는 법이 없었다.

사회 시간에 미국 독립전쟁의 연대기를 만드는 숙제에서 코트니와 짝이 되자 조지는 한숨을 쉬었다. 자신이 모든 짐을 지게 될 거라고 생각했기 때문이다. 그러나 뜻밖에도 코트니는 자기 집에 가서 숙제를 하자고 했다. 만약 조지가 가지 않으면 그 모든 걸 혼자 떠맡게 될 거라고 겁을 주던 엄마의 말에, 지금 조지는 코트니의 침대에 앉아 초콜릿칩 쿠키를 먹으면서 노트를 정리하고 있었다.

"왜 그래?" 코트니가 조지 앞에 서서 두 손을 엉덩이에 대고 말했다.

"뭐가 왜 그래야?"

"넌 왜 항상 그런 표정이야?"

조지는 어깨를 으쓱했다. "네 방 말이야. 내 방하고는 천지차이라서."

코트니는 자기 방을 처음 보기라도 하는 듯 휘휘 둘러보았다.

"어떻게 다른데?"

코트니의 방에는 격정적인 보랏빛의 푹신푹신한 양탄자가 깔려 있었고, 분위기를 내기 위해 얇은 실크 스카프를 쳐놓은 구슬 램프도 있었다. 화장대는 각종 화장품들로 가득했다. 문 안쪽에는 조니 뎁의 포스터가 걸려 있었고, 선반에는 최신식 스테레오 장치가 진열돼 있었다. 개인 DVD 플레이어도 있었다.

코트니의 방과 비교하면 조지의 방은 스파르타 수준이었다. 책꽂이, 책상, 화장대 그리고 침대가 고작이었다. 코트니의 새틴 이불과 비교하면 조지의 이불은 할머니들이 만든 퀼트 이불 같았다. 조지에게도 스타일이라는 게 있다면 미국 개척 시대의 촌스러움이었다.

"그냥 달라." 조지가 말했다.

"엄마가 실내 장식가야. 10대 여자애들이 꿈꾸는 방이 이렇다고 생각하지."

"네 생각도 그래?"

코트니는 어깨를 으쓱했다. "사실은 좀 매음굴처럼 보이지만, 엄마를 위해 그냥 놔두고 싶어. 바인더 가지고 올게, 숙제 시작하자……."

코트니가 아래층으로 내려가고 난 뒤 조지는 자신이 거울을 뚫어지게 보고 있다는 걸 깨달았다. 화장품이 잔뜩 놓여 있는 화장대로 자신도 모르게 끌려간 조지는 난생 처음 보는 튜브며 병들을 들어보았다. 조지의 엄마는 화장을 거의 하지 않았다. 립스틱은 바를지 모르지만, 그게 다였다. 조지는 마스카라를 들고 뚜껑을 열어서 검은색 솔을 손가락으로 만져보았다. 향수병도 열어서 냄새를 맡았다.

거울에 비친 모습을 보니 자신을 빼닮은 여자애가 '절대 섹시!'라고 쓰여진 립스틱을 들고 입술에 바르고 있었다. 그녀의 얼굴에 색이 입혀지자 생기가 돌았다.

다른 사람이 되는 게 이렇게 쉬운 거였나?

"너 뭐하는 거야?"

코트니의 목소리를 듣고 조지는 벌떡 일어났다. 거울을 통해 코트니가 다가와 그녀의 손에서 립스틱을 가져가는 것을 보았다.

"미…… 미안." 조지는 말을 더듬었다.

놀랍게도 코트니 이그나시오는 싱긋이 웃었다. "사실은 잘 어울려." 코트니가 말했다.

조이는 동생 피터보다 공부를 잘했다. 피터보다 운동도 잘했다. 재미있고, 상식도 풍부하고, 그림도 잘 그렸다. 파티에서는 사람들을 끌어당기는 매력이 있었다. 그러나 피터가 알기로 조이 형이 못하는 것이 딱 하나 있었는데, 그것은 피를 보는 것이었다.

일곱 살 때 조이는 단짝 친구가 자전거 핸들 위로 넘어져 이마가 찢어진 것을 보고는 기절을 해버렸다. 텔레비전에서 의학 프로그램이 나오면 방을 나가버렸다. 아빠는 항상 두 아들에게 열두 살만 되면 총 쏘는 법을 가르쳐주겠다고 했었다. 하지만 조이는 열두 살이 되었는데도 아빠를 따라 한 번도 사냥을 나가지 못했다.

피터는 가을 내내 이번 주말만 기다리며 아빠가 사용해도 좋다고 한 라이플총의 사용법을 계속 공부했다. 30-30구경의 레버형 윈체스터 94 모델이었다. 새벽 4시 30분인 지금, 피터는 안전장치를 신중히 잠근 그 총을 손에 들고 있다는 사실이 꿈만 같았다. 아빠 뒤에서 숲을 살금살금 걸어가는데, 숨 쉴 때마다 하얀 입김이 나왔다.

간밤에 눈이 내려 사슴 사냥에는 더할 나위 없는 조건이었다. 어제는 밖에 나갔다가 사슴이 근처에 있는 흔적도 발견했다. 수사슴은 살아 있는 나무에 뿔을 문질러 자신의 영역을 표시하고, 다시 돌아와 계속 문질러 자기 영역을 확대시킨다. 오늘은 사슴이 벌써 다녀갔는지 알아보고, 새로운 흔적을 확인하는 일만 남았다.

사람이 아무도 없으니 세상이 많이 다르게 보였다. 피터는 아빠가 남긴 발자국과 겹치게 걸으며 아빠와 보조를 맞추려 애썼다. 자신이 게릴라 임무를 수행하는 군인이라 생각했다. 저 모퉁이만 돌면 적이 있다고. 지금 당장이라도 기습적인 총격전이 벌어질지도 모른다고.

"피터. 총구를 위로 들라니까!" 아빠가 어깨 너머로 조용히 꾸짖었다.

피터와 아빠는 어제 사슴의 흔적을 보았던 나무에 이르렀다. 오늘도 자국들이 새로 나 있었는데, 나무의 하얀 속살과 연녹색 나무껍질이 갓 벗겨져 있었다. 피터는 발밑을 보았다. 발자국 세 쌍이 있었다. 한 쌍은 나머지 두 쌍보다 많이 컸다.

"벌써 지나갔구나." 아빠가 중얼거렸다. "아마도 암사슴을 쫓고 있을 게다." 발정기에 이른 사슴은 평소보다 똑똑하지 않다. 쫓고 있는 암사슴에 열중한 나머지, 자신들을 사냥하러 나선 인간들을 피하는 것을 잊고 만다.

피터는 아빠와 함께 숲을 조용히 걸어가 늪으로 향하는 발자국을 따라갔다. 갑자기, 아빠가 손을 내밀었다. 멈추라는 신호였다. 힐끗 쳐다보니 암사슴 두 마리가 보였다. 한 놈은 제법 나이가 들었고, 한 놈은 한 살배기 새끼였다. 아빠가 고개를 돌려 입모양으로만 말했다. '움직이지 마.'

나무 뒤에서 수사슴이 걸어 나오는 것을 보고 피터는 숨을 멈췄다. 몸집이 크고 위엄이 있었다. 굵은 목이 여섯 개로 갈라진 뿔을 지탱하고 있었다. 아빠가 보일 듯 말 듯 고개를 끄덕였다. '쏴라.'

피터는 총을 만지작거렸다. 아까보다 총이 훨씬 무거워진 느낌이었다. 총을 어깨 위에 올려 사슴을 겨냥했다. 맥박이 어찌나 심하게 뛰는지 총이 계속 흔들렸다.

마치 큰 소리로 귓속말을 하는 듯한 아빠의 명령이 들렸다. '몸통 낮은 곳, 앞발 아래를 쏴라. 심장을 맞추면 즉시 죽일 수 있어. 심장을 놓치면 폐를 겨냥해. 그러면 100미터쯤 도망가다 쓰러질 거다.'

그 순간 사슴이 고개를 돌려 피터를 보았다. 사슴의 시선이 곧장 피터의 얼굴에 꽂혔다.

피터는 방아쇠를 당겨 엉뚱한 곳을 쐈다.

일부러.

세 마리의 사슴은 위험이 어디에 있는지를 몰라 일제히 몸을 숙였다. 피터는 자신이 겁을 먹은 걸 아빠가 알아차렸을까, 아니면 아들놈의 사격 솜씨가 엉망이라고만 여길까 궁금했다. 그 순간 두 번째 총성이 아빠의 총에서 울려 퍼졌다. 암사슴들은 냅다 달아났지만, 수사슴은 돌처럼 퍽 쓰러졌다.

 피터는 수사슴 옆에 서서 심장에서 콸콸 쏟아지는 피를 지켜보았다. "네 사냥을 가로챌 생각은 아니었다만, 총을 재장전하면 그 소리를 듣고 사슴들이 도망을 가버리거든." 아빠가 말했다.

 "아니에요." 피터는 대답했다. 사슴에게서 눈을 뗄 수가 없었다. "괜찮아요." 그 말과 함께 피터는 수풀 속에 토하고 말았다.

 뒤에서 아빠가 뭔가를 하는 소리가 들렸지만, 피터는 돌아보지 않았다. 대신에 벌써 녹기 시작한 눈 더미를 뚫어지게 보았다. 아빠가 다가오는 게 느껴졌다. 피터는 아빠의 손에서 피 냄새를 맡을 수 있었다. 실망의 냄새도.

 아빠가 손을 뻗어 피터의 어깨를 토닥거렸다. "다음을 기약하자." 아빠는 한숨을 쉬었다.

 돌로레스 키팅이 스털링 중학교로 전학을 온 것은 올 1월이었다. 그리 예쁘지도, 그리 똑똑하지도, 그리 문제아도 아니어서 눈에 잘 띄지 않는 그런 아이들 중 하나였다. 프랑스어 시간에 피터 앞자리에 앉은 돌로레스가 동사 변화를 큰 소리로 읽을 때면 뒤로 묶은 머리가 위아래로 까닥거렸다.

 어느 날 피터는 'avoir' 동사군을 암송하는 선생님의 목소리를 들으면서, 졸지 않으려고 애를 쓰다 돌로레스의 엉덩이 한가운데 잉크 자국이 있는 걸 발견했다. 흰 바지를 입고 있는데 그런 게 찍혀 있어 정말 우습다고 생각하던 피터는 그게 잉크가 아니라는 걸 깨달았다.

"돌로레스가 생리를 한다!" 피터는 자신도 모르게 큰 소리로 말하고 말았다. 남자 형제만 있는 집에서는 여자들에 관한 위대한 신비 중 하나가 생리였다. 눈을 찌르지 않고도 마스카라를 바른다든가, 보지도 않고 등 뒤로 브래지어를 채운다든가 하는 것도 그랬다.

교실에 있던 모든 애들이 고개를 돌렸고, 돌로레스의 얼굴은 바지에 묻은 피만큼 빨개졌다. 프랑스어 선생님이 양호 선생님에게 가보라며 돌로레스를 복도로 내보냈다. 피터 앞자리에는 피가 묻어 있었다. 프랑스어 선생님이 관리인을 불렀지만, 이미 교실은 통제 불능이 되어 있었다. 피가 얼마나 나왔는지, 돌로레스도 이제는 생리를 한다고 소문난 여자애들 부류에 속하게 되는 건지에 대한 수군거림이 산불처럼 번져나갔다.

"키팅이 생리를 해." 피터가 옆에 앉은 아이에게 이 말을 하자 그 아이의 눈이 반짝거렸다.

"키팅이 생리를 해." 그 소년이 다른 아이에게 말했고, 그 말은 돌림노래처럼 교실 전체로 퍼졌다. **키팅이 생리를 해. 키팅이 생리를 해.** 피터는 맞은편에 앉은 조지와 눈이 마주쳤다. 요즘 들어 화장을 하기 시작한 조지. 조지 역시 다른 애들을 따라 노래하고 있었다.

소속감은 마치 헬륨 가스 같았다. 피터는 속이 부풀어 오르는 느낌이었다. 자신이 시작한 일이었다. 돌로레스를 중심으로 둥그런 원을 그려 자신이 그 안쪽에 들어온 기분이라고나 할까.

그날 점심시간에 피터가 조지와 함께 앉아 있는데, 드루 지라드와 매슈 로이스턴이 쟁반을 들고 다가왔다. "네가 그걸 봤다면서." 드루가 말했다. 드루와 매슈가 앉자 피터는 자세한 내용을 이야기해줬다. 이야기에 덧칠을 하기 시작했다. 의자에 묻은 찻숟가락 만하던 피가 컵 크기만 해졌고, 돌로레스의 흰 바지에 묻은 작은 핏자국이 큼지막한 로르샤흐 잉크 반점으로 부풀려졌다. 드루와 매슈가 친구들을 불러들였다. 그들 중엔 1년 내내 피터와 말 한 마디 나눈 적 없는 축구부 애들도 있었다. "얘들한테도 얘기해줘, 진짜 웃기네." 매슈는 이렇게 말하고서 마치 친구라도 된 듯 피터에게 미소를 지어 보였다.

돌로레스는 그 후 며칠 동안 학교에 오지 않았다. 그 애가 한 달을 넘게 오지 않아도 달라질 게 없다는 걸 피터는 알았다. 6학년들의 기억은 강철 덫과 같다. 고등학교에 올라가도 돌로레스는 프랑스어 시간에 생리를 해서 의자에 피를 흘린 여자애로 두고두고 기억될 것이다.

돌로레스가 학교로 돌아온 날 아침, 버스에 탄 그 애 옆으로 드루와 매슈가 얼른 붙어 깐죽거렸다. "여자치고는 가슴이 진짜 없네." 돌로레스는 그들을 밀치고 가버렸고, 피터는 프랑스어 시간이 되어서야 돌로레스를 다시 볼 수 있었다.

프랑스어 선생님은 학교의 반대편 끝에서 오기 때문에 늘 수업에 늦었다. 수업 종이 울리기 전에 모든 아이들이 돌로레스의 책상으로 다가갔다. 아이들은 코트니 이그나시오가 엄마 몰래 가져온 탐폰을 돌로레스에게 건넸다.

드루가 첫 타자였다. 드루는 책상에 탐폰을 내려놓으며 말했다.

"이걸 떨어뜨린 것 같아서." 여섯 개의 탐폰이 놓일 때까지도 종은 울리지 않았고, 프랑스어 선생님도 들어오지 않았다. 포장지에 싸인 탐폰을 손에 쥐고 걸어가 책상에 놓으려던 피터는 돌로레스가 울고 있는 걸 알아챘다.

소리도 없이, 눈에 띄지도 않게 울고 있었다. 탐폰을 내미는 순간 피터는 불현듯 깨달았다. 이것은 지옥으로 떨어지고 있던 자신의 모습을 반대쪽에서 보는 것과 같다는 걸.

피터는 손에 쥔 탐폰을 구겨버렸다. "그만." 피터는 조용히 말했고, 돌로레스를 놀리려고 줄을 서 있는 다른 세 학생 쪽으로 돌아섰다. "이제 그만해."

"왜 그래, 호모새끼?" 드루가 물었다.

"이제 재미없어."

어쩌면 처음부터 재미없는 일이었는지도 모른다. 다만 자신이 당하는 일이 아니었기에, 거기에 만족했을지도.

뒤에 있던 남자애가 피터를 밀치다가 들고 있던 탐폰이 날아갔다. 날아간 탐폰은 돌로레스의 머리에 맞고 피터의 의자 밑으로 굴러 떨어졌다. 다음은 조지 차례였다.

조지는 돌로레스를 본 다음 피터를 보았다. "하지 마." 피터는 중얼거렸다.

조지는 입술을 꽉 다물고서 손가락을 쭉 폈다. 탐폰이 돌로레스의 책상 위로 굴러갔다. "에쿠." 조지가 말했다. 매슈 로이스턴이 웃자 조지는 매슈의 옆에 가서 섰다.

피터는 누워서 기다렸다. 조지가 피터와 함께 집으로 걸어가지 않은 게 몇 주는 되었다. 조지가 방과 후에 무엇을 하는지는 알고 있었다. 보통은 코트니 패거리와 마을을 어슬렁거리며 아이스티를 마시고 아이쇼핑을 했다. 때때로 피터는 멀찍이 떨어져 조지를 지켜봤다. 그러면서 애벌레가 나비로 변하는 것처럼 변해도 어쩜 저렇게 변할 수 있을까 생각하곤 했다.

조지가 다른 여자애들과 헤어질 때까지 기다렸다가 피터는 조지를 쫓아갔다. 바짝 따라붙어 팔을 붙잡자 조지가 꽥 비명을 질렀다.

"세상에! 피터, 깜짝 놀랐잖아!"

피터는 원래부터가 말을 술술 풀어놓는 타입이 아니라서 오늘은 조지에게 물어볼 말을 미리 연습까지 했었다. 하지만 막상 조지가 이렇게 가까이 있으니 모든 질문이 휘리릭 날아가버렸다. 질문 대신 피터는 자리에 주저앉아 손으로 머리카락을 헤집었다. "도대체 왜 그러는 거야?" 피터가 물었다.

조지는 피터의 옆에 앉아 무릎 위로 팔을 포갰다. "널 아프게 하려고 그러는 건 아냐."

"그 애들하고 있는 넌 완전 가짜야."

"그냥 너하고 있을 때랑 다른 것뿐이야." 조지가 말했다.

"거짓말 마. 지금의 넌 가짜라고."

"진짜에도 여러 종류가 있어."

피터는 비웃었다. "그 바보들이 너한테 그렇게 가르치는 거야? 전부 헛소리야."

"걔들이 날 가르치고 있는 게 아냐." 조지는 반박했다. "내가 좋아서 있는 거야. 그 애들은 재미있고 웃기고 같이 있으면……."

조지가 갑자기 말을 끊었다.

"뭔데?" 피터는 재촉했다.

조지는 피터의 눈을 보며 말했다. "같이 있으면 사람들이 날 좋아해."

변화가 이렇게 극적일 수도 있다는 걸 피터는 느꼈다. 누군가를 죽이고 싶던 마음이 순식간에 자신을 죽이고 싶은 마음으로 돌변하는 걸.

"그 애들이 널 놀리지 못하게 할게." 조지는 약속했다. "그게 솟아날 구멍이야, 알겠어?"

피터는 대답하지 않았다. 피터에게는 해당하지 않는 말이었다.

"그냥…… 그냥 지금은 너랑 같이 다닐 수가 없어." 조지가 말했다.

피터는 얼굴을 쳐들었다. "같이 다닐 수가 없다고?"

조지는 일어나 피터에게서 물러났다. "다음에 봐, 피터." 그 말과 함께 조지는 피터의 삶 밖으로 걸어나갔다.

사람들이 뚫어질 듯 쳐다보는 시선을 느낄 수 있다. 그것은 여름날 아스팔트에서 올라오는 열기 같고, 등허리 부위를 찔러대는 꼬챙이 같다. 수군거림을 들을 필요도 없고, 그게 당신에 관한 이야기란 걸 알 필요도 없다.

나는 욕실 거울 앞에 서서 사람들이 응시하는 것이 무엇인지, 스스로 찾아보곤 했다. 사람들의 고개를 돌리게 만드는 게 무엇인지, 나의 어떤 점이 믿을 수 없을 만큼 그들과 다르다는 건지 알고 싶었다. 처음에는 알 수 없었다. 그냥, 난 나일 뿐이었다.

그러던 어느 날, 거울 속을 보았는데 이해가 되었다. 나는 내 눈을 들여다보았다. 그리고 수많은 아이들이 그랬던 것처럼 나도 내가 싫어졌다.

그날, 나는 그들이 옳을지도 모른다고 믿기 시작했다.

 열흘 후

 조지는 엄마 방의 침대에서 지겹도록 텔레비전을 보다가 전자시계의 LED 숫자를 보기 위해 옆으로 몸을 굴렸다. 새벽 두시, 그 정도면 안전하다고 여겨 이불을 박차고 침대에서 일어났다.
 조지는 계단을 살금살금 내려가는 데는 선수였다. 뒤뜰에서 맷을 만나기 위해 전에도 몇 번 해본 일이었다. 어느 날 밤, 맷은 '안녕, 두시 반, 지금이야'라고 문자를 보내왔다. 조지는 파자마 차림으로 맷을 만나러 나갔는데, 잠깐이었지만 맷이 자신의 몸을 만지는 순간 그의 손가락들 사이로 빠져버릴 것만 같았다.
 층계참에서 마루청이 삐걱거리는 곳은 딱 한 군데였고, 조지는 정확히 그곳을 알고 건너뛰었다. 아래층으로 내려와서는 선반에서 자신이 원하는 DVD, 하지만 보는 걸 들키고 싶지 않은 DVD를 뒤적거려 찾았다. 그리고 DVD 플레이어를 작동시킨 뒤 볼륨을 바짝 줄였다. 그래서 화면에 가까이 붙어 앉아야만 출연자들의 말소리가 들렸다.
 첫 번째 등장 인물은 코트니였다. 그녀는 한 손을 들어 올려 비디오를 찍지 말라고 하면서도 얼굴은 웃고 있었다. 긴 머리카락이 실크처럼 코트니의 얼굴 아래로 늘어져 있었다. 그리고 화면에는 나오지 않는 브래디 프라이스의 목소리가 들렸다. "걸스 곤 와일드(Girls Gone Wild. 봄방학을 맞아 관광지에서 비키니 차림으로 광란의 파티에 나선 여대생들의 선정적인 동영상으로 미국의 베스트셀러 비디오 중 하나-옮긴이) 같은 걸 좀 보여줘봐, 코트." 카메라가 잠시 흔들리더니 생일케이크가 화면에 크게 나타났다. "꽃다운 열여섯 생일을 축하해, 조지." 헤일리 위버를 비롯해, 노래를 부르는 여러 친구들의 얼굴이 카메라에 비쳤다.

조지는 중지 버튼을 눌렀다. 화면에는 코트니, 헤일리, 마들렌, 존, 드루가 보였다. 그녀는 화면 속 한 명 한 명의 이마에 손가락을 갖다 댔다. 그때마다 전기가 찌르르 느껴졌다.

열여섯 살 생일 때 조지는 그 친구들과 레스토랑 '스토르스 폰드'에서 바비큐를 먹었다. 핫도그와 햄버거와 사탕옥수수도 있었다. 케첩을 가져오는 걸 깜박해 누군가가 차를 타고 시내의 슈퍼마켓까지 가서 몇 개를 사가지고 와야 했다. 코트니의 카드에는 BFF(Best Friends Forever), 즉 '영원한 단짝 친구들'이라고 적혀 있었다. 물론 조지는 코트니가 한 달 전 맷의 카드에도 똑같은 말을 썼다는 걸 알고 있었다.

화면이 또다시 흔들렸다가 자신의 얼굴이 등장할 무렵 조지는 울고 있었다. 그녀는 다음 장면이 무엇인지 알았다. 아직까지 기억하고 있었다. 카메라가 뒤로 움직이자 모래 위에서 맷의 무릎 위에 앉는 자신과 그런 그녀를 껴안는 맷이 보였다. 맷은 웃통을 벗고 있었는데, 조지는 그의 살이 자신의 살에 닿았을 때의 따뜻한 감촉을 떠올렸다.

한순간 저렇게 살아 있던 사람인데, 어떻게 모든 게 멈추어버릴 수 있을까? 심장과 폐뿐 아니라 입술 왼쪽부터 올라가면서 천천히 얼굴에 번지던 미소까지. 독특한 억양도. 수학 숙제를 할 때면 머리카락을 잡아당기곤 하던 버릇도.

"너 없인 못 살아." 맷은 그렇게 말하곤 했다. 이제 그 애는 더 이상 그런 말을 할 수 없게 되었다.

울음이 도무지 멈추지 않아 조지는 소리를 내지 않으려고 주먹으로 입을 막았다. 그러고는 난생처음 보는 동물을 뜯어보는 것처럼 화면 속 맷을 관찰했다. 그의 모든 걸 기억해서 나중에 세상 사람들에게 그 존재를 말해주어야 할 것처럼. 맷의 손이 조지의 드러낸 배를 가로질러 올라가다 비키니 끈에 닿았다. 그녀는 얼굴이 벌게져서 맷을 밀어냈다. "여긴 안 돼." 어딘지 모르게 야릇한 목소리였다. 조지의 귀에는 자신의 목소리 같지 않게 낯설었다. 녹음된 자기 목소리를 들으면 도무지 자기 목소리 같지가 않다.

"그럼 다른 데로 가볼까." 맷이 말했다.

조지는 파자마 상의 끝에 달린 주름 장식 밑으로 손을 집어넣어 배 위로 펼쳤다. 그리고 맷이 그랬던 것처럼 엄지손가락을 가슴 곡선 부위로 조금씩 움직였다. 마치 맷의 손길인 것처럼 생각하면서.

그는 생일선물로 금으로 된 로켓(여성 장신구의 일종. 조그마한 사진, 머리카락, 기념물 등을 넣어 목걸이에 다는 금속제 갑―옮긴이)을 주었더랬다. 6개월 전 선물을 받은 그날부터 지금까지 조지는 한 번도 목걸이를 벗어본 적이 없었다. DVD 속에도 목걸이를 차고 있는 모습이었다. 맷이 그녀의 목에 로켓을 달아주면서 남긴 엄지손가락 자국이 등에 남아 있었던 게 기억난다. 서로간의 은밀한 무엇 같아서 조지는 손가락 자국이 지워지지 않게 하려고 별짓을 다했더랬다.

뒤뜰에서 맷을 만나던 날 밤, 달빛 아래서 맷은 온통 낸시 드루(청소년용 추리 소설에 등장하는 어린 아마추어 탐정—옮긴이)의 사진들이 프린트된 조지의 파자마를 보고 웃었다. "내가 문자 보냈을 때 뭐하고 있었어?" 맷이 물었다.

"잤어. 한밤중에 무슨 일로 날 보러 온 건데?"

"네가 내 꿈을 꾸고 있나 확인하려고." 그가 말했다.

DVD에서 누군가가 맷의 이름을 소리쳐 불렀다. 맷이 씩 웃으면서 고개를 돌렸다. '늑대 이빨 같네.' 조지는 생각했다. 날카롭고, 몹시 희다. 화면 속의 맷은 조지에게 가볍게 입을 맞췄다. "금방 올게." 그가 말했다.

'금방 올게.'

맷이 막 일어서는 장면에서 조지는 다시 중지 버튼을 눌렀다. 그런 다음 목 위로 손을 뻗어 로켓이 달린 가느다란 금목걸이를 벗었다. 그러고는 소파 쿠션을 하나 집어 들고 지퍼를 열어 목걸이를 깊숙이 밀어넣었다.

그리고 DVD 플레이어를 껐다. 손을 뻗으면 잡을 수 있는 거리에 맷이 그대로 영원히 있을 거라 생각하고 싶었다. 물론 DVD는 그녀가 방을 나서기도 전에 이미 초기 상태로 돌아갈 테지만.

레이시는 집에 우유가 떨어졌다는 걸 알았다. 루이스와 식탁에

좀비처럼 마주 앉은 아침, 레이시가 먼저 얘기를 꺼냈다.

"다시 비가 올 거래."

"우유가 떨어졌어."

"피터의 변호사한테서 연락이 왔어?"

레이시는 앞으로 일주일간 피터에게 면회를 갈 수 없다는 사실에 망연자실해졌다. 구치소의 방침이 그렇다고 한다. 게다가 남편이 아직까지도 피터를 보러 가지 않은 사실을 알고는 더 기가 막혔다. 아들이 20마일도 채 떨어지지 않은 독방에 앉아 있는 걸 알면서도 어떻게 아무렇지 않게 지낼 수 있을까?

살다 보면 쓰나미처럼 이런저런 일들이 한꺼번에 터질 때가 있다. 레이시도 그 사실을 잘 알고 있었다. 이미 슬픔이 그녀를 덮치고 지나간 뒤였으니까. 그렇게 쓰나미가 지나가고 나면 자신이 얼마나 낯설고 불안정한 땅에 서 있는지 깨닫게 된다. 유일한 탈출 방법은 할 수 있는 한 더 높은 곳으로 올라가는 것이다.

그런 이유로 레이시는 주유소 편의점으로 우유를 사러 가게 된 것이었다. 마음 같아서는 이불 속으로 들어가 잠이나 자고 싶었지만. 그런데 그것도 생각만큼 쉽지 않았다. 우유를 사러 가려면 먼저 차고를 나가 차창을 두들기며 길을 가로막는 기자들을 뚫고 지나가야 했다. 그러고도 집요하게 따라오는 뉴스 차량을 피해 큰길로 들어가야 했고, 결국엔 뉴햄프셔의 퍼모트에 있는 주유소에서 우유를 살 수밖에 없었다. 평소에는 좀처럼 들르지 않는 곳이었다.

"2달러 59센트입니다." 점원이 말했다.

레이시는 지갑을 열어 3달러를 꺼냈다. 순간 금전등록기에 손으로 써서 붙인 작은 메모가 눈에 띄었다. '**스털링 고등학교의 희생자들을 위한 모금 중**'이라고 적혀 있었고 그 옆에 모금함으로 쓰이는 커피 캔이 있었다.

레이시의 손이 떨리기 시작했다.

"이해해요, 정말 비극이죠, 안 그래요?" 점원이 손을 떠는 레이시를 보며 말했다.

레이시는 심장이 어찌나 쿵쾅쿵쾅 뛰는지 점원에게도 그 소리가 들릴까 봐 두려웠다.

"어떤 집 자식인지 궁금하지 않으세요? 어떻게 그 지경이 되도록 부모가 모를 수 있었을까요?"

레이시는 한마디라도 대답을 했다간 자신의 정체가 발각될까 봐 고개만 끄덕였다. 누구라도 맞장구를 치기는 쉬운 얘기다.

그런 끔찍한 아이가 또 있겠어요? 그런 못난 엄마는요?

하지만 끔찍한 아이 뒤에는 끔찍한 부모가 있게 마련이라고 말하긴 쉽지만, 그 끔찍한 아이도 부모가 최선을 다한 아이라면 어쩔 것인가? 레이시처럼 무조건 사랑하고, 철저히 보호하고, 금지옥엽 길렀는데도 살인자가 되었다면 어쩔 것인가?

'저도 모르겠어요. 제 탓이 아니에요.' 레이시는 그렇게 말하고 싶었다.

하지만 그녀는 솔직히 말해 정말 그런지 확신할 수가 없어서 그저 조용히 있었다.

레이시는 지갑에 있는 지폐와 동전을 모조리 커피 캔에 넣었다. 그리고 우유는 카운터에 그대로 놔둔 채 멍하니 주유소 편의점을 걸어 나왔다.

그녀의 가슴속에는 아무것도 남아 있지 않았다. 모든 걸 아들에게 쏟아부었기 때문이다. 세상에서 가장 가슴 아픈 것은, 내 자식이 아무리 눈부시기를 바란다 해도, 내 자식만큼은 완벽하다고 아무리 자위하려 해도, 결국에는 아이들에게 실망하게 되어 있다는 것. 까놓고 보면, 아이들은 우리가 생각하는 것보다 더 많이 우리를 닮아 있다. 속속들이, 상처투성이다.

정신병학 교수인 어빈 피바디는 시내 중심가의 하얀 통나무 교회에서 스털링 마을 전체 차원의 추모식을 갖자고 제안했다. 일간신문과 광고 전단지에 조그맣게 난 기사가 커피숍과 은행에 붙었는데, 그것만으로도 그 소식은 삽시간에 퍼졌다. 집회를 열기로 한 저녁 일곱시가 가까워지자 도로는 차들로 주차장을 방불케 했다. 사람들은 길가에 붙은 교회의 문으로 쏟아져 들어갔고, 취재를 위해 떼로 몰려든 기자들은 스털링의 경찰 부대에 의해 쫓겨났다.

군중의 물결이 또 한 차례 밀치고 들어와 셀레나는 아기를 더 바싹 끌어안았다. "이 정도일 줄 알았어요?" 셀레나가 조던에게 작은 소리로 물었다.

조던은 군중을 휘휘 둘러보며 고개를 가로저었다. 피터의 기소인부절차 때 왔던 사람들도 간혹 보였지만, 노인, 대학생, 어린 아기를 데리고 온 부부 등 스털링 고등학교와는 별 인연이 없는 낯선 얼굴들이 더 많았다. 이렇게 상관도 없어 보이는 사람들이 몰려든 것은 '파급 효과', 즉 누군가의 정신적 외상이 또 다른 누군가에게는 순결의 상실이었기 때문이다.

어빈 피바디는 경찰서장, 스털링 고등학교 교장과 나란히 맨 앞 줄에 앉아 있었다. "안녕하십니까." 어빈이 일어나서 말했다. "오늘밤 여기 모인 것은 우리 모두가 한 얼레에 감겨 있기 때문입니다. 하룻밤 사이에 우리 마을의 풍경이 변해버렸습니다. 정답은 없겠지만, 무슨 일이 있었는지를 얘기해보는 게 유익하겠다고 생각했습니다. 더 중요한 것은, 우리가 이렇게 서로의 말에 귀를 기울일 수 있다는 점입니다."

두 번째 줄에 앉아 있던 남자가 재킷을 손에 든 채 일어섰다. "저는 5년 전 스털링으로 이사를 왔습니다. 아내와 전 뉴욕의 광기에서 벗어나고 싶었죠. 우린 막 가족을 꾸렸고, 흠…… 단지 조금 더 친절하고 화기애애한 마을을 찾아보고 싶었습니다. 그러니까, 제 얘기는, 차를 타고 스털링 거리를 달리다 보면 사람들이 나를 알고 있다는 사실에 신이 난다는 겁니다. 은행에 가면 직원들이 내 이름을 기억하고 있습니다. 미국에서 이런 마을은 더 이상 찾아볼 수 없는데, 이제는……." 그는 말을 잇지 못했다.

"이제는 스털링도 그런 마을이 아니죠." 어빈이 그의 말을 마무리했다. "이제까지 알고 있던 이미지와 현실 사이에 괴리가 생길 때 얼마나 괴로운지 압니다. 옆에 있던 친구가 괴물로 변해버릴 때 말이죠."

"괴물이라고?" 조던이 셀레나에게 나직이 물었다.

"그럼, 저 사람이 뭐라고 말하겠어요? 피터가 시한폭탄이었다고 해요? 저렇게 말해야 사람들이 안심할 거예요."

어빈이 다시 군중을 둘러보았다. "전 오늘밤 여러분이 여기 모였다는 사실이 스털링이 건재함을 보여준다고 생각합니다. 다들 아시겠지만 예전과 같은 정상으로 돌아가지야 못하겠지만, 새로운 종류의 정상을 찾을 수는 있습니다."

한 여자가 손을 들었다. "학교는 어떻게 해야 하나요? 아이들을 다시 보내야 하나요?"

어빈은 경찰서장과 교장을 힐끗 쳐다보았다. "아직은 수사가 진행 중입니다." 경찰서장이 말했다.

"올해는 다른 곳에서 남은 수업을 마칠까 합니다. 우리가 사용할 수 있는 빈 학교가 있는지 알아보기 위해 레바논에서 교장들과 상의중입니다." 교장이 말했다.

또 다른 여자가 말했다. "하지만 언젠가는 돌아가야 하는 거잖아요. 제 딸은 이제 겨우 열 살인데, 그 학교에 들어가는 걸 무서워해요. 영원히 그럴지도 몰라요. 애가 자다가도 한밤중에 비명을 지르면서 깨어나요. 누군가 그곳에서 총을 들고 자기를 기다리고 있을 것 같대요."

"악몽이라도 꿀 수 있으니 다행입니다." 이번에는 남자 목소리였다. 조던 옆에 있던 남자가 팔짱을 낀 채 일어섰다. 눈이 붉게 충혈돼 있었다. "밤마다 따님이 소리를 지르면 꼭 안고서 괜찮을 거라고 말해주십시오. 저처럼 거짓말을 하십시오."

남자의 말이 끝나기 무섭게 실 뭉치가 풀리듯이 군중들 사이로 웅성거림이 일었다. "마크 이그나시오야. 죽은 애들 중 한 명의 아버지야."

갑자기 단층선이라도 생긴 듯 스털링이 둘로 갈라졌다. 너무나 깊고 음침하여 수십 년이 흘러도 메워지지 않을 것 같은 협곡이 생겼다. 이미 아이들을 잃은 사람들과 아직은 걱정할 아이들이 있는 사람들 사이에 엄청난 간극이 벌어진 것이다.

"여러분 중 몇 분은 제 딸 코트니를 알고 계실 겁니다." 마크가 벽에서 물러나며 말했다. "몇몇 집에서는 아이들을 돌봐주기도 했을 거고, 여름에는 '스테이크 섀크'에서 햄버거를 서빙하기도 했으니까요. 워낙 예뻤던 아이라, 얼굴을 기억하는 분들도 계실 겁니다." 그는 연단 쪽으로 고개를 돌렸다. "새로운 종류의 정상을 어떻게 생각해낼 수 있는지 말씀해주시겠습니까, 교수님? 언젠가는 편안해질 거라고, 어떻게 얘기하실 거죠? 제가 이 일을 지나간 일로 묻어둘 수 있을 거라고 어떻게 말씀하실 수 있죠? 어떤 사이코패스는 여전히 멀쩡하게 살아 있는데, 무덤 속에 누워 있는 제 딸을 제가 잊을 수 있을까요." 마크가 갑자기 조던을 돌아보며 비난했다. "선생은 어떻게 살 수 있죠? 개새끼 같은 놈을 변호하면서 어떻게 밤에 잠을 잘 수가 있죠?"

모두의 눈이 조던을 향했다. 그는 옆에 앉은 셀레나가 아기를 보호하려는 듯 가슴에 꼭 끌어안는 걸 느낄 수 있었다. 조던은 뭐든 한마디라도 하려고 입을 열었지만, 적당한 말을 찾을 수 없었다.

그 순간 통로 쪽에서 들려오는 부츠 소리에 조던은 시선을 돌렸다. 패트릭 듀참이 마크 이그나시오 쪽으로 다가오고 있었다. "난 자네가 느끼는 고통을 상상조차 할 수 없네, 마크." 패트릭이 비탄에 잠긴 마크에게 시선을 고정한 채 말했다. "자네라면 충분히 여기 와서 화를 낼 권리가 있지. 하지만 이 나라는 유죄가 입증되기 전까지는 무죄라는 원칙을 지키고 있잖아. 맥아피 씨는 변호사로서 본분을 다하고 있는 것뿐이야." 그는 마크의 어깨를 툭툭 치면서 목소리를 낮춰 물었다.

"어디 가서 커피 한 잔 하는 게 어떤가?"

패트릭이 마크 이그나시오를 데리고 출구에 이르러서야 조던은 하고 싶었던 말이 겨우 생각났다.

"나도 여기 스털링에 살고 있소."

조던의 말에 마크가 뒤를 돌아보며 대답했다.

"오래 못 갈 거요."

알렉스는 대부분의 짐작과 달리 알렉산드라를 줄인 이름이 아니다. 아들을 바랐던 아버지가 지어준 남자 이름일 뿐이다.

그녀 나이 다섯 살 때 어머니가 유방암으로 돌아가신 뒤 줄곧 그녀를 키운 사람은 아버지였다. 그는 자전거 타는 법이나 징검다리 건너는 법을 가르쳐주는 그런 아버지가 아니었다. 대신에 '수도꼭지'와 '문어'와 '호저' 같은 단어에 해당하는 라틴어를 가르쳐주었다. 아버지는 권리장전에 대해서도 설명해주었다. 그녀는 아버지의 관심을 받고 싶어서 학구파를 자처했다. 철자 시합과 세계사 경시대회에서 우승을 하고, 올 A를 연달아 받고, 지원한 모든 대학에 합격했다.

그녀는 꼭 아버지 같은 사람이 되고 싶었다. 길을 걸어가면 가게 주인들이 존경스런 눈빛으로 '안녕하십니까, 코미어 판사님' 하고 인사를 하는 그런 사람. "코미어 판사입니다"라고 말하면 수화기 너머 접수계 여자의 목소리가 변하는 걸 듣고 싶었다.

아버지는 딸을 무릎에 앉힌 적도, 잘 자라며 키스를 해준 적도, 사랑한다고 말해준 적도 없었다. 겉으로만 보면 그런 사람이었다. 세상의 모든 일에서 '사실'을 가려낼 수 있다는 것을 알렉스는 아버지로부터 배웠다. 위안, 양육, 사랑, 이 모든 것은 요약과 설명이 가능하다. 그리고 법, 그러니까, 법은 아버지의 신념 체계를 지지해주었다. 법정과 관련해서는 어떠한 감정도 양해가 된다. 논리적인 배경에서는 감정적인 게 허용된다. 의뢰인에 대한 동정이 진심에서 우러나온 것이 아니라 해도, 그런 척은 할 수 있으며, 그러면 누구와도 감정이 상할 만큼 친해질 위험이 없다.

알렉스가 법과대학 2학년일 때 아버지에게 뇌졸중이 왔다. 아버지가 누워 계신 병원 침대 모서리에 앉아 그녀는 아버지에게 사랑한다고 말했다.

"오, 알렉스, 성가시게 그러지 말자."

알렉스는 아버지 장례식 때 울지 않았다. 아버지도 그러길 원했을 거라는 걸 알았으니까.

지금 알렉스가 그렇듯 아버지도 딸과의 관계가 다른 식이었기를 바랐을까? 부모와 자식이 아닌, 스승과 제자 같은 관계였다면 결국에는 기대 따윈 하지 않았을까? 아이의 인생이 걸린 기회를 놓치기 전까지 얼마나 오랫동안 아이와 평행선을 걸었을까?

그녀는 슬픔과 슬픔의 진행 단계를 다룬 수없이 많은 웹사이트를 샅샅이 훑어보고, 다른 학교의 총기 사건 여파도 공부했다. 실제로 연구는 할 수 있었지만 조지의 경우와 결부시키려고 할 때면 조지는 마치 엄마를 난생처음 보는 것처럼 쳐다보았다. 때로는 눈물을 왈칵 터뜨리기도 했다. 어느 쪽이든 알렉스는 어떻게 대처해야 할지 알 수가 없었다. 처음에는 자신의 무능함을 느끼다가, 자신이 아닌 조지의 문제라는 데 생각이 이르면 더 큰 패배감이 느껴졌다.

열흘 후

그 기이한 아이러니를 알렉스도 비켜가지 못했다. 알렉스는 아버지의 짐작보다 훨씬 더 많이 아버지를 닮아 있었다. 그녀는 집에 갇혀 있을 때는 느끼지 못하는 편안함을 법정에서 느꼈다. 세 번째 음주 운전으로 잡혀 온 피고에게는 무슨 말을 해야 할지 잘 알았지만, 자신의 딸과는 5분도 대화를 지속할 수 없었다.

스털링 고등학교에서 총기 사건이 터지고 열흘째 되는 날 알렉스는 조지의 방에 들어갔다. 이른 오후였건만 커튼이 빈틈없이 내려져 있었다. 조지는 침대보를 돌돌 말고 애벌레처럼 그 속에 숨어 있었다. 마음 같아선 커튼을 활짝 열어젖혀 햇빛이 들어오게 하고 싶었지만, 그러는 대신 딸의 곁에 누웠다. 그러고는 짐꾸러미처럼 웅크리고 있는 조지를 두 팔로 감쌌다. "네가 어렸을 때 엄마가 가끔 이 방에 들어와 같이 자곤 했어."

자세를 바꾸는 소리와 함께 조지가 이불 밖으로 얼굴을 내밀었다. 눈 주위가 빨갛고, 얼굴은 퉁퉁 부어 있었다. "왜?"

알렉스는 어깨를 으쓱했다. "엄마가 천둥 번개를 무지 싫어했거든."

"난 왜 깼을 때 엄마가 온 줄도 몰랐을까?"

"엄마가 다시 엄마 방으로 돌아갔으니까. 딸 앞에서는 굳센 엄마여야 했거든……. 엄마가 뭘 무서워한다는 걸 네게 들키고 싶지 않았어."

"슈퍼맘이네." 조지가 작은 소리로 말했다.

"그런데 지금은 널 잃을까 봐 무서워. 벌써 그렇게 돼버려서 무서워." 알렉스가 말했다.

조지가 잠시 엄마를 응시했다. "나도 날 잃어버릴까 봐 무서워."

알렉스는 일어나 앉아 조지의 머리카락을 귀 뒤로 넘기며 말했다. "여기서 나가자."

조지의 표정이 굳어졌다. "난 나가고 싶지 않아."

"아가, 그러면 기분이 좋아질 거야. 물리치료 같지만, 사실은 두뇌에 좋은 거야. 평소 하던 대로 자꾸 움직여주면 결국에는 자연스럽게 기억이 날 거야."

"엄마는 이해 못해……."

"노력도 하지 않으면 조, 결국 그 애한테 지는 거야."

알렉스의 말에 조지가 냉큼 고개를 쳐들었다. '그 애'가 누구인지는 말할 필요가 없었다. "너도 짐작했니?" 알렉스는 자신도 모르게 묻고 있었다.

"뭘 말이야?"

"그 애가 이런 짓을 할 거라고?"

"엄마, 난 그런 얘기 하고 싶지……."

"엄마는 계속 그 아이 어렸을 때가 생각나는구나." 알렉스가 말했다.

조지는 머리를 가로저으며 나직이 말했다. "그게 언제 적 일인데. 사람들은 변해."

"나도 알아. 하지만 그 애가 너한테 라이플총을 건네주던 모습이 이따금 눈에 선해서……."

"우린 어렸어." 눈물이 그렁그렁한 눈으로 조지가 말허리를 끊었다. "그리고 어리석었어." 그러고는 후다닥 침대보를 다시 끌어당겼다. "엄마는 네가 어디든 가고 싶어 할 거라고 생각했지."

알렉스는 딸의 얼굴을 들여다보았다. 변호사는 정곡을 찌른다.

열흘 후

그러나 엄마는, 그렇게 하지 못한다.

잠시 후, 조지는 알렉스 옆 조수석에 앉아 있었다. 안전띠를 한 번 채웠다가 끄르더니 다시 채웠다. 알렉스는 안전띠를 잡아당기며 잘 잠겼는지 확인하는 조지를 물끄러미 바라보았다.

알렉스는 차를 몰고 치나가면서 눈에 띄는 것마다 손가락으로 가리켰다. 중심가 중앙분리대의 눈을 뚫고 용감하게 머리를 내민 올해의 첫 수선화들, 코네티컷 강에서 훈련을 하고 있는 스털링 대학교 조정 팀, 강물에 남아 있는 얼음을 가르며 나아가는 보트의 이물, 차 안의 온도가 10도를 넘었다고 알려주는 온도계. 알렉스는 스털링 고등학교를 지나지 않게 먼 길로 돌아서 갔다. 조지는 딱 한 번 바깥 풍경을 보려고 고개를 내밀었는데, 바로 경찰서를 지날 때였다.

알렉스는 식당 앞 주차장에 차를 댔다. 거리는 점심시간 쇼핑객들과 우편물을 들고 지나가는 사람들, 핸드폰으로 통화를 하며 걸어가거나 가게 창을 들여다보는 사람들로 붐볐다. 모르는 사람이 보면 여느 때의 스털링과 다를 바 없었다. "그래, 기분이 어떠니?" 알렉스가 조지를 돌아보며 물었다.

조지는 무릎 위의 손을 내려다보았다. "괜찮아."

"생각보다 나쁘지 않지, 그렇지?"

"아직은."

"내 딸은 낙천주의자라니까. 샌드위치랑 샐러드 먹을까?"

"메뉴판도 아직 안 봤으면서." 조지가 말했다. 알렉스와 조지는 곧 차에서 내렸다.

그때 갑자기 적갈색 닷지 다트 차량이 빨간불에 급발진을 하며 달려 나왔다. "이런 멍청이." 알렉스가 중얼거렸다. "번호판을 봐 뒀어야 하는 건데……." 알렉스는 말을 하다가 말고 그제야 조지가 사라진 것을 깨달았다.

"조지!"

그리고 곧 보도에 납작 엎드려 있는 딸을 발견했다. 조지는 얼굴이 하얗게 질린 채 부들부들 떨고 있었다.

알렉스도 조지 옆에 무릎을 꿇고 엎드렸다. "차야. 그냥 차야." 알렉스는 조지를 부축해 일으켜 세웠다. 지나가던 사람들이 흘끔흘끔 두 사람을 쳐다보았다.

알렉스는 사람들의 시선으로부터 조지를 지켜주려 했지만 이번에도 허사였다. 분별력 있기로 유명한 알렉스였건만 지금은 갑자기 그 능력이 없어진 듯했다. 그녀는 인터넷에서 읽은 자료들을 떠올렸다. 슬픔의 경우 한 발 벗어났다 싶다가도 세 발 물러난다고 했다. 하지만 사랑하는 사람이 아파하면 지켜보는 사람도 뼛속까지 아플 수 있다는 건 왜 아무도 얘기하지 않았을까. "좋아. 집으로 돌아가자." 알렉스는 두 팔로 조지의 어깨를 단단히 끌어안으며 말했다.

패트릭 듀참은 사건에 살고 사건을 먹고 사건과 잠을 자는 사람 같았다. 경찰서에서는 모든 수사관들을 대표하는 척후병답게 냉정하고 통솔력 있게 굴었지만 집에서는 움직이는 모든 동선마다 사건 관련 의문점들을 메모해 붙여두었다. 냉장고에는 사망자들의 사진이 붙어 있었고 욕실 거울에는 사건 당일 피터의 시간별 행적이 매직으로 기록되어 있었다. 그는 한밤중에 깨어나 온 갓 의문점들의 목록을 작성했다. 학교에 가기 전까지 피터는 집에서 무엇을 하고 있었을까? 그 아이의 컴퓨터에는 또 무엇이 있었을까? 총 쏘는 법은 어디서 배웠을까? 총은 어떻게 구했을까? 그 분노는 어디서 비롯된 것일까?

그는 하루 동안 엄청난 양의 자료를 힘들여 읽고 처리해야 했는데, 이제 그보다 더 많은 양의 자료를 수집해야 했다. 지금 그의 앞에는 조안 맥케이브가 앉아 있었다. 그녀는 서에 있는 클리넥스를 마지막 한 장까지 거덜내도록 울고불고하다가 지금은 종이 타월을 손에 쥐고 있었다. "죄송해요. 이렇게 어려울 줄은 몰랐어요." 그녀가 패트릭에게 말했다.

"어려우실 만도 하죠." 패트릭이 부드럽게 말했다. "오빠에 대해 말씀해주시기 위해 시간을 내주신 점 정말 감사드립니다."

에드워드 맥케이브는 이번 총기 사건으로 사망한 희생자들 중 유일한 교사였다. 그의 학급은 체육관으로 가는 길목인 층계 끝에 있었다. 그는 운 나쁘게도 교실을 나와 눈앞에 일어난 사건을 저지하려다 봉변을 당했다. 학적부에 따르면 맥케이브 선생님은 피터가 고등학교 1학년 때 수학 교사였다. 피터의 성적은 B였다. 피터와 맥케이브 선생님이 특별히 사이가 나빴다고 기억하는 사람들은 없었다. 대부분의 학생들은 피터가 그 반에 있었는지조차 기억하지 못했다.

"이젠 정말로 더는 말씀드릴 게 없어요. 필립이 뭔가를 기억하고 있을지도 몰라요." 조안이 말했다.

"부인의 남편이요?"

조안이 그를 올려다보았다. "아뇨. 그 사람은 오빠의 배우자에요."

패트릭은 의자에 등을 기댔다. "배우자라 하면. 그럼……."

"오빠는 게이였어요." 조안이 말했다.

중요한 단서가 될 수도 있지만, 아닐 수도 있다. 어쩌면 반시간 전 불운한 희생자가 된 에드 맥케이브가 피터가 총을 쏘게 된 결정적 이유였을지도 모른다.

"학교에서는 몰랐어요." 조안이 말했다. "오빠는 반발을 두려워했던 것 같아요. 동네 사람들한테는 필립이 대학 시절 룸메이트라고 했어요."

살아 있는 희생자들 가운데 나탈리 즐렌코가 있었다. 그녀는 옆구리에 총을 맞아 간의 일부를 절제했다. 패트릭은 스털링 고등학교 GlAAD(동성애자 연합)의 회장 직함에서 그녀의 이름을 보았던 기억이 났다. 그녀는 전반부 총성의 희생자들 중 한 명이었고, 맥케이브 선생님은 후반부 총성의 희생자들 중 한 명이었다.

어쩌면 피터 호턴은 동성애 혐오자였는지도 모른다.

패트릭은 조안에게 명함을 건네며 말했다. "필립 씨와 얘기를 해보고 싶군요."

레이시 호턴은 셀레나 앞에 찻주전자와 과자 한 접시를 내려놓았다. "우유가 없어요. 사러 나가긴 했는데……." 레이시가 난감한 듯 말을 잇지 못하자 셀레나가 얼른 입을 열었다.

"말씀해주신다고 하셔서 정말 감사해요."

"부인이 무슨 말씀을 하시든, 피터에게 도움이 되도록 하겠어요."

레이시는 고개를 끄덕이며 말했다. "뭐든지요. 원하시는 것 뭐든지 물어보세요."

"그럼, 쉬운 것부터 시작해볼까요. 피터가 태어난 곳은요?"

"다트머스 히치콕 병원이요." 레이시가 말했다.

"정상분만이었나요?"

"물론이죠. 합병증 같은 건 전혀 없었어요." 레이시가 희미하게 미소를 지었다. "피터를 가졌을 때 날마다 거의 5킬로미터를 걸어 다녔는 걸요. 남편은 그러다 제가 길에서 애를 낳게 되면 어떡하냐고 걱정했어요."

"부인이 젖을 먹이셨나요? 젖은 잘 먹었나요?"

"죄송한데, 왜 그런 질문을 하시는지······."

"혹시 뇌 장애가 있었는지 확인을 해야 해서요. 장기臟器의 문제라든가." 셀레나는 무덤덤하게 말했다.

"아." 레이시가 힘없이 말했다. "네. 제가 젖을 먹였어요. 그 앤 늘 건강했어요. 또래보다 몸집이 작긴 했지만 남편도 저도 큰 체구가 아니니까요."

"어렸을 때 사회성은 어땠나요?"

"친구는 많지 않았어요. 조이와는 달랐죠." 레이시가 말했다.

"조이요?"

"피터의 형이에요. 피터는 형과 한 살 터울이었고, 훨씬 조용했어요. 몸집이 작다고, 조이보다 운동을 잘 못한다고 놀림을 받았어요······."

"피터와 조이의 사이는 어땠나요?"

레이시는 마디진 손을 내려다보며 말했다. "조이는 1년 전에 죽었어요. 음주 운전자 때문에 교통사고로 죽었죠."

셀레나는 기록하던 것을 멈췄다. "유감이에요."

"네. 저도 그래요." 레이시가 말했다.

셀레나는 의자에 약간 등을 기댔다. 무모한 짓인 줄은 알았지만, 지금처럼 불행이 전파될 때는 너무 가까이 있고 싶지 않았다. 그녀는 오늘 아침 아기 침대에서 자고 있던 샘을 생각했다. 밤사이 녀석은 양말 한 짝을 벗어버렸다. 발가락 다섯 개가 완두콩처럼 포동포동했다. 그녀는 아기의 캐러멜 피부를 맛보지 않으려고 무진 애를 썼다. 사랑의 언어는 대개 이런 식이다. 눈으로 그를 먹어치웠다, 그의 모습을 마셔버렸다, 그를 통째로 삼켰다 등등. 사랑은 혈류로 분해되고 섞이는 자양물이다.

그녀는 다시 레이시를 보았다. "피터는 조이와 잘 지냈나요?"

"피터에게 형은 우상이었어요."

"피터가 그렇게 말했나요?"

레이시는 어깨를 으쓱했다. "그럴 필요도 없었죠. 피터는 늘 조이의 미식축구 경기를 보러 가서 누구보다 큰 소리로 응원을 했으니까요. 그 애가 고등학교에 들어갔을 땐 조이의 동생이라는 이유만으로 다들 그 애한테 많은 걸 기대했어요."

그런 기대가 우쭐함 못지않게 좌절의 근원이 될 수도 있다는 것을, 셀레나는 잘 알고 있었다. "조이가 죽었을 때 피터는 어떤 반응을 보였나요?"

"남편과 나처럼 망연자실했어요. 많이 울었죠. 방에 처박혀서 나오지도 않고."

"조이가 죽은 후로 부모님과 피터와의 관계에 변화가 있었나요?"

"더 강해졌다고 생각해요. 전 거의 넋이 나가 있었죠. 피터는…… 우리가 기댈 수 있게 해줬어요."

"피터가 기댈 사람은 없었나요? 친한 친구라든가?"

"여자친구를 말하는 건가요?"

"남자친구도요."

"피터는 여전히 어려워하는 나이였어요. 여자애들한테 몇 번인가 데이트 신청을 한 건 알겠는데, 실제로 데이트를 한 적은 없는 것 같아요."

"성적은 어땠나요?"

"형처럼 올 A는 아니어도, 주로 B를 받고 간혹 C를 받았어요. 우린 늘 그 애한테 최선을 다하라고만 말했어요."

"학습 장애가 있었나요?"

"아뇨."

"학교 밖에서는 어땠나요? 특별히 좋아하는 일이 있었나요?" 셀레나가 물었다.

"음악을 듣거나 비디오 게임을 했어요. 다른 10대들처럼요."

"아드님이 듣는 음악을 들어보시거나, 게임을 해보신 적이 있으세요?"

레이시의 얼굴 위로 소리 없이 미소가 번졌다. "되도록 그러지 않으려고 했어요."

"아드님의 인터넷 사용을 감시하셨나요?"

"인터넷은 학교 과제물을 위해서만 쓰는 걸로 했어요. 물론 인터넷 채팅과 인터넷의 위험에 대해 제법 많은 이야길 나눴지요.

하지만 피터는 사리 분별이 있는 아이였어요. 우린……." 레이시가 눈길을 돌리며 말을 중단했다. "우린 그 앨 믿었어요."

"피터가 다운로드하는 자료들이 어떤 건지 알고 계셨나요?"

"아뇨."

"무기는요? 무기를 어디서 구했는지 짐작 가는 데라도 있으세요?"

레이시는 심호흡을 했다. "남편은 사냥을 해요. 남편이 사냥하는 데 피터를 한 번 데리고 간 적이 있지만, 피터는 그다지 좋아하지 않았어요. 산탄총들은 진열장에 넣어서 늘 잠가 뒀고요."

"열쇠가 어디 있는지 피터는 알았겠군요."

"네." 레이시는 웅얼거렸다.

"권총은요?"

"저희 집에 권총은 없었어요. 권총은 어디서 났는지 모르겠어요."

"아드님 방을 조사해보신 적이 있나요? 침대 밑이나, 벽장 속 같은 곳을요?"

레이시가 갑자기 셀레나와 시선을 마주치며 말했다. "우리는 늘 피터의 사생활을 존중했어요. 저는 아이가 자기만의 공간을 가지는 것이 중요하다고 생각해요 그리고……."

"그리고요?"

"그렇게 들여다보기 시작하면 때때로 진짜 보고 싶지 않은 것을 발견하게 되죠." 레이시가 조심스럽게 말했다.

셀레나는 팔꿈치를 무릎에 괸 채 앞으로 몸을 숙이며 말했다. "언제 그랬는데요, 부인?"

레이시는 창가로 걸어가서 커튼을 젖혔다. "그걸 이해하시려면 조이 얘기를 먼저 들으셔야 해요. 조이는 상급생에다 우등생이었고 축구 선수였어요. 그리고 졸업하기 일주일 전에 죽었어요." 레이시는 손으로 커튼의 가장자리를 끌어당기며 말을 이었다. "누군가 그 애 방에 들어가서 보관하고 싶지 않은 것들을 싸서 치워야 했죠. 서랍을 뒤적거리다 약을 발견했어요. 껌 종이에 싸인 가루 조금, 숟가락과 주사도요. 인터넷으로 찾아보기 전까지 그게 헤로인인지도 몰랐어요. 가루는 변기에 넣고 물을 내려버렸고 주사는 병원에 와서 버렸어요." 레이시는 벌게진 얼굴로 셀레나를 바라보았다. "제가 이런 얘기를 하고 있다니 믿기지가 않아요. 누구한테도, 심지어 남편한테도 한 적이 없는데. 저는 남편은 물론, 그 누구도 조이에 대해 나쁜 기억을 갖게 하고 싶지 않았어요."

레이시는 다시 소파에 앉았다. "피터의 방에서는 또 뭘 발견하게 될지 몰라 일부러 들어가지 않았어요. 하지만 그게 더 심각할 수 있다는 걸 그때는 몰랐어요." 그녀는 솔직히 털어놓았다.

"피터가 방에 있을 때 방해한 적은 없으세요? 노크를 하고 머리를 쑥 들이밀었다던가?"

"그럼요. 잘 자라는 인사를 하러 들어가곤 했죠."

"그럼 피터는 대개 뭘 하고 있었나요?"

"컴퓨터를 하고 있었어요. 거의 언제나." 레이시가 말했다.

"화면에 뭐가 있었는지 보셨나요?"

"모르겠어요. 화면을 닫아버리곤 했어요."

"그럼, 예고 없이 방에 들어가면 피터가 어떤 반응을 보이던가요? 당황하던가요? 화를 내던가요? 뭔가 감추면서 불안해 하던

가요?"

"그런데 왜 마치 피터를 판단하려는 것처럼 들리죠? 적어도 당신은 우리 편이 되어야 하는 거 아닌가요?" 레이시가 말했다.

셀레나는 참을성 있게 레이시의 눈을 쳐다보며 말했다. "이 사건을 철저히 조사할 수 있는 유일한 방법이 사실을 묻는 것이니까요, 호턴 부인. 그게 제가 하는 일이에요."

"피터는 여느 10대들과 똑같았어요. 제가 잘 자라고 키스를 하면 몹시 성가셔했죠. 그래도 당황해하는 것 같진 않았어요. 뭔가를 숨기고 있는 것처럼 행동하지는 않았어요. 이런 게 알고 싶다는 건가요?" 레이시가 물었다.

셀레나는 펜을 내려놓았다. 상대가 방어를 하기 시작한다는 건 인터뷰를 끝내야 할 때라는 얘기였다. 그러나 레이시는 자발적으로 계속 이야기했다.

"전 문제가 있다고는 생각해보지 못했어요." 그녀는 인정했다. "피터가 동요하고 있다는 걸 몰랐어요. 자살을 하고 싶어 한다는 것도 몰랐어요. 아무것도 몰랐어요." 레이시가 울기 시작했다. "희생자 가족들이 저기 다 있지만, 난 무슨 말을 해야 할지 모르겠어요. 저 또한 누군가를 잃었다고 말할 수 있으면 좋겠어요. 저 또한 오래전 그 아이를 잃었다고 말이죠."

셀레나는 그 가녀린 여인을 두 팔로 감쌌다. "당신 잘못이 아니에요." 그것이 지금 레이시 호턴에게 필요한 말이라는 걸 그녀는 알고 있었다.

다른 곳도 아닌 고등학교에서 무슨 아이러니인지, 스털링 고교의 교장은 성경연구반을 동성애자 연합반 바로 옆 교실에 배치했다. 그들은 화요일 3시 30분이면 233호실과 234호실에 나란히 모였다. 사건 당일 233호의 담당 교사는 에드 맥케이브였다. 성경연구반 회원들 중에는 지역 목사의 딸인 그레이스 머터우가 있었다. 그 학생은 식수대 앞에서 총을 맞고 체육관으로 이어지는 복도에서 죽었다. 동성애자 연합반의 회장인 나탈리 즐렌코는 아직 병원에 있다. 졸업앨범 사진작가이기도 한 나탈리 즐렌코는 1학년을 마친 뒤 자신이 레즈비언임을 밝혔다. 그리고 이 행성에 자기 같은 사람이 또 있는지 알아보려고 233호실의 동성애자 모임에 처음으로 기웃거린 것도 그때쯤이었다.

"우리 모임은 이름을 공개하지 않기로 되어 있어요." 나탈리의 목소리가 너무 가냘파서 패트릭은 침대 쪽으로 몸을 숙여야 했다. 곁에서는 나탈리의 어머니가 그를 주시하고 있었다. 나탈리에게 몇 가지 질문할 게 있어서 왔다고 하자 그녀는 당장 나가지 않으면 경찰을 부르겠다고 말했다. 패트릭은 자신이 바로 그 경찰이라고 이야기했다.

"이름을 얘기해달라는 게 아니야. 단지 왜 이런 일이 일어났는지 배심원들이 이해할 수 있게 도와달라는 거란다." 패트릭이 말했다.

나탈리는 고개를 끄덕이며 눈을 감았다.

"피터 호턴, 그 애가 모임에 왔었니?" 패트릭이 물었다.

"한 번이요." 나탈리가 말했다.

"기억에 남을 만한 말이나 행동을 했니?"

"아무 말도, 아무 짓도요. 그걸로 끝이었어요. 한 번 나타났다가 두 번 다시 안 왔어요."

"그런 일이 종종 있니?"

"가끔요." 나탈리가 말했다. "커밍아웃할 준비가 안 된 사람들이 있어요. 어떤 때는 단지 누가 게이인지 알아내서 우리의 학교생활을 지옥 속에 빠뜨리고 싶어 하는 얼간이들도 있었어요."

"네 생각에, 피터는 어떤 범주에 속했던 것 같니?"

나탈리는 여전히 눈을 감은 채 오랫동안 침묵했다. 패트릭은 잠이 들었나 보다고 생각해 물러났다. "고맙습니다." 그가 어머니에게 인사를 하는 순간 나탈리가 다시 입을 열었다.

"피터는 우리 모임에 나타나기 훨씬 전부터 들볶이고 있었어요."

셀레나가 레이시 호턴과 면담을 하는 동안 조던은 아기와 씨름을 하고 있었다. 샘은 무슨 영문인지 제 침대에서는 지독히도 잠을 안 잤다. 그러던 아이가 차에 타기만 하면 10분 만에 기절할 듯 잠을 자는 버릇이 있어서 조던은 아기를 포대기로 감싸 카시트에 묶었다. 그러고 나서 후진을 하는 순간 사브 승용차의 바퀴가 진입로에서 삐걱거리는 걸 깨달았다. 타이어 네 개가 모조리 찢어져 있었다.

"제기랄." 조던은 성질을 냈다. 그러자 뒷좌석의 샘이 다시 울기 시작했다. 그는 카시트를 풀고 아기를 다시 집 안으로 데리고 들어가 셀레나가 차고 다니는 아기띠를 매고 아기를 안았다. 그런 다음 경찰서에 전화를 걸어 누군가의 만행을 신고했다.

전화 받는 경관은 그의 성도 묻지 않았다. 그가 이미 성을 알고 있다니 조던은 상황이 심상치 않다는 걸 깨달았다. "가보도록 하죠." 경관이 말했다. "하지만 우선은 나무에 올라간 다람쥐부터 내려주고요." 그러고는 전화가 뚝 끊겼다.

동정심이라고는 털끝만큼도 없다는 이유로 경찰을 고소할 수 있을까?

그사이 기적적으로 샘이 잠들었다. 어쩌면 스트레스로 인한 페로몬 때문인지도 몰랐다. 그런데 갑자기 초인종이 울렸고 화들짝 놀란 샘이 다시 울기 시작했다. 조던이 문을 홱 잡아당겨 열자 셀레나가 서 있었다. "당신 때문에 애가 깼잖아." 그는 아기띠에서 샘을 빼내는 아내를 나무랐다.

"그럼 문을 잠그지 말았어야죠. 오, 그래, 우리 예쁜이." 셀레나는 부드럽게 말했다. "아빠가 엄마 없는 사이에 괴물이 된 거니?"

"누가 타이어를 죄다 찢어놨어."

셀레나는 아기의 머리 너머로 조던을 힐끗 쳐다보았다. "흠, 어떻게 아군을 확보하고 사람들을 움직이는지 잘 알잖아요. 가만있자, 경찰이 신고를 건성으로 받지 않았어요?"

"뭐, 꼭 그렇지는 않아."

"그럴 줄 알았어요. 이 사건을 맡았으니까 그렇죠." 셀레나가 말했다.

"당신까지 그러면 어떡해? 좀 이해해주는 게 어때?"

셀레나는 어깨를 으쓱했다. "결혼 서약에는 없던 조항인 걸요. 위로 파티라도 원한다면 상부터 차려야죠."

조던은 손으로 머리를 긁적였다. "그래, 그 엄마한테서 뭐 좀 얻어냈어? 그러니까, 피터가 정신과 진단을 받았다던가?"

셀레나는 곡예를 부리듯 샘을 한 손에서 다른 손으로 옮겨 안으면서 재킷을 벗은 다음 블라우스 단추를 열고 젖을 먹이기 위해 소파에 앉았다. "아뇨. 그런데 형이 있었대요."

"그래?"

"네. 음주 운전자 때문에 일어난 교통사고였대요. 원래 굉장한 모범생이었다는데."

조던이 셀레나 옆에 주저앉으며 말했다. "이걸 써먹을 수도 있겠는데……."

셀레나는 눈을 흘겼다. "한 번만, 변호사가 아니라 인간적인 데 초점을 맞출 수는 없어요? 조던, 이 가족은 가망 없는 수렁에 빠져 있었어요. 그 아이는 화약통이나 다름없었고요. 부모들은 각자의 슬픔을 감당하느라 그 애한테 소홀했던 거예요. 피터는 의지할 곳이 없었다고요."

조던은 환한 웃음을 지으며 그녀를 쳐다보았다. "훌륭해. 우리의 의뢰인이 이제야 동정심이 생겼군."

스털링 고등학교에서 총기 사건이 나고 일주일 뒤 마운트 레바논 학교―레바논의 학생 수가 급격히 줄어들면서 행정 업무용 건물이 돼버린 초등학교―가 스털링 고교생들의 남은 수업을 위한 임시 교사校舍로 정해졌다.

수업이 다시 시작되던 날 알렉스는 조지의 방으로 들어갔다. "꼭 이러지 않아도 돼. 원한다면 몇 주 더 쉬어도 괜찮아." 수업이 다시 시작될 거라는 통지문이 도착하기 며칠 전부터 집집마다 전화기가 마치 겁에 질린 심장 소리처럼 허둥지둥 울려댔다. "넌 갈 거야?" "넌?" 이런저런 소문도 돌았다. 누구네 엄마는 안 보낼 거래. 누구는 세인트 메리로 전학 갈 거래. 맥케이브 선생님 수업은 다른 사람이 인계받을 거래 등등. 조지는 아무한테도 전화를 하지 않았다. 친구들의 답을 듣는 게 두려웠다.

조지는 학교로 돌아가고 싶지 않았다. 비록 다른 건물이라 해도 학교 복도를 걸어 다녀야 한다는 생각 자체가 싫었다. 교육감이나 교장이 대체 무슨 생각인 건지 조지는 궁금했다. 아마도 모두들 연기를 하겠지. 실재감이 느껴지는 순간 모든 게 너무 끔찍할 테니. 그러나 조지의 또 다른 반쪽은 학교로 돌아가야 한다는 걸 잘 알고 있었다. 그곳이 자신이 속한 곳이었으니까. 아침에 깨어나면 어떤 기분이 드는지, 완전히 뒤바뀐 삶을 기억하지 못하는 바로 3초의 순간을 갈망하는 게 어떤 기분인지 제대로 이해할 수 있는 사람들은 같은 학교 학생들뿐이었다. 딛고 있는 발밑의 땅이 단단하다고 이제 더는 쉽게 믿을 수 없었다.

무수한 사람들 속에서 함께 헤매고 있으면서 길을 잃었다고 말할 수 있을까?

"조지?" 알렉스가 다그쳤다.

"괜찮아." 조지는 거짓말을 했다.

엄마가 나간 뒤 조지는 교과서를 챙기기 시작했다. 그러다 불현듯 과학 시험을 보지 않은 게 생각났다. 촉매제에 관한 것이었는데. 어찌된 셈인지 아무 내용도 기억이 나지 않았다. 듀플레셔 선생님이 수업 첫날부터 시험지를 돌릴 만큼 사악하지는 않겠지, 안 그래? 3주 동안 시간이 멈췄다기보다 세상이 완전히 바뀐 것 같았다.

학교에 갔던 마지막 날 아침, 조지는 특별한 생각을 하진 않았다. 기껏해야 시험과 맷, 그리고 간밤에 숙제를 얼마나 했나 등등……. 다시 말해 평범한 것들을 생각하는 그런 평범한 날이었다. 학교 또한 여느 날 아침과 다를 게 하나 없었다. 그러니 오늘이라고 돌발 사태가 터지지 않을 거라고 어떻게 장담할 수 있을까?

조지가 부엌에 가보니 엄마가 정장을 입고 있었다. 외출복을. 조지는 깜짝 놀라 물었다. "엄마도 오늘부터 다시 나가게?"

알렉스가 주걱을 든 채 몸을 돌렸다. 그리고 더듬더듬 대답했다. "응…… 그러니까, 네가 가겠다고 하니까…… 생각해봤지. 문제가 생기면 서기한테 연락해. 맹세할게, 조지, 10분 내로 달려오겠다고……."

조지는 의자에 주저앉아 눈을 감았다. 어쨌거나, 자신이 학교에 가고 안 가고는 중요하지 않았다. 만약의 경우를 대비해 엄마는 집에서 자신을 기다려줄 거라 생각했다. 하지만 얼마나 어리석은 생각이었나. 한 번도 그런 적이 없는데 이제 와서 달라질 이유가 없지 않은가.

왜냐하면, 다른 모든 게 달라졌으니까. 조지의 머릿속에서 어떤 목소리가 그렇게 속삭였다.

"엄마 스케줄을 조정해 놓았으니까 학교로 데리러 갈 수 있어. 만약 문제가 생기면……."

"그래. 서기한테 전화할게. 어쨌건."

알렉스가 조지의 맞은편에 앉았다. "조지, 너는 뭘 기대했는데?"

조지는 엄마를 흘깃 보았다. "암것도. 기대 같은 건 오래전에

끓었어. 팬케이크가 타고 있잖아." 조지는 이렇게 말하고서 2층 방으로 다시 올라갔다.

조지는 베개에 얼굴을 파묻었다. 도대체 뭐가 문제인지 알 수 없었다. 그 사건 이후 두 명의 조지가 있는 것 같았다. 그 일이 결코 일어난 적 없는 악몽이기를 바라는 작은 소녀와 너무 심하게 아파서 누구라도 가까이 오면 폭언을 퍼붓는 현실주의자. 문제는, 둘 중 어떤 인물이 언제 등장하게 될지 조지 자신도 모른다는 것이었다. 평소에는 물도 끓일 줄 모르는 엄마가 학교로 돌아가는 딸을 위해 팬케이크를 굽고 있다니, 좀 어이가 없었다. 어렸을 때는 학교 가는 첫날 엄마가 달걀과 베이컨과 주스로 성찬을 베풀어주는 그런 집에서 살았으면 하고 바랐다. 온갖 종류의 시리얼과 종이 냅킨이 놓여 있던 등교 첫날의 아침 식탁. 하지만 이젠 그렇게 바라던 걸 얻지 않았던가. 조지가 울고 있으면 옆에 와 앉는 엄마를, 잠시 일을 접고 언제나 조지 옆을 맴도는 엄마를. 그런데 조지는 무엇을 했던가. 그녀는 엄마를 밀어냈다. 내뱉는 말과 달리 속으로는 이렇게 부르짖고 있었다. '아무도 보아주지 않을 때 엄마는 내 인생에서 일어난 일 따위 신경도 안 썼잖아. 그러니 이제 와서 새로 시작할 수 있다고 생각하지 마.'

그때 갑자기 집 앞 차도에 멈춰 서는 자동차 엔진 소리가 들렸다. 자기도 모르게 '맷이다'라는 생각이 들더니 온몸의 신경이 고통스러울 정도로 곤두섰다. 그러고 보니, 학교까지 어떻게 갈 것인지 아무 생각이 없었다. 전에는 언제나 맷이 태우고 갔다. 물론, 엄마 차를 타고 갈 수도 있었을 것이다. 그러나 왜 전에는 그런 논리가 작동되지 않았을까. 두려웠기 때문일까? 원하지 않았던 걸까?

 침실 창문으로 내다보니 드루 지라드가 찌그러진 볼보에서 내리고 있었다. 드루가 현관문을 열려고 하는 순간 엄마도 부엌에서 나왔다. 엄마는 손에 연기 탐지기를 들고서 천장에 대고 플라스틱 걸쇠를 탕 쏘았다.

 드루는 햇빛이 따가운지 한 손으로 눈 위를 가리고 서 있었다. 다른 쪽 팔은 여전히 삼각붕대에 매여 있었다. "전화를 하고 오는 건데."

 "괜찮아." 조지가 말했다. 좀 어질어질했다. 이제 보니 저 멀리로 어느 곳에선가 겨울을 보내고 온 새들이 돌아와 있었다.

 드루는 조지와 그녀의 엄마를 차례로 쳐다보며 말했다. "있지, 널 태워줘야 하지 않나 하는 생각이 들었어."

 그 순간 조지는 맷이 그곳에 함께 서 있는 것처럼 느껴졌다. 마치 그의 손가락이 자신의 등에 닿는 것 같았다.

 "고맙다만, 오늘은 내가 조지를 태우고 갈 거야." 알렉스가 말했다.

 조지 속의 괴물이 다시 고개를 쳐들었다. "난 드루랑 갈래." 난간의 엄지기둥에 있던 배낭을 먼저 낚아채며 조지가 말했다. "데리러 올 때 봐." 조지는 엄마의 얼굴을 뒤돌아보지도 않고 차로 달려갔다. 햇빛을 받은 자동차가 신전처럼 번쩍거렸다.

 차에 탄 조지는 드루가 시동을 걸고 진입로를 빠져나가기를 기다렸다. "너희 부모님도 저러니?" 달리는 차 안에서 조지가 눈을 감고 물었다.

 드루가 조지를 흘깃 보았다. "그럼."

"누구랑 얘기해본 적 있어?"

"경찰 말이야?"

조지는 고개를 저었다. "우리 친구들."

드루가 기어를 낮추며 대답했다. "존을 만나러 병원에 몇 번 갔어. 내 이름을 기억 못하더라고. 포크, 머리빗, 계단 같은 그런 말들도 모르고. 그냥 앉아서 시시한 얘기들을 했어. 전국 하키 대회 최종 우승자 같은 것들 말이야. 그러면서도 더 이상 걸을 수 없다는 사실을 녀석이 알기나 하는지 내내 궁금했지." 정지 신호에서 차가 멈추자 드루가 조지를 보며 물었다. "왜 우리는 아니었을까?"

"뭐가?"

"어째서 우리는 운 좋은 축에 들었을까?"

조지는 무슨 말을 해야 할지 몰라 차창 밖으로 시선을 던졌다. 주인이 끌고 간다기보다 오히려 주인을 끌고 가는 개에게 주의를 쏟는 척했다.

드루는 마운트 레바논 학교 주차장에 차를 세웠다. 건물 옆에는 운동장이 있었다. 어쨌거나 초등학교였던 곳이고, 행정 건물이 되긴 했어도 동네 아이들이 여전히 정글짐과 그네를 타러 왔다. 교장과 학부모 부대가 학생들이 학교 안으로 들어갈 때마다 이름을 소리쳐 부르며 응원을 해주었다.

"너한테 줄 게 있어." 드루가 좌석 뒤로 손을 뻗어 무언가를 찾더니 야구 모자를 내밀었다. 조지는 그 모자를 알아보았다. 모자에 있던 자수가 풀린 지는 오래되었다. 챙은 닳고 닳아 뱃머리 장식처럼 단단히 말려 있었다. 조지는 손가락으로 안쪽 솔기를 부드럽게 만져보았다. 드루가 그녀에게 그 모자를 건넸다.

"내 차에 놔두고 간 거야. 실은 녀석의 부모님께 주려고 했어……. 나중에 말이야. 근데 어쩌면 너도 갖고 싶어 할지 모르겠다는 생각이 들어서."

조지는 고개를 끄덕였다. 눈물이 식도를 타고 올라오는 게 느껴졌다.

드루가 운전대에 머리를 댔다. 조지는 그 애도 울고 있다는 걸 금세 깨달았다.

그녀는 친구의 어깨에 손을 올렸다. "고마워." 간신히 말하고서 맷의 야구 모자를 머리에 썼다. 그런 다음 배낭을 집어 들고는 차에서 내려 학교 쪽으로 가는 대신 운동장에 붙은 녹슨 철문을 통과했다. 모래놀이통 한가운데로 성큼성큼 걸어가 자신의 발자국을 응시하며 바람이 얼마나 불어야 저 발자국들이 지워질까 생각했다.

알렉스는 조지가 수업 중에는 핸드폰을 꺼놓는 걸 알면서도 조지에게 전화를 걸기 위해 법정에서 두 번이나 양해를 구했다. 그녀가 남긴 메시지는 두 번 다 똑같았다.

'엄마야. 그냥 어떻게 버티고 있는지 궁금해서 말이야.'

알렉스는 서기 엘리너에게 조지한테서 전화가 오면 재판 중이라도 언제든 얘기해달라고 말했다. 무조건.

다시 일을 시작하니 안도감은 들었지만, 앞에 놓인 사건에 집중하려면 무척 애를 써야 했다. 지금은 형사 사건은 처음이라고 주장하는 피고가 증인석에 앉아 있었다. "법원의 절차가 이해가 안 되네요. 그만 가도 될까요?" 여자가 알렉스를 보고 말했다.

검사가 한창 반대심문을 하는 중이었다. "먼저, 코미어 판사님께 가장 최근에 법정에 섰던 이야기를 하는 게 어때요."

여자는 머뭇거렸다. "속도위반 딱지 때문일 거예요."

"그게 다예요?"

"기억이 나지 않아요." 그녀가 말했다.

"보호관찰을 받고 있지 않습니까?" 검사가 물었다.

"아, 그게." 여자가 대답했다.

"뭐 때문에 보호관찰을 받고 있죠?"

"기억이 안 나요." 여자는 이마를 찌푸린 채 천장을 올려다보며 무언가를 생각해내려 했다. "F로 시작하는 거였는데. F······ F······ F······ 맞다! felony! '중죄'라고 했던 것 같아요!"

검사가 한숨을 쉬었다. "수표와 관계가 있지 않았습니까?"

알렉스는 계속 시계를 보면서 저 여자를 증인석에서 끌어내리면 조지한테서 전화가 왔는지 확인할 수 있을 거라고 생각했다. "forgery, 위조는요. 그것도 F로 시작하는데." 알렉스가 끼어들었다.

"fraud, 사기도 마찬가지요." 검사가 꼬집어 말했다.

여자는 알렉스를 멍하니 바라보았다. "기억이 안 나요."

"한 시간 휴정하겠습니다. 열한시에 재개하죠." 알렉스가 선언했다.

알렉스는 법정 문을 통과해 판사실로 들어서자마자 법복을 벗었다. 오늘따라 그 옷이 숨이 막히는 듯했다. 이해할 수 없는 노릇이었다. 법정은 언제나 편안함을 느끼게 해주는 곳이 아니었던

가. 법은 그녀가 이해하는 규칙 세트였다. 특정한 행동에 따르는 특정한 결과들에 대한 행동 규약이었다. 그러나 사생활에서는 그렇지 못했다. 안전해야 할 학교가 도살장으로 변해버리고 자신의 살을 깎아 만든 딸 조지는 알렉스가 더 이상 이해할 수 없는 사람이 되어버렸다.

아니, 더 정직하게 말하면 알렉스는 조지를 제대로 이해한 적이 한 번도 없었는지 모른다.

참담한 기분으로 알렉스는 서기의 방으로 들어갔다. 재판이 시작되기 전 사소한 일로 엘리너를 두 번 찾은 터였다. 엘리너가 "네, 판사님" 하는 말 대신, 자신의 파수꾼 노릇을 내려놓고 자신의 기분이 어떤지, 조지는 어찌 지내는지를 물어봐주면 좋겠다고 생각했다. 잠깐이라도 판사가 아니라 단지 일생을 두려워하는 또 한 사람의 부모이고 싶었다.

"담배를 피워야겠어요. 아래층에 갔다 올게요." 알렉스가 말했다.

엘리너가 그녀를 힐끗 쳐다보았다. "알겠습니다, 판사님."

알렉스, 알렉스 알렉스 알렉스. 판사님이 아니라 알렉스라고! 그녀는 생각했다.

밖으로 나온 알렉스는 화물 적재 구역 근처 시멘트 바닥에 앉아 담뱃불을 붙였다. 그리고 연기를 깊이 빨아들이며 눈을 감았다.

"그러다 죽습니다, 물론 잘 알겠지만."

"나이 들어 죽어도 죽는 건 마찬가지예요." 그녀는 고개를 돌려 패트릭 듀참을 보며 대답했다.

패트릭은 가늘게 뜬 눈으로 해를 바라보며 말했다. "비행을 가진 판사님이 있는 줄은 몰랐습니다."

"내가 판사석 밑에서 잠도 자겠다고 생각하겠군요."

패트릭이 싱긋 웃었다. "흠, 그럼 진짜 우습겠는데요. 매트리스를 깔기엔 자리가 비좁으니 말입니다."

그녀는 담배갑을 내밀었다. "피세요."

"저를 타락시키고 싶으시면 더 재미난 방법들이 있을 텐데요."

알렉스는 얼굴이 화끈거렸다. 설마? 판사한테? "담배도 피우지 않으면서 여긴 뭐 하러 왔어요?"

"광합성 좀 하려고요. 하루 종일 법원에만 처박혀 있으려니 풍수에 안 좋은 것 같아서요."

"사람한테 풍수가 어디 있어요. 장소에는 있지만."

"확실하신 겁니까?"

알렉스는 주저했다. "흠, 아뇨."

"그럴 줄 알았어요." 패트릭이 알렉스 쪽으로 고개를 돌리며 말했다. 그때 처음으로 그의 V자형 머리카락 끝선 부근에 하얀 줄이 있는 게 눈에 띄었다. "뚫어지게 보시는군요."

알렉스는 얼른 눈을 돌렸다.

"괜찮습니다. 백피증이에요." 패트릭이 웃으면서 말했다.

"백피증이요?"

"네, 보다시피. 창백한 피부, 흰 머리. 열성 형질이죠, 그래서 스컹크 줄이 생긴 겁니다. 토끼 같은 족속의 먼 친척뻘 유전자라고나 할까." 패트릭이 이번에는 침착하게 알렉스를 마주 보았다. "조지는 어떻습니까?"

그녀는 자신의 사건에 누가 될 수 있는 이야기는 하고 싶지 않다며 만리장성을 쳐볼까 생각도 했지만 패트릭 듀참은 알렉스가 원하던 한 가지를 해준 사람이었다. 그는 자신을 공인이 아닌 보통 사람으로 대해주었더랬다. "학교에 갔어요." 알렉스는 사실대로 말했다.

"압니다. 봤어요."

"보다니……. 학교에 가셨어요?"

패트릭이 어깨를 으쓱하며 말했다. "네. 만약을 위해."

"무슨 일이 있었나요?"

"아뇨. 그냥…… 평범했습니다."

평범했다는 한마디가 허공에 맴돌았다. 아무것도 다시는 평범하지 않을 것이고, 그 사실을 두 사람 다 알고 있었다. 깨진 것을 붙일 수는 있지만 그것을 고친다 해도 심장에 남아 있는 깨진 틈은 늘 의식하게 될 것이다.

"이봐요, 괜찮아요?" 패트릭이 알렉스의 어깨를 건드리며 말했다.

자신이 울고 있다는 걸 깨닫고서 알렉스는 조금 창피했다. 눈물을 닦으면서 패트릭의 손길을 뿌리쳤다.

"난 아무 문제없어요." 마치 패트릭에게 싸움을 걸어보라는 식으로 말했다.

그는 무슨 말을 할 것처럼 입을 벙긋했다가 이내 다물어버렸다. "그럼 당신의 비행들은 눈감아드리죠." 그 말과 함께 패트릭은 건물 안으로 들어갔다.

알렉스는 판사실로 돌아온 뒤에야 그 형사가 복수형으로 말한 걸 깨달았다. 그녀가 담배 피우는 것뿐 아니라 거짓말을 한 것까지도 눈치 챘다는 것을.

새로운 규칙이 생겼다. 수업이 시작되면 정문을 제외한 모든 문을 잠갔다. 이미 학교 안에 들어온 학생 중 누군가가 총기범일 수도 있건만. 그리고 교실에는 가방을 들고 들어가지 못하게 했다. 외투나 지갑이나 심지어 지퍼가 달린 바인더 속에 총을 숨길 수도 있건만. 학생과 교직원 모두 신분 카드를 목에 걸고 다녔다. 모두가 책임을 지게 하려는 의도였지만, 조지는 이런 식이면 다음 번에는 누가 죽었는지 알아내기가 더 쉽겠구나 하는 생각을 지울 수 없었다.

교장이 조회 시간에 확성기를 켜서 원래 학교는 아니지만 스털링 고등학교로 모두 돌아온 것을 환영한다고 말했다. 그리고 잠시 묵념을 하자고 했다.

다른 아이들이 고개를 숙이고 묵념을 하는 동안 조지는 주위를 둘러보았다. 그녀만 딴짓을 하고 있는 게 아니었다. 몇몇 아이들은 쪽지를 건네고 한 커플은 엠피쓰리로 음악을 듣고 있었다. 어떤 남자애는 누군가의 수학 공책을 베끼고 있었다.

그 애들도 자기처럼 죽은 사람들을 위해 묵념을 하면 죄책감이 더 들까 봐 두려워하는 것일까.

조지는 자세를 바꿔 앉다 무릎을 책상에 부딪혔다. 임시 학교로 다시 돌아온 책상과 의자는 초등학생용이었다. 당연히, 아무에게도 맞지 않았다. 조지는 무릎을 턱까지 구부려야 했다. 어떤 아이들은 책상에 앉을 수도 없어서 바인더를 무릎에 놓고 필기를 해야 했다.

난 이상한 나라의 앨리스야. 내 몸이 줄어들 거야. 조지는 그런 생각을 했다.

조던은 구치소 회의실에서 의뢰인과 마주하고 앉았다. "형에 대해 말해보렴, 피터."

그렇게 말하고 나서 조던은 피터의 얼굴을 찬찬히 뜯어보았다. 자신이 여태 감추고 싶어 했던 것을 누군가 또다시 파헤치려 한다는 사실에 피터의 얼굴 위로 실망의 빛이 스치고 지나가는 게 보였다. "형에 대해 뭘요?" 피터가 대답했다.

"너희 둘은 잘 지냈니?"

"그게 궁금한 거라면, 난 형을 죽이지 않았어요."

"그런 게 아니라." 조던은 어깨를 으쓱했다. "난 단지 네가 진작 얘기해주지 않아서 놀랐을 뿐이야."

피터는 조던을 노려보았다. "언제요? 심리 때 입을 다물고 있으라고 했을 때요? 아니면 그 뒤에, 당신이 여기 와서 얘기는 당신이 할 테니 난 듣고만 있으라고 했을 때요?"

"형은 어땠니?"

"이거 보세요. 조이 형은 죽었어요, 뻔히 아는 사실 아닌가요. 형 얘기를 하는 게 무슨 도움이 되는지 이해가 안 가요."

"형한테 무슨 일이 있었니?" 조던은 계속해서 밀어붙였다.

피터는 엄지손톱으로 금속 테이블의 모서리를 문질렀다. "형은 음주운전자의 차에 치인, 올 A만 받는 모범생이었어요."

"이기기 힘들었겠네." 조던은 조심스럽게 말했다.

"무슨 소리에요?"

"흠, 네 형은 완벽한 아이였어, 맞지? 그런 건 아주 골치 아프지. 그런 데다 죽고 나니 성인이 되어버렸잖아."

조던은 피터가 미끼를 물까 싶어서 일부러 더 못되게 굴었다. 아니나 다를까 소년의 얼굴이 변했다. "이길 수 없었어요. 상대도 안 된다고요." 피터가 격하게 말했다.

조던은 서류가방 모서리를 연필로 톡톡 쳤다. 피터의 분노는 질투심에서 비롯된 것일까, 아니면 외로움일까? 피터가 저지른 대학살은 조이에게 쏠린 세인의 관심을 마침내 자신에게 돌려놓으려는 방법이었을까? 피터의 행동이 형을 이기려는 시도가 아니라 절망의 몸부림이었다는 것을 어떻게 변호로 공식화할 수 있을까?

"형이 보고 싶니?" 조던이 물었다.

피터는 억지웃음을 지었다. "형은, 형은, 야구팀 주장이었죠. 주 대항 프랑스어 시합에서도 1등을 했어요. 교장과도 친하게 지냈고요. 형은, 굉장한 우리 형은, 나랑 같이 차를 타고 온 걸 사람들에게 보이기 싫어서 교문에서 반마일이나 떨어진 곳에 날 내려놓곤 했죠."

"왜지?"

"나랑 어울려 다니면 이로울 게 하나 없으니까요. 아직도 눈치 못 챘어요?"

조던은 금속 부위까지 쭉 찢어져 있던 타이어들이 문득 생각났다. "네가 다른 아이들에게 들볶이고 있어도 조이는 널 변호해주지 않았니?"

"농담해요? 그걸 시작한 사람이 형이었는데."

"어떻게?"

피터는 그 작은 방에 있는 창가로 걸어갔다. 다시 떠오르는 기억에 살을 데이기라도 한 듯, 그의 목이 울긋불긋해졌다. "형은 내가 입양된 애라고 말하고 다녔어요. 내 진짜 엄마는 정신 나간 창녀라면서, 그래서 내 머리가 나쁜 거라고 했어요. 어떤 때는 내 바로 앞에서도 나를 놀려댔는데, 내가 화를 내며 달려들면 그저 웃으면서 내 엉덩이를 걷어찼어요. 그리고 '내 말이 틀림없지' 하고 말하는 것처럼 친구들을 뒤돌아봤어요. 그러니, 내가 형이 보고 싶겠어요?" 피터가 조던을 똑바로 쳐다보며 덧붙였다. "난 형이 죽어서 기뻐요."

조던은 잘 놀라지 않는 사람이었지만, 피터 호턴 때문에는 벌써 여러 번 충격을 받았다. 피터는 날것 그대로의 감정이 졸아들어 사회관계로 여과될 때 인간이 어떻게 되는지를 보여주는 실례였다. 아프면 울어라. 화가 나면 주먹을 휘둘러라.

희망이 있을 때는 실망에도 대비하라.

"피터, 그래서 죽이기로 작정한 거였니?" 조던이 나직하게 물었다.

조던은 이내 자신을 저주했다. 그것은 피터에게 고의성을 인정하도록 유도하는, 변호인이 절대 하지 말아야 할 질문이었다. 그러나 대답 대신 피터는 마치 답을 뒤흔들 듯이 조던에게 질문을 던졌다. "흠, 당신이라면 어떻게 했겠어요?"

조던은 샘에게 바닐라 푸딩을 한 입 더 먹여주고서 스푼을 핥았다.

"그건 당신 거 아니잖아요." 셀레나가 말했다.

"맛있어. 당신이 만들어주는 완두콩 죽이랑은 차원이 다른데."

"좋은 엄마가 되려다 보니 그러네요." 셀레나는 물수건을 가져와 샘의 손을 닦아주고서 조던에게도 똑같이 그렇게 했다. 조던은 셀레나의 손에서 벗어나려 꿈틀거렸다.

"정말 난감해졌어." 그가 말했다. "피터는 형을 잃은 걸 전혀 슬퍼하지 않아. 형을 싫어했거든. 정신착란으로 밀어붙이지 않는 한 유효한 정당방위가 없어. 고의성에 대해 검사가 들이미는 산더미만한 증거를 입증하는 건 불가능해."

셀레나가 그를 보며 말했다. "문제가 뭔지 알잖아요, 안 그래요?"

"뭐?"

"당신도 그 애가 유죄라고 생각하잖아요."

"그런 말은 말아줘. 내 의뢰인의 99퍼센트가 유죄지만, 그것 때문에 무죄방면을 못 받은 적은 한 번도 없었어."

"맞아요. 하지만 깊이 들어가보면, 당신 피터 호턴을 진심으로 무죄방면하고 싶어요?"

조던은 얼굴을 찌푸렸다. "그런 헛소리가 어딨어."

"진실한 헛소리죠. 당신도 그런 사람이 무섭잖아요."

"피터는 어린애야."

"……당신을 흥분시키는 애죠. 아주 조금. 그 애는 가만히 앉아서 세상이 자기를 욕보이도록 내버려두지 않았죠. 그런 일이 더 이상 일어나지 않게 했어요."

조던은 그녀를 쳐다보았다. "사람 열을 쏘아 죽인다고 영웅이 되지는 않아, 셀레나."

"자기도 그런 배짱이 있었으면 좋겠다고 바라는 수많은 애들한테는 그래요." 셀레나는 딱 잘라 말했다.

"훌륭해. 피터 호턴의 팬클럽 회장을 해도 되겠어."

"그 애가 한 짓을 용서하는 건 아니지만, 조던, 그 애가 어디서부터 그렇게 됐는지 난 알 것 같아요. 당신은 태어날 때부터 부족한 게 없는 사람이었잖아요. 솔직히, 당신이 엘리트 집단에 속하지 않았던 적이 있나요? 학교에서나 법원에서나 어디서든 말이죠. 모두가 당신을 알고 당신을 우러러봐요. 당신은 보장된 길에 있지만, 그 길을 한 번도 걸어보지 못하는 사람들이 수없이 많다는 사실을 당신은 전혀 깨닫지 못하죠."

조던은 팔짱을 꼈다. "당신의 아프리카 자존심을 또 내세우려는 건가? 진실을 말하자면……"

"당신은 단지 흑인이라는 이유로 거리를 다니지도 못하고 누군가 앞을 가로막는 일 같은 건 겪어본 적이 없잖아요. 흑인 여자는 아기를 안고 있어도 결혼반지를 안 꼈다는 이유만으로 따가운 눈총을 받아야 해요. 거기다 대고 뭐라고 하고 싶지만, 소리를 지른다든가 바보천치들이라고 말해주고 싶지만, 그럴 수 없어요. 비주류라는 건 권한을 거의 박탈당한 느낌이라고요, 조던. 특정한 방식의 세상에 너무 익숙해져 탈출구가 없어 보인단 말이죠."

조던은 능글맞게 웃었다. "마지막 부분은 케이티 리코보노 재판 때 내가 한 마지막 변론에서 따왔군."

"매 맞는 아내요? 흠, 그러면 적절했네요." 셀레나는 어깨를 으쓱했다.

갑자기 조던이 눈을 깜박거렸다. 그러더니 자리에서 일어나 아내를 붙잡고 키스를 했다. "당신은 정말 끝내주게 똑똑하다니까."

"따지려는 건 아니지만, 이유를 말해 봐요."

"매 맞는 아내 증후군 말이야. 유효한 정당방위지. 매 맞는 아내들은 자신들을 내리치는 세상에 갇혀 있어. 결국에는 항상 위협받고 있다고 느낀 나머지 행동을 취하지. 남편이 잠들어서 때리지 않는 순간에도 남편으로부터 자신들을 보호해야 한다고 믿으면서 말이지. 피터 호턴이 딱 그런 거야."

"내가 뭐 당신한테 이런 걸 지적할 입장은 아니지만, 피터는 우선 여성도 아니고, 결혼도 하지 않았잖아요."

"그런 건 중요하지 않아. 외상후스트레스장애라는 게 핵심이지. 매 맞는 아내들은 울컥 화가 나 남편들을 쏘거나 성기를 잘라. 결과에 대해서는 생각하지 않아……. 단지 남편의 구타를 멈추게 하는 것에 대해서만 생각하지. 피터가 내내 얘기하고 있는 게 바로 그거야. 그 애는 단지 멈추고 싶어 했어. 이 사건은 훨씬 더 유리해. 왜냐하면 매 맞는 아내들의 경우 칼이나 총을 집어들 때 자신들이 무슨 짓을 하고 있는지 알 만한 성인들이라고 하는 검사들의 의례적인 반박과 번번이 싸워야 하거든. 하지만 피터는 그럴 필요가 없어. 피터는 어린애야. 자기가 무슨 짓을 하고 있는지 모른다고 봐야 하는 거지."

아무 이유도 없이 괴물이 자라지는 않는다. 누가 그렇게 몰아가지 않는 한 주부가 살인자로 변할 리도 없다. 매 맞는 아내의 경우 통제하는 남편이 프랑켄슈타인 박사 같은 존재였다면, 피터의 경우에는 스털링 고등학교 전체였다. 약자를 괴롭히는 애들이 걷어차고 놀리고 주먹으로 때리고 꼬집었다. 그 모든 행동들이 피터가 속한 곳의 누군가에게 반격을 하도록 피터를 몰고 간 것이다. 피터가 반격하는 법을 배우게 된 것은 자신을 괴롭히는 다른 아이들 때문이었다.

높은 의자에 앉아 있던 샘이 안달하기 시작했다. 셀레나가 아이를 품에 안았다. "아무도 이런 적이 없었어요. 왕따 희생자 증후군 같은 건 없다고요." 그녀가 말했다.

조던은 샘의 바닐라 커스터드 용기로 손을 뻗어 집게손가락으로 남은 것을 싹싹 긁었다. "이젠 있어." 그는 손가락을 빨며 달콤한 푸딩을 맛보았다.

패트릭은 어둠 속에서 컴퓨터 앞에 앉아 커서를 움직이며 피터 호턴이 만든 비디오 게임을 훑어보았다.

게임은 인물을 고르는 일부터 시작된다. 세 소년이 있다. 철자 대회 우승자, 수학 천재, 컴퓨터광. 한 명은 키가 작고 야위고 여드름이 나 있다. 한 명은 안경을 쓰고 있다. 한 명은 엄청난 비만이다.

무기는 지니고 올 필요가 없다. 그 대신 학교의 여러 장소로 가서 기지를 발휘해야 한다. 교사 휴게실에 가면 수류탄을 만들 수 있는 보드카가 있다. 보일러실에는 바주카포가 있다. 과학실에는 뜨거운 산이 있다. 영어 교실에는 두꺼운 책들이 있다. 수학 교실에는 찌를 수 있는 컴퍼스와 벨 수 있는 금속 자가 있다. 컴퓨터실에는 목을 조를 수 있는 전선이 있다. 목공실에는 전기톱이 있다. 가정실에는 믹서기와 뜨개바늘이 있다. 미술실에는 가마가 있다. 이 재료들을 모아 공격 무기를 만들 수 있다. 바주카포와 보드카로는 뜨거운 기관총탄을, 화학 약품과 컴퍼스로는 산성 단도를, 컴퓨터 전선과 두꺼운 책으로는 올가미를.

패트릭은 커서를 움직여 복도를 지나고 계단을 올라 라커룸을 통과해 수위실로 들어갔다. 이 가상 모퉁이를 돌다 보니 언젠가 걸어본 적이 있는 곳 같았다. 바로 스털링 고등학교의 평면도였다.

이 게임의 목적은 힘만 센 운동선수들, 약자를 못살게 구는 놈들, 인기 있는 놈들을 처치하는 것이었다. 각각에 해당하는 점수가 있었다. 두 명을 한꺼번에 처치하면 점수가 세 배로 뛰었다. 그러나 방문자도 부상을 입을 수 있다. 불시에 공격을 받거나 벽에 꽝 부딪히거나 라커로 떠밀리기도 한다.

10만 점을 따면 산탄총을 얻는다. 50만 점을 따면 기관총을 받는다. 백만 점을 넘어서면 핵미사일 위에 가랑이를 벌리고 앉아 있을 수 있다.

패트릭은 가상의 문이 활짝 열리는 것을 지켜보았다. "꼼짝 마!" 적들이 소리쳤고 동시에 특수기동대 복장의 경찰 대형이 화면을 가득 채웠다. 패트릭은 손을 다시 화살표 키에 놓았다. 두 번이나 이 단계까지 왔다가 살해되거나 자폭했다. 어느 쪽이든 진 것이었다.

그런데 이번에는 달랐다. 패트릭은 가상 기관총을 들고 경찰들이 선명한 피를 튀기며 쓰러지는 것을 지켜보았다.

"축하합니다! 〈하이드 앤 쉬릭〉 승자가 되셨습니다! 한 번 더 하시겠습니까?" 화면 위로 글자가 떴다.

사건이 난 지 열흘 째 되던 날 조던은 지방법원 주차장에서 볼보 승용차에 앉아 있었다. 예상대로, 해바라기처럼 하늘을 향해 위성을 설치한 흰색 뉴스 차량들이 도처에 깔려 있었다. 조던은 위글스(전 세계의 유아들이 열광하는 4인조 코믹 밴드—옮긴이)의 음악에 맞춰 손가락으로 운전대를 탁탁 쳤다. 이 음악만 있으면 뒷자리에 앉은 샘을 힘들이지 않고도 달랠 수 있었다.

셀레나는 아무런 방해를 받지 않고 먼저 법원으로 들어갔다. 언론 쪽에서는 그녀 역시 이 사건과 관계된 인물이라는 것을 알아보지 못했다. 그녀는 다시 차로 돌아왔고, 조던이 차에서 내려 그녀가 건네는 종이를 받았다. "잘했어." 조던이 말했다.

"이따 봐요." 셀레나가 허리를 구부려 카시트에서 샘을 안아 꺼내는 사이 조던은 법원으로 향했다. 한 기자가 그를 발견하자마자 도미노 현상이 벌어졌다. 카메라 플래시가 반딧불처럼 팡팡 터지면서 마이크들이 그의 앞으로 쑥쑥 올라왔다.

피터는 보안관 사무소 대기실로 이미 이송되어 법정에서 부르기만을 기다리고 있었다. 조던이 안내를 받아 대기실로 가보니 피터는 천천히 빙빙 돌면서 뭐라고 중얼거리고 있었다. "자 오늘이 디데이에요." 피터는 조금 긴장된 어조로, 조금 숨 가쁘게 말했다.

"네가 그런 말을 하다니 우습구나. 오늘 우리가 여기 왜 온 건지 잊은 거야?" 조던이 물었다.

"시험 같은 거 아닌가요?"

조던은 피터를 빤히 보기만 했다.

"영장실질심사요. 지난주에 말해줬잖아요." 피터가 말했다.

"흠. 말하지 않은 게 있는데, 우리는 포기할 거야."

"포기한다고요? 그게 무슨 뜻이에요?" 피터가 물었다.

"저쪽에서 수를 쓰기 전에 먼저 손을 든다는 거지." 조던이 대답했다. 그는 셀레나가 가져다준 종이를 피터에게 건넸다. "여기 서명을 해라."

피터는 머리를 가로저었다. "변호사 새로 구할래요."

"아무리 유능한 변호사도 똑같이 말할 걸."

"뭐라고요? 해보지도 않고 포기하라고요? 말했잖아요……."

"최선의 변호를 하겠다고 말했지." 조던이 피터의 말허리를 끊었다. "그날 학교에서 네가 총 쏘는 걸 보았다고 주장하는 증인이 수백 명이나 되기 때문에 네가 범죄를 저질렀다는 건 이미 소송 정당화 사유가 돼. 하지만 문제는 저질렀냐 아니냐가 아니야. 잘 들어, 피터, 왜 저질렀느냐가 중요해. 오늘 영장실질심사를 하게 되면 저들은 많은 점수를 따겠지만 우린 한 점도 못 딸 거야. 우리 쪽 이야기를 들려주기도 전에 검사가 언론과 대중에게 증거를 풀어놓는 길만 열어주게 될 거야." 조던은 피터의 손에 다시 종이를 찔러 주었다. "서명해라."

피터는 씩씩거리며 그와 시선을 마주쳤다. 그런 다음 종이와 펜을 받았다. "좆같아." 피터가 이름을 휘갈겨 쓰며 말했다.

"소송정당화 심리를 받으면 더 좆같을 걸." 조던은 종이를 받아 들고 대기실을 나와 그 포기 증서를 서기에게 전달하기 위해 사무소 밖으로 향했다. "법정에서 보자."

도착해보니 법정은 벌집 형국이었다. 뒷줄에 서 있어도 좋다는 허락을 받은 각 언론사가 카메라를 대기해놓고 있었다. 조던은 셀레나를 찾았다. 검사석 뒤로 셋째 줄 중간에서 셀레나가 샘을 안아 보이고 있었다. 됐어? 셀레나가 눈썹을 치켜 올리며 물었다.

조던은 보일 듯 말 듯 고개를 끄덕였다. 됐어.

오늘의 재판장은 중요하지 않았다. 이 절차에 형식적인 승인만 해주고 다음 법정으로 넘길 사람이니까. 그 법정에서 조던은 오늘 서커스를 벌이게 될 것이다. 데이비드 이아누치 판사에 대해 조던이 기억하는 사실은, 그가 모발 이식을 했으며 그의 앞에 섰을 때는 머리 가죽에 난 이식 자국들 대신 족제비 같은 얼굴에 눈을 맞추려고 무진장 노력해야 한다는 것이었다.

서기가 피터의 재판을 선언하자 법원 경위 두 명이 그를 데리고 들어왔다. 웅성거리고 있던 방청석이 순간 고요해졌다. 피터는 들어올 때 고개를 들지 않았다. 조던 옆으로 와서도 바닥만 계속 응시했다.

이아누치 판사는 앞에 놓인 종이를 찬찬히 들여다보았다. "호턴 군, 영장실질심사를 포기하시겠단 말씀이죠."

아니나 다를까 대단한 구경거리를 기대하고 있던 각 언론사 기자들 사이에서 일제히 한숨이 터져 나왔다.

"피고는 본인이 기소당한 행위를 저질렀다는 것을 입증하는 소송정당화 심리가 있음을 알려줄 의무가 본 판사에게 있었고, 영장실질심사를 포기함으로써 본 판사에게 합당한 사유를 말해달라고 요구할 수 없으며, 피고는 대배심으로 넘겨질 것이고, 본 판사는 이 사건을 상급법원에 회부한다는 사실을 이해합니까?"

피터가 조던을 돌아보며 물었다. "저게 우리나라 말이에요?"

"네라고 대답해라." 조던이 말했다.

"네." 피터도 따라했다.

이아누치 판사가 피터를 응시했다. "네, 재판장님." 피터는 대답을 바로잡았다.

"네, 재판장님." 피터는 다시 조던을 돌아보며 작은 소리로 중얼거렸다. "여전히 좆같군요."

"이제 법정을 떠나도 좋습니다." 판사가 말하자 두 법원 경리가 피터를 다시 자리에서 일으켜 세웠다.

조던도 일어나 다음 재판을 기다리고 있는 변호사에게 자리를 양보했다. 그는 검사석에서 써먹지도 못한 서류를 정리하고 있는 다이애나 레븐에게 다가갔다. "참, 놀라움을 금치 못하겠어요." 그녀는 조던을 쳐다보지도 않고 말했다.

"발표 문서를 언제 보내줄 거죠?" 조던이 물었다.

"그런 걸 달라고 하셨어요?" 그녀는 조던을 밀치며 통로를 바삐 빠져나갔다. 조던은 자신이 손으로 쓴 편지를 셀레나에게 타이프로 쳐서 정식으로 검사실로 보내라고 한 것을 분명히 기억했지만, 다이애나는 시인하지 않으려 했다. 이런 큰 재판에서 지방검사는 모든 규칙을 충실히 따른다. 그래야 재판이 상급법원으로 올라가더라도 최초의 평결이 소송 절차에서 전복되지 않기 때문이다.

조던이 법정 출입문을 나서자마자 호턴 부부가 그를 불러 세웠다. "도대체 뭡니까? 이런 식으로 일하면서 돈을 받습니까?" 루이스가 다그쳐 물었다.

조던은 속으로 다섯까지 세었다. "제 의뢰인인 피터와는 얘기가 됐습니다. 심리를 포기한다고 동의했습니다."

"하지만 당신은 아무 말도 안 했어요. 그 애한테 기회조차 주지 않았다고요." 레이시가 항변했다.

"오늘 심리가 열렸다면 피터에게 이롭지 않았을 겁니다. 두 분도 법원 밖에 있는 저 무수한 카메라 마이크들 밑에 깔렸을 거고요. 어쨌거나 일어날 일이긴 하지만 나중에 당해도 될 일을 어서 빨리 당하고 싶으신 겁니까?" 그는 레이시 호턴과 그녀의 남편을 번갈아 쳐다보았다. "저는 호의를 베푼 겁니다." 조던은 시간이 지날수록 점점 더 무거워지는 돌덩이 같은 진실을 그들에게 안긴 채 그 자리를 떠났다.

패트릭은 피터 호턴의 영장실질심사를 보러 가는 길에 반대 방향인 플레인필드의 스미스 총기 가게로 가보라고 소리치는 전화를 받았다. 도착해보니 가게 주인이 가게 밖 연석에 앉아 울고 있었다. 턱수염에 담뱃진이 묻어 있는 작고 통통한 남자였다. 그의 옆에 있던 순찰 경관이 열린 문 쪽을 턱으로 가리켰다.

패트릭이 주인 옆에 앉아 물었다. "듀참 형사입니다. 무슨 일이 있었는지 말씀해주실 수 있겠습니까?"

주인은 고개를 가로저었다. "너무 순식간이었어요. 어떤 여자가 스미스 앤 웨슨 권총을 보여달라고 했습니다. 보안을 위해 집에 보관하고 싶다고 했어요. 그 모델에 대한 안내문이 있느냐고 물어서, 그걸 찾으려고 잠깐 등을 돌렸는데…… 그 사이……." 주인은 머리를 가로저으며 입을 다물었다.

"총알은 어디 있었습니까? 패트릭이 물었다.

"총알은 팔지 않았습니다. 핸드백 속에 넣어 온 모양이에요."

주인이 말했다.

패트릭은 고개를 끄덕였다. "로드리게스 경관과 여기 계십시오. 여쭤볼 게 더 있을지 몰라서요."

가게로 들어가니 우측 벽에 피와 뇌의 일부가 튀어 있었다. 법의학자인 귄터 프랑켄슈타인이 벌써 도착해 바닥에 비스듬히 누워 있는 시신 위로 몸을 구부리고 있었다. "자넨 도대체 어떻게 이렇게 빨리 왔지?" 패트릭이 물었다.

귄터는 어깨를 으쓱했다. "시내에서 야구카드 수집가 쇼를 보고 있었어."

패트릭이 그 옆에 쭈그리고 앉았다. "자네가 야구카드를 수집한다고?"

"흠, 간 같은 건 수집할 수가 없잖아, 안 그래?" 귄터가 패트릭을 힐끗 보았다. "웬만하면 이런 데서 그만 보자고."

"바라는 바야."

"설명이 따로 필요 없어. 총을 입 속에 찔러 넣고 방아쇠를 당겼어."

패트릭은 유리 카운터에 있는 핸드백에 주목했다. 핸드백 속을 샅샅이 뒤지자 탄약 상자와 그것을 샀다는 월마트 영수증이 나왔다. 신분증을 찾기 위해 여자의 지갑을 여는 순간 귄터가 시신을 굴렸다.

탄약 잔여물이 얼굴에 검게 묻어 있었지만, 패트릭은 신분증을 보기도 전에 그녀를 알아보았다. 이베트 하비와 얘기를 나눈 적이 있었다. 다운증후군에 걸린 무남독녀가 스털링 고등학교의 총기 사건에서 살아남지 못했다는 사실을 그녀에게 전해준 사람이 패트릭이었다.

피터 호턴 사건의 사상자 수가 계속 늘어나고 있다는 사실을 패트릭은 깨달았다.

"단지 총을 수집한다고 해서 그걸 사용할 거라고는 볼 수 없죠." 피터는 매섭게 노려보며 말했다.

3월 말치고는 계절에 맞지 않게 날이 더웠다. 얄궂게도 기온은 39도까지 올랐고 구치소의 에어컨마저 망가졌다. 수감자들은 반바지만 입고 돌아다녔고, 간수들은 안절부절못했다. 인도적인 감금을 구실로 불러들인 환기 담당반은 어찌나 일을 더디게 하는지 다시 눈이 내릴 때까지 일을 할 건가 생각될 정도였다. 피터와 두 시간 넘게 사우나 같은 회의실에 앉아 있던 조던은 정장 섬유가 모조리 몸에 스며든 것만 같았다.

그만두고 싶었다. 집에 가서 셀레나에게 이 사건을 맡는 게 아니었다고, 가족과 함께 18마일밖에 떨어지지 않은 뉴햄프셔의 해변으로 가서 옷도 벗지 않은 채 차가운 대서양으로 뛰어들자고 말하고 싶었다. 차라리 저체온증으로 죽는 게 다이애나 레븐과 지방검사 사무실이 그를 위해 준비해둔 대로 법정에서 서서히 죽는 것보다 나을 것 같았다.

비록 판사 앞에서 한 번도 써먹은 적은 없지만 조던이 유효한 변호를 찾아내 기껏 지펴놓은 작은 희망의 불씨가 지난 번 심리에 이은 몇 주 사이 지방검사 사무실에서 도착한 서류 더미들, 사진들, 증거물들에 의해 서서히 꺼져버렸다. 이 모든 것을 종합해 보면, 피터가 왜 열 사람을 죽였는지, 그 이유에 대해서는 배심원들이 관심을 갖기가 힘들것 같았다. 단지 죽였다는 점에만 관심을 둘 것 같았다.

조던은 자신의 콧등을 꼬집었다. "넌 총을 모으고 있었잖아." 그는 되풀이해서 말했다. "멋진 유리 진열장을 구하기 전까지 아마도 침대 밑에다 총을 보관하고 있었겠지."

"내 말을 못 믿는 거예요?"

"총을 수집하는 사람들은 총을 숨기지 않아. 총을 수집하는 사람들은 사진에 동그라미를 친 살해 대상자 명단 같은 걸 가지고 있지도 않지."

피터의 이마에 구슬땀이 맺히면서 녀석은 입을 다물었다.

조던은 몸을 앞으로 숙이며 다시 물었다. "지워버린 여자애는 누구냐?"

"무슨 여자애요?"

"사진에 있던데. 동그라미를 쳤다가 '살려두자'라고 썼잖아."

피터는 시선을 돌렸다. "그냥 예전에 알던 애에요."

"이름이 뭔데?"

"조지 코미어요." 피터는 조금 망설이다 다시 조던을 보며 물었다. "그 애는 괜찮죠, 네?"

코미어라고. 조던은 생각했다. 그가 아는 코미어는 피터의 재판 때 판사석에 앉아 있던 판사뿐이었다.

그럴 리가.

"왜? 그 애도 해쳤니?" 조던이 물었다.

피터는 고개를 저었다. "유도성 질문이에요."

조던이 알지 못하는 일이 일어났던 것인가?

"여자 친구냐?"

피터는 미소를 지었지만, 눈은 웃고 있지 않았다. "아뇨."

조던은 코미어 판사의 지방법원에 몇 번 가본 적이 있었다. 그는 그녀를 좋아했다. 엄격하지만 공정한 판사였다. 사실은 피터가 이 사건에 끌어들일 수 있는 최고의 판사였다. 그녀를 대신할 상급법원 재판관으로는 와그너 판사가 있었지만, 대단히 늙기도 했고 검사 쪽에 기운 판사였다. 조지 코미어가 총기 사건의 희생자가 아니라 해도, 코미어 판사의 명예를 떨어뜨릴 만한 것이 그 시나리오만 있는 건 아니었다. 갑자기 조던은 증인 매수에 대해, 잘못될 수도 있는 수만 가지 일들을 생각해보았다. 조지 코미어가 총기 사건에 대해 알고 있는 사실을, 누구도 알아채지 못하게 알아낼 수 있는 방법은 없을까.

조지가 알고 있는 사실이 피터의 사건에 도움이 될 수도 있었다.

"여기 온 뒤로 그 애랑 얘기해본 적 있니?" 조던이 물었다.

"그랬다면 그 애가 괜찮은지 묻고 있겠어요?"

"그럼, 얘기하지 마라. 나 말고는 누구하고도 얘기하지 마."

"벽이랑 얘기하라는 소리군." 피터는 중얼거렸다.

"알아둬, 이 찜통 같은 회의실에서 너랑 이렇게 앉아 있는 시간에 더 많은 일을 처리할 수도 있었어."

피터는 눈을 가늘게 뜨며 말했다. "그럼 가서 그 일이나 하시지 그래요? 어차피 당신은 내가 하는 말을 제대로 듣지도 않으면서."

"하나도 놓치지 않고 듣고 있어. 제대로 듣고서 지방검사가 내 사무실 앞에 놓고 간 증거물 상자들에 대해서도 생각했지. 그걸 보면 넌 꼭 냉혈인 살인마 같아. 네가 무슨 전쟁광이라도 되는 듯이 총을 수집하고 있었다고 얘기하는 것도 들었고."

피터는 움찔했다. "좋아요. 내가 총을 사용할 생각이었는지 알고 싶다는 거죠? 그래요, 사용하려고 했어요. 계획을 짰어요. 머릿속으로 모든 것을 연습했어요. 하나부터 열까지 상세하게 계획을 세웠죠. 난 내가 가장 싫어하는 놈을 죽이려고 했어요. 하지만 그걸 이루지 못했어요."

"그럼 열 사람은……."

"거치적거린 사람들에 불과해요." 피터가 말했다.

"그럼 넌 누굴 죽이려고 했던 건데?"

회의실 맞은편에서 갑자기 에어컨이 윙 돌아갔고 피터가 고개를 돌리며 말했다. "나요."

1년 전

"난 아직도 좋은 생각 같지가 않아." 루이스가 밴의 뒷문을 열자 사냥개 도저가 옆으로 누워 숨을 씩씩거리고 있었다.

"수의사 말 들었잖아." 레이시가 사냥개의 머리를 어루만지며 말했다. 좋은 녀석. 피터가 세 살 때 얻은 개였다. 열두 살이 된 도저는 신장 기능이 멈췄다. 약물 치료로 생명을 잇는 건 호턴 가족을 위한 것일 뿐 녀석에게는 아니었다. 집 안을 어슬렁거리는 도저가 없는 집을 상상하기란 무척 힘든 일이었다.

"녀석을 죽이는 얘기를 하는 게 아냐. 식구들을 죄다 데려온 걸 얘기한 거지." 루이스는 의사 표시를 분명히 했다.

두 아들이 무거운 돌덩이처럼 밴 뒷좌석에서 내렸다. 형제는 햇빛 때문에 눈을 가늘게 뜬 채 등을 구부렸다. 아들들의 넓은 등을 보면서 레이시는 밑으로 갈수록 점점 가늘어지는 떡갈나무를 떠올렸다. 두 아이는 걸을 때 왼쪽 발부터 내미는 똑같은 습관이 있었다. 그녀는 서로의 닮은 모습을 아이들도 볼 수 있기를 바랐다.

"어떻게 우리를 여기까지 끌고 올 수가 있어." 조이가 말했다.

피터는 주차장의 자갈을 걷어찼다.
"엿 같애."
"말조심." 레이시가 주의를 주었다. "우리 가족이 모두 여기 온 건, 너희들이 가족의 일원에게 작별 인사도 하고 싶어 하지 않을 만큼 이기적이라고는 생각하지 않기 때문이야."
"작별 인사는 집에서도 할 수 있었잖아." 조이가 투덜거렸다.
레이시가 허리춤에 손을 얹었다. "죽음도 삶의 일부야. 엄마도 언젠가 그때가 되면 내가 사랑하는 사람들 틈에 있고 싶어." 그녀는 루이스가 도저를 품에 안기를 기다렸다가 차 문을 닫았다.
레이시는 의사가 일을 느긋하게 할 수 있도록 약속 시간을 맨 마지막으로 잡았다. 대기실에는 호턴 가족뿐이었다. 도저는 루이스의 다리 위로 담요처럼 축 늘어져 있었다. 조이는 3년이 지난 《스포츠 일러스트레이티드》 잡지를 집어 들고 읽기 시작했다. 피터는 팔짱을 낀 채 천장을 응시했다.
"도저와 있었던 일 중 가장 기억에 남는 일을 이야기해보자." 레이시가 말했다.
루이스는 한숨을 쉬었다. "제발……."
"시시해." 조이가 아빠를 편들었다.
"엄마는." 레이시는 아랑곳하지 않고 말을 이었다. "도저가 강아지였을 때 주방에서 녀석이 머리를 칠면조 뱃속에 들이밀었던 거야." 그녀는 도저의 머리를 어루만졌다. "추수감사절이라고 수프를 먹던 해였어."
조이는 잡지를 작은 탁자 위로 탁 던지고서 한숨을 쉬었다.
수의사의 조수인 마샤는 땋은 머리가 엉덩이까지 내려오는 여자였다. 레이시는 5년 전 그녀의 쌍둥이 아이를 받아주었더랬다.
"안녕하세요, 레이시." 마샤가 곧장 다가와 레이시를 껴안았다.
"괜찮아요?"

죽음의 실체는 위로의 말을 잃게 한다. 레이시는 그 사실을 알고 있었다.

마샤는 도저에게 걸어가서 녀석의 귀 뒤를 어루만졌다. "너희들은 여기서 기다리고 있을래?"

"네." 조이는 피터를 보면서 큰 소리로 말했다.

"다 같이 들어갈 거예요." 레이시가 단호하게 말했다.

그들은 마샤를 따라 한 치료실로 들어가 도저를 검사대에 내려놓았다. 녀석은 발톱을 째깍거리며 금속판을 힘주어 긁었다. "착하구나." 마샤가 말했다.

루이스와 두 소년이 줄지어 들어와 경찰 진용처럼 벽에 나란히 붙어 섰다. 수의사가 피하주사기를 들고 들어오자 그 세 남자는 뒤로 더 많이 물러섰다. "좀 잡아주시겠습니까?" 수의사가 말했다.

레이시가 고개를 끄덕이며 앞으로 나와 마샤의 두 팔을 붙들었다.

"자, 도저, 넌 잘 싸웠다." 수의사가 말했다. 그는 두 소년을 돌아보았다. "도저는 느끼지 못할 거다."

"그게 무슨 주사죠?" 루이스가 바늘을 뚫어지게 보며 물었다.

"근육을 이완시키고 신경 전달을 끊어주는 화약물입니다. 신경 전달이 끊어지면 생각을 할 수도, 느낄 수도, 움직일 수도 없죠. 잠으로 빠져드는 것과 비슷합니다." 의사가 개의 다리에서 정맥을 더듬거리며 찾는 동안 마샤는 개를 꽉 붙잡았다. 의사는 약물을 투입하고 도저의 머리를 쓰다듬었다.

개는 심호흡을 크게 하더니 더 이상 움직이지 않았다. 마샤는 도저를 레이시의 품에 안겨주고 물러섰다. "잠시 시간을 드릴게요." 그녀는 이렇게 말하고서 수의사와 함께 나갔다.

레이시는 새 생명을 받는 데만 익숙했지 품에서 생명을 떠나보내는 데는 익숙하지 않았다. 이것은 임신에서 탄생으로, 아이에서 어른으로, 삶에서 죽음으로 가는 것 같은 삶의 이행 과정일 뿐이었다. 하지만 가족 같은 애완견을 놓아주기란 생각보다 어려운 일이었다. 비록 인간도 아닌 개에게 이런 진한 감정을 느끼는 게 바보 같다고 할지라도. 언제나 발밑에서 가죽을 긁어대고 온 집 안에 진흙을 묻히고 다니던 개를 자신의 아이만큼 사랑한다고 말하는 것이 어리석다고 할지라도.

그렇다 해도.

도저는 세 살짜리 피터를 자기 등에 태워 조용히 냉철하게 뜰을 거닐던 개였다. 조이가 저녁을 만들어 먹겠다고 하다 소파에서 잠이 들었을 때 오븐에 불이 붙자 집이 떠나가라 짖어대던 개였다. 한겨울에 레이시가 이메일에 답장을 쓸 때 책상 밑에 앉아 불그스름해진 배의 온기를 나누어주던 개였다.

레이시는 도저의 시신 위로 몸을 구부려 울기 시작했다. 처음에는 조용히, 그러다 큰 소리로 흐느껴 울었다. 조이는 얼굴을 돌렸고 루이스는 어물쩍거렸다.

"어떻게 좀 해봐." 조이의 탁하고 끈적끈적한 목소리가 들렸다.

누군가의 손이 레이시의 어깨를 잡았다. 그녀는 남편일 것이라 생각했는데, 목소리를 들으니 피터였다. "도저가 새끼였을 때, 우리가 그 어수선한 데서 녀석을 골랐을 때 말이야. 다른 새끼들은 우리를 기어나오려고 애쓰는데, 녀석은 계단 꼭대기에서 우릴 쳐다보다 발을 헛디뎌 넘어졌어." 레이시는 얼굴을 들고 피터를 보았다. "그게 가장 기억에 남아." 피터가 말했다.

피터는 판에 박힌 사내아이가 아니라 다른 사람들이 느끼고 생각하는 것에 공감할 줄 아는 민감하고 다정다감한 아이였다. 레이시는 항상 자신이, 이런 아이를 선사받은 행운의 엄마라고 생각해왔다. 그녀는 쥐고 있던 도저의 털을 놓고 피터를 껴안으려고 두 팔을 벌렸다. 엄마보다 훌쩍 커버리고 아빠보다도 더 늠름해진 조이와 달리 피터는 아직도 레이시의 품에 꼭 안겼다. 면 셔츠 아래 더욱 넓어진 수평으로 뻗은 양 어깨날조차도 가냘프게만 느껴졌다. 피터는 아직 어떻게 될지 모르는, 깎다 만 미완성의 인간이었다.

이 상태로, 결코 변하지 않는 호박 속 화석처럼 둘 수만 있다면 좋으련만.

학교에서 음악회와 연극이 열릴 때면 조지의 관객은 언제나 엄마뿐이었다. 교내 구강위생을 다룬 연극에서 치석 역을 연기하거나, 크리스마스 합창단에서 5도 화음 독창을 하는 조지를 보기 위해 엄마는 법정 시간을 조정했다. 부모님이 이혼을 한 아이들이 있긴 했지만, 조지처럼 아버지를 단 한 번도 보지 못한 아이는 없었다. 초등학교 2학년 때 아버지의 날을 기념해 넥타이 모양의 카드를 만들었을 때 조지는 아버지가 암에 걸려 마흔두 살의 나이로 일찍 세상을 떠난 여자아이와 둘이서 구석에 따로 앉아 있었다.

호기심 많은 여느 아이들처럼, 조지도 자라면서 엄마에게 이 일에 대해 물어보았다. 엄마와 아빠가 왜 지금은 부부가 아닌지 알고 싶었다. 하지만 결혼을 한 적조차 없었다는 말을 듣게 될 줄은 몰랐다. "아빠는 결혼할 타입이 아니었어." 엄마는 그렇게 말했지만, 조지는 결혼할 타입이 아니면 딸 생일에 선물도 보내지 않는 것인지, 딸의 목소리를 듣기 위해 전화도 하지 않는 것인지 이해가 되지 않았다.

올해는 생물 수업을 들어야 했는데, 유전학 단원이 벌써부터 걱정되었다. 조지는 자신의 아빠가 눈이 갈색인지 푸른색인지, 곱슬머리인지 주근깨가 있는지 발가락이 여섯 개인지 전혀 알지 못했다. 엄마는 이런 관심을 무시하며 말했다. "너희 반에도 입양된 애들이 있을 거야. 그 애들에 비하면 너는 네 배경에 대해 50퍼센트는 알고 있는 거잖아."

조지가 아버지에 대해 이어 맞춘 정보는 몇 가지밖에 없었다.

이름은 로건 루크. 엄마가 다녔던 법대 교수였다.

머리는 일찍부터 하얗게 셌지만, 엄마가 장담하기로는 혐오스럽지 않고 근사했다.

엄마보다 열 살이 많다고 했으니 지금은 쉰 살이었다.

손가락이 길었고 피아노를 쳤다.

휘파람을 불 줄 몰랐다.

조지가 생각하기에는, 이 정도로는 기본적인 사항도 채울 수 없어 전기문 같은 건 쓸 수도 없을 것 같았다.

그녀는 생물 실험실에서 코트니 옆에 앉아 있었다. 평소 같았으면 실험실 짝으로 코트니를 선택하지 않았겠지만 그건 중요하지 않았다. 애러콧 선생님은 치어리더 고문이었고, 코트니는 치어리더 중 한 명이었다. 치어리더들은 실험보고서를 아무리 대충 써서 내도 어떻게든 A를 받았다.

절개한 고양이 뇌가 애러콧 선생님 옆 책상에 놓여 있었다. 포름알데히드 냄새가 났다. 고양이는 차에 치여 죽은 것 같았다. 점심시간이 지난 뒤라 다행이었다. "저런 걸 보면 걸신들린 듯이 더 먹게 된단 말이야." 예전에 코트니가 진저리를 치며 말한 적이 있었다. 조지는 주어진 과제를 하는 동안 고양이의 뇌를 보지 않으려 애썼다. 학생들은 인도적인 동물 연구의 실례들을 인터넷으로 찾기 위해 무선 노트북을 받았다. 조지는 원숭이들을 천식에 걸리게 한 뒤 치료를 하는 어떤 알레르기 제약회사의 영장류 연구 목록과, 강아지들과 유아 돌연사 증후군을 관련시킨 연구 목록을 만들었다.

그러던 중 조지는 실수로 검색 단추를 눌러 《보스턴 글로브》의 홈페이지로 들어가게 되었다. 1면에 선거에 관한 기사가 있었다. 현직 지역 변호사와 그에 도전하는 하버드 법대 학장 간의 선거전이었다. 그 학장의 이름이 로건 루크였다.

조지는 가슴이 나비처럼 펄럭거렸다. 같은 이름이 또 있을까, 그럴 수 있을까? 그녀는 눈을 가늘게 뜨고 화면을 가까이 보았지만 사진이 흐릿한 데다 햇빛 때문에 눈이 부셨다. "뭐가 잘못됐니?" 코트니가 작은 소리로 물었다.

조지는 고개를 젓고서 노트북을 닫았다. 그렇게 하면 이 비밀을 단단히 잠가놓을 수 있다는 듯이.

피터는 남자 소변기를 써본 적이 없었다. 중학교 3학년 치고는 덩치가 작다는 사실에 대해, 특히 아랫도리에 대해 뭐라고 할 것 같은 덩치 큰 고등학교 3학년 옆에서는 오줌을 누고 싶지 않았다. 그래서 항상 화장실 칸으로 들어가 문을 닫고 볼일을 보았다.

그는 화장실 벽의 낙서를 읽는 게 좋았다. 어떤 칸에는 문답식 말장난이 시리즈로 나열돼 있었다. 다른 칸에는 구강성교를 한 여자애들의 이름이 적혀 있었다. 피터의 눈을 자꾸 끌어당기는 낙서가 하나 있었다. '트레이 윌킨스는 동성애자다'라는 낙서였다. 트레이 윌킨스가 누군지는 몰랐지만 그런 아이도 화장실에 오면 소변기에 오줌을 눌까 궁금했다.

피터는 영어 시간에 문법 쪽지 시험을 보다 말고 교실을 나와버렸다. 인생의 거대한 흐름에서, 형용사가 명사를 꾸미는지 부사를 꾸미는지는 중요하지 않다고 생각했다. 피터는 자신이 교실로 돌아가기 전에 지상에서 사라져버릴 수 있으면 좋겠다고 생각했다. 화장실에서 볼일을 다 봤는데도, 그는 시간만 죽이고 있었다. 이번 시험에서 낙제하면 연달아 두 번째였다. 부모님이 화내실까 봐 걱정되는 건 아니었다. 부모님은 피터가 조이 형과 다르다는 걸 일찌감치 인정한 것 같았다.

화장실 문이 열리면서 남자아이 둘이 복도의 시끌시끌한 소리를 끌고 들어왔다. 피터는 머리를 홱 숙이고서 칸막이 문 아래를 자세히 보았다. 나이키 운동화였다. "돼지처럼 땀이 많이 나." 목소리 하나가 말했다.

다른 소년이 웃으면서 대답했다. "그건 네가 뚱보라서 그래."
"그래, 좋아. 하지만 난 한 손이 등 뒤에 묶인 채로 농구를 해도 널 이길 수 있다고."
물 흐르는 소리, 물 튀기는 소리가 들렸다.
"야, 너 땜에 다 젖잖아."
"하하, 훨씬 낫구만." 첫 번째 목소리가 말했다. "어쨌거나 이젠 땀이 안 나네. 야, 내 머리 좀 봐봐. 알팔파 같지."
"누구라고?"
"왜 그래, 바보같이. 〈악동들〉에서 뒷머리를 삐죽삐죽 세운 애 말이야."
"사실은, 완전 호모 같아……."
"그러니까……." 웃음소리가 더 크게 났다. "내가 피터처럼 보인다 그 말이지."
피터는 자신의 이름을 듣자마자 심장이 심하게 쿵쾅거렸다. 그는 칸막이 문의 빗장을 슬그머니 열고서 밖으로 나왔다. 세면대 앞에는 얼굴만 아는 축구 선수 하나와 조이 형이 서 있었다. 조이 형의 머리카락에서 물이 뚝뚝 떨어지고 있었는데, 엄마의 헤어젤로 아무리 매만져도 자꾸만 곤두서는 피터의 머리카락처럼 뒷머리가 일어서 있었다.
조이가 피터 쪽을 휙 쳐다봤다. "냉큼 꺼져, 별종." 형의 명령에 피터는 얼른 화장실을 나왔다. 그러면서 존재감을 거의 잃어 가고 있는 사람한테 꺼지라는 게 과연 가능한 말일까 하고 생각했다.

알렉스의 판사석 앞에 서 있는 두 남자는 두 가구 주택에 같이 살았지만, 서로를 미워했다. 알리스 언더그루트는 양팔 위아래로 문신을 하고, 머리를 싹 밀고, 법원의 금속 탐지기가 울려버릴 정도로 머리에 피어싱을 많이 한 시트록(종이 사이에 석고를 넣는 석고 보드-옮긴이) 설치자였다. 로드니 익스는 값나가는 브로드웨이 공연 음반을 상당히 소장하고 있는 철저한 채식주의자 은행가였다. 알리스는 아래층에 살았고, 로드니는 위층에 살았다. 몇 달 전 로드니가 그의 유기농 정원에 뿌리 덮개로 쓰려고 짚단 하나를 집으로 가지고 와서는 손도 대지 않고 알리스의 현관 입구에 계속 놓아두었다. 알리스가 로드니에게 건초를 치우라고 했지만, 로드니는 미적거리기만 했다. 결국 어느 날 밤 알리스는 여자 친구와 함께 건초를 잘라 집 앞 잔디에 뿌려버렸다.

로드니는 경찰에 신고를 했고, 경찰은 범법행위를 근거로 알리스를 실제로 체포했다.

"뉴햄프셔의 납세자들 돈이 이런 사건까지 법정에 올라오게 해서 나가도록 해야겠습니까?" 알렉스가 물었다.

경찰측 변호사는 어깨를 으쓱했다. "서장님이 진행하라고 하셨습니다." 그는 이렇게 말하고서 눈을 위아래로 굴렸다.

그는 알리스가 짚단을 가져가 잔디에 뿌린 사실을 이미 증명했다. 입증책임을 완수한 것이었다. 그러나 이런 사건에 유죄판결을 내리게 되면 알리스는 평생토록 범죄기록을 가지게 될 터였다.

그가 상종 못할 이웃이었을지는 모르지만, 유죄판결을 받을 정도는 아니었다.

알렉스는 검사를 보았다. "피해자가 건초를 얼마에 샀습니까?"

"4달러입니다, 재판장님."

이제 그녀는 피고 쪽을 응시했다. "지금 4달러를 가지고 있습니까?"

앨리스는 고개를 끄덕였다.

"좋습니다. 피해자에게 돈을 지불하는 조건으로 판결을 하지 않고 재판을 종결하겠습니다. 지갑에서 4달러를 꺼내 저쪽에 있는 경관에게 주면, 그 경관이 법정 뒤에서 익스 씨에게 가져다줄 겁니다." 그녀는 서기를 힐끗 보았다. "15분간 휴정하겠습니다."

판사실에서 알렉스는 법복을 벗고 담배를 집어 들었다. 뒤쪽 층계로 1층까지 내려가 담배에 불을 붙이고서 깊이 빨아들였다. 일을 하다 보면 자랑스러워지는 날들도 있었고, 오늘처럼 왜 골치를 썩어야 하나 회의가 드는 날들도 있었다.

그녀는 법원 앞에서 잔디를 긁어모으고 있는 관리인 리즈를 발견했다. "한 대 피울래요." 알렉스가 말했다.

"무슨 일이에요?"

"무슨 일이 있는지 어떻게 알았어요?"

"당신이 여기서 몇 해를 일했지만, 나한테 담배를 권한 적은 없었으니 말이죠."

알렉스는 나무에 등을 기대고서 보석처럼 화사한 나뭇잎들이 리즈의 갈퀴에 걸리는 것을 보았다. "방금 법원까지 올 필요도 없는 한 사건 때문에 세 시간을 허비했어요. 머리가 깨질 것 같았죠. 게다가 판사실의 화장실 휴지가 떨어져서 서기를 불러 하나 갖다달라고 했다니까요."

바람이 한바탕 불면서 쓸어놓은 잔디 위로 나뭇잎이 우수수

떨어지자 리즈는 나무를 올려다보며 말했다. "알렉스, 뭐 좀 물어봐도 돼요?"

"물론이에요."

"마지막으로 자본 게 언제죠?"

알렉스는 입을 벌린 채 고개를 돌렸다. "그게 무슨 상관이……."

"대부분의 사람들이 직장에 있으면서 얼마나 더 버티면 집에 돌아가 진짜 하고 싶은 일을 할 수 있나 생각들을 하지요. 그런데 당신의 경우엔, 그 반대인 것 같아요."

"그렇지 않아요. 조지와 난……."

"이번 주말에 둘이 뭐했어요?"

알렉스는 나뭇잎을 한 장 뜯어 갈가리 찢었다. 지난 3년 동안 조지의 사회생활 일정표는 전화, 외박, 친구들과 영화를 보거나 누구네 지하굴에서 노닥거리기로 채워져 있었다. 이번 주말에 조지는 얼마 전 운전면허증을 딴 2학년 선배 헤일리 위버와 쇼핑을 나갔다. 알렉스는 판결문 두 개를 쓰고서 냉장고에 있던 과일과 야채가 들어있는 칸을 깨끗이 청소했다.

"소개팅 한 번 하실래요?" 리즈가 말했다.

스털링에는 방과 후 아르바이트를 원하는 10대를 쓰는 업체들이 많았다. 퀵카피에서 첫 여름을 보내본 피터의 추론으로는, 일이 대체로 식은 죽 먹기에다 달리 일할 사람을 찾을 수 없어 그렇다는 것이었다.

그가 맡은 일은 스털링 대학 교수들이 가져온 수업 자료를 복사하는 것이었다. 자료를 원본 크기의 32분의 1로 줄이고 토너를 넣는 법도 알았다. 손님들이 돈을 낼 때면 피터는 그들의 옷차림이나 머리 모양으로 지갑에서 어떤 지폐를 꺼낼지 알아맞히는 게 재미있었다. 대학생들은 늘 20달러짜리 지폐를 썼다. 유모차를 끌고 오는 엄마들은 신용카드를 긁었다. 교수들은 구겨진 1달러 지폐를 썼다.

그가 일을 하는 이유는 더 좋은 그래픽 카드가 있는 새 컴퓨터가 필요했기 때문이었다. 새 컴퓨터가 있어야 그와 데릭이 최근에 들어간 게임을 할 수 있었다. 무의미해 보이는 명령들을 따라가다 보면 마술처럼 화면에 기사나 검이나 성이 뜨는 게 피터는 매번 놀라웠다. 그냥 봐서는 영문 모를 말로밖에 보이지 않는 것이 제대로 볼 줄만 알면 실제로는 스릴 있고 이색적인 것이라는 사실이 맘에 들었다.

지난주에 고등학생을 한 명 더 고용했다는 사장의 말을 듣고 피터는 너무 불안하여 화장실에 20분이나 틀어박혀 있다 나왔다. 그제야 아무렇지 않은 듯 행동할 수 있었다. 아르바이트는 시시하고 지루한 만큼 피난처이기도 했다. 피터는 오후 시간을 거의 퀵카피에서 혼자 보냈다. 학교의 멋쟁이들과 길 가다 마주칠 걱정 따위 할 필요가 없었다.

그런데 만약 카그루 씨가 스털링 고등학교 학생을 고용한 것이라면 피터가 누구인지 아는 애일 것이다. 인기 집단에 속한 애는 아니라 해도 그 아이가 오고 나면 복사 가게는 피터에게 더 이상 안식처가 되지 못할 터였다. 피터는 말과 행동을 어떻게 할지 두 번 생각해야 할 터였다. 안 그랬다간 피터의 일거수 일투족이 학교 전체로 퍼지는 화약고가 될 테니까.

하지만 피터가 정말 놀랍게도 같이 일할 사람은 조지 코미어였다.

그녀는 카그루 씨를 따라 걸어왔다. "여긴 조지다." 사장이 소개하듯이 말했다. "서로 아는 사이야?"

"좀이요." 조지는 그렇게 대답했고, 피터는 "네"라고 대답했다.

"피터가 요령을 알려줄 거다." 카그루 씨는 그 말을 하고서 골프를 치러 나갔다.

가끔 학교 복도에서 새로 사귄 친구들과 있는 조지를 볼 때면 그녀를 알아보지 못했다. 지금은 옷 입는 것부터가 달라졌다. 납작한 배를 과시하는 청바지에다 무지개 빛깔의 티셔츠를 두 장 겹쳐 입고, 두 눈이 굉장히 커 보이는 화장을 하고 다녔다. 약간 슬프다고 피터는 간혹 생각했지만, 조지도 그걸 알까 싶었다.

조지와 마지막으로 진지한 대화를 했던 것은 5년 전, 그들이 6학년 때였다. 피터는 진짜 조지라면 인기라는 안개를 빠져나와 자신이 함께 어울려 다니는 그 애들은 종이 상자처럼 흔들리는 존재라는 사실을 깨닫게 될 거라고 확신했다. 그들이 다른 아이들을 헐뜯기 시작하면 자신에게 돌아올 거라고 믿었다. 돌아온 조지는 '세상에, 내가 어쩌자고 그랬을까?'라고 말할 것이고, 그 애들은 지하세계를 잠시 여행한 조지를 비웃을 거라고 말이다.

그러나 조지는 결코 굽실거리며 피터에게 돌아오지 않았다. 그 후로 피터는 축구팀의 데릭과 어울려 다니기 시작했다. 중학교 1학년이 되고부터는, 그와 조지가 한때 아무도 따라할 수 없는 비밀의 악수를 만들어 보자며 두 주를 보낸 적도 있었다는 사실도 믿기 힘들 정도였다.

"그래 우린 뭘 하는 거야?" 아르바이트 첫 날 조지는 마치 피터를 처음 대하듯 말했다.

조지와 피터는 함께 일한 지 일주일이 지났다. **함께는** 좀 그렇고, 한숨과 드르륵 거리는 복사기 소리와 시끄럽게 울리는 전화 소리에 뚝뚝 끊기는 춤을 추고 있었다고나 할까. 그들의 대화는, 대개가 일과 관계된 것이었다. "칼라 복사기 토너 더 있어? 여기서 팩스 받는 사람한테 얼마를 받아야 해?"

이 날 오후 피터는 스털링 대학교의 심리학 강의 자료를 사진으로 복사하고 있었다. 자동으로 페이지를 맞추는 복사기에서 페이지가 휙휙 넘어갈 때면 이따금 정신분열증 환자의 뇌가 보이곤 했다. 전두엽의 꽃분홍색 원들은 회색조로 복사되어 나왔다. "물건의 진짜 이름 대신 상품명으로 말하는 게 뭐가 있을까?"

조지는 다른 자료를 스테이플러로 찍고 있었다. 그녀는 어깨를 으쓱했다.

"제록스처럼 말이야. 크리넥스라던가." 피터가 말했다.

"젤로." 잠시 후 조지가 말했다.

"구글."

조지는 힐끗 쳐다보며 말했다. "밴드에이드."

"큐팁."

잠시 생각에 잠긴 그녀의 얼굴 위로 웃음이 씩 번졌다. "페덱스. 위플볼."

피터는 미소를 지었다. "롤러블레이드. 프리스비."

"크록팟(전기냄비 - 옮긴이)."

"그건 아냐."

"더 해봐." 조지가 말했다. "자쿠지. 포스트잇."

"매직 마커."

"평퐁!"

피터와 조지는 하던 일을 놓았다. 둘이 나란히 서서 웃고 있을 때 문이 열리는 종소리가 울렸다.

매슈 로이스턴이 가게로 들어왔다. 하키 시즌이 시작되려면 아직 한 달이나 더 남아 있었지만 벌써 스털링의 하키 모자를 쓰고 있었다. 비록 신입생이지만 맷이 대표팀에 선발될 거라는 건 모두가 알았다. 조지가 다시 예전의 조지로 돌아온 기적을 한껏 즐기고 있던 피터는 맷을 돌아보는 그녀를 보았다. 뺨이 발그레해졌고, 눈은 환한 불꽃처럼 일렁거렸다. "여긴 웬일이야?"

맷은 카운터에 기댔다. "손님이 오면 그런 식으로 대해?"

"복사할 게 있으세요?"

맷의 입이 삐딱하니 씩 웃었다. "아니, 필요 없어. 내가 원본이거든." 그는 가게를 휘 둘러보았다. "그래, 여기가 네가 일하는 곳이란 말이지."

"아니, 난 단지 공짜 캐비아랑 샴페인 때문에 오는 것뿐이야." 조지는 우스갯소리를 했다.

피터는 카운터 뒤에서 두 사람을 지켜보았다. 그는 조지가 맷에게 뭘 하던 중이었다고 말해주길 기다렸다. 꼭 그렇다고 할 수는 없지만, 어쨌건 그들은 대화를 나누고 있지 않았던가. 말하자면 말이다.

"언제 끝나?" 맷이 물었다.

"다섯시에."

"오늘 밤 드루네 집으로 놀러 갈 건데 말이야."

"초대하는 거야?" 조지가 말했다. 피터는 조지가 정말 환하게 웃을 때 전에는 보지 못했던 보조개가 생긴다는 사실을 알아차렸다. 어쩌면 피터와 있을 때는 그런 미소를 짓지 않았던 것뿐인지도 몰랐다.

"가고 싶어?" 맷이 조지에게 물었다.

피터는 카운터 쪽으로 걸어가서 불쑥 말했다. "우린 다시 일해야 해."

맷의 눈이 피터 쪽으로 휙 돌아갔다. "쳐다보지 마, 호모 새끼."

조지는 맷이 피터를 보지 못하게 몸으로 막고 섰다. "몇 신데?"

"일곱 시."

"그럼 거기서 봐."

맷이 두 손으로 카운터를 톡톡 쳤다. "좋았어." 그는 이렇게 대답하고서 가게를 나갔다.

"사란 랩(음식물 포장 랩—옮긴이), 바셀린."

조지는 어리둥절해하며 피터를 돌아보았다. "뭐라고? 아, 맞아." 그녀는 스테이플러로 찍고 있던 자료를 집어 몇 묶음을 더 쌓아올려 모서리들을 맞췄다.

피터는 제 일을 열심히 하고 있는 복사기에 종이를 더 넣었다. "그 앨 좋아해?" 피터가 물었다.

"맷? 그런 것 같아."

"그런 대답 말고." 피터가 말했다. 그는 복사기의 시작 단추를 눌러 기계가 똑같은 아기를 백 명이나 낳는 것을 보았다.

조지가 대답을 하지 않아 그는 탁자에서 자료를 분류하는 조지 옆으로 가서 섰다. 그리고 자료 묶음 하나를 손에 쥐고 스테이플러로 찍어서 그녀에게 건네며 물었다. "어떤 기분이야?"

"뭐가 어떤 기분이냐는 거야?"

피터는 잠시 생각했다. "꼭대기에 있는 것 말이야."

조지는 그의 건너편으로 팔을 뻗어 자료 묶음을 또 하나 집어 스테이플러로 찍었다. 말없이 그것만 세 번을 하기에 피터는 조지가 대답할 의사가 없다고 생각했다. 그런데 잠시 후 그녀가 말했다. "계단을 잘못 디뎠을 때랑 비슷해. 그러면 떨어지잖아."

그 말을 하는 조지의 목소리에서 피터는 자장가를 들을 때처럼 아련한 느낌을 받았다. 7월 땡볕에 조지의 집 앞 차도에 앉아 톱밥과 햇빛과 그의 안경으로 불을 피우려 했던 일을 그는 생생히 기억하고 있었다. 학교 끝나고 집으로 돌아갈 때면 조지가 자신을 잡아보라며 외치던 소리도 기억할 수 있었다. 그녀의 얼굴에 희미한 홍조가 도는 것을 본 그는 친구였던 조지가 아직까지 있는 걸 깨달았다. 손바닥에 쏙 들어오는 작은 인형이 나올 때까지 인형들이 겹겹이 숨어 있는 러시아 인형처럼 몇 겹의 고치 속에 꼭꼭 갇힌 채로 말이다.

조지도 이런 일들을 기억하게 만들 수만 있다면. 어쩌면 조지가 맷과 그 패거리와 어울리게 된 건 인기 때문이 아닐지도 몰랐다. 단지 피터와 어울려 다녔던 기억을 잊어버렸기 때문일지도 몰랐다.

피터는 곁눈질로 조지를 보았다. 조지는 아랫입술을 깨문 채 스테이플러를 찍는 일에 집중하고 있었다. 피터는 자신도 맷처럼 느긋하고 자연스러웠으면 얼마나 좋았을까 하고 생각했다. 평생 동안 자신은 늘 너무 크게 웃거나 너무 늦게 웃기만 한 듯했다. 비웃음을 당하는 사람이란 걸 자꾸 망각해온 듯했다. 하지만 지금까지의 자신이 아닌 다른 사람이 되는 법을 알지 못해서, 심호흡을 크게 하고서 그리 오래지 않은 그 시절이 어쨌든 조지에게도 좋았을 거라고 혼잣말을 했다.

"조지, 이것 좀 봐봐." 피터가 말했다. 그러고는 가게 옆에 붙은 카그루 씨의 사무실로 들어갔다. 책상 위에는 카그루 씨 부인과 아이들이 찍힌 사진 한 장과 아무나 볼 수 없게 암호를 걸어둔 컴퓨터가 놓여 있었다.

조지는 피터를 따라들어가서 피터가 앉은 의자 뒤에 섰다. 그가 자판을 몇 개 치자 갑자기 화면이 열렸다.

"어떻게 한 거야?" 조지가 물었다.

피터는 어깨를 으쓱했다. "컴퓨터를 가지고 많이 놀다보니까. 지난주에는 카그루 씨의 시스템에 침입했어."

"우리 이러면 안 되는……."

"잠깐만 기다려." 피터는 컴퓨터를 휘젓고 다니더니 마침내 숨겨져 있던 다운로드 파일을 찾아내 첫 번째 포르노 파일을 열었다.

"저건…… 난쟁이야? 그리고 당나귀야?" 조지가 나직이 물었다.

피터는 머리를 갸웃했다. "아주 큰 고양이 같은데."

"뭐든 간에 정말 크다." 그녀는 몸서리를 쳤다. "으아아, 앞으로 카그루 씨 같은 남자의 손에서 어떻게 급료를 받지?" 그런 다음 그녀는 피터를 내려다보았다. "그 컴퓨터로 다른 것도 할 수 있어?"

"뭐든." 피터는 자랑조로 말했다.

"그러니까…… 다른 곳도 침입할 수 있어? 학교 같은데?"

"물론이지." 사실은 잘 몰랐지만 우선은 그렇게 말했다. 피터는 암호를 푸는 방법과 그것으로 보안 체계에 구멍을 뚫는 법을 이제 막 배우기 시작한 참이었다.

"주소를 찾는 건?"

"식은 죽 먹기지. 누가 궁금한데?" 피터가 물었다.

"아무나 해보지 뭐." 조지는 이렇게 말하고서 자판을 치려고 상체를 구부렸다. 그녀의 머리카락에서 사과 향기가 났다. 그녀의 어깨가 그의 어깨를 눌렀다. 피터는 눈을 감고서 번개가 치기를 기다렸다. 조지는 예쁘다, 조지는 여자다, 그러나…… 아무 느낌도 없었다.

그녀가 여동생처럼 너무 익숙하기 때문일까?

아니면 남자가 아니기 때문일까?

쳐다보지 마, 호모 새끼.

조지에게는 말하지 않았지만, 피터는 카그루 씨의 포르노 파일을 처음 보았을 때 여자들이 아니라 남자들을 뚫어지게 보았다. 정말 남자들에게 끌리는 걸까? 그런 다음 다시 동물들을 보았다. 그건 단지 호기심 때문일까? 다른 남자들과 자신을 비교하려는 것이었을까?

만약 맷과 다른 애들의 말이 옳다면 어쩔 건인가?

조지가 마우스를 몇 번 클릭하자 화면 가득《보스턴 글로브》의 한 기사가 떴다. "여기, 이 남자." 조지가 손으로 가리키며 말했다.

피터는 눈을 가늘게 뜨고 자막을 보았다. "로건 루크가 누구야?"

"알게 뭐야." 조지가 말했다. "어쨌건 전화번호부에 주소가 없을 만한 사람처럼 보이잖아."

피터는 신경이 쓰였지만, 생각해보니 공직에 출마하는 사람이라면 전화번호부에 수록된 자기 개인 정보를 없앨 만큼 약삭빠를지도 모르겠다 싶었다. 로건 루크가 하버드 법대에서 일했다는 사실을 알아내는 데 10분이 걸렸고, 그 대학의 인적 기록부 파일에 침입하는 데 15분이 걸렸다.

"자, 기대하시라." 피터가 말했다. "링컨에 살고 있어. 코넌트 가."

피터가 어깨 너머로 미소를 짓자 조지의 얼굴에도 미소가 번졌다. 그녀는 한참 동안 화면을 응시하더니, 마침내 말했다. "잘 했어."

사람들은 종종 경제학자들은 모든 것의 값을 알지만 어떤 것의 가치도 알지 못한다고 말한다. 연구실 컴퓨터로 세계가치관 조사라는 거대한 파일을 열었을 때 루이스는 그 말에 대해 생각해보았다. 노르웨이 사회과학자들이 모은 이 자료는 전 세계 수십만 명을 대상으로 수집된 것이었다. 항목이 무수히 많았다. 연령, 성별, 생년월일, 체중, 종교, 배우자의 유무, 자녀 수 같은 간단한 항목에서부터 정치적 견해와 종교적 성향 같은 복잡한 사안에 이르기까지. 그 조사는 심지어 시간 배당까지 고려해 넣었다. 직장에서 보내는 시간이 얼마나 되는지, 교회는 얼마나 자주 가는지, 섹스는 일주일에 몇 번, 몇 사람과 하는지 등등.

대부분의 사람들에게는 따분하게만 느껴질 자료가 루이스에게는 마치 롤러코스터를 탄 듯 흥미로웠다. 이런 방대한 자료의 패턴을 맨 처음 분류하기 시작했을 때는 어디서 길이 휘고 도는지, 낭떠러지가 얼마나 가파르고, 언덕은 얼마나 높은지 알 수 없었다. 그러나 루이스는 시간이 날 때마다 이 수치를 검토했다. 다음 주 있을 회의에 제출할 논문을 몇 시간 만에 후다닥 쓸 수 있을 정도였다. 논문이 완벽할 필요는 없었다. 소규모 모임이었고, 루이스보다 서열이 높은 동료들은 참석하지 않을 예정이었다. 우선 개략적인 결과를 발표하고, 나중에 학술지에 발표할 때 다듬으면 되는 것이었다.

논문의 초점은 행복의 변수에 값을 매길 수 있느냐 였다. 사람들은 늘 돈이 행복을 가져다준다고 말하지만, 얼마나 많아야 하는 것일까? 수입이 행복에 직접적이거나 인과론적인 영향을 미칠까? 더 행복한 사람일수록 일에서도 성공을 거두는 것일까, 아니면 더 행복하기 때문에 임금을 더 많이 받는 것일까?

행복은 또한 수입에만 국한되지 않았다. 부부 관계는 미국이나 유럽에서 더 평가를 받는가? 섹스는 중요한가? 왜 종교인들의 행복 수준이 비종교인들의 행복 수준보다 높다고 할까? 행복지수가 가장 높다고 하는 스칸디나비아 사람들의 자살률이 세계에서 가장 높은 것은 왜일까?

스타타(STATA. 통계학의 전 분야에서 사용할 수 있는 통계 소프트웨어 프로그램-옮긴이)의 다변량 회귀 해석을 사용해 조사를 분석하기 시작하면서 루이스는 자신의 행복 변수에 대해 생각해보았다. 그의 인생에 레이시 같은 아내가 없었다면 그 부족분을 메울 금전적인 보상은 얼마나 될까? 스털링 대학교에서 종신직을 따내지 못했다면? 건강에 대해서는?

사랑하는 사람과의 결혼이 행복 지수를 0.07퍼센트밖에 올리지 않는다(표준오차는 0.02퍼센트)고 하면 평범한 사람들은 시큰둥한 반응을 보인다. 반면에 평범한 남자에게 결혼하면 1년에 10만 달러를 더 벌어들이는 것과 같은 행복 효과가 생긴다고 말하면 현상을 훨씬 구체적으로 볼 줄 안다.

다음이 루이스가 지금까지 도달한 연구 결과였다.

1. 높은 수입은 높은 행복 지수와 관계가 있지만, 수확체감의 법칙이 적용된다. 예를 들어, 5만 달러를 버는 사람은 2만5천 달러를 받는 사람보다 행복하다고 한다. 그러나 50달러에서 100달러를 받는 데서 오는 행복의 증분 이득은 훨씬 적다.

2. 물질적 풍요가 높아져도, 행복은 시간과는 비례하지 않는다. 상대적인 수입이 절대적인 수입 증대보다 더 중요하다.

3. 행복 지수는 여자들, 결혼한 사람들, 교육수준이 높은 사람들, 부모가 이혼을 하지 않은 사람들 사이에서 가장 높았다.

4. 여자들의 행복 지수는 시간이 갈수록 떨어지고 있다. 그것은 아마도 여자들이 노동시장에서 남자들과 더 동등한 관계에 이르렀기 때문일 것이다.

5. 흑인들보다 백인들이 훨씬 더 행복 지수가 높지만, 흑인들의 삶의 만족도는 상승하고 있다.

6. 통계에 따르면 실직자들이 받는 '보상'은 연간 6만 달러이다. 흑인들의 '보상'은 연간 3만 달러이다. 상처하거나 별거한 사람들의 '보상'은 연간 10만 달러이다.

아이들이 태어나고부터 루이스는 자신이 억세게 재수가 좋다고 생각하는 한편, 언제고 비극이 닥칠 수도 있다고 느꼈다. 그럴 때면 루이스가 혼자서 하는 게임이 있었다. 침대에 누워 어느 것부터 버릴 수 있는지 선택해보는 것이었다. 결혼, 직장, 아이. 얼마만큼을 잃어야 자신의 존재감이 사라질지 궁금해지곤 했다.

루이스는 자료창을 닫고 컴퓨터에 설정해놓은 대기 화면을 응시했다. 피터가 여덟 살, 조이가 열 살 때 코네티컷의 한 체험 동물원에서 찍은 사진이었다. 조이가 동생을 등에 업고 있었다. 두 아이는 한 줄기 붉은 노을을 배경으로 씩 웃고 있었는데, 그 사진을 찍자마자 사슴 한 마리가 조이의 발을 세게 치는 바람에 두 소년은 넘어져 눈물바다에 빠졌다······. 하지만 루이스는 그런 식으로 기억을 되살리고 싶지 않았다.

행복은 단지 통계 수치가 아니다. 어떻게 기억하느냐의 문제이기도 하다.

루이스는 또 다른 결과도 도출해냈다. 행복은 U자 모양이었다. 사람들은 어렸을 때와 늙었을 때 가장 행복했다. 골에 이르는 시점은 대략 40대였다.

그렇다면 지금이 가장 나쁘다는 거로군, 이렇게 생각한 루이스는 안도했다.

A를 받고 좋아하기도 했지만 수학은 조지가 성적을 잘 받으려고 애써야 하는 유일한 과목이었다. 논리적으로 추론하고 힘들이지 않고 에세이를 쓸 수는 있었지만, 수학은 쉽지가 않았다. 그

런 점에서 그녀는 엄마를 닮았다고 추측했다.
 어쩌면 아빠일지도.
 수학 교사인 맥케이브 선생님이 책상 사이를 지나다니면서 돈 맥클린의 노래를 개사해서 불러댔다.

> 안녕, 안녕, 파이의 가치는 무엇일까
> 수업이 끝날 때까지
> 숫자 때문에 안절부절못하고 있네……
> 학생들은 한숨을 쉬며 열심히 공부하지
> 맥케이브 선생님에게 말해 봐, 어서, 왜?
> 오 맥케이브 선생님, 어서, 왜에에에……

 조지는 앞에 있는 그래프용지에서 좌표 하나를 지웠다. "우린 일상 생활에서 파이를 사용하고 있지도 않잖아." 한 아이가 말했다.
 수학 선생님이 몸을 휙 돌려 테니스공을 던지자 공이 그 소년의 책상에 맞고 튀었다. "앤드루, 때맞춰 깨서 그런 걸 알아차리다니 정말 기쁜 걸."
 "이게 쪽지 시험에 들어가나요?"
 "아니." 맥케이브 선생님은 잠시 생각에 잠겼다. "선생님은 텔레비전에 출연할까 봐. 수학 아이돌이 있나?"
 "어휴, 난 사절이야." 맷이 조지 뒤에서 작은 소리로 말했다. 맷이 어깨를 콕콕 찔러대자 조지는 책상 왼쪽 모서리 쪽으로 시험지를 밀었다. 그래야 맷이 답을 더 잘 볼 수 있었기 때문이었다.

이번 주 수학 시간은 그래프 수업이었다. 학생들은 자료를 막대그래프와 도표로 정리했다. 그리고 자신이 주제를 하나 정해서 그래프로 나타내 제출해야 했다. 맥케이브 선생님은 수업이 끝나기 십 분 전에 발표 시간을 주었다. 어제는 맷이 프로 아이스하키 선수들을 연령별로 나타낸 그래프를 선보였다. 내일이 발표일인 조지는 여론 조사를 통해 숙제를 하는 시간과 실제 성적 간에 비례가 성립하는지 알아보았다.

오늘은 피터 호턴의 차례였다. 조지는 피터가 벽보 크기의 그래프를 둘둘 말아 학교로 들고 오는 것을 보았다. "저길 보렴." 맥케이브 선생님이 말했다. "우리는 파이에 대해 얘기하고 있었지, 다른 하나가 저거다."

피터의 그래프는 파이 도표(원 모양을 반지름으로 쪼개어 구분하는 도표-옮긴이)였다. 각 칸을 색깔별로 명확히 표시했고, 칸마다 라벨이 붙어 있었다. 도표 제목은 인기도였다.

"준비됐으면 하거라, 피터." 맥케이브 선생님이 말했다.

피터는 금방이라도 쓰러질 것처럼 보였는데, 생각해보면 늘 그랬던 것 같았다. 복사 가게에서 일하고부터 피터와 조지가 다시 이야기를 시작하긴 했지만, 불문율처럼 학교 이외의 얘기만 했다. 학교 안의 사정은 달랐다. 말하고 행하는 모든 것이 다른 사람들의 주시를 받는 어항이었다.

어렸을 때 피터는 가만히만 있어도 주목을 끈다는 사실을 결코 알아차리지 못하는 듯했다. 예를 들어, 쉬는 시간에 화성인과 얘기를 하겠다고 했던 때처럼 말이다. 낙관적으로 보자면, 피터는 결코 다른 사람처럼 되려고 애쓰지 않았다. 그러나 조지는 피터처럼 될 수는 없었다.

피터는 목청을 가다듬었다. "제 그래프는 우리 학교에서의 지위에 관한 것입니다. 저희 반 스무 명을 대상으로 표본을 냈습니다. 여기를 보십시오." 피터는 파이 도표의 한 칸을 가리켰다. "인기 있는 학생은 삼분의 일이 채 안 됩니다."

일곱 개의 쐐기꼴이 있고, 각 쐐기꼴마다 급우의 이름이 적혀 있었다. 어두운 보라색이 인기인 색이었는데, 그 안에 맷도 있었고, 드루도 있었다. 조지가 점심시간에 같이 다니는 여자애들도 몇 명 있었다. 그러나 그 집단에 수학반 명물 워싱턴 시에서 전학 온 아이도 끼어 있는 걸 조지는 눈치 챘다.

"이 위쪽은 괴짜들입니다." 피터가 말했다. 조지는 수학 수재들의 이름과 악대에서 튜바를 연주하는 여학생의 이름을 볼 수 있었다. "가장 큰 집단이 표준 집단입니다. 그리고 왕따는 대략 5퍼센트입니다."

순간 교실이 썰렁해졌다. 마치 진학지도 교사들이 모두에게 차이점 인정 추가접종을 해주러 와야 할 것만 같은 분위기라는 것을 조지는 직감했다. 피터의 발표를 ABC 방송국의 프로그램 〈방과 후 특집〉으로 돌릴 방법이 없을까 궁리라도 하는 것처럼 맥케이브 선생님의 이마에는 깊은 주름이 잡혔다. 드루와 맷은 서로 능글맞게 웃어댔는데, 무엇보다 큰 혼란이 곧 일어나리라는 걸 피터 자신은 다행히 의식을 못하고 있었다.

맥케이브 선생님은 헛기침을 했다. "저기, 피터, 너 잠깐 선생님하고……."

맷이 손을 번쩍 들었다. "맥케이브 선생님, 질문이 있습니다."

"맷!"

"질문을 하려는 거예요. 파이 도표에서 저기 좁은 칸이 뭔지 모르겠습니다. 오렌지색이요."

"아." 피터가 말했다. "그건 다리입니다. 하나의 범주에만 속하지 않거나 성향이 다른 사람들과도 어울리는 사람입니다. 조지처럼요."

피터는 환하게 웃으면서 조지를 보았다. 조지는 모두의 눈이 자신에게 쏠리는 것을 느꼈다. 빗발치는 화살처럼. 그녀는 밤장미처럼 책상 위로 몸을 움츠리며 머리카락으로 얼굴을 덮었다. 코트니와 다니면 언제나 사람들의 시선을 받았기 때문에 조지는 그런 것에 익숙했다. 그러나 닮고 싶어서 쳐다보는 것과 비난하듯 쳐다보는 것은 하늘과 땅 차이였다.

어찌 됐든, 아이들은 한때 조지가 피터와 어울려 다니던 왕따였던 사실을 기억할 것이다. 아니면 피터가 그녀에게 홀딱 반해 있다고 여길 것이고, 그녀는 그 소릴 귀가 따갑도록 듣게 될 것이다. 웅성거림이 전기 충격처럼 교실 전체로 퍼졌다. 변태 자식, 누군가가 작은 소리로 그렇게 속삭였다. 조지는 아이들이 자신에 대해서는 뭐라고 하지 않기를 빌고 빌고 또 빌었다.

신은 존재하는지, 다행히 그때 종이 울렸다.

"야, 조지, 너 토빈교냐 금문교냐?" 드루가 물었다.

조지는 책을 가방에 집어넣으려 했지만, 책은 페이지가 펼쳐진 채로 교실 바닥으로 흩어졌다. "런던교네. 봐, 무너지고 있잖아." 존 에버하드가 킬킬거리고 웃었다.

수학 교실에 있던 누군가가 복도로 나가 다른 아이들에게 무슨 일이 있었는지를 얘기한 모양이었다. 조지는 오늘 내내 어쩌면 더 오랫동안 연 꼬리처럼 자신의 꽁무니를 쫓아다니는 웃음소리를 듣게 될 것이다.

누군가가 책을 집어주려고 해서 봤더니 다름 아닌 피터였다. "손 대지마." 조지는 손을 쳐들며 말했다. 피터의 접근을 막는 반사 작용이었다. "앞으로 다시는 나한테 말 걸지 마, 알았어?"

복도로 나온 그녀는 무작정 모퉁이를 돌고 돌아 목공소로 통하는 작은 샛길에 이르렀다. 조지는 정말 순진하게도, 일단 소속이 되면 확실히 안전할 거라고 생각했다. 그러나 안이라는 것은 다른 모두를 밖에 두기 위해 모래 위에 선을 긋는 것이었다. 그 선은 언제든 바뀔 수 있다. 그리하여, 자기 잘못이 아닌데도 어느 날 문득 자신이 잘못된 편에 서 있는 걸 깨닫게 된다.

피터가 도표에 넣지 않은 것은 인기라는 것이 얼마나 부서지기 쉽냐 라는 점이었다. 이것이 아이러니였다. 그녀는 결코 다리가 아니었다. 그녀는 집단의 일원이 되기 위해 다리를 완전히 건넜다. 몹시도 끼고 싶었던 곳에 이르기 위해 다른 사람들을 배척했다. 그러니 옛날에 같이 놀던 아이들이 자신의 복귀를 왜 환영하겠는가?

"어이."

맷의 목소리에 조지는 숨을 휴 내쉬었다. 조지가 말했다. "알겠지만, 난 그 애랑 친구 아니야."

"그래, 사실은 녀석이 네 주위를 얼쩡거리지."

조지는 눈을 깜박거리며 그를 보았다. 그녀는 맷의 잔인함을 직접 목격한 것이 있었다. 교직원에게 일러바쳐 보라며 말귀를 못 알아듣는 외국인 학생에게 고무 밴드를 쏜다던가, 아주 뚱뚱한 여학생을 보고 걸어다니는 지진이라고 부른다던가, 어쩔 줄 모르는 모습을 보려고 소심한 남학생의 수학책을 숨긴다던가 하는 식이었다. 그때는 조지 자신이 해당되지 않았기 때문에 재미있었다. 그러나 자신이 창피의 대상이 되고 보니 뺨을 맞는 기분이었다. 이 집단과 어울려 다니니 그런 대상에서 면제되었다고 잘못 생각을 했을 뿐, 알고 보니 조롱거리였다. 그들 자신이 더 재미있고, 더 근사하고, 다르게 보일 수만 있다면, 누구라도 언제든 베어버리는 애들이었다.

마치 처음부터 그녀는 조롱거리였다는 듯이 능글맞게 웃어대는 맷을 보면서 조지는 마음이 아팠다. 맷을 친구라고 생각했기 때문에 더 그럴지도 몰랐다. 솔직히 말하면 이따금 친구 이상을 바라기도 했다. 앞머리에 눈이 살짝 가려진 맷의 얼굴 위로 미소가 천천히 번질 때면 조지는 거의 할 말을 잃곤 했다. 그러나 맷은 모두에게 그런 영향을 미쳤다. 6학년 때 2주 동안 그와 사귄 적 있는 코트니마저도.

"난 그 호모 자식이 하는 말 따윈 하나도 들을 가치가 없다고 생각했는데, 아까 그 말은 아니더라. 다리를 통해 네가 왔다 갔다 한 건 사실이거든." 맷이 말했다. "네가 나한테 한 짓이 그래." 그는 조지의 손을 자신의 가슴에 대고 꾹 눌렀다.

맷의 심장이 어찌나 세게 뛰는지, 조지는 마치 손을 오므려 맷의 심장을 받치고 있어야 할 것만 같았다. 그를 올려다본 그녀는 자신에게 키스를 하려고 그가 몸을 기울였을 때 그 놀라운 순간을 하나도 놓치지 않기 위해 눈을 크게 뜨고 있었다. 그에게서 계피 사탕 같은, 뭔가가 타는 것 같은 열기가 느껴졌다.

마침내, 숨을 쉬어야겠다고 생각한 조지는 맷으로부터 떨어졌다. 자신의 피부를 이렇게까지 구석구석 의식해본 적이 없었다. 껴입은 티셔츠와 스웨터 아래 숨겨진 살들까지 살아 꿈틀거리는 느낌이었다.

"제기랄." 맷이 물러서며 말했다.

조지는 당황했다. 혹 그가 바로 5분 전까지만 해도 아이들에게 버림받은 여자애랑 키스를 했다는 사실을 기억해낸 게 아닐까. 아니면 키스를 하는 동안 자신이 무슨 잘못을 한 것일까. 키스를 제대로 하는 법을 알려 주는 설명서가 있을 것 같진 않았다.

"난 이런 거 잘 못해." 조지는 더듬더듬 말했다.

맷은 눈썹을 치켜올렸다. "더 잘했다간…… 넌 날 죽일지도 몰라."

조지는 속에서 미소가 촛불처럼 타오르는 것을 느꼈다. "정말이야?"

그는 고개를 끄덕였다.

"첫 키스였어." 조지가 고백했다.

맷이 엄지손가락으로 그녀의 아랫입술을 만졌다. 조지는 그 손길을 손끝에서부터 목구멍, 아랫도리까지 느낄 수 있었다.

"그럼, 이게 마지막도 아닐 거야." 그가 말했다.

알렉스가 욕실에서 준비를 하고 있을 때 조지가 들어와 새 면도기를 찾았다. "그게 뭐야?" 마치 낯선 사람을 대하듯 거울 속 알렉스의 얼굴을 유심히 보면서 조지가 물었다.

"마스카라?"

"그게 뭔지는 알아. 내 말은 엄마가 왜 그러고 있냐고?" 조지가 말했다.

"아마 내가, 화장이 하고 싶은가 봐."

조지는 욕조 가장자리에 걸터앉아 씩 웃었다. "그럼 난 영국 여왕일지도 모르겠네. 법률 학술지에 새로운 사진이라도…… 싣는 거야?" 갑자기 조지의 눈썹이 휙 올라갔다. "설마 데이트 같은 걸 하는 건 아니겠지, 응?"

"데이트 '같은' 게 아니야." 알렉스는 볼연지를 바르며 말했다. "진짜 데이트야."

"오, 세상에. 어떤 남자야?"

"나도 몰라. 리즈가 소개해준 거야."

"수위 아줌마 리즈?"

"공원 관리인이야." 알렉스가 말했다.

"어쨌거나. 그 남자에 대해 뭐라고 얘기를 해줬을 거 아냐." 조지가 잠시 머뭇거렸다. "**남자가 맞긴 해, 응?**"

"조지!"

"진짜 오래 됐잖아. 내 기억으론 엄마가 마지막으로 데이트를 한 게 채소를 안 먹던 남자였을 걸."

"그건 문제가 안 됐어. 문제는 그 남자가 나한테도 채소를 못 먹게 했다는 거야." 알렉스가 말했다.

조지는 일어나 립스틱을 집어들었다. "이 색이 엄마한테 어울려." 그 말과 함께 조지는 알렉스의 입에 립스틱을 쓱쓱 발랐다.

알렉스와 조지는 키가 똑같았다. 딸의 눈 속에서 알렉스는 자신의 작은 모습을 볼 수 있었다. 왜 한번도 조지와 이런 걸 해보지 않았을까 하는 생각이 들었다. 그 애를 욕실에 앉혀 놓고 아이섀도도 발라주고, 발톱에 매니큐어도 발라주고, 머리도 말아주고 하는 걸 말이다. 딸을 가진 엄마라면 다들 가지고 있을 법한 기억이었다. 이제야 알렉스는 그런 기억을 만들어주는 건 자신의 몫이었다는 걸 깨닫고 있었다.

"자, 어떤 것 같아?" 조지가 알렉스를 거울 쪽으로 돌려 앉히며 말했다.

알렉스는 거울을 응시했다. 하지만 그녀는 자신이 아니라 어깨 너머 있는 조지를 보았다. 처음으로 알렉스는 딸에게서 자신의 일부를 볼 수 있었다. 얼굴형이 아니라 얼굴빛이, 눈 색깔이 아니라 꿈꾸듯 몽롱해 보이는 눈빛이 그랬다. 화려한 화장을 하지 않았는데도 조지는 화장을 한 듯 보였다. 그것은 사랑에 빠진 사람에게서나 볼 수 있는 모습이었다.

자신의 딸을 질투할 수도 있을까?

"음, **나라면** 엄마한테 두 번째 데이트도 신청하겠어." 조지는 알렉스의 어깨를 톡톡 치며 말했다.

초인종이 울렸다. "아직 옷도 안 입었는데." 알렉스는 당황하며 말했다.

"내가 시간을 벌고 있을게." 조지는 얼른 아래층으로 내려갔다. 알렉스는 허둥지둥 검정 드레스를 입고 구두를 신었다. 그러면서 아래층에서 올라오는 대화를 들을 수 있었다.

조 우르크하르트는 토론토에서 리즈의 사촌과 한 방을 썼던 캐나다 출신의 은행원이었다. 리즈가 멋진 남자라고 호언장담을 하기에, 알렉스는 그렇게 멋진 남자가 왜 아직도 혼자냐고 물었다.

"그 질문에 당신은 어떻게 대답할 건데요?" 리즈가 물어서 알렉스는 잠시 생각을 해야 했다.

"난 그렇게 멋지지 않아요." 알렉스는 대답했었다.

조는 키도 작지 않고, 양면테이프로도 떨어지지 않을 것 같은 물결치는 갈색 머리칼에, 치아도 가지런했다. 알렉스는 적잖이 놀랐다. 그는 알렉스를 보고는 휘파람을 불며 말했다. "모두 기립해 주십시오. 아 그러니까, 제가 바로 그 행운의 남자란 얘깁니다."

알렉스의 얼굴에서 미소가 싹 가셨다. "잠깐 실례 좀 할게요." 그녀는 양해를 구하고 조지를 부엌으로 끌고 들어갔다. "지금 엄마 좀 쏘아줘."

"그래, 저 말은 좀 심하긴 하더라. 그치만 저 아저씨 채소는 먹는대. 내가 물어봤어."

"네가 가서 엄마가 갑자기 아프다고 하면 어떨까? 너하고 난 저녁을 시켜 먹는 거야. 영화나 뭐 그런 걸 보면서." 알렉스가 말했다.

조지의 미소가 흐려졌다. "엄마, 난 이미 약속이 있어." 조지는 조가 기다리고 있는 출입문 쪽을 힐끗 내다보았다. "맷한테 말하면……"

"아냐, 아냐." 알렉스는 억지 미소를 띠면서 말했다. "둘 중 한 사람이라도 좋은 시간을 보내야지."

알렉스가 부엌에서 나가 보니 조가 촛대를 들고 바닥을 유심히 살피고 있었다. "정말 죄송한데요, 일이 생겼어요."

"말해보세요, 아가씨." 조는 짓궂은 눈길로 말했다.

"아뇨. 제 말은 오늘 밤 나갈 수가 없단 뜻이에요. 재판이 생겼어요. 법원에 가봐야 해요." 그녀는 거짓말을 했다.

캐나다 사람이어서인지 그는 토요일 밤에는 법정이 개정을 하지 않는다는 사실을 모르는 것 같았다. "아, 저 때문에 정의의 바퀴가 돌아가지 못하면 안 되죠. 그럼 언제 다른 시간에?" 그가 말했다.

알렉스는 고개를 끄덕이고서 그를 배웅했다. 그리고는 구두를 벗고서 계단을 터벅터벅 올라가 가장 남루한 운동복으로 갈아입었다. 저녁으로 초콜릿을 먹고서 〈머리 잘린 닭 마이크〉를 보면서 실컷 흐느껴 울었다. 그런 다음 욕실을 지나가는데, 샤워기 물소리가 들렸다. 조지가 데이트를 준비하고 있었다.

잠깐 동안 알렉스는 문손잡이를 잡고 서서, 자신이 들어가서 조지에게 화장하는 걸 거들어주고 머리도 만져 주겠다고 하면 조지가 좋아할까 생각해보았다. 조지가 자신에게 해줬던 것처럼. 조지에게는 그것이 자연스러웠다. 언제나 다른 일을 준비하느라 바쁜 엄마의 시간을 조금이라도 붙잡아보려고 평생 애써온 아이였으니까. 어쨌든 알렉스는 시간은 무한하고, 조지가 언제나 기다리고 있을 거라 여겼다. 어느 날 그녀 자신이 뒤에 남게 될 거라곤 짐작조차 못했다.

결국 알렉스는 노크도 하지 않고 욕실에서 물러났다. 조지가 엄마의 도움 따위는 필요하지 않다고 할까 봐, 그 말을 듣는 게 너무 두려워서 차마 그 최초의 제안을 해볼 수조차 없었다.

수학 시간에 있었던 피터의 발표 이후, 조지가 완전한 사회적

매장을 면할 수 있었던 것은 그 일과 동시에 그녀가 매슈 로이스턴의 여자 친구로 공식 발표되었기 때문이었다. 파티에서 어쩌다 눈이 맞았거나 사랑 없이 섹스만 하는 일시적 커플들과 달리 그녀와 맷은 하나의 **기삿거리**였다. 맷은 그녀를 교실까지 바래다주고서 모든 애들이 지켜보는 가운데 그녀에게 키스를 해주고 가곤 했다. 피터 호턴의 이름을 조지와 연관 지어 들먹이는 바보짓을 하는 애들은 맷에게 보복을 당해야 했다.

다시 말해, 피터를 제외한 모든 학생들은 조지의 지위를 재조정했다. 그러나 피터만은 조지가 주는 단서를 짚어내지 못하는 듯했다. 조지는 일할 때, 피터가 들어오면 등을 돌리거나 질문을 하면 무시했다. 그러던 어느 날, 그가 마침내 그녀를 구석에 몰아넣었다. "너 왜 이러는 거야?" 피터가 물었다.

"내가 친절하게 대해 주면 넌 우리가 친구라고 생각하니까."

"하지만 우린 친구잖아." 그가 대답했다.

조지는 그를 똑바로 보며 물었다. "네가 뭔데 그걸 결정해?"

어느 날 오후 가게에서 조지가 쓰레기를 들고 쓰레기통으로 갔더니 피터가 거기에 있었다. 피터가 15분 동안 쉬는 시간이었다. 보통 때는 길 건너 가게로 가서 사과 주스를 사먹는데, 오늘은 쓰레기통의 금속 가장자리 너머로 몸을 구부리고 있었다. "비켜." 그녀는 쓰레기봉투를 들어올렸다.

봉투가 쓰레기통 바닥에 떨어지자마자 불꽃이 빗발치듯 일어났다.

그와 동시에 쓰레기통 안에 쌓여 있던 마분지로 불이 옮겨 붙었다. 불이 금속에 부딪쳐 타닥거렸다. "피터, 어서 거기서 비켜."

조지는 소리를 질렀다. 피터는 꿈쩍도 하지 않았다. 불길이 그의 얼굴 앞에서 일렁거렸고, 열기가 그의 얼굴을 일그러뜨렸다. "피터, 어서!" 조지가 손을 뻗어 그의 팔을 잡고 차도로 끌어내리자마자 뭔가가 쓰레기통에서 폭발했다.

"911을 불러야 해." 조지는 큰 소리로 말하고 간신히 일어섰다.

부리나케 달려온 소방관들이 어떤 화학물질을 쓰레기통에 뿌렸다. 조지는 골프 연습을 하고 있던 카그루 씨를 찾았다. "둘 다 다치지 않아서 천만다행이다." 그가 두 사람에게 말했다.

"조지가 저를 구해줬어요." 피터가 대답했다.

카그루 씨가 소방관들과 얘기를 나누는 사이 조지는 가게로 들어갔다. 피터도 그 뒤를 따라 들어갔다. "네가 구해줄 줄 알았어. 그래서 내가 그런 거야." 피터가 말했다.

"뭘 그랬다고?" 그러나 피터는 대답할 필요가 없었다. 휴식을 취하고 있었어야 할 그 시각에 피터가 왜 쓰레기통 주변에 있었는지 조지는 이미 알고 있었던 것이다. 그는 조지가 쓰레기봉투를 들고 뒷문으로 나가는 소리를 들었고, 그 순간 성냥을 던진 것이다.

조지는 카그루 씨 옆으로 다가서면서도 자신은 단지 책임감 있는 종업원이 할 만한 일, 즉 누가 그의 재산을 파괴하려고 했는지 말하는 것뿐이라고 혼잣말을 했다. 그녀는 피터가 했던 말, 그 말의 진실이 무서웠지만 무섭지 않은 척했다. 생애 처음으로, 복수라고 할 만한 일을 하면서 가슴이 벌렁거리는 데도 느끼지 못하는 척했다.

카그루 씨가 피터를 해고했을 때 조지는 그들의 대화를 듣지 않았다. 가게를 떠나는 피터가 조지를 향해 비난하는 뜨거운 시선을 보냈지만, 도리어 그녀는 지방 은행에서 주문받은 일에만 주의를 기울였다. 복사기에서 나오는 복사물들을 응시하면서 각각의 복사물이 방금 전에 나온 것과 얼마나 흡사하냐에 따라 성공을 판단하는 게 정말 이상하게 여겨졌다.

방과 후 조지는 깃대에서 맷을 기다렸다. 맷이 뒤에서 살금살금 다가올 때면 조지는 그가 와서 키스를 할 때까지 모르는 척했다. 사람들이 지켜보는 걸 조지는 즐겼다. 한편으로 그녀는 자신을 슈퍼 소녀라고 생각했다. 지금은 그녀가 올 A를 받거나, 정말로 좋아서 책을 읽는다고 말해도 아무도 그녀를 괴짜라고 생각하지 않을 것이다. 이제는 사람들이 그녀를 볼 때 그녀의 인기를 먼저 떠올리기 때문이다. 엄마가 어딜 가든 경험하는 그런 것과 비슷하지 않을까 생각했다. 일단 판사가 되면 다른 특성은 조금도 문제가 되지 않는다.

때때로 조지는 자신이 아름답지도 않고, 근사하지도 않으며, 감탄할 가치도 없는 사람이라는 걸 맷이 깨닫는 악몽을 꾸곤 했다. '**우리가 쟤를 뭐라고 생각했던 거야?**' 친구들이 그런 말을 하는 것도 상상하곤 했는데, 어쩌면 그 때문에 깨어 있을 때조차 그들을 친구라고 생각하기 힘든 건지도 몰랐다.

그녀와 맷은 이번 주에 계획이 있었다. 그녀 혼자만 알고 있기 아까운 중요한 계획이었다. 깃대로 올라가는 돌계단에 앉아 맷을 기다리던 조지는 누군가가 어깨를 툭툭 치는 것을 느꼈다. "늦었잖아." 조지가 씽긋 웃으면서 고개를 돌렸는데, 피터가 서 있었다.

일부러 그녀를 찾아다닌 눈치였건만 피터 또한 조지 못지않게 놀란 듯했다. 피터를 복사 가게에서 잘리게 한 후로 몇 달 동안 조지는 그와 부딪치지 않으려고 비상한 노력을 했다. 매일 수학 수업을 같이 듣고 복도를 몇 번이나 지나다녀야 했기 때문에 결코 쉬운 일이 아니었다. 그녀는 언제나 책에 코를 처박고 있거나 다른 화제에 주의를 기울이곤 했다.

"조지, 잠깐 얘기 좀 할 수 있을까?" 피터가 말했다.

학생들이 속속 나오고 있었다. 아이들의 눈길이 채찍처럼 휙휙 날아드는 게 느껴졌다. 그들이 쳐다보는 이유가 그녀 때문일까 아니면 함께 있는 누구 때문일까?

"아니." 조지는 딱 잘라 말했다.

"그냥…… 카그루 씨에게 날 다시 써달라고만 해줘. 내가 한 짓이 실수였다는 거 알아. 네가 말해 주면, 그래 주면 어쩌면……." 피터는 말을 끊었다. "카그루 씨는 널 좋아하니까." 피터가 말했다.

조지는 그에게 꺼지라고 말하고 싶었다. 그와 얘기하는 모습을 남들에게 보이고 싶지도 않았을 뿐더러 다시 같이 일하고 싶은 마음도 없다고 말하고 싶었다. 그러나 피터가 쓰레기통에 불을 낸 후 몇 달 사이 어떤 변화가 일어났다. 피터가 수학 시간에 그녀에게 애가哀歌를 바친 후, 조지는 피터가 받아야할 마땅한 벌이라고 생각해서 그 애에게 말을 걸지 않았다. 하지만 그 생각을 할 때마다 가슴이 타는 듯했다. 그리고 어쩌면 피터가 미쳐서가 아니라, 자신이 그렇게 몰고 갔기 때문에 잘못된 생각을 하게 된 것이 아닐까 하는 생각이 들기 시작했다. 어쨌거나 복사 가게에 다른 사람이 없을 때는 그들은 서로 이야기하고 웃지 않았던가.

공공연히 교제하고 싶지 않은 사람이었을 뿐, 피터는 괜찮은 아이였다. 하지만 그렇게 느끼는 것과 그렇게 행동하는 것은 다른 문제다, 안 그런가? 그녀는 드루와 맷과 존과는 달랐다. 그 애들은 복도에서 피터를 보기만 하면 피터를 벽으로 밀어버렸고, 아니면 피터의 갈색 도시락 봉투를 슬쩍해서는 공중으로 획획 던져대다가 결국에는 봉투가 찢어져 내용물이 바닥에 쏟아지게 했다. 어쩌면 조지 자신도 그런 부류일까?

조지는 카그루 씨에게 말하고 싶지 않았다. 피터가 자신을 친구라고, 심지어 아는 사이라고 생각하는 것조차 원치 않았다.

그러나 맷처럼 되고 싶지도 않았다. 맷이 피터에게 쏘아대는 말들은 때때로 그녀의 속을 뒤집어놓았다.

그녀의 건너편에 앉아 대답을 기다리고 있던 피터가 갑자기 사라졌다. 피터가 돌계단으로 굴러 떨어지는 모습을 맷이 서서 지켜보고 있었다. "내 여자 친구한테서 떨어져, 호모 새끼야. 가서 예쁘장한 남자애나 찾아봐." 맷이 말했다.

피터는 차도에 얼굴을 처박았다. 고개를 드는 피터의 입술에서 피가 흐르고 있었다. 그는 조지를 먼저 쳐다보았는데, 놀랍게도 당황하거나 심지어 화나 보이지도 않았다. 다만 몹시도 피곤해 보일 뿐이었다. "맷, 네 거시기는 커?" 피터는 무릎을 꿇고 일어서며 말했다.

"왜, 알고 싶냐?" 맷이 말했다.

"아니, 사실은 아냐." 피터는 비척거리며 일어섰다. "네 거시기가 씹질을 할 수 있을 만큼 큰가 궁금했을 뿐이야."

조지가 둘 사이의 심상찮은 분위기를 감지한 순간, 맷이 총알

같이 피터에게 달려들더니 얼굴을 후려갈겨 그를 땅바닥에 쓰러뜨렸다. "이걸 원한 거야, 그래?" 맷은 피터를 꽉 누르고서 침을 뱉었다.

피터의 뺨 위로 피와 함께 눈물이 흘렀다. 그는 고개를 흔들며 말했다. "꺼…… 져……."

"바라는 대로 해주지." 맷은 빈정거렸다.

구경꾼들이 몰려들었다. 조지는 선생님을 찾아 미친 듯이 주위를 둘러보았지만, 방과 후라 아무도 없었다. "그만 해." 맷이 다시 달려들 것 같아 조지는 소리를 질렀다. "맷, 그만 하라니까."

맷은 주먹을 또 한 방 날리고서 일어섰다. 피터는 달팽이처럼 옆으로 몸을 웅크리고 있었다. "네 말이 맞아. 이건 시간 낭비야." 맷은 이렇게 말하고서 조지를 데리고 걷기 시작했다.

두 사람은 맷의 차로 향했다. 오늘은 시내에 들러 커피를 마신 뒤, 조지의 집으로 갈 예정이었다. 집에서는 그녀의 어깨를 만지작거리거나 목에 키스를 하는 맷을 무시하기 힘들 때까지 숙제에 집중하다가, 엄마의 차가 차고로 들어오는 소리가 들릴 때까지 그와 사랑을 나누리라.

맷은 아직까지 분노에 휩싸여 있었다. 불끈 쥔 두 주먹을 허리에 붙이고 있었다. 조지는 손을 뻗어 그의 한쪽 손을 펴고는 깍지를 꼈다. "내가 뭐라고 해도 화 안 낼 거지?" 조지가 물었다.

이런 게 수사적 표현이라는 걸 조지는 알았다. 맷은 이미 화가 나 있었으니까. 얄궂게도 약자에게만 향하는 열정의 이면에는 감전된 듯 그녀를 찌릿하게 만드는 것이 있었다.

그가 대답을 하지 않아 조지는 계속 말했다. "난 네가 왜 그렇게 피터 호턴을 괴롭히는지 이해가 안 돼."

"먼저 시작한 건 그 호모 자식이야. 녀석이 뭐라고 했는지 너도 들었잖아." 맷이 주장했다.

"그래, 맞아. 하지만 네가 그 앨 계단에서 밀었잖아."

맷은 걸음을 멈췄다. "너 언제부터 그 자식의 수호천사가 된 거야?"

맷은 조지를 쏘아보았다. 조지는 오싹한 기분이 들었다. "아니야." 그녀는 얼른 말하고서 심호흡을 했다. "난 단지…… 네가 우리와는 다른 애들을 대하는 방식이 싫은 것뿐이야, 알겠어? 낙오자들과 어울리고 싶지 않다고 해서 그 애들을 괴롭혀도 되는 건 아니잖아, 안 그래?"

"아니, 그렇지 않아." 맷이 말했다. "그런 애들이 없으면 우리도 없는 거야." 그는 눈을 가늘게 떴다. "누구보다 네가 더 잘 알 텐데."

조지는 충격으로 정신이 멍해졌다. 맷이 지금 들먹이고 있는 게 피터의 수학 도표 사건인지, 아니면 저학년 때 그녀가 피터의 친구로 지냈던 일인지 알 수가 없었다. 어차피 알고 싶지도 않았다. 어쨌거나 그녀의 가장 큰 두려움은, 무수한 아이들이 그녀가 줄곧 인기 없는 아이들의 무리에 있었던 사실을 깨닫는 것이었다.

그녀는 피터가 한 말을 카그루 씨에게 말하지 않을 것이다. 그가 가까이 다가와도 다시는 아는 체도 하지 않을 것이다. 자신을 속이지도 않을 것이며, 맷이 피터를 조롱하거나 두들겨 팰 때는 자신도 맷 못지않게 지독한 체할 것이다. 위계 사회에서 지위를 굳히려면 그럴 수밖에 없다. 꼭대기에 머무는 가장 좋은 방법은 거기로 올라오려는 사람은 누구든 짓밟는 것이다.

"그래, 나랑 같이 가겠어?" 맷이 말했다.

그녀는 피터가 아직도 울고 있는지 궁금했다. 코가 부러지지는 않았는지도. 더 심하지는 않은지도.

"응." 조지는 대답했다. 그러고는 뒤돌아보지도 않고 맷을 따라갔다.

매사추세츠 주 링컨은 보스턴 근교의 한 지역으로, 한때는 농지였지만 지금은 부동산 가치가 터무니없이 오른 대저택 밀집지였다. 조지는 차창 밖으로 풍경을 응시했다. 이곳에서 자랐다면 어쩌면 자신은 전혀 다른 환경에서 생활했을지도 모른다고 생각했다. 사유지를 휘감고 있는 돌담들, 거의 2백 년 된 집들에 걸려 있는 '문화재' 표지들, 생우유 냄새를 풍기는 작은 아이스크림 매점 등을. 조지는 로건 루크가 차를 타고 데어리 조이(Dairy Joy. 아이스크림과 햄버거를 파는 미국의 식당—옮긴이)로 가서 선디(초콜릿·과일·과즙 따위를 얹은 아이스크림—옮긴이)를 나누어먹자고 할까 궁금했다. 어쩌면 로건은 그녀에게 무슨 맛을 가장 좋아하냐고 물어보지 않고도 계산대로 곧장 걸어가 버터 피칸을 주문할 수 있을지 모른다. 아버지라면 본능적으로 그렇게 할 수 있지 않을까.

맷은 손목을 운전대에 비스듬히 걸친 채 여유롭게 운전을 하고 있었다. 열여섯 살에 면허를 딴 맷은 어디든 기꺼이 갈 준비가 되어 있었다. 엄마 대신 우유를 사러 가고, 세탁물을 맡기고, 방과 후에는 조지를 집까지 바래다주었다. 그에게 중요한 것은 목적지가 아니라 여행이었다. 그래서 조지는 맷에게 아버지한테 데려다 달라고 부탁할 수 있었다.

게다가, 다른 선택의 여지가 없었다. 그녀가 로건 루크를 찾고 있었던 건 엄마는 전혀 모르는 일이었기 때문에 부탁할 수도 없었다. 버스로 보스턴까지 가는 건 생각해볼 문제였지만, 그가 살고 있는 집을 찾는다는 건 만만찮은 문제였다. 그래서 결국 맷에게 모든 진실, 즉 아버지를 알지도 못했는데, 최근에 그가 공직에 출마해 신문에서 우연히 찾아냈다는 것을 말하기로 결심한 것이었다.

로건 루크의 집 진입로는 그들이 지나쳐온 다른 집들의 진입로만큼 웅대하지는 않았지만 티 하나 없이 깨끗했다. 잔디는 1센티미터 정도 크기로 다듬어져 있었고, 우편함의 밑동쇠 주위로는 야생화 가지들이 목들을 쑥 빼고 있었다. 머리 위로 걸려 있는 나뭇가지에 호수가 있었다. 59호였다.

조지는 목 뒤로 머리칼이 쭈뼛 서는 듯했다. 지난해 필드하키팀에 들었을 때 그녀의 등번호가 59번이었다.

그것은 **징조**였다.

맷은 진입로로 들어갔다. 렉서스와 지프, 그리고 유아용 소방차가 있었다. 조지는 소방차에서 눈을 뗄 수가 없었다. 로건 루크에게 다른 아이들이 있을 거라곤 상상도 못했었다. "같이 들어가줘?" 맷이 물었다.

조지는 고개를 저었다. "괜찮아."

현관 입구로 걸어가면서 그녀는 자신이 도대체 무슨 생각을 하고 있었는지 의문이 들기 시작했다. 공인에 해당하는 사람을 불시에 방문하는 건 위법이 아닐까? 모르긴 해도 비밀 경호원이나 전투견이 있을 것이다.

그녀가 신호를 보내기라도 한 듯 개 짖는 소리가 울려 퍼졌다. 조지가 소리 나는 쪽으로 방향을 트니 분홍색 나비넥타이를 머리에 단 작은 요크셔테리어가 자신 쪽으로 뛰어오고 있었다.

현관문이 열렸다. "티타니아, 우편배달부를 가만……." 로건 루크는 조지가 서 있는 걸 보고서 말을 중단했다. "우편배달부가 아니네."

그는 조지가 상상했던 것보다 키가 컸고, 《글로브》에 나온 모습 그대로였다. 백발에, 매부리코에, 팔다리가 긴 체구까지. 그녀와 같은 색깔을 띤 그의 눈에서 전류가 강하게 흘러 그녀는 눈길을 돌릴 수가 없었다. 어쩌면 엄마도 여기에 무너진 게 아니었을까.

"넌 알렉스의 딸이구나." 그가 말했다.

"네. 당신의 딸이기도 하고요." 조지가 대답했다.

열린 현관문으로 즐거워하는 아이의 비명 소리가 들렸다. 여자의 목소리도. "로건, 누구예요?"

그는 뒤로 손을 뻗어, 조지가 더 이상 그의 삶을 들여다볼 수 없게 문을 닫아버렸다. 그는 매우 불편해 보였다. 태어나기도 전에 버린 딸을 마주 대하는 것이 당혹스럽기도 하겠다고 조지는 생각했다. "여기서 뭐하고 있는 거지?"

몰라서 묻는 걸까? "만나고 싶었어요. 절 만나고 싶어 할지도 모른다고 생각했어요."

그는 한숨을 쉬었다. "지금은 때가 좋지 않아."

조지는 맷이 차에서 기다리고 있는 진입로를 힐끗 뒤돌아보았다. "기다릴 수 있어요."

"저기…… 그러니까…… 난 공직에 출마했다. 지금으로선, 너는 내가 감당할 수 없는 말썽거리야……."

조지는 그 말에 말문이 막혔다. **말썽거리**라고?

로건 루크는 지갑을 꺼내 100달러 짜리 지폐를 세 장 끄집어냈다. "여기, 이거면 되겠지?" 그는 돈을 그녀의 손에 쥐어주며 말했다.

조지는 숨을 쉬려고 해보았지만, 누군가가 그녀의 가슴에 말뚝을 박은 듯했다. 이런 게 위자료라는 거였군. 그녀의 아버지라는 사람이, 그녀가 돈이나 뜯어내려고 찾아왔다고 생각한 것이었다.

"선거가 끝나면 점심은 같이 할 수 있을 게다." 그가 말했다.

은행에서 갓 발행돼 나온 듯 손에 쥔 지폐들이 빳빳했다. 조지는 문득 어렸을 때 엄마를 따라 은행에 갔던 일이 기억났다. 엄마는 조지에게 20달러 짜리 지폐들을 주며 세어보라고 시키곤 했다. 그럴 때면 갓 찍혀 나온 지폐에서 잉크 냄새와 행운의 냄새가 나곤 했다.

로건 루크는 그녀의 아버지가 아니었다. 통행세 징수소에서 돈을 받는 사람같이, 여느 모르는 사람과도 다를 바가 없었다. 누군가와 DNA를 나눠 가졌다고 해서 반드시 그 사람과 공통점이 있는 것은 아니었다.

그 교훈을 엄마한테서 이미 배웠다는 것을, 조지는 불현듯 깨달았다.

"저기." 로건 루크가 현관문으로 가다 말고 말했다. 그는 손잡이를 잡고 머뭇거렸다. "저기…… 아직 네 이름을 모르는데."

조지는 침을 꿀꺽 삼켰다. "마거릿이에요." 그녀는 말했다. 그가 자신을 속인 딱 그만큼 그녀도 그를 속였다.

"마거릿, 그럼." 그는 이 말과 함께 집 안으로 사라졌다.

차로 돌아가면서 조지는 손가락을 꽃잎처럼 폈다. 지폐 석 장이 어떤 식물 근처로 떨어졌다. 여기 있는 다른 모든 것들처럼 잘 자라고 있는 듯 보이는.

정직하게 말하면, 피터가 그 게임을 완전하게 구상한 것은 자고 있을 때였다.

전에도 몇 번 탁구 게임이나 경주, 심지어 사이트에 접속만 되어 있으면 다른 나라의 방문자와 온라인 게임을 할 수 있는 공상 과학 시나리오까지 만들어 봤지만, 이번 것은 지금껏 한번도 생각해보지 못한 최고의 아이디어였다.

조이의 축구 경기가 끝나고 가족들이 어떤 피자 가게에 들렀을 때였다. 피터는 미트볼과 소시지 피자를 잔뜩 먹고 나서 〈사슴사냥〉이라고 하는 오락 게임을 뚫어지게 봤었다. 〈사슴사냥〉은 25센트짜리 동전을 넣고, 나무 뒤에서 머리를 쑥 내미는 수컷을 가짜 총으로 쏘는 게임이었다. 암컷을 죽이면 지는 것이었다.

그날 밤 피터는 아버지와 함께 사냥하는 꿈을 꾸었는데, 사슴 대신 진짜 사람을 쫓고 있었다.

땀에 젖어 잠에서 깼더니 진짜로 총을 쥐고 있었던 것처럼 손에서 쥐가 났다.

사이버공간에 나오는 등장인물을 만드는 것은 그다지 어렵지 않았다. 피터는 어떤 실험 작업을 거쳐, 비록 피부 색상이 정확하지 않고 그래픽이 완전하지는 않지만 프로그래밍 언어로 인종과 머리색을 어떻게 구별하고 만드는지 알아냈다. 먹이가 인간인 게임을 하면 진짜 근사할 것 같았다.

그러나 단순한 전쟁 게임은 진부했다. 〈그랜드 테프트 오토〉 덕분에 도적 게임 또한 한물간 게임 종목이었다. 자신이 원하는 것은 새로운 악한, 다른 사람들도 쏘아 쓰러뜨리고 싶어 할 악한 임을 피터는 깨달았다. 비디오 게임의 묘미가 그런 것이었다. 벌 받아야 할 사람이 천벌을 받는 것을 지켜보는 것.

그는 전쟁터가 될 만한 다른 소우주를 생각해 보았다. 외계인 침입, 개척 시대 서부의 총격전, 스파이 임무 등을. 그러다 피터는 자신이 날마다 용감하게 맞서는 최전선을 생각해보았다.

만약 먹이를 잡아서…… 그들을 사냥꾼으로 만드는 건 어떨까?

피터는 침대에서 일어나 책상에 앉았다. 그러고는 몇 달 전 서랍에 처박아두었던 앨범을 꺼냈다. 그는 〈바보들의 복수〉라는 게임을 만들어 21세기에 맞게 갱신할 생각이었다. 힘의 균형이 방향을 틀어 낙오자들이 마침내 가해자들을 이기는 기회를 가지는 가상 세계를 말이다.

피터는 매직을 들고 앨범을 쭉 훑으면서 사진에 동그라미를 치기 시작했다.

드루 지라드.

매슈 로이스턴.

존 에버하드.

피터는 페이지를 넘기고서 잠깐 멈칫했다. 그런 다음 조지 코미어의 얼굴에도 동그라미를 쳤다.

"여기서 좀 세워줄래?" 조지가 말했다. 아버지와의 만남이 좋았던 척하면서 차에 그대로 앉아 있기가 더 이상은 힘들 것 같았다. 맷이 차를 대기가 무섭게 그녀는 차 문을 열고 길가의 키 큰 수풀로 뛰어들었다.

조지는 솔잎 밭에 주저앉아 울기 시작했다. 기대하던 것과는 다르다는 것 외에는 조지는 자신이 기대해왔던 것을 말할 수가 없었다. 무조건적인 인정을 바랐는지 모른다. 아니면 최소한 호기심이라도 보여주기를 바랐는지도.

"조지? 괜찮아?" 맷이 그녀 뒤로 다가오며 물었다.

그녀는 괜찮다고 말하려 했지만, 거짓말이 지긋지긋했다. 머리를 쓰다듬는 맷의 손길에 그녀는 더 심하게 울었다. 칼처럼 예리하게 파고드는 부드러움이었다. "그는 날 손톱만큼도 신경 쓰지 않았어."

"그럼 너도 손톱만큼도 신경 쓰지 않으면 돼." 맷이 대답했다.

조지는 그를 힐끗 쳐다보았다. "그렇게 간단하지 않아."

맷은 그녀를 자신의 품으로 끌어안았다. "조······."

맷은 그녀에게 애칭을 붙여준 유일한 사람이었다. 다른 집 부모들처럼 조지의 엄마는 호박이니 무당벌레니 하는 그런 바보 같은 이름도 지어준 적이 없었다. 맷이 '조'라고 불러줄 때면 그녀는 《작은 아씨들》이 연상되곤 했다. 맷이 올커트의 소설을 읽었을 리는 만무했지만 그녀는 그렇게 강인한 인물과 그녀 자신을 연관 지으면서 몰래 기뻐했다.

"바보 같아. 내가 왜 우는지도 모르겠어. 난 단지······ 아빠라는 사람이 날 좋아해 주길 원한 건데."

"나를 봐. 너한테 미쳐 있잖아. 그건 안 중요해?" 맷이 말했다. 맷은 몸을 숙여 조지의 눈물 자국 위에 키스를 했다.

"아주 중요해."

조지는 맷의 입술이 뺨에서 목으로, 귀 뒤의 점으로 움직이는 것을 느꼈다. 언제나처럼 몸이 녹아내리는 듯했다. 조지는 이성을 유혹하는 데 젬병인데 반해 맷은 둘만 있을 때면 그녀를 살살 녹였다. '네 잘못이야.' 맷은 조지에게 그렇게 말하면서 미소를 지어 보이곤 했다. '네가 이렇게까지 뜨겁지만 않으면 나도 손을 댈 수 없을 거야.' 그 말은 조지에게 처음제나 다름 없었다. 내가? 뜨겁다고? 그리고 맷이 매번 장담했듯이 그에게 몸을 맡긴 채 그가 자신의 몸을 구석구석 더듬고 음미할 때면 확실히 기분이 좋았다. 맷과 관계를 가지면 가질수록 조지는 절벽에서 떨어지는 기분이 들었다. 숨이 멎는 듯하고, 가슴이 두근두근거렸다. 한 발짝만 떼면 날아오를 듯하기도 했고, 아무리 뛰어내려도 절대 떨어지지 않을 것 같았다.

지금 조지는 맷의 손이 자신의 티셔츠 속으로 들어와 브래지어 끈을 만지작거리는 것을 느꼈다. 조지의 다리는 맷의 다리와 엉켜 있었다. 맷은 조지를 애무했다. 맷이 조지의 셔츠를 들어 올렸을 때 시원한 바람이 깃털처럼 피부를 간질였는데, 그제야 그녀는 현실로 얼른 돌아왔다. "이러면 안 돼." 조지는 나지막이 말했다.

맷의 이가 그녀의 어깨를 비벼댔다.

"차를 도로변에다 대놨잖아."

그는 약에 취한 눈빛으로 뜨겁게 그녀를 쳐다보았다. "하지만 조지, 난 널 원해." 맷은 수도 없이 말해본 듯 아무렇지 않게 말했다.

맷의 말에 조지는 살짝 눈을 흘겼다.

"난 널 원해."

조지는 맷을 막을 수도 있었지만 그럴 마음이 없다는 걸 깨달았다. 그 말은 조지가 맷에게서 가장 듣고 싶은 말이었다.

맷은 조지가 자신의 손을 뿌리치지 않자 자신이 짐작하는 그 의미가 맞는지 생각하는 듯 잠시 가만히 있었다. 조지는 콘돔 봉지가 찢어지는 소리를 들었다. 맷은 저걸 얼마나 가지고 다닌 걸까? 그런 다음 그는 바지 지퍼를 열고서 지금이라도 그녀가 마음을 바꾸기를 여전히 바라는 듯 그녀의 치마를 끌어올렸다. 조지는 맷이 자신의 속옷을 끌어내리고서 손가락을 쑤욱 몸속으로 밀어넣는 것을 느꼈다. 이번에는 지난번들과 달랐다. 맷의 손길이 조지의 살갗 위로 혜성처럼 긴 꼬리를 남겼다. 맷에게 그만하고 싶다고 말한 후에도 저릿하게 아팠다. 맷은 무게 중심을 옮겨 다시 그녀의 몸 위로 올라왔는데, 이번에는 더 따갑고, 더 꽉 끼었다. "앗." 그녀가 우는 소리를 내자 맷은 머뭇거렸다.

"널 아프게 하고 싶지 않아." 맷이 말했다.

그녀는 머리를 돌렸다. "그냥 계속 해." 조지의 말이 끝나자 맷은 자신의 몸을 조지에게 바싹 밀어붙였다. 조지는 예상은 하고 있었지만, 비명이 터져 나올 만큼 아팠다.

맷은 아파하는 조지의 비명 소리를 흥분한 걸로 오해했다. "그래, 아가씨." 그는 신음 소리를 냈다. 조지는 맷의 심장 박동을 느꼈다. 맷은 조지의 안쪽에서부터 점점 더 빨리 움직이며 마치 낚싯바늘에서 풀려나 선창에 던져진 물고기처럼 파닥거렸다.

조지는 맷에게 섹스를 처음 했을 때 아팠는지 물어보고 싶었다. 아니면 항상 아픈 건지 궁금했다. 어쩌면 아픔은 사랑의 대가인지 모른다. 그녀는 맷의 어깨 쪽으로 얼굴을 돌린 채 그가 여전히 몸속에 있는데도 왜 이렇게 공허한지 해석해보려 애썼다.

"피터, 잠깐 얘기 좀 할 수 있을까?" 영어 수업이 끝났을 때 샌드링햄 선생님이 말했다.

선생님의 호출에 피터는 자리에 풀썩 앉았다. 그는 또 낙제점을 받으면 부모님께 뭐라고 변명을 해야 하나 생각하기 시작했다.

그는 사실 샌드링햄 선생님을 좋아했다. 그녀는 고작 20대 후반이었다. 그녀가 문법과 셰익스피어에 대해 떠듬떠듬 얘기하는 모습을 보노라면, 그녀도 얼마 전까지는 보통 아이들처럼 구부정한 자세로 앉아 시계가 왜 저렇게 안 움직일까 의아해하는 학생이었을 거란 생각이 들곤 했다.

피터는 반 아이들이 모두 나가기를 기다렸다 교탁으로 다가갔다. "네 에세이에 대해 얘기하고 싶어서 불렀어." 샌드링햄 선생님이 말했다. "아직 다른 아이들 건 채점을 못했는데, 네 걸 먼저 보게 돼서 말이야……"

"다시 써 올 수 있어요." 피터는 불쑥 말했다.

샌드링햄 선생님은 눈썹을 치켜올렸다. "아냐 피터…… 난 네가 A를 받을 거라고 얘기하고 싶었어." 그녀는 피터에게 에세이를 건넸다. 피터는 여백에 적힌 선명한 붉은 점수를 뚫어지게 보았다.

에세이 숙제는 자신의 인생을 바꾼 중요한 사건에 대해 쓰는 것이었다. 겨우 일주일밖에 안 된 일이었지만 피터는 일하던 가게의 쓰레기통에 불을 낸 것 때문에 해고된 일에 대해 썼더랬다. 조지 코미어에 대해서는 일언반구도 하지 않았다.

샌드링햄 선생님은 그가 쓴 결론의 한 문장에 동그라미를 쳐놓았다. '걸릴 수 있으므로 행동하기 전에 충분히 생각해야 한다는 걸 배웠다.'라는 문장이었다.

선생님은 손을 뻗어 피터의 손목을 잡았다. "넌 정말 이 사건으로 뭔가를 배운 듯해. 선생님은 널 진심으로 믿고 싶다." 그녀는 이 말을 하면서 미소를 지어 보였다.

피터는 고개를 끄덕였고 교탁에 놓인 숙제를 집어 들었다. 숙제를 손에 쥔 채 복도에 있는 학생들의 물결로 흘러 들어갔다. 난생 처음으로, A라는 굵은 글씨가 적힌 에세이를 들고 집에 가면 엄마가 뭐라고 할지 상상해보았다.

하지만 그러기 위해선 먼저 쓰레기통 사건부터 이야기해야 할 것이다. 또한 해고되어서 지금은 방과 후 시간을 복사 가게가 아닌 도서관에서 보내고 있다고 고백해야 할 것이다.

피터는 에세이 용지를 구깃구깃 뭉쳐, 지나는 길에 처음 만난 휴지통에 버렸다.

조지가 휴식 시간을 거의 맺고만 보낸 뒤로부터 마들렌 쇼가 비어 있는 코트니의 단짝 자리를 슬그머니 꿰차고 들어왔다. 어떤 면에서는 그녀가 조지보다 더 잘 어울렸다. 코트니와 마들렌을 뒤에서 따라가면 누가 누군지 구별하기가 힘들었다. 마들렌은 코트니의 스타일과 몸놀림을 어찌나 주도면밀하게 연마했던지 모방을 넘어서 예술의 경지에 올라선 지경이었다.

오늘밤 그들은 마들렌의 집에 모였다. 마들렌의 부모님이 시러큐스 대학교 2학년에 재학 중인 오빠를 만나러 갔기 때문이다. 그들은 하키 시즌인 데다가 선수들이 코치와 계약서에 서명을 해야 했기 때문에 술을 마시지는 않았지만, 대신에 드루 지라드가 10대의 섹스 코미디물 무삭제판을 빌려와 남자애들은 엘리샤 커스버트와 샤논 엘리자베스 중 누가 더 섹시한지를 놓고 논쟁을 벌였다. "난 어느 쪽도 침대 밖으로 팽개치지 않을 거야." 드루가 말했다.

"어째서 그들이 먼저 덤빌 거라고 생각하는 거야?" 존 에버하드가 웃으면서 말했다.

"그야 내 명성이 자자하니까……."

코트니가 코웃음을 쳤다. "쓸 만한 건 네 거시기 뿐이야."

"오, 코트니, 너도 확실히 알고 싶은가 보네."

"아님 말든가……."

조지는 마들렌과 함께 바닥에 앉아 위자 보드(심령을 부르는 게임. 일종의 분신사바 - 옮긴이)를 움직여보려 애쓰고 있었다. 그들이 지하실 벽장에서 미끄럼틀과 사다리놀이와 퀴즈 게임 보드(Trivial Pursuit, 사소한 상식을 추구하는 집학 지식에 관한 게임 - 옮긴이)와 함께 찾아낸 보드였다. 조지의 손끝이 글판에 살짝 닿았다. "네가 밀고 있는 거야?"

"맹세코, 아냐. 넌?" 마들렌이 말했다.

조지는 머리를 흔들었다. 10대 파티에서는 어떤 귀신이 돌아다니는지 궁금했다. 어쩌면 교통사고로 어린 나이에 죽은 사람일지도 모른다. "이름이 뭔가요?" 조지가 큰 소리로 물었다.

글판이 A와 B 쪽으로 돌고서 멈췄다.

"에이브야. 틀림없어." 마들렌이 소리쳤다.

"아니면 애비던가."

"남잔가요 여잔가요?" 마들렌이 물었다.

글판이 보드 가장자리로 완전히 미끄러졌다. 드루가 웃기 시작했다. "게이인가 보네."

"사돈 남말하네." 드루의 말에 존이 대답했다.

맷이 하품을 하면서 기지개를 폈는데, 그의 셔츠가 치켜 올라갔다. 조지는 그와 등을 지고 있었지만, 그들의 몸이 긴밀하게 붙어 있어서 실제로 감지할 수 있었다. "이것만큼 짜릿하게 재미있을 테니, 우린 나가자. 조, 어서."

조는 글판이 아니오 라고 쓰는 것을 지켜보며 말했다. "난 안가. 재밌단 말이야."

"아주 쩔쩔매는구나." 드루가 말했다.

데이트를 시작하고부터 맷은 친구들보다 조지와 더 많은 시간을 보냈다. 맷이 조지에게 바보들 틈에 있느니 차라리 너와 노닥거리는 게 낫다는 말을 한 적은 있었지만, 드루와 존의 존경을 받는 것이 그에게는 여전히 중요한 문제라는 걸 조지는 알았다. 하지만 그렇다고 해서 그녀를 노예 취급해도 되는 건 아니지 않은가.

"난 갈 거라고 말했어." 맷은 되풀이해 말했다.

조지 역시 맷에게 지지 않고 말했다. "난 내가 가고 싶을 때 갈 거라고 말했어."

맷은 점잔 빼며 친구들에게 미소를 보내며 말했다. "날 만나기 전까지 네 인생은 시작되지도 않았잖아."

드루와 존이 갑자기 웃음을 터뜨렸다. 조지는 당황하여 얼굴이 벌게져서 황급히 일어나 지하실 계단을 후다닥 올라갔다.

마들렌의 집 입구까지 나온 조지는 재킷을 움켜쥐었다. 뒤에서 발소리가 들렸지만 뒤돌아보지도 않았다. "난 재미있었단 말이야. 그래서……."

"다시는 나한테 그러지 마."

"네가 먼저……."

"넌 날 바보로 만들었어. 난 너한테 갈 시간이라고 말했어."

맷은 하얀 캔버스에 손자국을 남기기로 작정한 사람처럼 그녀를 꽉 잡았다. 맷이 잡은 그 자리에 시퍼런 멍이 들었다. 그의 손에 붙들린 조지는 힘이 쭉 빠져 축 늘어졌다. 본능적인 항복을 의미했다. "미, 미안해." 그녀는 작게 말했다.

미안하다는 조지의 말은 이 문제를 해결할 열쇠였다. 맷의 악력이 느슨해졌다. "조." 맷은 한숨을 쉬며 자신의 이마를 조지의 이마에 갖다 댔다. "난 널 공유하고 싶지 않아. 그런 날 비난할 순 없어."

조지는 머리를 세차게 흔들었지만, 입을 여는 건 여전히 안심이 되지 않았다.

"단지 내가 널 무지 사랑해서야."

조지는 눈을 깜박거렸다. "정말이야?"

맷은 아직까지 조지에게 그런 말을 해준 적이 없었다. 조지 역시 맷을 사랑하지만 그런 말을 하지 않았다. 만약 맷이 자신도 그렇다고 말해주지 않으면 너무나 창피해서 그 자리에서 바로 증발해버릴 것 같아서였다. 하지만 지금 처음으로 그녀를 사랑한다고 말하는 맷이 있었다.

"당연한 거 아냐?" 맷이 이렇게 말을 하며 조지의 손에 자신의 입술을 댔다. 맷은 너무나 부드럽게 조지의 손가락 마디에 키스를 했는데, 그 순간 조지는 그때까지 둘 사이에 있었던 모든 일을 거의 잊어버렸다.

"사람을 닭 취급하는 거잖아." 피터는 농구팀이 선발되고 있을 때 체육관에서 데릭과 사이드라인 바깥쪽에 앉아 그가 낸 아이디어를 골똘히 생각하며 말했다. "모르겠어……. 좀 그렇지 않아……."

"그래픽이?" 데릭이 말했다. "네가 언제부터 정치적으로 옳은 걸 추구하고 있었어? 봐봐, 미술실로 가면 점수를 충분히 따, 그리고 가마를 무기로 사용할 수 있는 거야."

데릭은 지금 피터의 새 컴퓨터 게임을 시험해보면서 개선점과 디자인의 결함을 지적해주고 있었다. 어차피 그들은 농구팀에 맨 마지막으로 선발될 게 뻔해서 이야기할 시간은 충분했다.

스피어스 코치는 드루 지라드와 매슈 로이스턴을 주장으로 선발했다. 비록 2학년이지만 학교 대표 선수들인 만큼, 전혀 놀랄 일도 아니었다. "다들, 꾸물거리지 마라." 코치가 소리쳤다. "너희의 주장들이 너희가 경기에 굶주려 있다고 생각하게 만들어라. 너희가 제2의 마이클 조던이라고 생각하게 만들어라."

드루가 뒤쪽에 있는 한 남자애를 가리켰다. "노아."

맷은 그의 옆에 앉아 있던 애에게 고개를 끄덕였다. "찰리."

피터는 데릭에게 얼굴을 돌렸다. "마이클 조던은 은퇴를 했는데도 보증 광고로 4천만 달러를 벌어들인대."

"그럼 일하지 않고도 하루에 10만 9,589달러를 버는 셈이군." 데릭이 계산을 했다.

"애쉬." 드루가 소리쳤다.

"로비." 매슈가 말했다.

피터는 데릭 쪽으로 더 가까이 몸을 기울이며 말했다. "그가 영화를 보러 가면 10달러를 쓰겠지만, 영화관에 있는 동안 9,132달러를 버는 거야."

데릭은 히죽 웃었다. "달걀을 완숙이 되게 삶는 5분 동안은 380달러를 버는 거야."

"스튜."

"프레디."

"오보이."

"월트."

이제 팀에 선발될 남은 아이들은 단 세 명이었다. 데릭, 피터 그리고 공격적인 성향 때문에 보조 교사까지 딸려 있는 로이스였다.

"로이스." 매슈가 말햇다.

"맥도날드에서 일하는 것보다 4,560달러 85센트를 더 버는 거야." 데릭이 덧붙여 말했다.

드루는 피터와 데릭을 유심히 바라보았다. "〈프렌즈〉 재방송을 보는 동안은 2,283달러를 벌어." 피터가 말했다.

"새 마세라티(이탈리아의 레이싱카 - 옮긴이)를 사기 위해 저축을 하고 싶다면 스물한 시간만 보내면 돼. 제기랄, 나도 농구나 잘할 걸." 데릭이 말했다.

"데릭." 드루가 지명했다.

데릭은 일어서기 시작했다. "그러게. 하지만 마이클 조던이 앞으로 450년 동안 모조리 소득을 백 퍼센트 저축한다 해도 빌 게이츠가 지금 이 순간 벌어들이는 돈에는 못 미쳐."

"좋아. 난 호모 녀석을 하지." 매슈가 피터를 지명하며 말했다.

피터는 매슈의 팀 뒤로 발을 질질 끌며 갔다. "이번 게임은 잘해야 해, 피터. 방심하지 말라고." 매슈는 모두에게 들릴 만큼 큰 소리로 말했다.

피터는 정신병원의 내부처럼 벽에 달아놓은 고무판에 등을 기댔다. 온갖 난동을 피워도 되는 정신과 병실 같은 곳…….

다른 아이들처럼 피터도 자신이 누구인지 확신할 수 있기를 조금은 바랐다.

"좋아. 시작하자." 스피어스 코치가 말했다.

추수감사절 전에 첫 진눈깨비가 내렸다. 자정이 넘어 내리기 시작하더니 바람이 오래된 집의 골조들이 덜걱거리게 했고, 작은 돌멩이들이 창문을 쿵쿵 쳤다. 전기가 나갔지만 알렉스는 예상하고 있었기에 당황하지 않았다. 그녀는 과학기술의 상실과 함께 찾아온 절대적인 침묵에 흠칫 놀라며 침대 옆에 놓아둔 손전등을 집어들었다.

초도 있었다. 알렉스는 초 두 자루에 불을 켜고서 실물보다 더 큰 그녀의 그림자가 벽에 어른거리는 것을 보았다. 조지가 어렸을 때도 이런 밤이 있었다. 그럴 때면 두 모녀는 함께 침대 속으로 파고들었는데, 조지는 다음 날 아침 휴교가 되기를 간절히 기도하며 잠이 들곤 했다.

어른이 되면 왜 그런 식의 휴일을 갖지 못하는 걸까? 내일 학교가 휴무여도, 땅이 얼고 앞 유리 와이퍼에 얼음이 낄 것처럼 바람이 울부짖는다 해도, 알렉스는 법원에 나타나야 할 것이다. 요가 수업과 농구 게임, 극장 공연은 연기될 수 있지만, 실생활은 아무것도 취소하지 못한다.

침실 문이 홱 열렸다. 조지가 러닝셔츠와 남자 반바지 차림으로 서 있었다. 그 옷이 어디서 났는지는 모르겠지만, 알렉스는 매슈 로이스턴의 것이 아니길 기도했다. 잠깐 동안 알렉스는 곡선미가 생기고 긴 머리를 한 이 젊은 여인과 자신이 아직도 기대하는 딸의 모습, 땋아 내린 헝클어진 머리에 원더우먼 파자마를 입은 작은 소녀를 융화시킬 수가 없었다. 알렉스는 환영의 표시로 침대 한쪽의 이불을 젖혔다.

조지는 이불 밑으로 뛰어들어 담요를 턱까지 끌어당기며 말했다. "날씨가 요상해. 하늘이 무너지고 있는 것 같아."

"난 도로가 더 걱정되는데."

"엄마는 내일 눈이 올 거라고 생각해?"

알렉스는 어둠 속에서 미소를 지었다. 열여덟 살이 된 조지의 최고 관심사는 예나 지금이나 같았다. "거의 십중팔구."

만족스러운 한숨을 내쉬며 조지는 베개 위로 벌렁 드러누웠다. "맷하고 어디론가 스키 타러 갈 수 있을까."

"도로 사정이 나쁘면 집을 나서면 안 돼."

"엄마는 나가잖아."

"나야 선택권이 없으니까." 알렉스가 말했다.

조지가 그녀를 돌아누웠다. 조지의 두 눈에 촛불이 비쳤다. "모든 사람은 선택권이 있어." 조지가 말했다. 조지는 한쪽 팔꿈치를 짚고 머리를 들었다. "뭐 좀 물어봐도 돼?"

"물론."

"엄마는 왜 로건 루크하고 결혼을 안 했어?"

알렉스는 알몸으로 폭풍우 속으로 떠밀리는 기분이었다. 그만큼 조지의 그 질문에 준비가 되어 있지 않았다. "이건 어디서 났니?"

"그 남자한테 안 좋은 점이라도 있었던 거야? 잘 생기고 똑똑한 남자였다고 했잖아. 비록 한때였다 해도 사랑했을 거잖아……."

"조지, 옛날 일이야. 네가 신경쓸 것이 아냐. 너랑은 아무 상관도 없으니까."

"나랑 상관이 있어. 내가 반쪽이니까." 조지가 말했다.

알렉스는 천장을 응시했다. 하늘이 정말 무너지고 있는지도 모르겠다. 어쩌면 연기나 거울 따위로 영구적인 환영을 만들겠다고 생각한 순간 무너졌는지도 모른다. "그는 정말 잘 생기고 똑똑했어. 그 사람 때문이 아니야. 나 때문이야."

"그리고 이미 결혼한 몸이었고."

알렉스는 일어나 앉았다. "너 어떻게 알았어?"

"공직에 출마해서 온 신문에 도배가 돼 있다고. 괜히 머리 굴리지 마."

"전화했어?"

조지는 엄마의 눈을 똑바로 보았다. "아니."

알렉스는 한편으로 조지가 그와 만났으면 하는 바람도 있었다. 그가 자신의 뒤를 계속 캐고 있었는지 그녀에 대해 물어보기라도 했는지 알고 싶었다. 아직 태어나지 않은 아기를 위해 아주 정당해 보였던, 로건을 떠난 그 행동이 지금은 이기적으로 보였다. 왜 그녀는 한 번도 이런 얘길 조지에게 하지 않았을까?

그녀가 로건을 방어하고 있었기 때문이었다. 조지가 아버지의 존재를 모른 채 자란다 할지라도, 차라리 그 편이 아버지란 사람이 자신을 원하지 않았다는 사실을 아는 것보다 낫지 않을까? '한 번 더, 한 번만 더, 거짓말을 하자. 조지가 상처받지 않도록.' 알렉스는 이렇게 생각했다. "그는 아내를 떠나려 하지 않았어." 알렉스는 곁눈질로 조지를 힐끔 보았다. "엄만 그의 삶의 일부가 되기 위해 그가 원하는 좁은 공간 속으로 맞춰 들어갈 수가 없었어. 이해가 되니?"

"대충."

이불 밑에서 알렉스는 조지의 손을 잡았다. 환한 불빛 아래였다면 억지스러워 보였을 행동이었지만, 여기 어둠 속, 두 사람 주위로 어둠의 터널이 생긴 곳에서는 지극히 자연스러워 보였다. "미안." 알렉스가 말했다.

"뭐가?"

"아버지랑 같이 지낼 기회를 주지 못해서 말이야."

조지는 어깨를 으쓱하며 손을 뺐다. "엄마는 옳은 일을 했어."

"모르겠구나." 알렉스는 한숨을 쉬었다. "그 옳은 일이 때로는 널 엄청나게 외롭게 만들잖아." 갑자기 알렉스는 조지를 돌아보고서 얼굴 가득 환한 미소를 지었다. "우리가 왜 이런 얘길 하고 있나 몰라? 엄마랑 달리, 넌 사랑에 있어선 행운아잖아, 안 그래?"

바로 그때 전기가 들어왔다. 아래층에서 전자레인지에 불이 들어오는 삐 소리가 들렸다. 욕실의 불이 복도로 노란 빛을 뿌렸다.

"내 방으로 돌아가야겠어." 조지가 말했다.

"오. 그래." 대답은 그렇게 했지만 알렉스가 정작 하고 싶었던 말은 조지더러 계속 같이 있으면 좋겠다는 것이었다.

조지가 복도를 터벅터벅 걸어갈 때 알렉스는 손을 뻗어 알람시계를 다시 켰다. 발광 다이오드가 미친 듯이 12:00, 12:00, 12:00를 깜박거렸다. 마치 동화 같은 결말을 얻기란 힘들다고 일깨워주는 신데렐라의 시계 같았다.

놀랍게도 프런트 러너의 경비원은 피터의 가짜 신분증을 슬쩍 볼 생각도 하지 않았다. 그래서 정말로, 마침내 여기까지 왔구나라는 사실을 두 번 생각해볼 틈도 없이 그는 안으로 떠밀려 들어갔다.

희뿌연 연기가 돌연 얼굴을 때렸지만, 피터는 이내 희미한 빛에 적응했다. 사람들 사이의 빈 공간마다 음악이 가득 흘렀는데, 귀청이 울릴 정도로 시끄러운 테크노 음악이었다. 키 큰 여자 두 명이 정문의 측면을 지키고 서서 들어오는 사람들을 점검했다. 피터는 흘깃 보기만 했는데도 한 여자 아니 남자의 얼굴에서 턱수염의 흔적을 알아볼 수 있었다. 또 한 사람은 지금껏 본 그 어떤 여자들보다 더 여자 같아 보였지만, 다시 보니 피터가 난생 처음 아주 가까이서 본 여장 남자였다. 그들이야말로 완벽주의자인지도 몰랐다.

발코니에서 매들처럼 무도회장을 내려다보고 앉아 있는 사람들을 제외하고 남자들은 둘씩 세씩 서 있었다. 가죽바지를 입은 남자들, 구석에서 키스를 하고 있는 남자들, 마리화나를 돌려 피는 남자들도 있었다. 사방에 거울이 달려 있어 클럽은 엄청 커 보였고, 방들은 끝없이 이어져 있는 듯했다.

인터넷 대화방 덕분에 프런트 러너를 찾는 건 어렵지 않았다. 피터는 아직까지 운전면허를 따지 못해서 버스를 타고 맨체스터까지 와서 다시 택시를 타고 이 클럽의 정문에 도착했다. 자신이 왜 여기에 왔는지 아직도 알 수 없었지만, 일종의 인류학 실험이라고 생각했다. 그 자신의 생물학적인 세계가 아닌 이쪽 세계에 맞는 인간인지 알아보기 위해서 말이다.

남자와 노닥거리고 싶었던 것은 아니었다. 어쨌거나 아직까지는 그랬다. 단지 게이들 속에 있으면 어떤 기분이 들지, 전혀 어색하지 않을지 알고 싶을 뿐이었다. 그들이 자신을 보면, 어디에 속하는지 즉시 알아볼까 알고 싶었다.

피터는 어두운 구석에서 맹렬히 사랑을 나누는 한 커플 앞에서 멈췄다. 남자가 남자에게 키스를 하는 모습을 현실로 맞닥뜨리니 이상했다. 물론, 게이들끼리 키스하는 텔레비전 프로그램이 있다. 이런 프로그램은 대개들 매스컴을 탈 만큼 논쟁을 일으킨다. 피터도 그런 프로그램을 보면 어떤 느낌이 들지 궁금해서 이따금 시청하곤 했다. 하지만 그것은 지금 그의 눈앞에 펼쳐진 광경과 달리…… 여느 텔레비전 프로그램처럼 연기일 뿐이었다. 피터는 심장이 더 심하게 쿵쾅거릴지, 그들의 행동이 이해가 될지 알아보기 위해 기다렸다.

그러나 딱히 흥분되거나 하진 않았다. 물론, 관계를 가질 때 수염이 가렵지 않을까 하는 호기심이 들기도 하고 거부감이 일지도 않았지만, 그 자신도 그런 걸 하고 싶다고 아주 자신 있게 말할 수 있는 느낌은 아니었다.

그 남자들이 서로에게서 떨어졌는데, 그중 한 남자가 눈을 가늘게 떴다. "무슨 구경났어?" 그는 그 말을 하면서 피터를 밀어냈다.

피터는 비틀거리다 바에 앉아 있던 어떤 사람에게 넘어졌다. "워워." 그 남자는 이렇게 말하고서 눈을 반짝거렸다. "이게 뭐하는 거지?"

"죄송합니다······."

"괜찮아." 그는 금발의 상고머리에 손가락 끝에 니코틴이 묻어 있는 20대 초반의 남자였다. "이런 데 처음이지?"

피터는 그를 돌아보았다. "어떻게 알았어요?"

"네가 헤드라이트 불빛에 놀란 사슴 꼴을 하고 있잖아." 그는 담배를 비벼 끄며 바텐더를 불렀다. 그 바텐더는 잡지에서 빠져나온 듯 했다. "리코, 내 젊은 친구한테 술 한 잔 부탁해. 뭘 마시고 싶어?"

피터는 침을 꿀꺽 삼켰다. "펩시 있어요?"

리코라고 불린 남자의 치아가 번뜩였다. "네, 그러죠."

"전 술을 안 해요."

"아하. 그럼 이건." 그가 말했다.

그는 피터에게 작은 유리병 두 개를 건네고서 주머니에서 두

개를 또 꺼냈다. 유리병 속에는 가루는 없고 공기만 있었다. 피터는 그 남자가 마개를 열어 숨을 깊이 들이쉰 다음 두 번째 유리병도 다른 콧속에 넣고 그렇게 하는 것을 지켜보았다. 저걸 따라 하면, 부모님이 조이 형의 축구경기를 보러 나가고 안 계셨을 때 맥주 여섯 캔을 마셨을 때처럼 머리가 핑핑 돌까 싶었다. 그러나 잠만 자고 싶었던 그때와 달리, 지금은 온몸의 세포가 취하는 느낌인데도 정신이 말똥말똥했다.

"내 이름은 커트야." 그 남자가 손을 내밀며 말했다.

"피터에요."

"수동형이냐 능동형이냐?"

피터는 사실 그 남자가 무슨 말을 하는지 짐작할 수 없었지만 아는 것처럼 보이려고 어깨를 으쓱했다.

"맙소사. 새로운 피로군." 커트는 놀라서 입을 크게 벌렸다.

바텐더가 피터 앞에 펩시를 내려놓으며 말했다. "앤 건드리지 마, 커트. 아직 애야."

"그럼 게임은 할 수 있겠지. 포켓볼 좋아하냐?"

포켓볼은 피터도 할 줄 아는 게임이었다. "네 좋아요."

피터는 커트가 지갑에서 20달러 지폐를 꺼내 리코에게 맡기는 것을 보았다. "잔돈은 가져." 커트가 말했다.

당구장은 그 클럽의 중심부에 붙어 있었는데, 당구대 네 개는 수준별로 이미 게임이 진행되고 있었다. 피터는 벽에 붙은 벤치에 앉아 사람들을 유심히 보았다. 팔을 어깨에 올리고 엉덩이를 가볍게 치는 식의 서로를 어루만지는 사람들도 있었지만, 대부분은 보통의 남자들처럼 행동하고 있었다. 그냥 보통 친구들 같아

보였다.

커트는 주머니에서 25센트 동전을 한 웅큼 꺼내 당구대 가장자리에 내려놓았다. 그것을 판돈이라 생각한 피터는 재킷에서 구겨진 지폐 두 장을 꺼냈다. "이건 판돈 아니야. 그냥 게임비다." 커트가 웃으면서 말했다. 그들 앞에서 게임을 하던 팀이 마지막 공을 넣자 그는 일어나 동전을 당구대에 넣기 시작했다. 마침내 형형색색의 공들이 쏟아져 나왔다.

피터는 벽에서 당구채를 집어들고 끝을 초크로 문질렀다. 당구를 아주 잘하는 건 아니었지만, 전에 몇 번 해봤을 때 보니 공이 어쩌다 맞거나 당구대를 넘어가버리는 식의 아예 젬병은 아니었다. "네가 걸어라. 그럼 게임이 더 재밌을 거다." 커트가 말했다.

"5달러를 걸겠어요." 피터는 목소리를 제법 어른스럽게 내려고 애썼다.

"난 돈 내기는 안 해. 내가 이기면 널 우리 집에 데려가는 건 어떠냐. 네가 이기면 날 너희 집에 데려가고."

피터는 어느 쪽이든 자신이 지는 게임인 걸 알았다. 그의 집에 가는 것도 원치 않았고, 커트를 우리 집에 데려가는 건 더더욱 원치 않았다. 그는 당구대 끝에 당구채를 내려놓았다. "역시 별로 하고 싶지 않나 봐요."

커트가 피터의 팔을 잡았다. 그의 눈이 작지만 뜨거운 별들처럼 이글거렸다. "내 동전이 이미 저기 들어갔어. 공도 다 올라와 있고. 넌 게임을 하고 싶어 했어……. 그건 끝을 봐야 한다는 거지."

"놔주세요." 공포의 사다리를 탄 피터의 목소리가 점점 높아졌다.

커트는 미소를 지었다. "하지만 우린 이미 시작했어."

피터 뒤에서 또 다른 남자가 말했다. "그 애 말을 들어주는 게 좋겠는데." 커트에게 붙들린 채 피터가 뒤돌아보니 맥케이브 선생님이 서 있었다.

지금 이 광경은 마치 영화관에서 우체국에 근무하는 여자를 보고서 어디선가 본 적이 있는 얼굴인 건 알겠는데 사서함과 저울과 우표, 자동판매기가 옆에 있어야만 그녀가 누구인지 알아볼 수 있을 때와 같았다. 맥케이브 선생님은 실크 같은 것으로 만든 셔츠에다 맥주병을 들고 있었다. 맥케이브 선생님은 병을 내려놓고 팔짱을 꼈다. "그 앨 갖고 놀지 마, 아님 경찰을 불러서 당신을 여기서 쫓아낼 거야."

커트는 어깨를 으쓱했다. "좋을 대로." 그는 이렇게 말하고서 연기 자욱한 바로 걸어 들어갔다.

피터는 바닥만 내려다보면서 맥케이브 선생님이 무슨 말을 하기를 기다렸다. 피터는 맥케이브 선생님이 엄마 아빠에게 전화를 걸거나, 가짜 신분증을 찢어버리거나, 맨체스터 시내에 있는 게 이 바에 왜 왔는지 물어볼 거라고 확신했다.

그러다 불현듯 피터는 자신도 맥케이브 선생님에게 같은 걸 물어볼 수도 있다는 사실을 깨달았다. 피터는 시선을 쳐들면서 수학 선생님도 이미 알고 있을 수학적 원리를 생각했다. 두 사람이 같은 비밀을 가지고 있다면 더 이상 비밀이 될 수 없다는 것을…….

"집까지 데려다줘야겠구나." 맥케이브 선생님이 말했다.

조지는 손을 맷의 손 위로 올렸다. 맷의 손은 거인처럼 컸다.

"내 거랑 비교하니 네 건 콩알만 하네. 내가 널 죽이지 않는 게 놀라울 정도로." 맷이 말했다.

그는 자세를 바꿔 조지가 무게감을 느끼도록 그녀의 몸속에서 여전히 세게 움직였다. 그런 다음 조지의 목에 손을 갖다 댔다.

"죽일 수도 있는데 말이지." 맷이 말했다.

맷은 조지의 숨통을 아주 조금, 지그시 눌렀다. 숨을 못 쉬게 할 정도는 아니고 말은 내뱉을 수 있을 정도로…….

"하지 마." 조지는 겨우 말했다.

맷은 당황하여 조지를 응시하며 말했다. "뭘 하지 마?" 그가 말했다. 맷이 조지의 몸속에서 다시 움직이기 시작했을 때 조지는 잘못 들었다고 믿었다.

맨체스터에서 차를 타고 돌아오는 긴긴 시간 동안 피터와 맥케이브 선생님이 나눈 대화는 호수 위를 나는 잠자리처럼 겉돌기만 할 뿐이었다. 두 사람 다 딱히 관심 없는 화제들만 쏟아냈다. 보스턴 브루인스를 대표하는 하키, 다가오는 겨울 댄스 파티, 진학생들이 요즘 찾고 있는 좋은 대학 등등 정작 궁금한 건 서로 말하지 않았다.

맥케이브 선생님이 피터를 차에 태우고 온 이유를 처음으로 언급한 것은 차가 스털링의 출구에서 89번 도로로 들어서 피터의 집 방향인 어두운 길을 달리고 있을 때였다. "오늘밤 일에 대해선 학교 사람들은 모르는 일이야. 아직 커밍아웃을 안 했거든." 백미러에 반사된 빛 때문에 그의 눈에 너구리의 눈처럼 직사각형의 검은 그림자가 생겼다.

"왜 안 했는데요?" 피터는 얼떨결에 물었다.

"교직원들이 인정을 해주지 않을 것 같다기보다…… 그들이 상관할 일이 아닌 듯해서 말이다. 알겠니?"

피터는 어떤 대답해야 할지 막막했는데, 그러다 맥케이브 선생님이 자신의 의견을 묻고 있는 게 아니라 단지 통보를 하고 있다는 걸 깨달았다. "네." 피터는 말했다. "여기서 차를 돌리시면, 왼쪽에서 세 번째 집이에요."

맥케이브 선생님은 피터의 집 진입로 앞에 차를 대기만 했지 돌리지는 않았다. "내가 이 얘길 한 건 널 믿기 때문이다, 피터. 그리고 얘기할 사람이 필요하면 언제든 날 찾아오렴."

피터는 안전띠를 풀며 말했다. "전 게이가 아니에요."

"그래." 대답은 그렇게 했지만, 맥케이브 선생님의 눈가가 왠지 부드러워졌다.

"전 게이가 아니에요." 피터는 더 단호히 그 말을 되풀이하고서 차 문을 열고서 집 쪽으로 쏜살같이 뛰어갔다.

조지는 OPI 매니큐어 병을 흔들어 바닥에 붙은 광고 문구를 보았다. '난 웨이트리스의 빨강이 아니에요.'라는 문구가 새겨 있었다 "이런 문구를 누가 생각해냈을까? 회의실에 둘러앉은 여자들일까?"

"아니." 마들렌이 말했다. "그 여자들은 1년에 딱 한 번 술에 취하고서 온갖 맛에 대해 써대는 노처녀들일 거야."

"먹지 않으면 맛을 모르지 않겠어." 엠마가 꼬집어 말했다.

코트니가 몸을 뒹굴자 그녀의 긴 머리칼이 폭포처럼 침대 가장자리 너머로 쑥 떨어졌다. "아 심심해." 코트니는 지금 그녀의 집에서 밤샘 파티를 하면서도 그렇게 투덜댔다. "뭐 재미난 일 없을까."

"장난 전화 해보자!" 엠마가 제안했다.

코트니는 이 제안을 곰곰이 생각했다. "장난 전화?"

"피자를 주문해서 다른 사람한테 배달해달라고 하는 거야." 마들레이 말했다.

"그건 지난번에 드루랑 했어." 코트니는 한숨을 쉬더니 히죽 웃으면서 전화기로 손을 뻗었다. "더 좋은 게 생각났어."

그녀는 스피커폰을 틀고 다이얼을 돌렸다. 조지의 귀에 무척 아주 친숙한 음악이 들렸다. "여보세요." 퉁명스러운 목소리가 들려왔다.

"맷." 코트니는 모두에게 조용히 하라는 표시로 손가락을 입술에 갖다 댔다. "안녕."

"염병할 지금 새벽 세시야, 코트니."

"알아. 근데…… 너한테 정말 오래 전부터 하고 싶었던 말이 있어서……. 조지가 누구보다 소중한 친구라 어떻게 해야 할지 모르겠어."

조지는 맷에게 덫에 걸렸다고 알려주려고 말문을 열었는데, 엠마가 손으로 그녀의 입을 탁 치더니 그녀를 침대로 도로 밀쳤다.

"널 좋아해." 코트니가 말했다.

"나도 널 좋아해."

"아니, 그런 거 말고…… 널 좋아해."

"이런, 코트니. 내가 진작 알았더라면 너랑 찐한 섹스를 하고 있을 텐데 말이지. 나는 조지를 사랑하고, 그 애가 지금 너랑 세 발짝도 떨어지지 않은 곳에 있다는 사실만 아니면 말이야."

침묵이 산산이 부서지면서 웃음이 유리처럼 낭자하게 흩어졌다. "젠장! 어떻게 알았어?" 코트니가 말했다.

"너희 집에서 자는 것도 그렇고, 조지가 나에게 모든 얘길 하기 때문이지. 스피커폰은 그만 끄고 조지한테 잘 자라고 인사나 하게 해주지."

코트니는 조지에게 수화기를 건넸다. "멋진 응수야." 조지가 말했다.

맷의 목소리는 완전히 졸린 목소리였다. "너 의심했어?"

"아니." 조지는 미소를 띠면서 대답했다.

"흠, 재미나게 보내. 나랑 있을 때만큼은 안 재밌겠지만."

조지는 맷이 하품하는 소리를 들었다. "잘 자."

"네가 옆에 있으면 좋겠다." 맷이 말했다.

조지는 여자애들과 등을 졌다. "나도."

"사랑해, 조."

"나도 사랑해."

"토할 것 같아." 코트니는 손을 뻗어 전화기 전원 버튼을 꾹 눌렀다.

조지는 수화기를 침대 위로 던졌다. "전화 걸자는 건 네 생각이었어."

"질투가 나서 그래. 나도 너 없인 못 살겠다는 사람이 있으면 얼마나 좋을까."

"넌 정말 행운아야, 조지." 마들렌 역시 코트니 말에 동감했다.

조지가 다시 매니큐어 병을 열자 솔에서 매니큐어 한 방울이 그녀의 허벅지 위로 핏방울처럼 떨어졌다. 코트니는 아닐지 모르지만 친구들은 모두가 그녀처럼 되고 싶어 죽으려 했다.

'하지만 정말 죽으려 들까.' 조지의 속마음이 속삭였다.

조지는 마들렌과 엠마를 올려다보면서 억지 미소를 지었다.

"그러게 말이야."

12월에 피터는 학교 도서관 일자리를 구했다. 시청각 교재를 관리하는 일이었다. 그러니까 매일 방과 후 한 시간 동안 마이크로 필름을 되감고 DVD를 알파벳순으로 정리하는 것이었다. 오버헤드 프로젝트(투시물 교재를 스크린에 영상으로 비추는 교육 기기—옮긴이)와 TV/VCR을 필요로 하는 교사들이 아침에 학교에 도착하기 전에 교실에 설치해두면 되었다. 피터는 도서관에서는 그를 괴롭히는 사람이 없어서 특히 좋았다. 방과 후에도 거기서는 멋진 남자아이들과 매력남들과 마주칠 일이 없을 터였다. 오히려 장애 학생들이 보조 교사들과 함께 숙제하는 모습을 자주 보게 될 것 같았다.

피터는 사서인 왈 선생님의 오래된 컴퓨터에서 블루스크린이 뜨지 않도록 고쳐주고 나서 이 일자리를 구했다. 지금 피터는 스털링 고등학교에서 그녀가 총애하는 학생이었다. 왈 선생님은 일과를 마친 후 피터에게 문을 잠그라고 시켰고, 그가 자유롭게 각 층으로 시청각 교재를 운반할 수 있도록 직원용 엘리베이터 열쇠를 따로 만들어주었다.

오늘 피터의 마지막 일과는 영사기를 2층에 있는 생물실험실에서 시청각실로 옮기는 것이었다. 그가 엘리베이터로 걸어 들어가 문을 닫으려고 열쇠를 돌렸을 때 누군가 문을 잡아달라고 소리쳤다.

잠시 후, 조지 코미어가 절뚝거리며 들어왔다.

그녀는 에어캐스트가 자랑하는 목발을 짚고 있었다. 엘리베이터 문이 닫힐 때 피터를 힐끗 쳐다보고는 얼른 리놀륨 바닥으로 눈을 돌렸다.

그 애 때문에 해고를 당한 후로 몇 달이 흘렀건만 막상 조지를 보니 피터는 여전히 화가 불끈 솟았다. 엘리베이터가 다시 열리기만 기다리며 조지가 속으로 초를 세고 있는 소리가 실제로 들리는 듯했다. 흠, 너랑 이런 데 갇혀 있어도 흥분되지 않아, 그가 속으로 이런 생각을 하고 있을 때 엘리베이터가 위아래로 흔들거리다 끼익 멈췄다.

"어떻게 된 거지?" 조지는 1층 버튼을 쳤다.

"그런다고 될 일이 아냐." 피터가 말했다. 그는 그녀 옆으로 손을 뻗쳐 비상 버튼을 눌렀다. 그러자 조지는 몹쓸 전염병에 걸린 사람을 피하기라도 하듯이 몸을 뒤로 젖히다 균형을 잃고 쓰러질 뻔했다.

아무런 반응이 없었다.

"염병할." 피터가 말했다. 그는 엘리베이터의 지붕을 쳐다보았다. 영화에서는 주인공들이 늘 공기통을 타고 올라가 엘리베이터 통로로 나오곤 했는데, 피터는 영사기 위에 올라선 그는 드라이버도 없이 승강구 뚜껑을 따는지 알 길이 없었다.

조지가 다시 비상 버튼을 눌렀다.

"여보세요?!"

"아무도 못 들을 거야." 피터가 말했다. "선생님들은 다 퇴근했고 관리인은 지하실에서 5시부터 6시까지 〈오프라 쇼〉를 보거든." 피터는 조지를 힐끗 보았다. "그나저나 여기서 뭐하고 있었어?"

"개인 연구 중이었어."

"그게 뭔데?"

그녀는 목발을 쳐들었다. "체육 수업을 못 받을 때 학점 따려고 하는 거야. 넌 여기서 뭐하고 있었어?"

"여기서 일해." 피터가 말했고, 두 사람은 침묵에 빠졌다.

업무의 흐름을 보자면 자신들이 곧 발견될 거라고, 피터는 생각했다. 관리인이 바닥 광택제를 이층으로 옮길 때 자신들을 발견할지도 몰랐지만, 그렇지 못할 경우 그들이 최대한 기다려야 할 시간은 사람들이 다시 출근하는 내일 아침까지였다. 피터는 데릭에게 솔직하게 말할 수 있다는 생각에 슬그머니 웃었다. '있지, 나 조지 코미어랑 잤어.'

그가 전자책을 열어 버튼을 누르자 화면에 파워포인트 설명이 뜨기 시작했다. 아메바. 포배. 세포 분열. 배아. 우리 모두가 이런 구별할 수 없는 미시적 존재에서 시작된다고 생각하니 놀라웠다.

"얼마나 있어야 할까?"

"모르겠어."

"네가 안 돌아오면 사서 선생님이 알아채지 않을까?"

"내가 안 돌아와도 우리 부모님도 알아채지 못할 걸."

"오, 큰일이야······. 산소가 부족해지면 어째?" 조지는 목발로 문을 탕탕 쳤다. "도와주세요!"

"산소는 부족해지지 않을 거야." 피터가 말했다.

"그걸 어떻게 알아?"

피터도, 사실은 몰랐다. 그러나 달리 뭐라고 말하겠는가?

"난 이런 좁은 데 있으면 심장이 조여들어. 어떻게 할 수가 없어." 조지가 말했다.

"너 밀실공포증이었어?" 그는 조지의 그런 면을 몰랐다는 게 의아했다. 그러나 다시 생각해보니, 그가 어찌 알겠는가? 지난 6년 동안 그는 그녀의 삶에 밀착돼 있던 사람이 아니었던 것을.

"토할 것 같아." 조지가 신음했다.

"오, 젠장. 안 돼. 눈을 감아봐, 그러면 엘리베이터에 갇혀 있다는 생각이 안 들 거야." 피터가 말했다.

조지가 눈을 감았지만, 이번에는 목발이 흔들리기 시작했다.

"잠깐만." 피터가 목발을 치워 조지는 한 발로 균형을 유지하고 있었다. 피터가 손을 잡아주어서 조지는 바닥에 주저앉아 아픈 다리를 쭉 폈다.

"어쩌다 다친 거야?" 피터는 깁스를 보고 고개를 끄덕이며 물었다.

"얼음 위로 넘어졌어." 조지는 울기 시작하더니 숨을 헐떡거렸다. 호흡 항진이군, 피터는 그렇게 추측했지만 글자로만 봤을 뿐, 실제로 본 적은 없었다. 비닐봉투에 입을 대고 숨을 쉬면 되었던가, 그랬나? 시청각 수레 위에 이런저런 자료가 들어 있는 비닐봉투가 하나 있었지만, 그걸 머리에 쓰는 건 딱히 좋은 생각 같지 않았다. "좋아. 여기 있다는 생각이 달아나게 뭔가를 해보자." 피터는 묘안이 떠올랐다.

"어떻게?"

"게임은 할 수 있을 거 아냐." 피터는 그 제안을 하면서 그와 똑같은 말을 했던, 프런트러너의 커트의 목소리가 머릿속에서 울리는 듯했다. 그는 그 소리를 떨쳐내려고 머리를 흔들었다. "스무고개 어때?"

조지는 망설였다. "동물, 식물, 아님 무기물?"

스무 고개 여섯 판을 하고 볼일을 본 지 한 시간이 지나자 피터는 목이 말랐다. 오줌도 누고 싶었는데, 내일 아침까지 참을 수 있을 것 같지도 않고 조지가 지켜보는 데서 소변을 볼 수도 없는 노릇이라 정말이지 괴로웠다. 조지는 조용해졌다. 적어도 이젠 몸을 떨지 않았다. 피터는 조지가 잠이 들었나 생각했다.

그때 조지가 말했다. "진실 아님 도전."

피터는 그녀 쪽으로 몸을 틀었다. "진실."

"내가 미워?"

"가끔." 그는 머리를 홱 숙였다.

"그럴 거야." 조지가 말했다.

"진실 아님 도전."

"진실." 조지가 말했다.

"넌 내가 미워?"

"아니."

"그럼 왜 미워하는 것처럼 행동해?" 피터가 물었다.

그녀는 머리를 가로저었다. "난 사람들이 내게 기대하는 대로 행동하는 거야. 세상이…… 안 그러면……." 그녀는 목발의 고무 손잡이를 잡았다. "복잡해. 넌 이해 못할 거야."

"진실 아님 도전." 피터가 말했다.

조지는 히죽 웃었다. "도전."

"네 발바닥을 핥아."

그녀는 소리 내어 웃기 시작했다. "난 내 발바닥으로 걷지도 못하는 걸." 말은 그렇게 했지만 조지는 몸을 구부려 신발을 벗고 혀를 쑥 내밀었다. "진실 아님 도전."

"진실."

"햇병아리, 사랑에 빠져본 적 있어?" 조지가 말했다.

피터는 조지를 보면서, 어렸을 때 헬륨 풍선에 그들의 주소를 달아 그녀의 집 뒤뜰에서 풍선을 날려보내며 화성까지 갈 거라 믿었던 일을 떠올렸다. 그들에게 답장을 보낸 것은 화성인이 아닌 두 구역 떨어진 곳에 사는 어떤 미망인이었다. "응, 그런 것 같아." 피터가 말했다.

조지의 눈이 휘둥그레졌다. "누구랑?"

"질문은 하나만 할 수 있어. 진실 아님 도전?"

"진실." 조지가 말했다.

"마지막으로 한 거짓말이 뭐야?"

조지의 얼굴에서 미소가 걷혔다. "너한테 얼음 위로 미끄러졌다고 한 것. 맷이랑 다퉜는데 그 애가 날 때렸어."

"널 때렸다고?"

"그런 게 아니고…… 내가 해서는 안 될 말을 했어. 그 애가…… 그니까, 내가 균형을 잃고 발목을 다쳤어."

"조지……."

그녀는 머리를 숙였다. "아무도 몰라. 말 안 할 거지, 응?"

"그래." 피터는 망설였다. "왜 아무한테도 말 안 했어?"

"질문은 하나만 할 수 있어." 조지는 피터의 말을 그대로 흉내 했다.

"지금 묻고 있잖아."

"그럼 도전할래."

피터는 두 손을 옆구리에 대고 주먹을 쥐었다. "키스해줘." 그가 말했다.

조지는 천천히 그에게 다가왔는데, 얼굴이 너무 가까워지자 초점이 잡히지 않았다. 그녀의 머리카락이 커튼처럼 그의 어깨 위로 쏟아졌고, 눈은 감겨 있었다. 그녀에게서 가을 냄새가 났다. 사과즙과 비스듬한 햇살과 톡 쏘는 스산함까지. 그는 자신의 몸뚱이에 갇혀 있는 심장이 마구 요동치는 걸 느꼈다.

조지의 입술이 그의 입술에 살짝 닿았는데, 정확하게는 입이 아니라 뺨이었다. "여기에 혼자 갇혀 있지 않아서 기뻐." 그녀가 수줍게 말했고, 피터는 그녀의 숨결에 묻은 달콤한 민트 향을 음미했다.

피터는 자신의 무릎을 힐끗 보며, 바위처럼 딱딱해진 그의 아랫도리를 조지가 알아채지 않게 해달라고 기도했다. 너무 활짝 웃기 시작하자 거기가 아팠다. 그는 여자를 좋아하지 않는 게 아니었다. 오직 한사람만 좋아하는 거였다.

바로 그때 누군가 금속 문을 두드렸다. "거기 누구 있어요?"

"네!" 조지는 목발을 짚고 간신히 일어서며 소리쳤다. "도와주세요!"

문틈을 쇠지레로 벌리는 탕탕 소리와 망치질 소리가 들렸다.

문이 활짝 열리자마자 조지는 엘리베이터를 얼른 나갔다. 맷이 수위 옆에서 기다리고 있었다. "네가 집에 없어서 걱정했어." 맷은 그 말과 함께 조지를 끌어안았다.

하지만 넌 그 앨 때렸어, 피터는 그런 생각을 했지만 조지와 한 약속을 떠올렸다. 목발을 짚지 않아도 되게끔 맷이 그녀를 획 들쳐 안고 가자 조지가 놀라서 소리를 질렀다. 피터는 가만히 서서 그 소리를 들었다.

피터는 전자책과 영사기를 도서관에 도로 갖다놓고 시청각실 문을 잠갔다. 밤늦게 집에 걸어가야 했지만, 아무래도 좋았다. 집에 가면 맨 먼저 졸업 앨범에서 조지의 얼굴에 쳐놓은 동그라미를 지우고, 그의 비디오 게임에 들어 있는 악한들 명부에서 그녀를 빼야겠다고 결심했다.

프로그래밍과 관련하여 머릿속으로 병참술을 재검토하고 있을 때쯤 집에 당도했다. 피터는 이내 뭔가 이상한 점을 알아챘다. 차가 있는데도 집에 불이 켜져 있지 않았다. "여보세요?" 피터는 소리를 지르며 거실에서 식당으로 부엌으로 갔다. "아무도 없어요?"

피터는 어둠 속에서 식탁에 앉아 있는 부모님을 발견했다. 엄마는 멍하니 천장을 응시하고 있었다. 울고 있었던 게 분명했다.

피터는 가슴이 뜨끈해지는 것을 느꼈다. 피터가 없어져도 부모님이 알아채지 못할 거라고 조지에게 말했는데, 그렇지 않았던 것이다. 분명, 엄마 아빠는 미쳐 날뛰었던 것이다. "전 괜찮아요. 정말이에요." 피터가 말했다.

아빠가 일어나 눈물을 툭 떨어뜨리며 피터를 세게 끌어안았다. 피터는 아빠에게 이런 식으로 안겨본 게 언제인가 기억도 나지 않았다. 태연해 보이고 싶었지만, 이제 겨우 열여섯 살인 그는 아버지의 품으로 점점 더 파고들며 더 꼭 안겼다. 첫 번째 행운은 조지고, 지금은 이건가? 피터의 생애에서 가장 행복한 날이었다.

"조이가……." 아빠가 흐느끼며 말했다. "죽었단다."

2권에 계속

지은이 조디 피콜트

프린스턴 대학교 문예창작과를 졸업하고, 하버드 대학교에서 교육학 석사 과정을 마쳤다. 2003년 뉴잉글랜드 북어워드를 수상하였고, 2008년 영화화된 《쌍둥이별》로 미국도서관협회 선정 알렉스 어워드를 받았다. 총기 난사 사건을 다룬 《19분》은 뉴욕 타임스 베스트셀러 1위에 올랐으며, 2009년 뉴햄프셔 플럼상을 수상했다. 다른 작품으로는 근간 《House Rules》(2010)를 비롯하여 《Handle with care》(2009), 《Change of Heart》(2008), 《The Tenth Circle》(2006) 등 다수의 장편소설이 있으며, 현재 뉴햄프셔에서 남편과 세 자녀와 함께 살고 있다.

www.jodipicoult.com

옮긴이 곽영미

서강대학교 영어영문학과와 동대학원을 졸업하였고 현재 전문 번역가로 활동 중이다. 옮긴 책으로 《쌍둥이별》《강철군화》《아담의 배꼽》《나는 결혼했다 섹스했다 그리고 절망했다》《블루 하이웨이》《빈 오두막 이야기》 등이 있다.

19분 _ BOOK 1

한국어판 ⓒ 도서출판 이레, 2009

조디 피콜트가 글을 쓰고, 곽영미가 옮긴 것을 도서출판 이레 고석이 2009년 12월 21일 처음 펴내다. 이지은이 책임편집을, 김수현·김소영이 내교를, 김미성이 책임디자인을, 한나영이 표지꾸밈을, 정운정이 내지꾸밈을 맡다.

편집장 이현정 | 편집 이지은 김수현 김소영 | 저작권 권미선
미술부장 김미성 | 미술 한나영 정운정 이승욱 | 제작 고성은
마케팅 신홍희 김대환 권태환 허경실 윤서경 서지혜
등록 1995. 6. 8. 제5-352호
주소 413-756 경기도 파주시 교하읍 문발리 파주출판단지 513-10 이레빌딩
주문 및 문의 전화 031 955 7300 팩스 031 955 7350 | 홈페이지 www.ire.co.kr

2009년 12월 21일 박은 책(초판 제1쇄)

ISBN 978-89-5709-168-5 03840
    978-89-5709-167-8 (세트)

* 값은 뒤표지에 있습니다. 잘못 만들어진 책은 구입하신 곳에서 교환해드립니다.